杜月笙与孟小冬

DU YUESHENG YU MENG XIAODONG

许锦文 著

台海出版社

图书在版编目(CIP)数据

杜月笙与孟小冬 / 许锦文著.--北京:台海出版社,2013.9

ISBN 978-7-5168-0278-6

Ⅰ.①杜… Ⅱ.①许… Ⅲ.①传记文学-中国-当代
Ⅳ.①I25

中国版本图书馆 CIP 数据核字(2013)第 201962号

杜月笙与孟小冬

著　　者:许锦文

责任编辑:姜　航　　　　　　特约编辑:陈　密
装帧设计:阳洪燕　　　　　　版式设计:华审万有
责任校对:罗　金　　　　　　责任印制:蔡　旭

出版发行:台海出版社

地　址:北京市朝阳区劲松南路 1 号，邮政编码:100021

电　话:010-64041652(发行,邮购)

传　真:010-84045799(总编室)

网　址:www.taimeng.org.cn/thcbs/default.htm

E-mail:thcbs@126.com

经　销:全国各地新华书店

印　刷:北京高岭印刷有限公司

本书如有破损、缺页、装订错误,请与本社联系调换

开　本:710×1000　　　　1/16
字　数:363 千字　　　　　　印　张:27
版　次:2014 年 5 月第 1 版　　印　次:2014 年 5 月第 1 次印刷
书　号:ISBN 978-7-5168-0278-6

定　价:56.00 元

妙龄年华的孟小冬

风华正茂的孟小冬

孟小冬（坐者）与完颜立童记（站者）旗装照

孟小冬《空城计》饰诸葛亮

孟小冬《李陵碑》饰杨继业

孟小冬《四郎探母》饰杨延辉

孟小冬饰演的旦角

杜月笙

年轻时的杜月笙

中年时的杜月笙

上海滩三大亨：杜月笙（左）、张啸林（中）、黄金荣（右）

杜月笙（右）与张啸林（中）及门徒

孟小冬拜师余叔岩后，杜月笙全力支持，为孟购置汽车，便于出行

杜月笙与孟小冬（1938 年在香港）

1950 年孟小冬和杜月笙的结婚照（摄于香港）

目　录

一　杜月笙的苦难童年

　　公元 1888 年 8 月 22 日（清光绪十四年七月十五日），上海地区连日来骄阳似火，禾苗烤焦，大块农田颗粒无收。正逢大旱之年，在位于浦江东岸的高桥镇（当时属江苏川沙县）天灯头一座矮小的平房里，有个小生命呱呱坠地，降临人间，他就是日后大名鼎鼎、人称"上海大亨"和"上海皇帝"的杜月笙。

　　这一天是农历七月十五，旧时称做中元节，传说是鬼的节日，这个小生命诞生时，恰巧屋外皓月当空，他的父亲便为他取名为"月生"。后来他飞黄腾达了，便说自己是"阴沟里的泥鳅，跳进了龙门"。据说国学大师章太炎为他改名为镛，号月笙。镛者为西方之乐，笙为东方之乐，这样就雅得多了。

　　月笙的父亲名叫杜文卿，与兄长一起同住在破败低矮的杜家祖宅里，平房中间是一间堂屋，两侧各有卧室两间，兄弟各住一半，自立门户。屋后有座小小的园子，种些花草果木，当地人都称此为杜家花园。

高桥镇，旧名天灯下，又称天灯头，位于长江、黄浦江和东海交汇处，在上海县城东北 36 里处，地属高昌乡第 22 保。由于一条黄浦江将上海县横剖为二：江东的地区叫浦东，江西的地区叫浦西。因此，杜月笙后来素称自己为浦东人。不过，当时的浦东是地地道道的穷乡僻壤。

杜文卿在月笙出生那年和朋友在浦西杨树浦合开一家米店，留妻子朱氏和刚出生的儿子住在高桥老宅里，靠他赚钱养家糊口。

月笙还未满周岁时，上海先是旱灾，随后疫疠蔓延，城乡死者遍野。接着又连绵霪雨，整整下了一个半月，稻米棉花大量烂在田里，乡间饥荒遍地，难民骤增。

月笙母亲朱氏在高桥无以为食，无奈怀抱刚满周岁的儿子离开祖宅，步行二十多里，到杨树浦投奔丈夫。

此时杜文卿的米店情况也不妙，原先店中存米都已售空，由于灾荒，米价一日数涨，靠卖出去的米钱已无法再进货了，本来就是小本经营，眼看就要亏本倒闭。妻子和儿子的到来，又增添了两张嘴。不久，朱氏便发现连她这位开米店的老板娘，也巧妇难为无米之炊了。于是朱氏便和丈夫商量，要到纱厂去做工。当时杨树浦纱厂有好几家，也收女工。杜文卿说，孩子还需喂奶，你又身怀有孕，纱厂的活很重，一天三班倒，常需上夜班，你如何吃得消？朱氏说，再重还能比乡下的活重吗？也不能眼看挨饥受饿，坐着等死。夫妻俩商量、争执了好几天，最后杜文卿还是同意朱氏撇下儿子，带着身孕到纱厂去做苦工。好不容易熬过半年，纱厂工作实在劳累，朱氏因而早产，生了一个女婴后，由于极度衰弱而含泪死去。

杜文卿抱着一对儿女守在亡妻尸旁，号啕大哭，悲痛万分。

在亲友的帮助下，杜文卿为亡妻买了一口白皮棺材，雇人用平板车拖回高桥镇。因一时无钱埋葬，只好将妻子的棺木暂放在离家不远的荒丘上，用稻草将四周遮盖起来，免使白皮棺材遭受风吹雨打。

朱氏之死，对杜文卿打击实在太大，他只得拖着一双年幼的儿女又回到杨树浦落脚，但现实生活使得他无法支撑下去，万般无奈，只得忍痛割爱，将女儿送给了一位姓黄的宁波商人。这时三四岁的月笙已略有记忆，眼看着亲妹妹被人抱走，哭得非常伤心，他希望长大以后，有了钱能将妹妹再赎回来。后来杜月笙飞黄腾达了，曾千方百计高价悬赏寻找胞妹，也未能找回，还受过不少次骗，甚至有人报告假消息，冒充其妹。这是让杜月笙终身引为遗恨的一件事。

杜文卿带着儿子继续开着米店，因忙着做生意，无法照料孩子，经人介绍，又娶了一位张姓女人为续弦。这位继母倒很贤惠，待月笙如同亲生。可是好景不长，月笙5岁那年，上海一带又遇大旱，农田颗粒无收，百姓纷纷逃荒，杜文卿的米店也只好关门，一家三口靠吃糠度日。腊月初九这天，大雪纷飞，气温骤降，奇冷无比，杜文卿雪夜受寒，突然高烧不退，或许生了急性肺炎，尚未医治便撒手人寰，撒下寡妻孤儿。

张氏含泪将店铺变卖，为丈夫置办了衣衾棺木，母子披麻戴孝，扶柩还乡。这时，张氏也无经济能力为丈夫落葬，便将文卿的棺木与其原配朱氏棺木并排放在一处，四周同样也用稻草遮盖起来。

传说若干年后，这两口棺木之间长出一颗黄杨树，枝繁叶茂，覆盖了那两口棺材。这倒或许是真有其事，因为旷野荒郊，只要有泥土，哪有不生草不长树的！

张氏草草安放了丈夫的灵柩后，带着月笙又回到杨树浦，以丈夫的名义开了一片米店，以维持母子日常生活。

1893年，月笙已满6岁，继母省吃俭用，每月凑5角钱，让他进了一所私塾读书，教书的是一位姓瞿的老妇人。不想只读了三个月，到第四个月开始必须缴费时，实在拿不出钱来，杜月笙只好辍学。

这一年的三月，又灾难临头，上海四野一片昏暗，刮了一场巨大的西北风，还夹着鸡蛋大小的冰雹，将麦田横扫一空。灾害造成的损失惨重，张氏的米店又被迫停业，无奈又带着月笙回到了高桥镇。为了让月笙继续上学，张氏勒紧裤带，起早摸黑，替人洗衣服，赚点零钱，送孩子进了乡下一家私塾。但只读了两个月，因交不起学费，被赶出了学堂，母子抱头痛哭一场。

杜月笙两次进私塾，加起来只有五个月，所以后来他对人们谈起，总是说小时候只读过五个月的书。

两年以后，厄运接着又降临杜家。一天，当杜月笙在外讨饭回家时，只见门户大开，却见不到继母张氏。月笙哭着去问住在隔壁的堂兄嫂家，都推说不知去向，从此待他如同亲生的继母即神秘地失踪了。有人猜疑说，年轻的寡妇张氏是被一帮贩卖人口的流氓用奸计威逼利诱，拐骗跑了。此说是否正确，无法查究。

8岁的杜月笙成了孤儿，连吃饭的地方也没有了，只好哭哭啼啼，找到了年过五旬的外婆家。老外婆见外孙孤苦伶仃，无人照料，十分疼爱，就将月笙收留在身边，相依为命。

杜月笙在外婆家，很快五年过去了，在这五年中，他终日与一群流浪街头的少年混在一起。这些人成天游手好闲，有的偷，有的摸，有的赌。13岁那年，有人怂恿他进了高桥镇上的一个赌棚试试运气，他从杜氏老宅里拿了些破旧杂物，卖了几个铜钱当赌本，想不到的是，居然手气特好，一下子赢了几十枚铜钱。就是这一次首战旗开得胜的赌博，使杜月笙终身难忘，他认为赌博可以一本万利，靠赌博能改变人的命运，生活就是赌博，将来肯定能时来运转，享受荣华富贵。

接着他又一次、两次地往赌棚里押注，谁知手气不灵了，赌一次，输一回，再也没有赢过，杜氏老宅值钱的东西已找不到什么了，他突然想到"偷"！家贼难防，他从舅舅朱扬声家里偷走一件舅妈的皮夹袄，到当铺里换了十来个铜板，又急匆匆地奔向赌棚，谁知肉包子打狗，连押了几次，竟然没有一次赢的，很快又输光了。

杜月笙回到外婆家里，舅父正等着他回来算账，一见月笙垂头丧气地跨进门，便伸手一个巴掌，问道："你舅妈的皮夹袄呢？"

"当了。"

"钱呢？"

"输掉了。"

"侬个小赤佬！兔子不吃窝边草，你竟敢偷舅妈的衣服？"说着挥拳又要打。

老外婆舍不得外孙挨打，上前护拦。

娘舅说："好了，好了！你快滚吧！我算是看透你了，今后不许你再进这个家门。"

外婆也没有办法，只得将外孙又送回杜氏老宅。

从此，无路可走的杜月笙还是和一群流浪儿整天混在一起，偷、吃、扒、拿样样精通。

又过了一年多，家里的破烂已全部卖光，他听人说，不远的大上海，那里五光十色，洋人很多，到那里没准能混出个人样。于是他和隔壁堂嫂商量，打算将属于自己名下的这一半老屋卖掉，做个本钱，到大上海去闯天下。堂嫂听了大吃一惊，因为丈夫杜金龙在上海学徒打工，她便急忙去找月笙的外婆和娘舅，还有姑父万春发，把月笙要卖祖宅的消息告诉他们。舅父本来对月笙早就看透，恨得牙痒，听说他现在胆敢连祖屋也要出卖，不由火冒三丈，连忙跑去把月笙抓住，就在老宅堂屋连打带骂，狠狠训斥了一顿。月笙被打得鼻青眼肿，跪地求饶，老娘舅这才罢手。

姑父万春发也警告月笙："如果再敢提一句卖祖屋的话，也要叫侬'吃生活'（挨打）！"

月笙不敢再提出卖老宅，只得又去哀求外婆说："我就是一路讨饭，也要到上海去闯一闯，省得在家被众人瞧不起。"

老外婆觉得月笙也长大成人了，出去闯闯，未必不是一条活路。当晚就请一位邻居写了一封推荐信，介绍他到十六铺投奔一家水果店，去当学徒。

次日一早，老外婆便送月笙离开高桥镇，向上海县城一路走去。

这一年，杜月笙15岁，走在前面，小脚外婆跟在后面送了一程又一程，不觉已过了庆宁寺，来到八字桥。月笙见老外婆实在走不动了，便双膝跪地，向外婆连磕三个响头，并哭着说："外婆，高桥家乡人人看不起我，我将来回来，一定要一身光鲜，一家风光！我要起家业，开祠堂！不然，我发誓永远不踏这块土地！"老外婆颤抖着双手掏出几个铜板，塞到月笙肩头的小包袱里。月笙连忙说："外婆，你回去吧！"说完抬起头抹去脸上的泪水，快步向大上海走去！

当杜月笙无限风光地回到高桥镇造祠堂时，这位老外婆却未能亲眼看到。这次一别，竟成祖孙永诀。

二 学徒生活

泪汪汪哭别了老外婆，15 岁的杜月笙大步流星地向前奔走，穿过了洋泾镇，很快到了有摆渡码头的黄浦江边。那时黄浦江上不要说架桥，就连轮渡也没有，行人过江全靠小木船（俗称舢板）摇橹摆渡，只需半个小时即可抵达对岸外滩码头。

当时外滩的高楼大厦还不曾着手兴建，外白渡桥还只是一座平桥，而跑马厅、泥城桥北一带更是人烟稀少，一片芦篙，荒草蔓蔓。

杜月笙在外滩下了船一直向南走去，他在船上已向人打听到了往十六铺的方向，不多一会便到了那里。

十六铺一带是上海水陆交通的要冲，从外滩一直到大东门，中外轮船公司如太古、怡和、招商、宁绍等在沿江都设有码头。因此，这里商贾云集，人口稠密，店铺客栈鳞次栉比，水果行更是一家连着一家，每天从早到晚都热闹非常。

杜月笙毕竟在乡下读过几个月的私塾，手里拿着老外婆请乡邻写的推荐信，很快便找到了他要找的"鸿元盛"水果店。

这家水果店门面不太大，老板看了推荐信，又打量了一下杜月笙，觉得这个少年虽然瘦弱了些，但看上去还蛮机灵，就收留了下来。

当学徒没有工资，只管吃住，一个月发两块剃头洗澡钱。

十六铺的水果店大多是中盘批发，从大盘水果行中批发各种水果再转手倒卖给各处水果店，或零售水果摊贩。

开始杜月笙还不能马上就在店里做生意，还有比他早进店的师兄。他主要在店里做些杂活和帮助老板娘做家务，挑水、做饭、洗碗、扫地、刷马桶、倒夜壶，都是他每天必须做的事，从早到晚闲不下来。到了晚上疲惫不堪也只能打地铺睡觉。

几个月熬过去了，老板见他倒还卖力，取得了信任，于是就让他在店里做个帮手，照应门市，或派他上街跑腿，送货提货。

杜月笙走出店门，犹如鱼入大海、野马脱缰。他看到大街上车来人往，五光十色。十六铺小东门一带更是花花世界，光怪陆离，无奇不有。那里是法租界和华界的交界区，烟馆、赌台以及下等妓院随处可见。杜月笙少年时在高桥镇就踏进过赌棚的，此时更是看得心花怒放，吃喝嫖赌，样样都想尝试一下。但他此时只不过是水果店的小伙计，囊中羞涩，这些地方根本不是他去的消遣游乐场所。然而，他又不甘心，实在心痒难熬，于是便常常把店里的水果偷出来做人情，结交朋友。手里稍有几个零钱，他就要往小东门那里去游荡，一见赌棚，赌瘾就犯了，由于钱少，上不了赌棚，只得在马路边的赌摊上掷骰子，押单双，过过赌瘾，但就这样小弄弄，常常也是赢时少，输时多。有一次蹲下来没多一会，就把几个月节省下来的剃头洗澡费输得精光。于是再到店里去偷，日子一长，被老板发觉，把他痛骂了一顿，赶出了水果店。

丢掉饭碗的杜月笙惶惶不可终日，只好流落街头。白天在马路上和小瘪三一起去"抛顶宫"（抢帽子），晚上便去十六铺一家小客栈，挤在一个算命瞎子身旁过夜。一天，无意中遇见了曾和他在鸿元盛水果店一起当小伙计的王国生。一年前，王国生满师后自立门户，开了一爿颇具规模的"潘源盛"水果行。看在师兄弟的情分上，王让杜月笙到他的店里去帮忙，当个店员，两个人不分店东伙计，平起平坐，还按月发给他一份薪水，逢年过节还有花红可分。这让杜月笙大受感动，决心帮助王国生好好做生意，整天在店门口照料业务，使得潘源盛水果行蒸蒸日上。

在这期间，他还学会了削水果皮的独特绝活，即手里拿着一只苹果，眼睛看着别处，一面和别人谈笑风生，一面手里飞刀旋转，眨眼工夫，一圈圈水果皮就被均匀地削下来，一刀到底，粗细如一，中间不折不断，重新拼拢起来又会成为一只实已中空的苹果，人们给他起个绰号叫"水果月笙"。另外他还有个绰号，叫"莱阳梨"——一只烂梨拿在手里，以灵巧的手势，飞快的速度，一转、一削、一剜，就剩下了雪白的梨肉，送到别人嘴边，喊一声："尝一尝来！甜脆喷香的莱阳梨，物美价廉。"

其实，这种安分守己的日子并不合杜月笙的心意。这一年他快20岁了，有了固定的收入，全身上下焕然一新。人靠衣裳马靠鞍，20岁的杜月笙，眉清目秀，一表人才。他揽镜自照，不由得沾沾自喜，洋洋得意。

当然，倘若杜月笙始终能保持这种心情，和王国生保持合作，以衣食相安为满足，那么上海滩上也许会多一个成功的水果巨商，但却永远不会出现一位翻手为云，覆手为雨的杜先生和叱咤风云的闻人大亨了。

然而上海滩是个光怪陆离，五光十色的花花世界，是一口五花八门的大染缸，处处充满了诱惑，这使得杜月笙感到微薄的工资无法满足他生活的欲望。想到"可发横财"、"一本万利"的赌博，他忍不住了，起先是在马路边的赌摊上掷骰子，后觉得不过瘾，又钻进赌棚去搓麻将、推牌九。各种赌具，无所不会，也无所不干。继而是嫖——当时上海妓院分为三等：长三、么二和低级的花烟间。他不敢上长三书寓，也逛不起么二堂子，只能到花烟间去鬼混乱搞。

三 入青帮拜老头子

杜月笙花烟间去多了，在那里结识了一批流氓恶棍，他羡慕这些人各霸一方，狐假虎威，欺压良民，同时也感到自己如果没有后台做靠山，也难以出人头地。于是他拜了小东门一个绰号叫"套签子福生"的陈世昌为师，算是入了青帮，为"悟"字辈。

陈世昌是青帮"通"字辈的，此人胸无大志，靠的是赌和嫖两档为生。

据说杜月笙加入青帮的拜师仪式是在西门大境路关帝庙内履行的，由引见师带领，先在庙门上轻轻敲了三下，庙门随即豁然大开，引见师领着杜月笙等人鱼贯而入。庙内香案上供有祖师的牌位，那个平时在街头以"套签子"（所谓套签子，是一种街头巷尾小来来的赌博，即用一只铁筒，内插 32 支竹签状的牌九，或 16 支铁签，分缠五四三二一不等的五色丝绒，庄家赌客各抽 5 支，如赌牌九，就看配出牌之大小；若赌颜色，则看谁的颜色多而决输赢。这种小赌庄家多是以花生、糖果、铜板作赌注，而赌客输了则付现钱）骗钱的陈世昌，今天以"当家师"的身份，穿了件长衫，一本正经地坐在正中一张靠背椅上，两旁排立着传道师、护法师、赞礼师等香堂十大师。杜月笙等人进入香堂之后，先向三神及众师兄叩头，然后在各祖师神位前磕头烧香，再由引见师带着杜月笙等人对十大师行礼，还要参见在场众位"爷叔"。杜月笙一面磕头，一面谦逊地说着："先进山门为师，后进山门为徒。"最后"老头子"陈世昌在坛前问道："你们今天入帮，是有人教你，还是有人逼你，还是自己情愿？"

众人根据事前教好的话齐声回答："实是自己情愿。"

于是陈世昌又厉声教训道："既是自愿，要你们听好：入帮并无好处。进帮容易出帮难，千金买不进，万金买不出！还有十大帮规，不可违犯！"这十大帮规就是：

一、不许欺师灭祖。

二、不准藐视前人。

三、不准扒灰放龙。（注：扒灰，指吃里扒外；放龙，指出卖帮里。）

四、不准奸邪淫盗。

五、不准江湖乱道。

六、不准引水带跳。

七、不准扰乱帮规。

八、不准以卑为尊。

九、不准开闸放水。

十、不准欺软凌弱。

师傅宣读后，杜月笙等齐声应诺，并将早已准备好的拜师红贴和用红纸包着的赞敬礼奉上。拜师贴背后按统一格式写着16字誓言：

"一祖流传，万世千秋；水往东流，永不回头。"

老头子陈世昌最后还训话："入帮以后，若有违犯帮规，定当家法处置，绝不轻饶！"

杜月笙等接过写着帮规的折子后，才算礼毕。

举行完这套仪式，杜月笙等"同参弟兄"才算成为青帮正式成员。事后，杜月笙还请人在右手腕上刺了一个蓝色的铁锚花纹，作为入帮的标记。

辛亥革命前，上海滩的青帮以"大"字辈当家，陈世昌是"通"字辈，杜月笙按顺序列为"悟"字辈，是很低的辈分了。

和杜月笙同时进香堂，入青帮，拜陈世昌为"老头子"的，据后来杜月笙自己回忆，大概有十多个人。这十多位"同参兄弟"中，后来闻名上海的还有马祥生和袁珊宝。而其中尤以袁珊宝和杜月笙最为接近。袁是上海小东门当地人氏，就在潘源盛隔壁一家水果行里学生意。杜袁二人少年时期情投意合，是顶要好的朋友，从小到大始终分不开。后来，杜月笙跻身上海三大亨的行列，在华格臬路（今宁海西路）营建华宅，袁珊宝便盖一幢房子在李梅路（今望亭路），和杜月笙的住宅前后毗连，以便兄弟俩经常走动，谈拉家常。

和杜月笙、袁珊宝一起加入青帮的马祥生要比杜袁二人路子宽，他是常州人，到上海来谋生，不久便由人介绍，进了法租界同孚里的黄公馆当差。

至于拜师送的赞敬，杜月笙和袁珊宝曾经有过一番小小的争执，他们两人倾其所有，凑在一起一共也只有三块银元。袁珊宝说，我们每人包一块大洋，剩下这一块还可以混几天日脚（日子）。而杜月笙觉得这样做对师傅不够心诚，坚持一人送一块半，袁珊宝不答应，争了半天没有结果，杜只好让他送一块洋钿，自己多送五角，但还觉得太少，又暗地去向王国生借了一块钱，瞒着袁珊宝，索性将一块钱也放进了红纸包。

若干年后，杜月笙解释当时的心情：进香堂入青帮是他一生中的一件大事体，仿佛不这么做，就不足以表示自己的诚心和欢喜。

青帮十大帮规，对于杜月笙的一生影响重大。他由高桥镇上的"小瘪三"到十六铺的"小学徒"，一步步青云直上，直到后来飞黄腾达，也正是得益于青帮传授给他的那一套"社会哲学"。难怪后来很多人都称他"社会学博士"。回顾他一生的经历，和青帮的十大帮规及其所标榜的精神，一一加以对照，就不难发现其间的关联，因此就可以这么说：加入青帮，是杜月笙一生最重大的一个转折点。

潘源盛水果店老板王国生听说杜月笙已拜过老头子，入了青帮，不禁暗自高兴。立即利用他这一层关系，请他外出跑街，以为提货销货可以顺畅通行，不受地痞流氓的欺侮，但结果并非如此。

所谓近朱者赤，近墨者黑，自从拜了陈世昌为师，杜月笙自以为有了靠山，在赌、嫖两件事上更加肆无忌惮。有时在赌棚里，一上桌子就不想下来，连搓三日两夜还不肯罢休。自家输光了，就开始挪用店里的款项，赢了，回来把亏空填上；输了呢，就将希望寄托在下一次，结果亏空越来越大。潘源盛店里亏空实在太大，杜月笙自己也觉得不好意思再去了，于是他就躲着王国生，只好重操旧业，到马路上去"抛顶宫"。

过了一段时间，杜月笙跟着他的老头子陈世昌沿街赌博，也去从事套签子。两三个月后的一天，杜月笙突然在八仙桥遇见了同参兄弟袁珊宝。

"你为什么不回潘源盛？"袁珊宝见面劈头就问。

"这——？"杜月笙不知如何回答，想了半天才说，"我用空了店里不少铜钿（泛指金钱），王国生一定把我恨之入骨，我何必再回去自讨没趣呢？"

"天地良心！"袁珊宝替王国生喊起冤来，忙不迭地说，"王国生天天都在惦记你，常说："这杜月笙也不知跑哪儿去了，自从他一走，我们店里少了个跑街的，生意越来越差。'至于你欠店里的钱，这么久了，我还从未听他提过一个字。"

几近绝望的杜月笙，听了袁珊宝这几句话，觉得有一股暖流流进了他冰封的心扉。他觉得王国生情深似海，恩重如山，自己应当知恩图报，便拉着袁珊宝的手，一起来到老头子陈世昌面前，对师傅说："王国生对我友情深重，不咎既往，我想回水果行干老本行。"

师傅完全同意，并勉励他回去好好干！

于是，杜月笙和袁珊宝一起回到王国生的水果行。

听说杜月笙又回来了，王国生欢天喜地地从店里迎了出来。

为了报答王国生，杜月笙决心重新做人，有一个多月辰光，守在店里，不再出去赌嫖。

但是，江山易改，本性难移。两个月没到，杜月笙又觉得寂寞无聊，日子难以打发。一天晚上，他趁王国生不在，又溜出店门，先到一家赌场赌了个通宵。天亮时，又钻进一家妓院去鬼混。

四 大病一场 险些见阎王

杜月笙不顾自己原本单薄的身体，接连几天的狂嫖烂赌。他忽然觉得浑身酸痛，终于病倒了。

这次的病，来势汹汹，几天工夫，已经无法下床了。

王国生只得掏钱为他请医抓药，调治病症。袁珊宝把他背到隔壁自己的小房间里，悉心照料，端药喂饭，毫无怨言。

可是，一连半个月，杜月笙的病情非但不见好转，反而越来越严重，发高烧，说胡话，一连几天昏迷不醒。医生望着他连连摇头，对旁边的袁珊宝和王国生说："他有性命之忧，药方不好开了！"

两个朋友听医生这么一说，等于给杜月笙发了病危通知，他们不由得都慌了手脚，不知如何是好。

终于有一天，杜月笙悠悠醒来，袁珊宝和王国生忙不迭地一起问道："月笙哥，你在高桥乡下，还有什么亲戚没有？"

杜月笙此时头脑还算清醒，一听这话，就知道自己一定是不行了，两位好友的意思，是在他死后，该向谁去报丧呢？他满心悲伤，强忍泪水，想了想：自己自幼父母双亡，继母不知流落何方，唯一的胞妹生下来不久就送人了，听说外婆也已经过世，老娘舅早已就看他不顺眼。至于伯父和堂兄，从小到大，面都不曾见过几次，自己的死活跟他们有什么相关呢？想来想去想不起一个关心自己的亲人——突然之间他想起一个人，便有气无力地说："要么，倷（你们）去告诉我格姑妈，伊（她）是我爷格阿姐，我姑丈在高桥乡下种田，名叫万春发，伊啦（他们）有个儿子，叫万墨林，今年 10岁，听人说也到小东门来了，勒浪（在）一家铜匠铺里学生意。"

当时，杜月笙断断续续，好不容易把这一段话向他的两位好友说清楚。多年以后，杜、袁、王三人都曾不约而同地说，这是杜月笙死里逃生的一大关键。如果那时候说漏了一句，或者两位听错了几个字，他们找不到万墨林，请不来万老太太，杜月笙一定逃不过那次关口。

十六铺铜匠铺总共只有三五家，袁、王很快找到了万墨林。小墨林一个人不敢回高桥镇，他说出了家里的地址，袁珊宝托了一位经常往来上海浦东的朋友，捎个口信到高桥镇去。

三天后，杜月笙的姑妈迈着小脚，颤颤巍巍地走了大半天赶到十六铺。她一见躺在床上气息奄奄的杜月笙，扑上去便是一场号啕大哭。

多亏这位骨肉情深、心地慈祥的万老太太，她为了救治侄儿的病，不惜喧宾夺主，请袁珊宝让出房间，打了地铺，日以继夜，整整服侍了杜月笙一百天。

听说医生不肯开药方，万老太太便四处求神拜佛，搜求偏方。不知哪位好心人向她建议，蛤蟆粪能治他这种病。上海人所说的蛤蟆粪，就是癞蛤蟆所产的蝌蚪，据说其性奇寒大凉。想不到杜月笙连服几天这种怪药，居然药到病除，寒热尽退，杜月笙渐渐睁开了昏睡的双眼，从鬼门关阎王老爷那里逃了回来。

万老太太见侄儿渐渐痊愈，不胜欢喜，又迈着小脚回了高桥镇。

杜月笙大病初愈，身体衰弱，就在袁珊宝房间里，又休养了半个多月。

袁珊宝是个讲义气的人，他对杜月笙百依百顺，惟命是从。

俗话说："好了伤疤，忘了疼。"杜月笙熬不住了，又要去赌，袁珊宝总会毫不吝啬拿出钱来，让他到路边赌棚小弄弄，过过赌瘾。

难怪后来杜月笙一生，都把袁珊宝看作同生死、共患难的好朋友。袁珊宝对于当年往事，也从不隐瞒。他曾和人谈起过这样一件事："月笙哥赌铜钿输脱了底，他就喊我缩在被窝筒里弗要起来，他把我的衣服裤子裹成一卷，送进当铺，当点钱来作赌本。每逢碰到这种事情，我总是躺在床上暗里祈祷：南无阿弥陀佛观世音菩萨，保佑月笙哥赢到铜钿赎当回来，否则的话，我身上只有一套汗褂裤，岂不是一生一世都爬不起来啦！"

如果就让杜月笙一直这么昏天黑地地混下去，他自己一生一世不得翻身，就连好朋友也要被他拖下烂泥坑。

不过，就在他和袁珊宝山穷水尽之时，好运气终于来了。

五　笙入黄门　成了大红人

一天，走投无路的杜月笙，百无聊赖地坐在袁珊宝住处门口晒太阳，心里正在盘算着今后的出路时，一位老人经过他这里，他是杜月笙师傅陈世昌的同辈兄弟，也算是杜月笙的爷叔，名叫黄振亿，绰号"饭桶阿三"。由于他自己庸庸碌碌，所以一直很欣赏杜月笙的聪明伶俐，活络机灵。如今见他一场大病过后，不再到潘源盛店里去了，靠着袁珊宝，好吃懒做，几乎沦落为穷途末路的"马浪荡"（在马路上过流浪生活），心里不禁觉得可惜。今天又见他呆呆地闲坐在门口晒太阳取暖，便上前去拍拍他的肩头，很诚恳地说："月笙，你这样下去不是事体，如果你有心向上，我可以介绍你到一个地方去，好吗？"

杜月笙懒洋洋的，抬头望他一眼："啥地方？"

"八仙桥同孚里，黄金荣黄老板的公馆。"

黄金荣（1868—1953 年），字锦镛，祖籍浙江余姚。因童年出"天花"面部留有麻点，故时人称"麻皮金荣"。早年在上海城隍庙萃华堂裱画店当学徒。24 岁时进法租界巡捕房任包探，后青云直上，当上了督察长，所收门徒不下三千人。

杜月笙一听"黄金荣"三个字，吓了一跳，几乎不敢相信自己的耳朵，像他这样一个默默无闻，潦倒不堪的穷小子，怎么上得了黄大老板的门？黄金荣是法国巡捕房里的探长，又是上海滩八面威风的大亨，平时高不可攀，八仙桥同孚里的黄公馆，在许多"白相人"的心目中，是做梦都想攀登的高贵场所。

当时，杜月笙有些呆了，黄振亿连声喊他，才把他从沉思中惊醒。他向黄振亿笑笑，说："能跟黄老板，我当然愿意，只是我怕自己不行。"

黄振亿说："行，我说行就行。"

"我还是有些担心。"

"你不用担心。要么，你现在就去收拾行李，我马上带你一道去。"

杜月笙一听，就知道黄振亿有把握了，他大喜过望，连声道谢，并和他约好了见面的时间和地点。等黄振亿转身走了，他立刻欢呼雀跃地跑去告诉正在埋头挑选水果的袁珊宝，袁珊宝一听也高兴得跳了起来，说："这真是再好不过的事情。"

于是袁珊宝帮他收拾行李。所谓行李也就是一床被窝，几件换洗衣服，再有就是毛巾牙刷，没有一件是新的，或者是比较像样的。杜月笙平时在生活上之马虎，可见一斑。

临行时，杜月笙又跑到隔壁向王国生告别，王国生和袁珊宝一起为杜月笙送行。

袁对杜说："我们的同参兄弟马祥生，不也在黄公馆厨房间里吗？你进黄公馆以后，可以去找找他，自家兄弟，他一定会照应你的。"

杜月笙点点头。走了一会，杜月笙突然停了下来，郑重其事地对袁珊宝说："我这次进黄公馆，不管老板叫我做啥，我必定尽心尽力，把事体做好。所以，或许有一段时间，我不能出来探望你。"

"我们各人做各人的事，等你有空的时候我们再碰头。"

"好格。"杜月笙说完直奔和黄振亿约定的地点，见了面，略谈两句，便跟着他向八仙桥同孚里走去。

这一天，天气晴朗，但很炎热，大概下午 4 点多钟，来到了同孚里弄堂口，也就是黄公馆总门。在过街楼下，一边一条红漆长板凳，凳上坐着五六个彪形大汉，穿着一色的黑香云纱褂裤，一个个虎背熊腰，目光闪闪，很像戏台上的短打武生。黄振亿跟他们很亲热地一一打招呼。

走进黄公馆客厅，见地上铺着大红地毯，一套红木家具，也有红丝绒沙发，布置得中西合璧，富丽堂皇。四面墙壁，挂满了名家字画，正中是一幅关公读《春秋》的彩色巨画，画上人物如同真人大小，栩栩如生。两旁泥金绣字长联：

> 赤面秉赤心，骑赤兔追风，驰驱时无忘赤帝；
> 青灯照青史，仗青龙偃月，隐微处不愧青天。

黄金荣自从升为探长后，就不去巡捕房上班。他早上起来，到自己开设的聚宝茶楼去"皮包水"（喝茶），听手下人报告从四面八方传来的消息，自己一边喝茶一边发号施令；回家吃过中饭，约几个朋友，在客厅关公像前的八仙桌上玩纸牌，一面玩牌一面听助手"包打听"报告巡捕房的案子，或轻轻吩咐几句，或布置如何办案。赌局结束，就到离家不远的"日新池"去"水包皮"（洗澡）。晚上，兴趣来时，就会和妻子林桂生到"共舞台"去看京戏。

"老板，"黄振亿走到八仙桌前，恭恭敬敬地说，"我介绍的小团来了。"

"噢！"黄金荣转过脸来，看了一会杜月笙，点点头说，"蛮好！"接着就问："你叫啥名字？"

"小的姓杜，木土杜，名月生，月亮的月，学生子的生。"当时连杜月笙自己都没有想到，他这个只读过几个月私塾的小文盲，竟然说出话来文绉绉的。

"好！好！"黄金荣听了哈哈大笑，向在座的几位客人说，"真是奇怪，来帮我忙的这般小朋友，怎么个个都叫什么生的？苏州有个徐福生，帮我开老天宫戏院，前面有个金廷荪、顾掌生，厨房里还有个马祥生——"

黄振亿唯恐吵扰黄老板的赌兴，因此提出告辞。

黄金荣眼睛望着杜月笙，微笑着问道："马祥生，你总认得的啰？"

杜月笙连忙回答："是。"

"你去找他。"黄金荣一挥手，"你就跟他一道住吧。"

下人带领杜月笙来到后面的厨房里。他发现，黄公馆的厨房相当大，除了灶台，还有两张大方桌，四面放着红漆长板凳。他心想，难道在厨房里吃饭的人，就有两桌之多么？

睡觉是在灶披间里，也就是和厨房毗连的一间小屋，可以堆放杂物，也可以住人。里面放有两张单人床，一张是马祥生的，另一张就是留给杜月笙的。

杜月笙在黄公馆里，最初只能和佣人一起干些杂务活，进出公馆也大都走后门。有时在黄金荣到茶楼喝茶和到浴室淴浴（上海方言，即洗澡）时，跟在后面，倒茶穿衣，服侍照料。生活虽然安定了许多，但却不能像以往那样随心所欲，到处乱跑了。但杜月笙进黄公馆，原本就是要以此为扶梯青云直上的，因此他按捺自己，平时除了奉公差遣，基本足不出户，处处谨慎，事事留神，仿佛换了个人似的。尤其费尽心机，揣摩黄金荣及其周围重要人物的性格脾气，生活习惯，投其所好。

杜月笙发迹之后，曾回忆自己当时在黄公馆的生活是"眼观四方，耳听八面"。因此他给人一般印象是做人诚恳，做事巴结。不久，黄公馆上上下下的人都说："杜月笙这小囝蛮灵格（很灵活，很不错的意思）。"就连黄金荣有时也派他做些贴身差使。

不久，黄金荣老婆林桂生害了一场大病，经久不愈。那时医药不发达，对于一些无法诊断的疑难杂症，便迷信地说是冲了妖魔鬼怪，除了求神拜佛之外，还要些年轻力壮的小伙子看护，借他们头上的三把火，也就是取其阳气，以镇妖邪。杜月笙是被选中的一个，成为最得力的守护人和侍疾者。

林桂生是当年上海滩名闻遐迩的"白相人阿嫂"，原来的丈夫在苏州衙门当捕快，黄常去他家中白相，谈案子，渐渐就与林勾搭上了。林桂生对黄金荣也颇有好感，于是就离开了原来的丈夫，转嫁给了黄金荣。黄金荣置办婚宴，明媒正娶，俩人成为正式夫妻。那年林桂生才二十来岁，虽长得矮小，但却精明能干，一副小家碧玉的模样，很是可爱。她做事敢作敢为，是上海滩所谓"拳头上立得起人，胳臂上跑得起马"的人物。别人都叫她"桂生姐"。

桂生姐自从嫁给黄金荣后，她就成了黄金荣的智囊、参谋，帮他处理各类疑难问题，使黄金荣得益匪浅。因此，黄金荣对她言听计从。

杜月笙善于察言观色，耳听八方，他摸清了掌握黄公馆大权的，不是黄金荣，而是桂生姐。

桂生姐住在二楼一间厢房里，房门口不论春夏秋冬，长年挂着一条白竹布绣边的长帘。"正宫娘娘"平时很少露面，一日三餐也都由丫头送饭菜进去，没有她的同意，谁也不准擅自进房一步。

　　杜月笙被选中派去侍奉桂生姐，他明白只要讨得她的欢心，便有升迁的希望，因此照顾桂生姐十分尽力，真可谓"衣不解带，食不甘味"。别人照顾、守护，无非就是陪坐一旁，只要不跑开就是了，有差便应而已，他则全神贯注，倍加殷勤，但凡桂生姐有什么差遣或需要，他总是自动地抢着去替她办好。比如，逢到丫头送茶送饭，他总是把亲手削好的水果托丫头送进去，请其尝鲜。

　　桂生姐身在内房，却知道门外有个忠心的奴仆在，日日夜夜守护和伺候，奴仆的忠实和殷勤打动了女主人的心。有一次，桂生姐把杜月笙叫进房来："月笙，你来一下，挑你一个差使，好哦?"

　　"师娘只管吩咐好了。"

　　"你替我到老共舞台去一趟，把那边的盘子钱收一收。"

　　所谓"盘子钱"，就是当时戏馆里的前座和花楼包厢座位前，除了一壶茶，还要摆上几只盛时鲜果品的小盘子，供客人享用，任你吃不吃都得付钱，而且价钱昂贵，这是一笔很好的收入，行话叫盘子钱。

　　杜月笙到戏馆找到管盘子的人，结好账，还介绍他今后到袁珊宝所在的水果行去批发水果，可以从中拿到回扣。

　　杜月笙回到公馆，将收来的盘子钱如数上交，一文不少。桂生姐又要他去收用她私房钱放债的"印子钿"（高利贷）利息。他也总是速去速回，保守秘密，不漏风声。一次、两次考验，证明这个容貌平凡的小伙计，倒是个机智灵巧而又忠心耿耿的好帮手。这样，杜月笙渐渐地成了老板娘的心腹。同时桂生姐的病，也渐渐痊愈，而桂生姐把自己的大病痊可，归于杜月笙的守护有功。

　　不久，黄公馆发生了一件惊险事件，使杜月笙大显身手，声誉鹊起，让他由老板的打杂小伙计变成了老板娘的得力干将。

　　那是黄金荣做了一笔烟土生意，货色已经到了上海，不料黄公馆去接货的人，却见财眼开，中途挟货私逃了，现在要请桂生姐快些派人去追查。

桂生姐一听大惊，黄金荣出去了，公馆里的几个"武角"也都不在。所以，林桂生急得直跳脚。这是要动家伙、拼性命的差使。

杜月笙暗自思忖：这是天赐良机，万万不可错过，他鼓起勇气问桂生姐，说："老板娘，阿可以让我去跑一趟？"

桂生姐看他一眼，骨瘦如柴的人，却有豹子似的胆。因为当时实在无人可派，只好点了点头，同时又问他一句："要不要人相帮？"

杜月笙摆出一副英雄气概，头一摇，说："不必了，我这就去。"

杜月笙正要离开，又被桂生姐叫住。"拿去！"桂生姐把手枪往桌上一放，"要是他不识相，送他上西天！"他临行前又从自己的床下拿出一把匕首，出门上了黄包车去追货。那个挟货私逃的人是个小角色，原想弄包烟土变卖之后，回乡当个土财主，慌乱中未曾逃远便被杜月笙追上，枪逼之下，人赃俱获，连人带装有一百多斤烟土的麻袋一起被押回了黄公馆。

杜月笙经此"考验"，为黄公馆立下了汗马功劳，终于成为桂生姐的心腹大将、黄公馆的大红人。

六　吉星高照　运道来了

　　杜月笙在黄公馆虽然渐渐走红起来，但他私底下生活还是苦兮兮的，寒酸得很。比如，他在 20 岁生日时，一批弟兄每人出了一块钱，准备晚上聚餐庆祝，不料一个下午，他就把人家送的份子全部输光，弄得人家哭笑不得。在黄公馆里，别的佣人个个穿的都是绫罗绸缎，唯有杜月笙，每天一身青布褂裤，脱了洗，洗了穿，换来换去，还是那一身。平时剃头洗澡的钱，根本不够他花，常常两袋空空，相当落魄。

　　为了手头活络一些，他有时不得不瞒着黄老板和桂生姐，到外面干些敲诈勒索的小买卖。一次他与同伙去租界一个客栈敲诈，一不小心，还被巡捕抓住。

　　1911 年 4 月 28 日，上海《民立报》有这样一则新闻：

捕房解冒探索诈之杜月笙至案情讯。人和栈伙吕和生、茶房朱彩心禀称："寓客带有烟具吸烟，杜月笙等二人前来，指商人栈中私售洋烟，言如能出洋五元，可免拘解公堂，否则定当重罚。商人系生意人，不欲多事，当给杜月笙五元，有账簿书明为凭。"杜供："小的与张阿四同去，实系张起意，现张不知匿在何处，小的分用一元，余洋均张取去是实。"

从中可以看出，为了区区一元，杜月笙还犯了案。再看日期，1911 年应该是杜月笙进黄公馆后的第三个年头了，怎么还要走出黄公馆干些偷鸡摸狗、冒充暗探的违法勾当？

原来在黄公馆做事，上下人等，并没有固定工资可拿，因为一般人都这么想，既然有黄老板的招牌可以利用，底下人应该反过来按月孝敬黄金荣一些才对。但是杜月笙虽然获得老板娘的信任，他仍还不敢放手自寻财路，和公馆里的其他人相比，他除了不定时的赏赐，没有其他收入，自然就显得比较寒酸了。

桂生姐很快就注意到了这点，她和黄金荣商量以后，决定派给他一个美差，让他到一家赌场去"抱台脚"（给赌场当保镖）。

有一天，桂生姐对他说："月笙，公兴记赌场，侬晓得吧？"

"晓得，是不是在巡捕房隔壁头？"

"对，你去找他们的老板，就说是我喊你来的，要帮帮他们忙，照例吃一份俸禄。"

杜月笙欣喜若狂。"公兴记"是当时法租界三大赌场之一，整天车水马龙，门庭若市。杜月笙每次路过那里，都忍不住地要看上两眼，如今没想到桂生姐居然派他到那里去吃"俸禄"，真是运道来了，连城墙都挡不住。

当天，杜月笙兴冲冲地跑到公兴记赌场，把来意向赌场老板说了。

"小朋友，'空口无凭'这句话侬晓得吗？"

杜月笙没想到吃了闭门羹，只得灰溜溜地回到黄公馆，闷声不响，他怕丢了桂生姐的面子。

过了几天，桂生姐偶然想起，问他："月笙，公兴记那边给你多少俸禄？"

"嗯……"杜月笙支支吾吾，答不出话来。

桂生姐心里明白："是不是他们不给面子？"

"他们说'空口无凭'。"

桂生姐听了勃然大怒，说："好格，我自家带侬去！"

赌场老板看见桂生姐突然驾临，又见她身后还站着个杜月笙，正是那天被他一句话打发走的那个小朋友，不由傻了眼，忙上前满脸赔笑，连连作揖打恭，说："误会，实在误会！"老板赶紧招呼账房："给这位杜先生吃一份长生俸禄，按月支领 30 块现大洋。"

当着那么多人，桂生姐扎足台型，觉得面子已挣回来了。她望着那边停下来看闹猛（热闹）的赌台说："我来推几副。"

"好！好！"老板连声应着，众人连忙起身让位，桂生姐一屁股坐了下来，大家都跑来捧这位"老正娘娘"的场，杜月笙站在桂生姐身后，只见她动作迅速，手法熟练，俨然是一位行家里手，十几副庄推下来，她已经赢了不少。

或许是桂生姐觉得，以她的身份，不宜在赌场中久留，于是回过头来对杜月笙说："来，月笙，你帮我接下去，我还有事，先走一步。"

桂生姐说着就起身往外走，赌场老板亲自把她送到车上。

杜月笙很久没有赌过钱了，手早就痒了，何况觉得面子挣足，无限风光，他呼五喝六，赌得痛快，三个钟头下来，数数筹码，他足足赢了 2400 元之多，这是他有生以来从未有过的快事。

再想想，这个庄家是桂生姐叫他代的，趁现在赢了，见好就收吧，否则等会又输了就不大好。于是站起身来，双手抱拳向大家说："辰光不早了，公馆里还有事体，先走一步了。"

杜月笙话音刚落，四周纷纷抗议："你小子赢了这么多，说走就要走了？"

但是，大家都晓得他是黄公馆的人，谁也不敢阻拦他，抗议了几句也就算了，自认倒霉。

将筹码换了 2400 元钞票，用报纸包了一大包，雇辆黄包车回到同孚里，找到了桂生姐，将报纸打开，桂生姐见赢了这么多钱回来，不由一怔，继而笑着说："月笙，这真叫是你运道来了，啥人也挡不住。我喊你代几副，原想让你赢两个零用钱，输了算你触霉头。哪想到你会赢了这么多。拿去吧，这笔钱统统归你，我一文也不要。"

"我是代你来的，赢钱是你的运气，这钱我不能拿。"

"不是我的运气，是你吉星高照，拿去吧，这钱是你的。"

"不，是你的。"

桂生姐坚持要给，杜月笙一再推却，于是桂生姐说："好吧，我拿 400 块红钱，那 2000 块你拿走。"

"不，你拿 2000 块，我得 400 块就心满意足了。"

桂生姐显然有些不耐烦了："叫你拿，你就拿去，不要多说了。"

杜月笙只好慢吞吞地拿起 2000 块钱走了。

当天晚上，桂生姐把这件事告诉了黄金荣。

"哎呀，你给他那么多铜钿做什么？月笙还是个小团，要给，也要喊他存起来，不要瞎用掉了。"

"不不不，"桂生姐笑着说，"我正要看伊怎么用这笔钱。"

杜月笙捧着 2000 块钱欢天喜地地回到灶披间，进门就问："祥生，要不要用铜钿？"

马祥生躺在床上，懒洋洋地说："你哪里会有钱给我用？"

29

杜月笙往他床边上一坐，再问："你要多少？50块还是100块？"

"不要穷开心了，你能给我5块、10块，我就蛮开心嘞！"

当下，杜月笙把报纸打开，拿出100块钱塞到马祥生手里，马祥生一见那么一大堆钱，一下子从小床上跳了起来："哪来的？"

杜月笙不慌不忙地一五一十，对他说了起来。

马祥生向他道喜，接着就问："你准备拿这笔钱做什么？存起来？还是买房子开爿店，成家立业？"

"我还没有想到呢。"

"那你想到什么了？"

"很久不曾到十六铺了，蛮想念那边的朋友。"

"十六铺末近来兮，今天晚了，明大我陪你一道去。"

第二天，两人向桂生姐请了一天假，说要到十六铺去看朋友。桂生姐什么也没问，点头答应了。

十六铺离同孚里一箭之地，两人很快就到了。

他们先找到了袁珊宝，三位好友见了面，欢呼雀跃，仿佛已分别好多年了。

杜月笙拉着袁珊宝的手，把已经准备好的150块钱塞到他的手里："珊宝，这点钱你收下，手头活络活络，想买什么侬自家去买。"

"你哪来这么多钱？"

"你放心好了，正道来的。你我兄弟有福同享，有难同当。老早我把你衣裳拿去当了去赌铜钿，侬躺在被窝里等我赢钱赎回来——"

提起往事，二人均感叹不已，谈了一会，杜月笙留马祥生跟袁珊宝一起聊天，他独自一人来到隔壁，潘源盛水果行依然如往昔。

王国生一眼看到了他，高兴得跳了起来："哎呀。月笙哥，什么风把你吹回来的？"

不一会，潘源盛的店员学徒全都围了过来，说说笑笑，好不热

闹。这时，杜月笙悄悄一拉王国生的衣袖，两人来到后房，坐到一张
小桌子前，杜月笙恳切地说："国生，以前我有些事情对不起你。"

王国生一听，窘得脸都红了，说："什么了不起的事，亏你有
那么好的记性，还放在心上！"

"我晓得你不介意，那时候，我实在是拖累了你。"

"难得见一次面，你就不要再说了！"

"好的。不过这钱总还是要还你的。"杜月笙说着，将200块钱
塞到王国生手里，同时还递给他一张纸条，上面将所欠店里的公款
分门别类记得清清楚楚，总共是50多块。

"你这是什么意思？"王国生望着手里的钱，惊异地问。

"你也是小本生意，要是店员都像我这样，还不早关门了。这点
钱，你给店里多添些货色。"

"那就算是你加入的股本？"

"不，不。算我连本带利还你的。"

接着，杜月笙又找到了师傅陈世昌、介绍人爷叔黄振亿，还有
以前在这里赌钱时欠过账的那些人，一一分头都送了钱。等这些事
情办完，晚上王国生、袁珊宝请杜月笙和马祥生在一家小饭馆喝酒。
杜月笙坐下来便说："直到今天，我才觉得一身轻了。"

这时，又有些朋友跑来看望杜月笙了，他见人便三五十块地塞
钱过去。

马祥生见杜月笙这样傻里傻气地乱送钱，有些忍不住了，问他：
"月笙，你这是干什么？"

杜月笙笑着说："这帮朋友，平时想得个三五角都得不到，一
旦到手三五十的，你想他们有多高兴。"

"他们高兴，关你什么事？"

杜月笙凑近他的耳朵，悄声地说："不要忘记，我们自家也过
过这种苦日子的。"

七　崭露头角　绝顶聪明

（一）开山门做了老头子

杜月笙从十六铺返回黄公馆，2000 块大洋已所剩无几了。好在他已有了一份美差：在公兴记赌场抱台脚。这份差事实际只是挂名的，就算他一天不去上岗，每月 30 块大洋也照拿不误。

但是，杜月笙对这份差事还是比较感兴趣，只要老板和桂生姐没有其他事情安排，他就经常去那里跑跑。即使自己不赌，看看别人赌也能解解馋，过过瘾。

这时，有个苏州人，叫江肇铭，字小棣，闻听杜月笙在黄金荣公馆走红，名气一天天大起来，就硬要拜他做老头子。按说杜月笙当时年纪轻轻的，何况在黄公馆中，尚未出道，怎么能开起香堂做老头子呢？但江肇铭死乞白赖地硬缠着他，杜月笙无奈硬着头皮收他为徒。这是杜月笙年轻时收下的唯一正式徒弟，也就是所谓开山门徒了。

江肇铭由于形象和举止都和清逊帝溥仪酷似，人们就送给他一个外号——"宣统皇帝"。

让杜月笙没有料到的是，这个开山门的徒弟，还没派上一次用场，倒给他闯下一场大祸。

"宣统皇帝"是个典型的浪荡哥儿，嗜赌如命，自拜了杜月笙为老头子后，走起路来一步三摇。有一天他摇到了英租界一家赌场，这家赌场的老板叫严九龄，是上海滩赫赫有名的大流氓，人称严老九，论其在黑社会的地位，与黄金荣不相上下，平起平坐。他开的这爿赌场以"摇摊"为主。所谓"摇摊"，就是掷骰子，摇缸内放了三枚骰子，庄家为一方，赌客为一方，下赌决胜负。江肇铭喜欢这种简单明了、直截了当的赌法。这天，他连输数场，变得急躁起来，最后将所剩一二百元均押到三点，谁知缸盖一揭，摇出的却是二点。不用说，应该是"宣统皇帝"输了。

但是，按赌场规矩，摇缸内摇出的点子，必须保持原状，要等赌账算清之后，才能变动。

那天，庄家以为赢了，一时高兴，手忙脚乱，或许是粗心大意，未等结清赌账，他就把摇缸盖上重新摇过，放在一边。

江肇铭发现了庄家这一破绽，计上心来，他对庄家笑嘻嘻地说："该你赔我了吧？"

"胡说！你押的是三，我摇出来的是二。"

"不要瞎讲。"江肇铭一口咬定，"摇出来的明明是三。"

这局摇出"二"点，是在众目睽睽之下揭晓的，庄家很自信地问："各位刚才都看到了的啊，我摇出来的是'二'，对吧！"

"是'三'！"江肇铭抢先一步回答，斩钉截铁地说。

四周的赌客明明知道是"二"，但都闷声不响，摸不清江肇铭的来路，大家不敢出来作证，有的存心也想看赌场的热闹。

严老九闻听吵闹声，走出来问明事由，他先吩咐庄家照赔，然后坐下来用江湖"切口"，盘清江肇铭是黄金荣门下"通"字辈尚未出道、名气倒蛮响亮的杜月笙格学生子，一个无名小卒，他有点火了。

"了不起，了不起！真是强将手下无弱兵。我这爿赌场只好打烊了！"严老板似笑非笑地说罢，突然大喝一声，"给我把大门关上，立刻收档！"

严老板一声吆喝，众多保镖轰地一声将大门关上。在场的赌客们纷纷奔向赌场后门，逃出赌场，生怕迟了一步，白白陪江肇铭吃"卫生丸"（子弹）。

这时"宣统皇帝"也吓傻了，他料定不能活着走出赌场，便抱定"横竖横，拆牛棚"的心情，也跟着人群往后门跑，居然平安无事地跑回了黄公馆后门。

第二天，消息沸沸扬扬地传开，英租界的大亨严老九所开设的赌场关门了，起因是杜月笙的徒弟江肇铭去硬吃。

这种传闻虽然在无形中抬高了杜月笙的身价，然而，它同时也给杜月笙带来天大的麻烦。

江湖上的关门收档，是帮派间火并的信号，其中饱含杀机。英租界和法租界，是泾渭分明的两个地区，严老九是英租界大亨，论声望，在上海滩未必在黄金荣之下。而关门等于是向杜月笙乃至黄金荣下了战书。杜某某的学生子江肇铭居然使他关了赌场，这一笔账，全上海人都在看着，严老九到底要找谁去算？

黑社会中人都在坐看初出茅庐的杜月笙如何平息这场风波。

杜月笙知道对方是要掂掂他的份量，因而他不慌不忙，不敢惊动黄老板，以免给其带来难堪。他自家挺身而出，负荆请罪，带上一笔钱，领着徒弟，从法租界走到英租界，向严老九赔礼谢罪，并赔出那天江肇铭"赢"来的钱，请严老九无论如何抽掉门闩，重新开张。严老九关门，是为了挽回面子，如今杜月笙登门道歉，目的也就达到了。他不由暗暗佩服年纪轻轻的杜月笙，落门落槛，有大将风度。

杜月笙单刀赴会，轻松自如地摆平了这场一触即发的火并，在英法两租界博得一个肯担肩胛的好名声，因而声誉鹊起，身价百倍。他既然敢单枪匹马地和严老九"扳斤头"（打交道），便等于有资格和黄老板、严老九一辈人物相提并论了。

黄金荣心中暗暗高兴，觉得杜月笙一天天地变得老练起来，便将法租界的三大赌场之一——公兴俱乐部交给杜月笙经管。

（二）　"剥猪猡"与"捉大闸蟹"

杜月笙至公兴俱乐部走马上任，由原来的抱台脚升任为当权。

所谓当权（或叫经管），并不是由杜月笙当老板。开赌场的老板，都是拥资巨万，财富惊人的广东大亨。杜月笙的任务是保证赌场的安全，赌场老板定期送他巨额款项，以为酬劳。负责赌场安全，也不容易，他不仅仅是抱抱台脚，防止被人打砸抢劫，而且要把上至租界巡捕房，下至强盗瘪三、流氓无赖，都能一一摆平。

上任伊始，公兴俱乐部正面临各赌场时常遇到的两大难题：第一是"剥猪猡"；第二是"捉大闸蟹"。

"剥猪猡"原是上海黑社会的"切口"，它的意思和打闷棍差不多。流氓专在夜间埋伏在隐蔽偏僻之处，抢劫单身行人，他们多半谋财而不害命。不过"谋财"却很彻底，不但金钱饰物全要，连人身上的衣服也要剥光。

各赌场打烊，一般都要到晚上 12 时以后，那些赢了钱的赌客，身上钱包鼓鼓，他们往往成为"剥猪猡"的最佳对象。租界边，街道纵横，弄巷复杂，这是"剥猪猡"的理想活动地区。从赌场里出来而被剥光了衣服，这种事时有发生，赌客自然视赌场为畏途。长此以往，赌场势必生意清淡，门可罗雀。

杜月笙到任后，了解了这些情况，他仗着朋友多，耳目灵，很快就找到了那帮专干"剥猪猡"勾当的地痞头目，跟他们坐下来谈判，答应法租界的三只赌台，每月在盈利之中抽出一成，交给他们分配。条件是：凡法租界三只赌台出来的赌客，任何人不得再遭遇"剥猪猡"的危险。

对方很高兴地说："月笙哥，就凭你闲话一句（说话算数），我保证那些小兄弟们一定照办。"

此后，法租界的三大赌场生意果然又红火起来，就连华界、英界的赌客，也有不少转了过来。

所谓"捉大闸蟹"，实际上是租界巡捕捉赌。巡捕房虽然按月收取各赌台所孝敬的红包，但为了敷衍社会舆论，维持租界当局的威信，有时也会兴师动众地闯进赌场，捉几个人去向洋人交代。

起先，赌徒被捉进捕房，只是罚几个钱，但不知从何时起，由一位外国捕头定了一条惩罚规则，捉住赌客后，将他们用绳子一连串地绑着游街，如同小菜场用绳串起卖的螃蟹，老上海因而戏称为"捉大闸蟹"。

但凡能到赌台去玩的人，多半都是有点"身份"的人，罚几个钱无所谓，当"大闸蟹"游街，被小孩子跟在身后看热闹，实在有点吃不消。这样一来，各赌台营业一落千丈。因此这是一个使赌场老板很头痛的老大难题，连黄金荣也感到棘手。

杜月笙也感到这件事情比较难办，因为外国人定好了规矩，一时间不可能收回。经过几天的冥思苦想，终于被他想出一条避重就轻的妙计，叫做"只捉前和，不捉夜局"。

原来赌场一般开日夜两场，照赌场行话，日场叫"前和"，夜场谓"夜局"。大赌客多数参加"夜局"，杜月笙托黄金荣在巡捕房打好交道，从今以后，如要捉赌，务必"只捉前和，不捉夜局"。白天在众目睽睽之下捉赌，既有利于巡捕房作官样文章，也让众多赌客可以放心去赌"夜局"，一举两得，何乐而不为呢？

桂生姐听说杜月笙想出这条妙计，但还有问题，就问他："照你这个办法，谁还肯到'前和'里来赌呢？"

杜月笙告诉桂生姐："不要紧。以前专干'剥猪猡'的那班小朋友，白吃赌台的'俸禄'，为时已久，'养兵千日，用在一时'，让他们在'前和'场内专充被捕角色，巡捕房要捉，只捉他们，其他赌客保证无事。"

桂生姐开心地哈哈大笑，杜月笙真不辜负她的赏识和提拔，用他想出来的办法，果然三大赌台碰到的两大难题均迎刃而解，赌台上的营业丝毫不受损失。黄金荣连连夸奖杜月笙："绝顶聪明。"

八 第一次做了新郎

杜月笙的名声在法租界乃至上海滩，叫做芝麻开花——节节高。

桂生姐发觉，杜月笙自从去了公兴俱乐部当经管，近来常常三天两头地又往妓院跑。她想，这是个得力的干将，必须要把这位能干的心腹牢牢地掌握在自己手里。她想来想去，终于想出了一个牢靠的办法——替他早点安个家，好稳住他的心。于是她热心替杜月笙做媒，把自己苏州的远房亲戚、曾为她在苏州时梳过头的阿四，原名叫沈月英的嫁给他。

一天晚上，桂生姐将这一喜讯告诉了杜月笙："月笙，你看上次来作客的苏州阿四，怎么样？要是你不嫌弃的话，我做主把她娶过来。"

杜月笙对这突如其来的喜讯感到惶恐，一时不知如何回答是好。

桂生姐接着说："男大当婚，女大当嫁。你今年已经27岁，应该成家立业了。而现在你是匹野马，要有人管束。我看阿四还不错。"

杜月笙说："好是好，只是我现在还没有落脚之处，在灶披间，能结婚吗？"

桂生姐豪爽而热情地说："这你就不用担心了。办喜事的一切费用，我桂生姐全包了，只要你以后别忘恩负义。"

"我怎么会呢？"

"好，你明天就去找人写个帖子，我选个吉日，叫老头子正式收你为徒。以后什么事，我们夫妇都能给你顶着。"

杜月笙自 1908 年进黄公馆，虽已六七年了，和其他许多下人一样，叫黄金荣师傅，但都还没有递过帖子，不能算是正式的徒弟。这次由桂生姐建议，黄金荣在同孚里黄公馆的客厅，接受了杜月笙三拜九叩首的大礼，并接过了他的门生帖子。

紧接着，桂生姐又马不停蹄地派人到苏州，把沈月英母女接来。1915 年春天，桂生姐选了个黄道吉日，黄金荣帮杜月笙在同孚里租了幢一楼一底的房子，算作新房，为他风风光光地举办了婚礼。黄老板亲自出马，担任大媒。

婚礼规模不大，却很热闹，在迎亲队伍中，最引人注目的是那顶宁波龙凤花轿，那是花大价钱租来的。花轿抬进同孚里，鞭炮声声，锣鼓喧天。杜月笙没有什么亲戚，只请了高桥镇的姑母万老太太和表弟万墨林，以及老娘舅、舅妈，还有嫁到黄家的一位阿姨。但其他弟兄朋友们到得很多。桂生姐要他把开香堂的同参弟兄和师傅、爷叔，以及水果店的同事，还有后来进黄公馆认识的朋友，和在公兴记赌场打交道的各路英雄，一个不漏，全部请到。与此同时，还由黄老板出面，将公董局和巡捕房里的人，作为上宾请来撑世面。

据万墨林后来回忆说，当时他一心想帮点小忙，但是杜月笙的朋友实在太多，他们一拨一拨的来，什么事都有人在料理，他这个亲眷反而事事插不进手。

39

喜筵设在同孚里，客厅和天井都摆满了四方桌或圆台面，吃的是流水席：客人凑齐一桌便开，吃完了就走，周而复始，川流不息，酒席整整吃了 10 天。浦东来的亲戚，住法租界栈房里，临行返乡时，杜月笙每家奉敬 20 块大洋做旅费。因此无论娘舅、阿姨和姑母，人人都觉得称心满意。

结婚当天，在贺客来宾中赌友也不少，杜月笙一时兴起，不顾新娘在房中独守，竟然跑出去赌。

杜月笙婚后，夫妻感情还不错，家务杂事，都由丈母娘一手操持。据后来黄金荣的寡媳李志清说："杜月笙真是应了林老太太（即桂生姐）的那句话：'成家立业。'成家后的杜月笙，事业一天天的发达，收入一天天的增多，新建立的杜家，就已经有了欣欣向荣的兴隆气象。"

不过尽管小两口十分恩爱，但沈月英迟迟没有生儿育女，于是收养了一个儿子名叫杜维藩（小名林宝）。杜对领来的林宝十分喜爱，因为领了他为儿子后，事业蒸蒸日上，兴隆发达。黄金荣见了这个男孩，也十分喜欢，收他作干儿子，由于这层关系，两位亲家乃以兄弟相称，杜月笙改口喊老板"金荣哥"，称老板娘为"桂生姐"。

但好景不长，杜月笙发迹后，发现妻子和原来苏州的一个表兄有来往，常常私下约会相见，有损他"大亨"的声誉，便将她软禁起来，不许露面，对外宣称她身患重病，自己又连续娶亲。沈月英被关禁闭达 20 多年之久，直到 1937 年 12 月病故。

据后来一直担任杜月笙账房的黄国栋先生撰文说，1989 年，杜维藩自台湾来沪探亲访友，为养母假龙华寺做道场超度亡灵。杜维藩还在黄先生的陪同下游览了上海，参观名胜古迹，然后十分高兴地离去。

沈月英失宠后，杜月笙于 1918 年，一年之内连娶了两位夫人。上半年讨的陈氏，名帼英，15 岁，初中学生，来自苏州农家，为人正派，文淑贤慧，替杜月笙一共生了三个儿子。陈氏娶进门时，钧福里住不下了，便在民国路（今人民路）民国里另设一个家。华格臬路公馆建成后，陈夫人居住二楼，直到老死，也未离开这里。

下半年娶的第三位夫人孙佩豪，也是 15 岁，同样来自苏州，小家碧玉，楚楚可人。杜月笙为孙氏也在民国里另租了幢房子居住，后搬入华格臬路住三楼，人称三楼太太，养了两个儿子。1928 年，杜月笙在娶第四位夫人时，遭到孙的反对。孙氏一气之下，带了两个儿子和佣人离开杜家前往美国，直到抗战胜利后才回上海。孙佩豪后亦随杜迁港，因坚尼地台屋小人多，难以入住，另在附近地段租房生活。

杜月笙后来还结过两次婚，夫人分别是姚玉兰和孟小冬，这是后话，暂且不表。现将杜月笙婚姻状况，列简表如下：

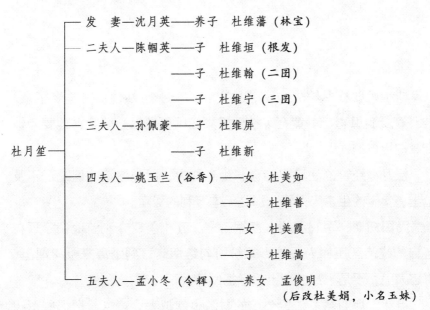

发　妻—沈月英——养子	杜维藩（林宝）
二夫人—陈帼英——子	杜维垣（根发）
——子	杜维翰（二囝）
——子	杜维宁（三囝）
三夫人—孙佩豪——子	杜维屏
——子	杜维新
四夫人—姚玉兰（谷香）——女	杜美如
——子	杜维善
——女	杜美霞
——子	杜维嵩
五夫人—孟小冬（令辉）——养女	孟俊明
	（后改杜美娟，小名玉妹）

杜月笙

九 招兵买马 抢土卖土

桂生姐要杜月笙先成家，后立业，一手操办替杜月笙娶了亲。杜月笙受到恩惠，对黄金荣桂生姐夫妇俩更是忠心耿耿，他要为他们赚取更多的钱财。

杜月笙经管的法租界赌台，生意红火，财源滚滚。但是远不及抢土、卖土的生意来得快，那是无本万利的买卖。

民国初期，军阀混战，割据一方，互相争权夺利。他们除了在各自的统治区压榨人民外，又纷纷勾结烟商，到上海来贩卖烟土，毒害人民。于是上海的烟土生意越做越大。

自然，烟商越多，黄公馆的财源也就越大。黄探长把那些军阀贩土的线索通风给桂生姐，再由桂生姐布置给杜月笙等人，每逢那些烟商运土进租界时，就半途拦劫，客气点抢一半，不客气时一扫而光。烟商被抢，遭到损失，可是因为被抢的是违法私运的毒品，又不敢报官，只能哑巴吃黄连，有苦说不出。

但到了民国七年（1918年），黄金荣的抢土生意不行了，那是因为遇到了"大八股党"的阻碍。

"大八股党"是上海滩以英租界巡捕房探长沈杏山等八人为头目的流氓组织。另七位"好汉"是季云青、谢葆生、杨再田、鲍海筹、郭海珊、余炳文、戴步祥。他们的根据地在英租界。这帮人从抢烟土开始，渐渐与土商达成协议，由土商给他们一笔巨额的"保护费"，由他们保护烟土运输的安全。随着势力的扩展，"大八股党"打进了上海当时的两大缉私机关：水警营和缉私营。有一段时间，这些党徒甚至担任了这两个"肥"营的营长。于是官匪合一，原本缉私的机关都变成了走私组织。烟土运到上海吴淞口外，便经过他们武装护送，一路畅通无阻地运到英租界出卖，他们从而控制了上海的大部分烟土生意。两年不到，八个流氓个个腰缠万贯，而且高官厚禄，成为穿着制服的强盗，公开贪赃的官商。这样一来，黄金荣手下靠"抢土"发财的"英雄"们，一个个目瞪口呆，惊慌失措，不知如何是好。

黄金荣和桂生姐把杜月笙找来，问他怎么办？

开始，杜月笙也束手无策。"大八股党"财势浩大，又勾结了水警营、缉私营和英捕房，如果和他们硬拼，肯定是以卵击石，寡不敌众。

杜月笙小时候书读得不多，但《三国演义》之类的旧书听得不少。经过反复的冥思苦想，他终于悟出一个办法："火拼不行，唯有智取！"

两天后，他把这个想法告诉了桂生姐："他们有个'大八股党'，我们何不来个'小八股党'，以八股对八股，和他们较量较量。具体的办法，就是搜罗一批亡命之徒，组织一支精干队伍，神出鬼没，在暗底下和他们捣蛋，在他们没有防备时，我们突然袭击，总能抢到一些土商的烟土，叫他们也感到头疼。他们收了人家的保护费，拍胸脯、打包票，保证不会再有抢土的事情，对不起，我们偏生要抢！不管抢得到抢不到，我们都要抢给他们看看！"

黄金荣、桂生姐听后表示同意。杜月笙便开始招兵买马，组织抢土队伍。他首先找了四位穷愁潦倒，却艺高人胆大、号称"四大金刚"的小兄弟。

第一位顾嘉棠，懂武术，方头大耳，个子不高，却身胚结棍，有霹雳火、猛张飞的火爆性格。此人以前就参加过抢土行列。

第二位是高鑫宝，球僮出身，在网球场上代外国人跑来跑去捡球，学会一些无师自通的英语，训练出眼明手快、反应敏捷的本领。此人经常聚众斗殴，打群架，敲竹杠，带有一副"洋"流氓的习气。

第三位叫叶焯山，小名阿根。曾在美国领事馆开过汽车，故绰号"花旗阿根"。枪法很准，百发百中，据说他可以在一个小房间里，无论何时何人向天花板抛一枚铜板，他从腰里拔出手枪，不需要仔细瞄准，便可击中尚未落地的铜板。

第四位是芮庆荣，世居上海曹家渡，打铁出身，此人腰圆膀阔，臂力过人，但脾气急躁，残暴异常，据说曾将自家的老婆用门闩活活打死。当过军阀李宝章的"大刀队"队长。因他到了哪里，哪里就有灾祸，人们视乌鸦为不祥之物，故别人都叫他"火老鸦"。

这四个人早就与杜月笙相识，有的还一同劫过"土"，有的是青帮老头子陈世昌介绍，有的是当初"抛顶宫"时认识的。现在杜月笙把他们找来，听说是要吃"土"饭，发"土"财，个个磨拳擦掌，喜形于色。

杜月笙觉得真办起事来，四个人还嫌不够用。不久，又先后物色了四个人：杨启棠、黄家丰、姚志生、侯泉根。他们都是卖力气活的工人出身，巴不得能为鼎鼎大名的杜月笙服务，况且一见面，杜月笙就大把地给每个人塞钞票，还和他们称兄道弟，平起平坐。

于是，以这八个人为核心，建立了一支武装部队，人称"小八股党"。他们八个人一条心，跟着杜月笙走，出生入死，流血拼命，成为杜月笙在上海滩打天下的基干队伍。

黄金荣和桂生姐十分惊奇，杜月笙怎么这么快就建起了"小八股党"？

队伍建成，杜月笙便计划抢土。拦路抢土，便衣军警可以开枪，格杀勿论。但他率领的"小八股党"，或趁月黑风高，或在雨雪交加之夜，看准时机一拥而上，不论多少，抢到手就跑。"大八股党"虽然严密防范，但由于烟土运输路线过长，人手毕竟有限，加之杜月笙手下耳目众多，地形熟悉，弄得"大八股党"顾此失彼，防不胜防。

这样一来，"大八股党"虽收取土商的巨额保护费，但夸下的海口便成了吹牛皮。有些土商为求营运顺利，不得不转向黄金荣、杜月笙暗中孝敬巨款，而原属"大八股党"的一部分财源，便滚进了黄金荣、杜月笙等人的腰包。

"小八股党"抢到的烟土，秘密运送到三马路（今汉口路）潮州会馆。这里当时还很偏僻，馆内存放有许多棺材，有的装着客死异乡的潮州籍人士的尸体，等候家属来扶柩还乡；有的则是空的，那是做好事的潮州籍人，买来存放在那里，准备为无力殡葬者作施舍用的。此处平时显得凄凉阴森，人迹罕至。

杜月笙和"小八股党"，看中了潮州会馆这个地点和殡房里的那些空棺材，买通了会馆管事。深夜里，抢到了"土"，便运来放在空棺材里。等有机会，再化整为零，分小批取回去贩卖。

烟土一天天地增多，潮州会馆的空棺材渐渐放不下了。杜月笙灵机一动，打算自家开一爿烟土公司，公开出售。这是无需本钱的买卖，何乐不为呢？他把这个想法和桂生姐商量。桂生姐表示赞同，但就怕黄老板（金荣）有顾忌，他是巡捕房探长，要捉烟赌，怎么敢公开卖"土"呢?

"不要紧,我们不挂土行招牌,也不要黄老板出面。就算是你和我合办。"

桂生姐想了想,说:"也行。你们先干起来,不要让老板晓得。"接着她笑了起来,说:"说起来真巧,你姓杜,木字旁一个土,我叫桂生,木字旁两个土,看来我们都要靠'土'吃饭了,也许我们命中注定与'土'有缘,真要靠'土'发家了。"接着她问:"你要多少本钱?"

"我想买幢房子,装修装修,两三万块钱差不多了。"

"好。"桂生姐点头说,"我出一万,你出一万,再让金廷荪参加算一股,也出一万,我们三一三十一,总共三万元。"桂生姐边说边打开保险箱,取了一万块银票,交到杜月笙手上。

杜月笙拿了钱却不走,站在那里发愁。

桂生姐一眼便看出来了:"阿是你凑不出股本?"

杜月笙点点头。

"差多少?"

杜月笙笑笑,没开口。

桂生姐打开保险箱,又拿出一万块银票递给杜月笙,说:"就算是我借给你的,几时有钱几时还,不要利息。"

"谢谢师娘!"

杜月笙出了门,立刻跑到混堂(浴室)里,找到金廷荪,两人就在大池里边泡澡边商议,总共花了约两个小时,一切公司的章程都拟好了。

"公司叫什么名字?"最后,金廷荪问。

杜月笙想了想,说:"三鑫。一二三的三,三个金字的鑫。师傅的名字里有个金,你的尊姓也是金……"

"那么,还有个金字呢?"

"我杜镛名字里不也有个金吗？"

杜月笙和金廷荪两个人，于民国七年（1918）冬，拣个黄道吉日，在法租界大马路（今金陵东路）惟祥里弄堂口挂出一块没头没脑的金字招牌——三鑫公司，开始做起烟土生意来。

惟祥里弄内有五幢房子，第一幢为写字间（办公用），其余四幢都是仓库。从弄堂口起设有一道道铁栅栏，日夜都有安南巡捕守卫。由于黄金荣只能幕后操纵，不便出面，公司的董事长就由杜月笙出任，金廷荪任经理。

三鑫公司开张以后，法租界的烟土，零售批发，全部集中在此，营业蒸蒸日上，财源滚滚而来。但上海滩很多人以为这是个专办慈善事业的企业。他常常派人到八仙桥一带施粥施饭，寒冬腊月，在公司门口向贫民叫花散发棉衣。与此同时，杜月笙还购买大量棉衣，亲自或派人运往家乡浦东高桥镇，挨户赠发给贫苦乡民。每到夏天，他又购买大量施德之"痧药水"、雷允上"行军散"，同样送到高桥镇挨家散发，并叮咛乡里父老、兄弟姊妹，在炎炎夏日要注意卫生，严防疾病传染。

他还一次出资 7000 银元，重建高桥沙巷的观音堂；又一口气建造了高桥乡间的 23 座大小石桥。这样一来，让人觉得杜月笙俨然是一位慈善的大富翁了。

十　来了张啸林　如虎添翼

三鑫公司的生意越做越红火，规模也越来越大。老上海人干脆都称其为"大公司"。大公司为了增加实力，四处招兵买马。

由杜月笙组建起来的"小八股党"，此时也一个个旧貌换新颜，脱下短打，穿上长衫，在三鑫公司里担任重要职务。而共过患难的最要好的朋友袁珊宝也被召来，做了公司的职员。

杜月笙在高桥的姑母万老太太也来了。她在乡下听说杜月笙发达了，老太太不辞辛苦，又跑到上海来找杜月笙，她要求将儿子墨林安插在大公司找个活干，也好多赚点钱，将来成家立业。杜月笙感恩这位姑母当年救过自己的命，自然一口答应，就让表弟先到自己家里相帮打打杂，大公司里边给他挂个名，拿一份工资。

按说万墨林和杜月笙是姑表兄弟，属于同辈，但他早已跟杜月笙的堂兄女儿订了亲，这样算晚了一辈。因此，他进了杜月笙家便作为小字辈称呼杜月笙为"爷叔"，称沈月英为"婶娘"。

别看万墨林认不得几个字，但他的记忆力却特强，任何电话号码只要听上一遍，就能牢牢记住。据说他能记住亲友、门徒、机关、企业等190多个电话号码，成为杜月笙的活的电话号码簿。

打此以后，万墨林忠心耿耿，成了杜月笙的总管家，以后又跟着到了香港，直到杜月笙去世。

接着，宝大水果行的黄文祥来找杜月笙。黄也是当年杜月笙流落街头时的救命恩人，常常把好水果当作烂水果，让杜月笙在街头叫卖，帮杜渡过不少难关。如今，他的儿子黄国栋已经长大，想到大公司来谋个职位，杜月笙"闲话一句"，满口答应。杜知道，黄国栋跟他父亲学做过不少年的生意，擅于理财，就让他做了账房先生。

之后，黄国栋一直为杜月笙效力，管理财务，直到新中国成立初期，还替杜月笙看守上海的杜公馆，主仆之间胜于手足兄弟。

这时，从杭州来了个混世魔王、人称猛张飞的人物——张啸林。他入伙了三鑫公司，担任经理，使公司如虎添翼，更加飞黄腾达。

张啸林，浙江慈溪人，1877年生于杭州，原名小林，发迹后改名啸林，取"猛虎啸于林"之意。中等身材，圆头豹眼，为人凶狠，性格暴躁，"妈的个×"常挂在嘴上。幼时读过书，后进入浙江武备学堂，与后来浙江陆军中称为"武备派"的军阀张载阳、夏超、周凤岐等人同学，学得一口京腔，官派十足。后到上海拜青帮"大"字辈樊瑾成为"老头子"，在南市一带和流氓一起贩运鸦片。有一次与抢土的杜月笙等人相遇，一场殴斗。杜月笙听说这只老虎也是青帮弟兄，比自己还大一辈，就请出帮里的人进行调解，并邀他进黄门合伙。

真是不打不相识。张啸林加入"三鑫"后，便到浙系军阀中活动，很快沟通了上海淞沪护军使何丰林等人的关系。因而"三鑫"成了军阀和流氓势力合伙贩卖烟土的公司，当然生意兴隆，业务一帆风顺，每年盈利高达数千万元。

以后，张啸林和黄金荣、杜月笙结成八拜之交，成为上海滩横行一时的"三大亨"。抗战期间，张啸林投靠日伪当了汉奸，被手下保镖开枪打死。

张啸林为了显示自己与军阀的关系，他进黄公馆第一件事，就是通过其武备学堂同学、现已做了浙江省省长的军阀张载阳的间接关系，迎接下台的北洋政府总统黎元洪到上海黄公馆来作客。

黎元洪原是北洋政府的副总统，袁世凯一死，他又继任大总统。不久被直系军阀逼迫退位，他藏着大小15颗总统印信，携带姨太太危文绣仓皇出京，先流落天津，几经努力妄想复位，但缺少枪杆支持。黎元洪先派他的秘书长饶汉祥南下上海找出路，于是与张啸林、杜月笙接上关系。

1923年9月，黎元洪一行秘密抵沪，住进了杜月笙事先为他安排好的杜美路（今东湖路）26号的一幢洋房里，作为"总统"的"行宫"，在"行宫"四周及前后大门，杜月笙又差遣"小八股党"严密防守，负责安全保卫。自己和张啸林也成了"大总统"的保镖，时刻不离左右。

黎元洪抵沪后，当天黄金荣即在"行宫"举行隆重的迎接仪式，而且鞠躬打揖，口称黎元洪为"总统"。"总统"大喜，当场御赐上将军装一套，并在胸前挂满各种闪光的奖章。他希望这位上海滩大亨能扶他一把，在上海组织政府，使自己再坐龙庭。"总统"夫人见这位大亨盛礼相待，深感过意不去，就将慈禧太后享用过的镶金烟枪连同烟盘作为见面礼赐赠主人。黄金荣受宠若惊，更是百般奉承，于是三日大筵，五日小宴，侍奉"总统"。

接着杜月笙又在府中宴请"总统"一行，并邀达官显贵、社会名流等作陪。黄金荣在一旁吹捧杜月笙是位广交朋友、仗义疏财的不可多得的朋友。黎元洪感叹自己就缺少这样一个文武全才的部下帮他打天下，立"朝纲"。他为了感谢杜月笙的慷慨好客，鼎力相助，要秘书长饶汉祥当场书写了一副对联相赠：

春申门下三千客，
小杜城南尺五天。

经这位骈文大师秘书长解释，杜月笙知道了上联写战国时的春申君，其门下多养食客，以仗义疏财，交游广阔而闻名；下联指唐朝京城长安南郊的杜曲地方，此地盛唐时为贵族住宅地，因门第高贵，大有去天尺五的显赫气势。饶汉祥以此典故暗喻杜月笙重义气、爱朋友，杜公馆门庭若市，气派非凡。这等于送杜月笙一块金字招牌。

杜月笙不禁沾沾自喜，如获至宝。后来他特地请来高手，将此联制成黑底金字，悬挂在客厅里，一生对此夸耀不已。

黎元洪在沪期间，曾召集章炳麟（太炎）、唐绍仪等旅沪名流和章士钊、许世英等政界要人，以及各省、各派代表在"行宫"开会。他提出想在上海重组新政府，请大家讨论，很多人不同意，认为这样做足以陷上海于战火境地。黎元洪感到无奈。他在杜美路"总统行宫"住了三个月，一无所获，最后不得不离开上海前往日本。临行前一天，黄金荣恭请黎元洪和夫人去共舞台看一次戏。那天演出的戏目是吕美玉的《鸿鸾禧》、张文艳的《骂殿》，还特请了名乾旦王芸芳加入演出。原来在这里演红的坤伶露兰春、孟小冬都已先后离开了。当时共舞台是男女演员同台合演的戏院，这在北方还很少见，因此"总统"夫人看了特别高兴。

这一天，共舞台观众爆满，盛况空前。但谁都不知道他们那天是如此的幸运，正和黎大"总统"同在一座戏院听戏，而黎大"总统"曾在上海与民同乐的秘闻，直到几年后黎元洪逝世时才在报上披露。

十一 黄老板阴沟翻船

正当三鑫公司人丁兴旺、蒸蒸日上的时候，公司后台老板黄金荣却摔了个大跟头，黑社会人称之为"跌霸"。

这件事还得从黄金荣捧坤伶露兰春说起。

露兰春（1898—1936 年），原籍山东，8 岁时丧父，随母流落河北及京、津一带。不久，母改嫁。因继父是扬州人，故露兰春又自称维扬人。继父见她聪明伶俐，让其学唱京戏，取艺名露兰春。

露兰春长大后，连她也搞不清楚自己原来叫什么名字。1912 年 6 月，先在天津首次登台演老生戏《文昭关》《战蒲关》等。同年 10 月，南下上海，在天仙合记茶园以《九更天》《托兆碰碑》《洪羊洞》为打炮戏（谓远来名伶初次登台演出拿手好戏），受到上海观众的欢迎。

1914 年，离沪赴武汉等地演出。两年后又返回上海搭班演于各茶园（戏院）。这时的露兰春已是二九年华、婷婷玉立的大姑娘了，不但台风好，卸妆后更为漂亮。她除擅演《逍遥津》《斩黄袍》《辕门斩子》等一类唱工老生戏，还能演《落马湖》《独木关》《翠屏山》一类的武老生戏，且音色嘹亮，扮相俊美，深受观众喜爱，场场客满。沪地各茶园争相延聘。

消息很快传到黄金荣那里。黄想出一条妙计，先派手下人在露兰春演出时，不停地捣乱，使她无法正常演出，然后再让人去游说，告诉她：要想在上海滩唱戏走红，只有去求黄老板赏光。露兰春无奈，只得登门去求黄金荣。黄一见美人求上门来，自然满口答应，还为她安排一处房子让她居住，并派人"保护"，出门演戏，则用黄包车专门接送。露兰春十分感激。

当然，黄鼠狼给鸡拜年，不安好心！没隔多久，就有人前来向露兰春作媒，说黄老板看上她了。露一口回绝！可是黄金荣却说，先礼而后兵，不管她愿意不愿意，就三天两头死皮赖脸地往露兰春房里跑。露想反抗，怎奈孤单一人，无亲无援，只好忍气吞声由着麻皮摧残。黄金荣开头还偷偷摸摸的，后来干脆公开宣称露是他的小老婆。

新建造的共舞台刚一落成，黄金荣便让露兰春挂头牌，长期落户共舞台，演出她的拿手剧目。那时上海风行时装连台本戏，于是新排了数本《宏碧缘》和《枪毙阎瑞生》，由露主演，影响很大。剧场门口霓虹灯客满牌经常高悬。百代、高亭、胜利等数家公司还替露兰春灌了许多唱片。特别是《阎瑞生惊梦》一张，曾风行一时。其中"你把那冤枉的事对我来讲，一桩桩一件件桩桩件件对小妹细说端详"一段"二黄"唱腔，脍炙人口，流传久远。20世纪二三十年代的上海大街小巷，几乎到处可以从手摇留声机里听到它，至今在上海同济大学工会京剧票房里，有位土木工程系老教授还常常喜欢清唱这一段。当时"露兰春"三个字在上海滩真是红得发紫，报纸广告上的名字，每个字都比鸭蛋还要大。黄金荣对其更加"爱"不释手，他怕夜长梦多。"小老婆"毕竟名不正，言不顺，他要正式把她娶回家才保险。

俗话说，树大招风，人怕出名。尤其是出了名的女伶，置身在黑暗年代、十里洋场的大上海，更易招意外。露兰春出名后，社会上就有不少"公子王孙"慕名而来，又送花篮，又请吃饭，都在动露兰春的脑筋。其中就有这么二位：一位是颜料大王薛宝润的儿子薛恒，排行老二，人称薛二；另一位是浙江省督军司令卢永祥的儿子卢筱嘉。若是富豪的儿子还好说，略施小计，就可以送他上"西天"；而卢筱嘉这位军阀的儿子就不太好对付了。为此，差点送了黄金荣的老命。按说，这法租界是他黄金荣的地盘，谁敢在太岁头上动土？但也活该他倒霉出事。

一天，露兰春又贴出她的拿手大轴戏《落马湖》，卢筱嘉坐在二楼包厢里看戏，身旁还带着两个"心腹"。这天黄金荣也亲自坐镇共舞台，暗中保护他的"小美人"，以防出事。谁知露兰春在化妆时就觉得今天不对劲，头晕目眩！或许是太累了。这些天来，白天、晚上两场戏，夜里还要陪着黄麻皮常常闹个通宵。今天虽然有气无力，临时也不好回戏，所以还是强打精神，准时上场。等她演黄天霜出场念白亮相以后，要把腰间垂带踢上肩头，可是连踢三次，都未完成。这是武生演员最起码的腰腿功，怎么你头牌当家主演，连这点水平都没有，还唱什么戏！一般观众慑于黄金荣的声势，谁也不敢吱声，唯有坐在包厢里的卢公子，不停地吹着口哨，连连狂叫"好功夫！"再说露兰春听下面有人叫倒好，更加心神不定，两腿发软，差点没倒在台上。

黄金荣一见不好，随即给手下丢了个眼色，示意去收拾一下那个带头吹口哨的家伙，给他一点颜色看看！众打手来到卢筱嘉面前，不由分说，上去就是啪啪两个耳光，两个保镖早被制服，不敢乱动。卢公子被打得满脸是血,急忙中由两个跟随连架带拖地逃出了共舞台。

人们常说:君子报仇,十年不晚。可是卢筱嘉一天也等不及了,他头上裹着纱布、带着伤痛连夜驱车赶回杭州,向父亲卢永祥哭诉挨打经过。这个军阀司令见有人居然吃了豹子胆,敢打自己儿子,愤怒之极,当即命人给上海淞沪护军使何丰林发了电报。

两天后的一个下午,还是在共舞台演出当中,一队荷枪实弹的便衣闯进剧场,从一个包厢里将黄金荣拖了出来,劈头盖脸,拳头像雨点似的打下来,为首的还狠狠扇了黄金荣几个大嘴巴,黄待要反抗,就觉得脑后好像有什么东西冰凉冰凉的,黄金荣知道,那是枪口顶住了他的后脑勺。他不敢再动,头上直冒冷汗。然后这伙人就前推后搡、如狼似虎地把黄金荣架走了!

再说黄金荣一批徒子徒孙,眼看着师傅在光天化日之下被人绑架了,却也奈何不得,因为他们看到,停在共舞台外面的是两辆大卡车,来的人少说也有两个排,大约五六十人。这些人穿的都是便衣,但却个个都带着枪,如临大敌。他们怎敢动手,只得赶紧打电话向黄金荣的大老婆桂生姐报告。

林桂生听到丈夫被人绑走,一时拿不定主意。她想到还是把杜月笙叫来商量一下怎么办。因为他头脑灵活,鬼点子多,有办法,于是就打电话找杜月笙。

这天桂生姐来电话之前,已有一个徒弟先来向杜月笙报告黄老板被人绑走的事。杜想,真反了!在这上海滩上"黄金荣"三个字,一般人听了都要发抖!"老头子"跺跺脚,也能把上海滩震得摇三摇!这件事杜月笙起先怎么也不敢相信,现在师母也来电话了,想必是真,便急匆匆来到钧培里(今淮海东路)黄公馆。

"你都知道了?"

"我也刚才听说。"

"怎么办?"桂生姐着急地问。

这时,张啸林来了,他也是刚接到桂生姐的电话就奔过来的。

三个人一直商量到上灯时分,最后决定分头行动:

由桂生姐直接打电话给法租界巡捕房,因为"老头子"本来就是他们的人,请他们出面调解,利用洋人势力,或许何丰林会买账。

张啸林往杭州直接去求卢永祥。那里原是张啸林的老巢,凭他的老关系,卢永祥这点面子也许会给的。

而杜月笙则决定亲自走一趟,不入虎穴,焉得虎子!但是杜月笙并没有马上就去,他想先轧轧苗头再说,让黄金荣多吃几天苦头,对他也许更有利。

过了两天,有不少黄金荣的徒子徒孙见杜月笙还没动静,纷纷前来找他,说法捕房已去交涉过了,谁知何丰林不买洋人的账,还是不肯放人。他们认为何丰林再不放人,就"硬碰硬"!我们也有几千人,枪也有的是,可以劫狱!抢也要把师傅抢出来!杜月笙却制止了他们鲁莽行动,认为这样会更坏事。

杜月笙有他自己的打算:他想抓住这次机遇,在上海滩上彻底打个翻身仗,改变一下上海滩上的权力格局。该是他大显身手的时候了,取代黄金荣的老大位置已经为期不远。

又过了两天,张啸林从杭州回来了,说:卢永祥经过好说歹说,百般求情,总算答应给何丰林发个电报,让他们高抬贵手,从轻发落。可是何丰林这龟儿子,竟然不见我。妈的个×!老子是看在卢永祥、张载阳的面子上,才对他客气的,等他撞到我手里,我非教训教训他不可。

再说黄金荣,自被卢筱嘉抓到位于龙华的淞沪护军司令部,不问青红皂白,又是一顿暴打,然后就投入地下牢房,而且还上了脚镣,一连数天也不给饭吃,每顿只有一碗热水,反正饿不死他已经蛮好了。在他苦苦哀求之下,总算吃过一碗黄糙米饭,另加一块大头菜。几天下来，原先肥头大耳的黄金荣，已经瘦得不成人样。黄金荣流着泪仰天长叹：老是说阴沟里也会翻大船，这下真被说着了。他在报怨：杜月笙、张啸林这班徒儿都到哪里去了？怎么都见死不救呢？

又隔了两天，杜月笙考虑，现在可以"出马"了！他一个弟兄也没带，驱车来到了何丰林的护军司令部，递上名帖，要求拜见何司令。

何丰林见杜月笙赤手空拳一个人闯进司令部，不由得暗暗佩服他的胆识。

"杜先生大驾光临！不曾远迎，请见谅！"

"何司令太客气了，杜某人来迟一步，特地登门请罪！"

"无事不登三宝殿，杜先生有何见教？请讲当面！"

杜月笙要求何丰林请出卢公子一起叙话。

卢筱嘉虽与杜月笙从未见过面，但他的大名早有耳闻，这次见他满脸赔笑，满口赔罪；又接到父亲发来的电报，叫他们不要为了一个戏子，把事情闹得太大。黄金荣真要有个三长两短，不能不考虑会惹出麻烦！所以，也就顺水推舟，同意放人。不过提出三个条件：

第一，叫露兰春来陪我三天！

第二，叫共舞台那帮打手来司令部，每人磕三个响头；

第三，报上登载一条消息，黄金荣请卢筱嘉饶命。

杜月笙听了差点没把鼻子气歪。但凭着他的三寸不烂之舌，经过几个回合讨价还价，最后卢筱嘉答应了杜月笙的三个条件：

第一，请露（兰春）老板送戏上门，为卢公子唱三天堂会；

第二，让共舞台的保镖弟兄，为卢公子摆酒压惊，当面道歉；

第三，报上消息这样登：杜月笙宴请卢公子，黄金荣敬酒三杯。

条件谈妥，立即放人。杜月笙随即将师傅接回家。

黄金荣在地牢里被关了七天，度日如年，仿佛一下子老了许多！这次跟头栽得太大了。他在想：今后上海滩上还怎么混？同时，他不得不承认，面前的徒儿杜月笙太了不起了！不流血，不流汗，没费吹灰之力，单枪匹马就把他营救出来了。法租界那些洋人有个屁用！看来今后上海滩的天下，该由他说了算了。

黄金荣回到家后，第一件事就是找出当初杜月笙给他拜"老头子"的帖子，原物交还杜月笙，并说："月笙老弟！从今往后你我就兄弟相称！"杜月笙心花怒放！但表面上还是大大客气一番，并对黄金荣说："师傅！您永远都是我的师傅！"不过，退给他的帖子，也就顺手放进了西装贴身袋内。

黄金荣第二件事，是命人着手在华格臬路（今宁海西路）建造两幢高级石库门房子，都是三间两进，前一进是中式、二层石库门楼房，后一进是西式三间三层楼洋房，准备分别赠予杜月笙和张啸林，以答谢他们这次鼎力相救之恩。

不过，据后来杜月笙账房黄国栋说，黄金荣只送了地皮，由杜月笙出资建造，建成后赠送张啸林一幢。

最后一件事，他决定要正式将露兰春娶进黄公馆，并且不让她再抛头露面去唱戏。

当然，他的发妻林桂生是一百个反对！她对黄金荣说："你讨一百个小老婆，我都没有意见，就是不准露兰春进黄家的门！"

"为什么？"

"你这次老命差点送掉，还不是因为她这个小妖精！她今年才20来岁，你眼看快60岁的人了，娶进门能太平吗？"

杜月笙本来也不赞成黄金荣真的把露兰春娶进门，他认为养在外面白相相（玩玩）是不成问题，真娶进门，就像桂生姐所讲的，恐怕驾驭不了她，老夫少妻有几个圆满到终的？这不比讨个丫环使女做妾，或许安分守己；露兰春在京、津、汉跑码头，是个见过世面的人，现在又是上海滩的红名伶，外面灯红酒绿，花花世界，哪里能和你这个麻皮老头过一辈子？但转而一想，让露兰春过门再搞他个天翻地覆，把这老家伙弄得焦头烂额，对自己在上海滩取代霸主地位将更有利。

经过杜月笙的劝说，林桂生也无法可想，最后向黄老头要 5 万块大洋作为赡养费，自动脱离夫妻关系，空着手离开了黄公馆大门，由杜月笙亲自送她到西摩路（今陕西北路）新宅——那是由杜月笙出面事先为桂生姐租的房子，里面的家具摆设，尽量和原来钧培里黄公馆的一式一样。打此以后，林桂生在这里独居到死，始终再也不提黄金荣这个名字。

对黄金荣来说，5 万元，仅仅是拔一根汗毛。他又把杜月笙夸奖一番，说他真能干，桂生姐居然一句不吵，一点不闹，只要了 5 万块钱就解决了，他如逢大赦似的高兴极了！露兰春听说黄老头要正式娶她，开始也一百个不高兴，当初是走投无路被逼让黄金荣强占了的，现在真要嫁给这个麻皮做小，心有不甘；但又怕一时逃不出他的手掌心，故以攻为守，提出两个苛刻条件：

第一，不做小，必须用八抬花轿吹吹打打，迎进黄公馆；

第二，全当家，黄公馆内事无大小，全由她说了算。保险柜钥匙也必须交给她管，婚后还要继续演戏。

黄金荣听了哈哈大笑！"就这么个条件，我还以为你要我把你带上月宫去旅行呢？告诉你吧，你桂生姐昨天已经搬出黄公馆，我和她已一刀两断，脱离了关系。你进门就是老大，既然是老大，家里当然全由你说了算！现在就把保险柜钥匙交一把给你。"说着便从腰间掏出钥匙交到露兰春的手里。

露兰春嫁给黄金荣，本来就是权宜之计，走一步再瞧！其实前面已提到的那位颜料大王儿子薛恒，早在一年前俩人就已相识，他也是共舞台的常客，时常献殷勤送鲜花到后台。此人青春年少，风流倜傥，一表人材，露兰春的心里早就有了他了。薛恒有时候得机会还送露兰春散戏回家。黄金荣看得再紧，一个大活人，哪里能提防许多。那薛恒年纪虽不大，情场上却也是老手，勾得露兰春早就神魂颠倒。一对年轻伴侣，明来暗去，打得火热！

露兰春自从嫁进黄门，戏也很少唱了，公馆上上下下，说一不二，全归她掌管，谁还敢多管她的私事。后来她索性秘密包了一家饭店套房，常常与薛恒在那里相会，颠鸾倒凤，难舍难分。

但是，他们对这样偷鸡摸狗的生活也感到不是长久之计。薛恒对露兰春讲，要想做长久夫妻，必须抓住黄麻皮什么关键要害，强迫他同意离婚。不久，露兰春还真抓住了黄的"小辫子"。

一次，她趁黄金荣往山东临城办案之机，打开保险柜，发现一皮包绝密文件，都是官场中的秘密、罪证，露兰春如获至宝，把它带出了黄公馆。等黄麻皮从山东办案回来，一连几天，不见露兰春人影，又见保险柜被打开，内中金银珠宝一件不少，惟独装有绝密文件的一个皮包不翼而飞！他知道坏事了，吓得魂飞魄散，如丧考妣，只得找来杜月笙商量如何是好，并将这件棘手的事情交由杜月笙尽快妥善解决，唯一一条：绝密文件一件不能少！

杜月笙很快找到了露兰春。最后谈妥：黄金荣同意离婚，绝密文件完璧归赵，露兰春分文不要。

黄金荣答应了这个条件，与露兰春办了离婚手续。同时也提出一条：露兰春不准再登台唱戏，也不准离开上海。

起先，杜月笙还纳闷，黄金荣为何这样爽气，一下子就同意放了露兰春？后来才知道，黄金荣的目标已转移到了露兰春的徒弟严绮兰（艺名小兰春）身上，不久就纳小兰春为妾。

再说露兰春，虽然侥幸逃脱了黄金荣魔掌，可她那位心上人薛恒，原本是个纨绔子弟，花花公子，吃喝嫖娼，一应俱全。他和露也不过逢场作戏罢了。不久黄金荣派人使离间计，从中破坏，最后露兰春不得不远走高飞。

露兰春在梨园女儿中，称得上惊才绝艳，惜生不逢辰，为了爱情，饱受恶势力的打击，38 岁时在天津抑郁而死。另有一说，露兰春下嫁薛二后，躺在鸦片烟榻上过了大半辈子，她替薛二生了六个孩子，抗战胜利后在上海病逝。

她留下的老唱片除《宏碧缘》《枪毙阎瑞生》以外，还有《逍遥津》《斩黄袍》《辕门斩子》《落马湖》《独木关》《薛礼叹月》《请宋灵》《张松献地图》《苏武骂毛延寿》《凤凰山救驾》《打严嵩》《五雷阵》《四郎探母》（老生、反串老旦）等十余张，大都为其拿手戏，其嗓音清亮，具汪（笑侬）谭（鑫培）遗风。

起先，露兰春被龙凤花轿抬进黄公馆后，黄金荣对她看得很紧，不让她抛头露面，因此很少登台。黄金荣为了共舞台经济不受到损失，必须物色一位能顶替露兰春的角色，几经寻觅，终无合适人选。后来还是共舞台的老演员马春甫向黄老板推荐："眼前就有一位！"

"谁?"黄金荣急问。

"孟鸿群的闺女小冬啊！"

黄金荣也早有耳闻，大世界出了个孟小冬，玩艺不错，不过嫌太嫩了点，今年才 12 岁啊！马春甫说，别看她才 12，可上了台，穿上高底靴，模样倒挺像露老板（兰春），嗓子仿佛和露老板一个娘胎里出来一样，戏路也对工。我听过她的《逍遥津》《斩黄袍》，还有《翠屏山》的石秀，简直活脱就是第二个露兰春。

黄金荣因急于找人，既然听马春甫把孟小冬说得那么出色，也就同意孟小冬进了共舞台。

十二　孟小冬身世

　　公元 1840 年至 1842 年，中国在鸦片战争中失败，被迫与英国签订不平等的《南京条约》，上海成为五个开放的通商口岸之一。不久，帝国主义列强进一步蚕食中国，英、法、美等国先后威逼上海道台，将大片上海城区土地划归他们，成为"租界"。如现在黄埔区人民路到延安路一带，即划为法国租界，通称"法租界"。

　　1908 年 12 月 9 日（农历戊申年十一月十六日），上海天气冷得异常，风刮得特别猛烈，天空还不时飘着雪花。行人个个紧肩缩膀。中午时分，在靠近法租界的民国路（今人民路）同庆街观盛里（今观津里）一条弄堂中的普通楼房里，一个小生命呱呱坠地。这个刚降生的婴儿不是别人，就是本书的主人公之一——日后大红大紫、被剧坛誉为"冬皇"的一代名伶——孟小冬。

　　关于孟小冬出生的年份，以往文献资料多称 1907 年。近年有人说是因为"腊月羊，守空房"，其父母为了回避这不祥之兆，而改称为 1908 年。这恐怕仅仅是猜测而已。笔者认为其出生年就是 1908 年。理由如下：

其一，孟小冬第一次去无锡演出时，《锡报》报道是 1919 年 3 月 8 日，并说她是 12 岁。按新中国成立前人们说的岁数，都是指虚岁，而实足年龄应为 11 岁。1919－11=1908。

其二，1976 年，港台弟子及亲友为孟小冬 70 岁生日庆寿，我国向有"庆九不庆十"的传统习惯，也就是说，这一年她虚岁是 69 岁，而实足为 68 岁。1976－68=1908。

杜月笙的二女儿杜美霞曾对孟小冬的弟子黄金懋说："妈咪日前在法华寺庆寿，其实是六十九，明年才是七十整寿！想大事庆祝，唱一台戏……"

由此可见，孟小冬的出生年应该就是 1908 年。

孟小冬出生那一年，是光绪三十四年，在孟小冬出生前半个月，大清德宗皇帝载湉寿终正寝、仙辂升遐了。说来也奇，头天那位垂帘听政的慈禧太后那拉氏还传懿旨，授醇亲王载沣为摄政王，刚满 3 岁的载沣之子溥仪入承大统为嗣皇帝，改年号为宣统，第二天老太后也撒手西去了。大清帝国，摇摇欲坠。3 岁的孩子怎能料理国家大事，于是由小皇帝父亲摄政王监国，代行皇帝职权。

1911 年 10 月 10 日，发生了武昌起义。1912 年 1 月 1 日，孙中山在南京就任临时大总统，宣告中华民国成立，定都南京，并决定采用公历。这样一来，短命的"宣统"3 年不到就垮台了。但是袁世凯窃取了革命的果实，接替孙中山当上了中华民国临时大总统。隔年，孙中山为反对袁世凯独裁卖国，在南京又发动"二次革命"，举兵讨袁……孟小冬就是生在那样一个乱世年月。

小冬落地那天，父亲孟鸿群虽说心里也想妻子最好能给他生个大胖小子，日后能传承他那文武老生的衣钵，但想想自己已过了而立之年，前面曾娶过一房夫人王氏，不幸病逝，婚后几载也没留下一男半女，而现在续弦张氏夫人刚过门一年，就为他顺利产下一女，当然还是满怀欢喜，早已准备了不少红喜蛋。亲友和左邻右舍闻讯后纷纷前来道贺。在贺喜的人群中，有一位张氏夫人娘家的亲戚，论辈分，刚生下的婴孩应该称他为姨父。这位就是后来小冬的启蒙师傅仇月祥。这是后话，暂且不表。

仇月祥高大而壮实，大长脸，约三十来岁，因为光绪帝和慈禧太后归天，"国丧"期间，清廷不准敲锣演戏，现在闲在家里。他刚进门，就听见婴儿"哇哇"的啼哭声，连忙对孟鸿群笑说："好嗓子，好嗓子！是块唱戏的料子，日后准保是个名角。起名了没有？叫什么？"

夫人用产后疲惫的双手，把襁褓中的婴儿轻轻托起，说："还没起名呢，就请姨父给她取个名吧！"

仇月祥上前接过紧紧抱在怀里，看着那稚嫩的小脸蛋儿，略加思考说："今天外面好冷，还飘着雪花，眼看就要'冬至'了，就叫'小冬'吧！"

孟鸿群一听，很喜欢这个名字，连连点头说："这名字好！叫得响亮，'小冬'过了，就是'大冬'，要过年了，好兆头！"孟鸿群说这话时，脸上露出了喜悦的神采。

关于孟小冬的出生，近年来在京、津、沪等地传言小冬本不是孟家人，而姓董，汉口人。"小董，小董"最后叫成了"小冬，小冬"了！据说这是上海一位资深作家首先"考证"出来的，但详情不知；此外，笔者在沪也听一位90岁的老者如是说，但他未肯细谈。有人说她是在7岁时，被孟鸿群到汉口演出时领养的，回到上海后仍叫她"小董"，因为叫习惯了，就一直未改口，直到她15岁时，方改为孟姓。其实，她在 1919 年 12 岁时，首次到无锡演出挂牌用的艺名即为"孟筱冬"了。又说她 16 岁时到汉口演出，回沪后进大世界大剧场，两年后进共舞台。这也不对。孟小冬是 13 岁先进大世界，一年后进共舞台，再一年后才去汉口的。反正，只凭记忆或道听途说总是不准的。所以，以上目前仅能算是传说而已，还不能加以肯定，姑妄听之。

按台湾已故剧评家丁秉鐩先生和几位孟门弟子的意见，孟小冬生于上海，若以出生地为籍贯的话，应算是上海人。

但是 1983 年出版的《中国大百科全书·戏曲曲艺》和 1990 年出版的《中国京剧史》（中卷）"孟小冬"条目，都记载孟小冬为北京人，祖籍山东。而孟小冬生前曾为香港余叔岩好友孙养农先生所著《谈余叔岩》一书撰写过一篇序言《仰思先师》，最后署名时，标明为"宛平孟小冬书"（《余叔岩艺术评论集》第 133 页）。另外，孟小冬生前曾对她的弟子李猷先生亲口讲过，她是河北宛平人（香港《大成》杂志第 204 期）。

这宛平县，原属河北省管辖，位于北京市南部（近卢沟桥），1952 年并入北京市，现属丰台区。

如此看来，我们还是应该尊重和相信孟小冬本人所说的籍贯，即现在的北京。我们没有必要硬拉她加入沪籍，或再节外生枝地冒出一个什么地方来。

下表所列为孟门四代关系简略家谱。

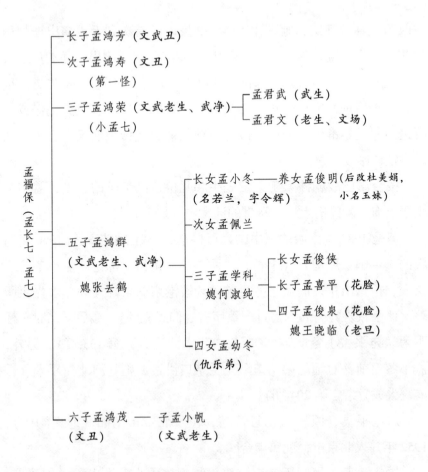

    "冬皇"孟小冬的祖父孟福保，排行第七，又名孟长七，艺名孟七。后因三子孟鸿荣，人称小孟七，故称其父为老孟七。孟七是排行老七的称呼，这在北方是司空见惯的。比如，余叔岩排行第三，即有人称他为余三，梅兰芳呼余叔岩为三哥，以示亲切；孟小冬排行老大，后来有人称她为孟大小姐。也有人按排行尊称的，诸如：陈十二爷（陈彦衡）、凤二爷（王凤卿）等，以示敬仰。

    孟七祖籍山东济南，他和胞兄孟六同是老徽班出身，擅演武净兼武生。1853 年，太平天国运动轰轰烈烈，太平军在攻克武昌后，接着沿江东下，胜利攻占了南京，定为都城，改南京为天京。孟七当时还是位 20 来岁的热血青年，他被眼前的这一农民起义运动深深吸引，激起了他的革命热情，于是从山东来到江苏，参加了太平天国。由于他是武班出身，并有一身好武艺，后被分到英王陈玉成主办的同春戏班当教师。平时练武习艺，战时参加作战，战后唱戏与官兵同乐，这对培训将才、鼓励士气及文艺宣传，都有很大作用。

孟七在军中辗转十余年，后因太平天国失败，北上京城搭班演戏。不久加入久和班，同班的还有大名鼎鼎的杨月楼、任春廷（任七）等一批武生演员。同治年间（约 1872 年），上海丹桂茶园业主（老板）刘维忠北上邀角，孟七与杨、任以及沈韵秋、杨贵小、金环九等均应邀南下到沪，演于丹桂园。当时上海的京剧观众偏爱武戏，以至"剧场多见金鼓喧阗，不闻琴韵悠扬"。就连后来"伶界大王"谭鑫培第一次到上海（1879 年），第一天打炮戏也贴演大武戏《挑滑车》。而这次新来的孟、杨、任等，又个个都是技艺精湛的武生演员。有记载说："沪人初见，趋之若狂。"这杨月楼原是三庆班程大老板（长庚）的接班人，武艺超群，擅演猴戏，孙悟空出场时翻筋斗多达 108 个，收步不离原地，倾倒无数上海观众。而孟七除擅长靠、短打外，更兼武净，因此格外受到欢迎。他常演的剧目有《铁笼山》《收关胜》《七擒孟获》等。当时有评论说："孟七扮相威武，台步庄严，嗓音清朗，武技纯熟。"他演短打戏如《花蝴蝶》中之邓车、《武十回》中之武松及《八蜡庙》中之费德公等，也非常出色。他有时还演文武老生戏。此外，他的拳术尤为人敬重。故到上海后盛名卓著，并长期留在沪上。孟七中年后较少登台，致力于培养第二代。光绪中期以后，受聘为天仙茶园老板赵殿臣出资开办的小金台科班任教习。

孟七是位多子的父亲，共有七个儿子，其中第四、第七子未承父业不唱戏，另外五个儿子，在他的精心教导下，个个生龙活虎，各展其才，表现出非凡的技艺。

孟小冬与父母、弟弟、弟媳

孟小冬与父亲孟鸿群同天上演《徐策跑城》（1920 年 3 月 12 日，正月二十二，上海《申报》）

长子孟鸿芳，自幼随父学武生，并喜欢读书，聪明绝顶，因嗓子好，又口齿伶俐，后改文武丑。民国初年（1912 年），在沪长期搭麒麟童（周信芳）班，在周主演的剧目中担任重要角色。有时和五弟鸿群合演剧目，如《玉麒麟》等。另和三弟鸿荣（艺名小孟七）合作较长一段时期。

次子孟鸿寿，文丑，艺名第一怪（其时梨园还有"二怪"：一是名须生双阔亭，名票出身，又名双处，双目失明，照样上台演戏，举手投足，舞台位置，寸步不差；另一名是武二花王益芳，先天哑巴，开打时，翻滚跌扑，勇猛异常。连同孟鸿寿，世人誉为"梨园三怪"。——作者注），或天下第一怪。

因童年患风疾病，高烧不退，本来家里已觉无指望了，置于后院，听天由命，后经一郎中草药调理，命虽保全，但发育不健全，两腿如棉，已是严重残废之人。稍大，见哥弟从父练功学戏，他亦好胜，跟随模仿，且文武俱兼，十年不怠。场面上他也是件件精通，拉得一手好胡琴。唯身矮而胖，长阔几相等，头大如斗，腰阔数抱，两足内侧跛行。但登台演出，却显得步履敏捷，毫无趑趄困难；翻筋斗尤措置裕如，竟不像残废之人。这种奇形怪状，观众见之不禁失笑，时人又称他为"滑稽丑角"。

光绪三十二年（1906 年），曾搭北京田际云的玉成班，学梆子戏。后南下寻父，在沪长期搭班演出。拿手剧目有《拾黄金》《戏迷传》《丑表功》等唱工小丑戏，在戏中串演各种行当，学唱名伶名剧，展示他的艺术才能。如学唱《击鼓骂曹》，先唱几句大花脸（曹操），鼻音丹田，头腔共鸣，操纵自如，嗓音之洪亮，竟如虎啸雷鸣。接着打鼓伴以《夜深沉》，鼓声高下徐疾，打得颇有章法，鼓毕，接唱末句"我面前缺少个知音的人！"台下报以热烈掌声。这掌声告诉他：知音多多。

1912 年 12 月 20 日，新新舞台麒老牌主演的一出大戏《蝴蝶杯》，而第一怪的《打砂锅》竟排在大轴，足以显示他的号召力。以残疾之人能有如此造诣，诚为难得。后沪上名丑韩金奎等均曾受其影响。孟鸿寿孑然一身，走南闯北，来去自由，终身未娶。

三子孟鸿荣，攻文武老生兼武净，艺名小孟七，他是孟七几个儿子中最能传承其父衣钵者，因此呼其"小孟七"。

小孟七先向王庆云学武旦，后入小金台科班坐科，地点在六马路（今延安东路云南路附近）一条弄堂内。原天仙茶园一批经验丰富的老艺人如老孟七、任七、熊文通、陈桂寿等，被聘为兼任教习。艺徒共有六十余人。

小孟七在坐科期间，主要向父亲学武净、武生，还向大哥鸿芳学老生。出科后乃放弃武旦，正式改名"小孟七"，在丹桂第一台及天仙园演出。也常去苏州、杭州，专演文武老生及武净戏。1902年在杭州演出《铁莲花》时，剧中的娃娃生就是由刚以"七龄童"艺名登台的周信芳配演。周在戏中滑雪时，竟做了一个"吊毛"的身段，引起小孟七的兴趣，认为这孩子会演戏。所以，周信芳成名后在上海新新舞台主演时，常邀小孟七合作。

小孟七的老生戏也有一定水准，常演的有《徐策跑城》《乌龙院》《御碑亭》《审头刺汤》等，他串演武旦，跷功也奇佳，这原是他童年时所学。此外，他还能编剧，有不少好戏传世，著名的有《鹿台恨》等，很是多才多艺。

五子孟鸿群（孟小冬父亲），秉承父业，攻武净兼文武老生，得到老孟七真传，其《铁笼山》《收关胜》《艳阳楼》《通天犀》等剧目，演来颇具乃父风范。民国元年（1912年）前后，长期在沪与麒麟童（周信芳）合作。

老五鸿群一生中最光彩的莫过于能与"伶界大王"谭鑫培配戏。那是1912年年底，已近古稀之年的谭鑫培第五次受聘到沪，演于新新舞台。那时老谭早已香贯梨园，全国已是无腔不学谭了。这次他贴演的全本《连营寨》，指名孟鸿群为其配演赵云。原来谭老早先与鸿群父老孟七在京都曾合作多年，结为至交，对孟氏父子技艺推崇备至。鸿群那年三十五六岁，身强体壮，绿叶托红花，演活了赵子龙，果然身手不凡，受到老谭的称赞。

六子孟鸿茂，是老孟七续弦所生，与鸿芳等为同父异母。亦为小金台科班出身，本工铜锤，倒嗓后，改随大哥二哥习文丑。曾和白牡丹（荀慧生）合演《小放牛》；和老旦泰斗龚云甫配演《钓金龟》；与前四大须生之一高庆奎合演《戏迷传》。后在南方红极一时。以《拾黄金》《丑表功》《八戒盗魂铃》等唱工小丑戏享誉上海。由于他嗓音脆亮，上世纪 30 年代，应丽歌公司邀请灌制《烟鬼叹》唱片两面，以丑角唱［反二黄］，规劝世人戒吸鸦片。此剧说的是一个富家子弟，开当铺为业，为吸鸦片，毒死儿子、气死老母、逼死妻子，伙计纵火毁店，卷财而去。这个子弟还不戒烟，致使卖亲生女儿为妓，最后沦为乞丐，倒毙街头。配合当时宣传戒烟，有一定进步意义。

鸿茂有子名孟小帆，演文武老生，红极一时。

综上可见，冬皇一出世就被包围在浓郁的京剧氛围中。孟氏门中三代共出了九位京剧名角，真是世间少有，堪称梨园世家。

从前面"孟门四代关系家谱"里可以看到，在第三代中除孟小冬以外，还有一位应该特别予以介绍，她就是冬皇胞妹孟幼冬。

孟幼冬是孟五爷（鸿群）第四个、也是最小的一个女儿，她比乃姐小冬约小 10 岁，小名银子。由于孟五爷身体有病，家庭负担较重，因此银子在 8 岁那年，就送给了亲戚，也就是原来小冬的开蒙师傅仇月祥寄养。由于小冬 1926 年在北京演出时，有人撮合其与梅兰芳结合，因此仇与小冬脱离了师徒关系，回到上海法租界白尔部路（今重庆中路）合兴坊居住。回沪时，孟鸿群就让仇月祥将银子带到上海读书、练功学戏。稍大后，即改姓仇，名乐弟。仇月祥原来教小冬学唱的是老生，教乐弟也同样是文武老生戏。乐弟长得稍胖，中等身材，皮肤白皙，大脑门，平时不太爱打扮，是一位脱尽脂粉气的姑娘，但举止不俗，品貌端庄，显得十分丰满。由于仇月祥的精心栽培，还特请琴师每日不间断地吊嗓、习唱，进步很快。她先在上海二马路（今九江路）时代剧场清唱，由于演唱富于激情，且嗓子宽亮高亢，而饶有韵味，受到听众的欢迎。后来她还和另一位女老生筱兰芬合作，演于大世界游乐场大京班，常演的剧目有《上天台》《白蟒台》《三娘教子》《桑园寄子》《碰碑》等。和筱兰芬曾合演《群英会·借东风》，仇乐弟前鲁肃后孔明，还特邀其六叔、名丑孟鸿茂配演蒋干，甚是精彩，由此而红。

抗战期间，仇乐弟到了北京，向乃姐小冬请益求助，并更名孟幼冬，在北京组班、挑大梁。1940 年春，在长安戏院演出一个时期，红极一时。曾拜鲍吉祥为师，演出剧目为《失空斩》《定军山》《辕门斩子》等戏。在京期间，三哥孟学科（花脸）曾关心四妹，让她先把嘴里的念白多加训练，并在家多吊嗓子。其时小冬正拜入余门，听幼冬在家吊嗓，反而出面干涉，不让唱，说她刚向老师（指余叔岩）学这些戏，幼冬一唱就有干扰。又说幼冬唱得不规范，又不是一时两时就能纠正过来的。这样说来，有点不顾姐妹情分。当时小冬向余老师学戏，连余老师的脾气也一齐学会了，在家绝对专制权威。因为老父鸿群早已故世，一大家子生活都要依靠她维持，所以家里上下老幼，无人敢和她顶嘴。不过，毕竟总还是姐妹，又是同一个师傅培养出来的，幼冬演出时姐姐小冬也常去戏院捧场。她们还曾合作过一出《群英会》，小冬饰孔明，幼冬饰鲁肃，引为佳话。

有一天，孟幼冬在三庆戏院出演《失空斩》，因天太冷，小冬虽未去戏院捧场，但在家听了无线电转播。听后曾对幼冬有所指正，并说最关紧要的那场城楼［二六］没唱好，未免可惜！

这次孟幼冬赴京演出时，师傅加养父仇月祥亦随同来京，可能是在拜师鲍吉祥的问题上，师徒（父女）意见不一，仇月祥也是暴躁脾气，见幼冬在京走红了，不把他放在眼里，为此父女反目。最后，孟幼冬拿出一笔钱，又像 20 年前乃姐小冬一样，和仇月祥脱离了师徒（父女）关系。仇月祥负气离京回沪。

1940 年 10 月，北平《立方画刊》上有篇署名"天涯客"写的报道，题目为《仇孟脱离真相》，摘录如下：

> 坤令须生孟幼冬，乃小冬之胞妹也。自幼年过继于仇月祥，抚养成人，仇孟平日即以父女相呼，客岁仇携幼冬由沪北来，在京组班公演，声誉日隆，而最近仇孟忽发生龃龉，成为冰火之势，虽经人调解，迄无效果，双方乃脱离父女师徒关系，至冲突原因，据闻仇月祥年在六旬以上，平日极为固执，对幼冬之聘鲍吉祥说戏，大为不满，此不过为仇孟决裂之导火线，远因当不止此也。仇孟脱离后，由孟送仇五千元，作为日常生活费，将来南返时再送五千元。此款闻系沪上名票钜茶商薛君良之夫人所出，薛妻系孟义母，孟自与仇脱离关系后，乃寓其义母家（薛君良在北京的寓所——作者注），对行踪甚守秘密，南行云云，一时尚无下文耳。

1942 年，孟幼冬在北京曾给童芷苓挂二牌，演出一个时期。不久就去了东北，在沈阳、长春、丹东、哈尔滨，乃至内蒙古流浪演出，漂泊不定。新中国成立后于 1953 年参加河北省京剧团，1956 年定居赤峰，后参加了国营剧团——内蒙古赤峰市京剧团。曾演出过《打登州》《四郎探母》等传统戏和《芦荡火种》（饰刁德一）、《沙家浜》（饰沙奶奶）、《奇袭白虎团》（扮崔大嫂）等现代戏，受到好评。1970 年"文革"期间受到批斗，后下乡劳动，因患脑溢血去世，终年 50 余岁，比起胞姐小冬，其命运亦属可悲可叹！令人酸楚。

孟幼冬和乃姐小冬一样，亦有吸食鸦片的嗜好，新中国成立后才慢慢戒掉。她有一个女儿名张小云。

幼冬三哥孟学科，亦即冬皇之胞弟，原唱花脸，后学武生，在一次练功翻滚中，不慎摔伤，造成轻度脑震荡，遂改行学做会计。娶妻何淑纯，生有一女二男。长女孟俊侠，住东四三条旧宅。她当年就出生在这所房子里。长子孟喜平（俊诚），坐科尚小云办的荣椿社，先学老生，后改花脸。分配到山东济南京剧团。在科班结业汇报演出时，喜平的剧目为《乌盆记》。当时孟小冬作为喜平的大姑母，代表家长应邀出席观看演出。演毕，小冬回到家里，对家人说，以后再也不去看孩子的演出了，原因是太紧张了！坐在下面看孩子演戏，比孩子自己在台上还要紧张十倍。小冬说："我在下面两个拳头捏得越来越紧，汗水都捏出来了！生怕孩子在台上出错，神经高度紧张，实在吃不消！（据孟小冬侄儿、著名裘派花脸演员孟俊泉口述。——作者注）

学科的四子孟俊泉，花脸演员，他是郝寿臣和裘盛戎的高足。退休前是北京青年京剧团团长。妻子王晓临，老旦演员，是李多奎的得意弟子，1997 年曾应邀赴台北讲学三个月。在台期间，曾遵先生俊泉的重托，前往树林山佳佛教公墓祭拜大爸爸（按旗人习称，即大姑母）孟小冬墓，了却多年积压在心头的意愿。

冬皇胞弟孟学科，体质素弱，改业会计后，即长年患有胃病。1963 年夏，忽又患了肺病，起初还以为是胃病作怪，耽误了治疗，待到协和医院确诊，结果全肺都不行了。转到地坛医院住了三个月，还是不治去世。在患病住院期间，正值国内三年困难灾害，营养奇缺。孟小冬在香港得知胞弟病情，多次从港寄药、奶粉、阿华田等类营养品，港币、侨汇券也源源不断寄来。还请香港知名人士、小冬弟子吴中一的太太来京探望，寄托手足同胞之情。

十三 冬皇童年时代

　　比起杜月笙来，孟小冬的童年要幸福得多。她生长在这样一个梨园世家，从小耳濡目染，近水楼台，整天被包围在"戏"中。4岁时，父亲和几位伯父都搭麒麟童班，在顾竹轩开设的新新舞台演出。父亲早晨出去喊嗓练功，就牵着她的小手一起出门，好在练功地点离家不过半里路，五分钟就能走到。具体位置在今天大境路人民路口，这是当时保存下来的唯一一段较完好的旧上海老城厢古城墙。

　　此城建于明代嘉靖三十二年（1553年），沿现在中华路、人民路环城，周长9华里，墙高两丈四（约8米）。上海在元代至元二十八年（1291年）批准建县，经过漫长的261年才建造城墙。筑城的原因是，在明嘉靖三十二年（1553年），中国沿海倭患严重，仅当年上半年倭寇就三次袭扰上海县城。因此三个月内即将城墙突击建成。从此，将城墙内外地区统称为"城厢"。

　　这段遗留下来的古城墙，长约 50 米，高约 5 米，厚约 3 米。台阶拾级而上，为一长方形平台，约半个篮球场大小的面积，边上还有座不大的大境庙，庙门前有块空地，居住在附近的一些伶人，每天一大早都聚集于此练功，有的打拳压腿，有的舞枪弄棒，也有的"阿、衣"喊个不停。还有干唱的："孤王，酒醉……""父哇子们……"显得热闹非凡。

　　不过，最使小冬看得出奇的，是两个比她稍大的小男孩，双手撑地头朝下，双脚甩在城墙垛上，纹丝不动。父亲告诉她，他们是在"拿大顶"（又称墙顶）！转而问小冬："你也想学吗?""想!"小丫头点了点头脱口而答。那时她虽听不懂什么叫"拿大顶"，只觉好玩，怎么用两只手也能走路呢!

　　自那以后，小冬每天天不亮就起床，顾不上妈妈替她梳小辫子，就急得要往外跑。从此，小冬从"拿大顶"开始学起，走上了一条既曲折漫长、布满荆棘，又酸甜苦辣、坎坷艰辛的戏曲人生之路。

　　原来，小冬所住的同庆街，周围艺人密集，名伶众多。最著名的是另一梨园世家夏氏家族，有夏月珊、夏月润、夏月恒、夏月华诸弟兄，还有大名鼎鼎来自江苏甘泉（今扬州市）的潘月樵。

　　童年时的小冬，常听父母向她讲述夏氏弟兄和潘月樵的故事：

　　夏月珊（1868—1924 年），是丹桂茶园的顶梁柱。后来新舞台开业，任后台经理。小冬 4 岁那年（1912 年）成立的上海伶界联合会（俗称上海梨园公会），夏月珊被选为首任会长。会址在同庆街东南侧的棒岭街（方浜中路口）上。凡参加该会的，按期缴纳会费，并发会员证章，可悬挂胸前，另发会员证，填有姓名、籍贯、年龄等，以资证明。这是旧上海伶人自己的一个行业组织，在伶人心目中，极有威信。相传当年谭鑫培、余叔岩来沪唱戏，均曾在这里住过。伶联会的成立，曾得到国民革命政府临时大总统孙中山的批准，并题赠"现身说法"匾额，以鼓励伶人"改良旧曲，排演新戏，宣扬革命真谛，阐发共和原理"。不久，因辛亥革命失败，伶联会遭解散。1920 年重建，改选夏月润任会长。

上海伶界联合会重建不久，为了改善和保障京剧艺人的生活，在开明里造民居"梨园坊"，在真如建"梨园公墓"，并举办了一台八班大会串的义务筹款演出，集沪地全部名角于一台。筹款的宗旨为：

1. 设义务小学，以期普及教育；

2. 立伶界养老院，以济恤孤贫；

3. 建设义冢，以慰幽灵；

4. 组织艺术研究会，以谋戏剧进步；

5. 请名人演讲，以增进同人智识。

以上五项兼筹并讲，设施完备，至少须在十万元以上。由于筹款数额巨大，当时在沪的所有名角如白牡丹、小翠花、时慧宝、王又宸、李春来、三麻子、林树森、小三麻子、吕月樵、盖叫天、麒麟童、贾璧云、孟鸿茂、韩金奎等，均踊跃参加义演。会长夏月润和德高望重的老伶工赵如泉领头跑龙套，尤为感人。

夏月润（1878—1931 年），武生兼红生。谭鑫培女婿。因他擅演关公戏，竟惹来一场大祸。

小冬 5 岁那年（1913 年），离她家不远的九亩地（今大境路露香园路），一幢新式剧场——"新舞台"竣工开业，它是由夏氏兄弟考察欧洲和日本的剧场以后主持精心设计的，耗资数万银元。它五年前原建在南市十六铺，因租期已到，改迁至九亩地新址。"新舞台"是我国第一家新式舞台，它的建成，在我国京剧史上具有里程碑的意义。舞台平面为半月形，一改旧式传统茶园两柱四方台形式。舞台很大，可骑马开车，还可旋转。观众席前低后高，连楼厅座位，可容三四千人，为当时全国戏园之最。小冬童年时常由父亲或叔伯带领至新舞台看戏，白天也常到此玩耍，观看戏园门口墙壁上张贴的五颜六色的大花脸广告。

新舞台开业不到三个月，夏月润请擅演红生的前辈王鸿寿（三麻子）编演一出关羽走麦城故事的戏，而王以此剧有辱关羽，竟不同意。夏月润就自己试排全本《关公走麦城》。1914年4月7日初演之夜，引起轰动，受到伶界的热烈欢迎。由于是试演，不对外卖票，遍邀沪上伶界艺员观赏。是晚小冬父亲孟五爷亦在被邀之列，因靠家近，五爷还携夫人及小冬一齐往观。谁知翌日（4月8日）凌晨6时许，天将破晓，剧场西首魁阳楼酒馆以煤炉引火，因店伙计鲁莽，加油太多，火焰上冒，燃及楼板，火势锐不可当，顷刻蔓延，迅即殃及剧场，整个三层楼洋式剧院，竟付一炬。因尚未投保，损失惨重，并当场烧伤、跌伤多人。经理夏月珊及月润等闻警，于7时赶到，已无可施救，乃号啕大哭，竟投身火穴，欲与该舞台同归于尽。幸旁人力救出险，未被烧伤，夏氏兄弟仍痛哭不止。此火还烧毁左右多家店房，计有晋裕钱庄、文魁斋糖果店、复隆鸡蛋饼店、协昶祥烟纸店、姚文周课命馆、华兴楼茶馆、大丰祥洋货店，以及米店、煤球店、豆腐店、鸡鸭店等等，所有左右三层楼十上十下，焚烧殆尽，新舞台之东空隙地上，有某木行堆存木料，亦烧成焦炭。此后流言纷纷，谓关公被擒遇害故事，向来忌讳不演，今触怒关圣，终遭此祸。但夏氏弟兄及新舞台艺员，破除迷信，不为所动。两月后租用二马路（今九江路）醒舞台再演《走麦城》，仍由夏月润饰演关公，戏院安然无恙。于是，所谓关公显圣忌演走麦城的说法，不攻自破。各戏园也纷纷搬演此剧。

潘月樵（1869—1928年），艺名小连生，也是一位具有传奇色彩的人物。他9岁登台，演老生，16岁入上海天仙茶园，蜚声沪上，每年包银高达1000两以上，一度与汪桂芬齐名。后因好善事，用唱戏所得之钱，在沪自费创办榛苓学堂，在苏州办菁莪学校，皆免费招收贫家子弟读书学戏。

辛亥革命爆发，他和夏氏弟兄等建立了伶界义勇军和伶界救火会（成员大多是"新舞台"武行演员。无独有偶，在海峡彼岸的中国台湾，蒋经国先生"主政台湾"时，曾在群乐剧院、虔州第一台看戏，看到这两家戏院的武生演员在戏中跌、打、翻、飞，个个生龙活虎，就想，如果让这些武生们参加义务消防队，不是一举两得吗？于是在他的建议下，两剧院联合成立了一支演员救火队）。潘月樵还亲自带领伶界商团和伶界救火会的成员参加攻打江南制造局战役，立下战功。上海光复后，他受到孙中山嘉奖，授以少将军衔，并题"急功好义"匾额相赠。民国元年（1912 年）春，又委任潘为沪军调查部长。但潘月樵淡泊名利，推说只会唱戏，别无所长，不受官职，继续其舞台生涯。

辛亥革命以后，潘月樵又积极投身反对袁世凯的斗争，失败后受到政府的通缉，化装成僧人才得逃脱，但家财全被抄没。民国十七年（1928 年），潘病逝常州。

小冬父亲还向她讲述过潘月樵与夏氏兄弟带领伶界商团攻打制造局的战斗，对这次战斗，梅兰芳先生在《戏剧界参加辛亥革命的几件事》一文中有如下记载：

> 午夜，商团开始围攻制造局。制造局用机关枪扫射，火力甚猛，无法攻入。……夏氏弟兄就想用火攻，马上派表弟薛寿龄（老艺人薛瑶卿的儿子。瑶卿是月珊的妻舅）骑马到附近烟纸店买来两箱火烟，由夏月润亲自动手倒在刨花堆上，顷刻间燃起熊熊烈焰。……局里的总办、会办等，在火光烛天，杀声四起时，以为外面的火力很猛，被这种声势吓慌了，就仓皇登舟逃往浦东，卫队亦纷纷散去，商团一涌而入。

夏月润的孙女夏龙瑛在《回忆祖父夏月润》的手稿中说："在推翻满清政府的辛亥革命中，我爷爷（指夏月润）他们带头剪了辫子，并带领新舞台的武戏人员投入到了攻打江南制造局的战斗。……最后还是我爷爷踩在三爷爷（指夏月珊）的肩膀上翻墙进去打开了大门。……孙中山先生有好几次在新舞台的后台经理房召开秘密会议，我爷爷他们还负责警卫工作，保护孙中山先生的安全。"

在演剧方面，潘月樵有很深的梆子戏功底，文武兼长，身上干净大方，对甩发、髯口、纱帽翅等技巧都甚拿手，特别是髯口功夫最好，非常漂亮。宣统元年（1909 年），谭鑫培第四次到上海，在新舞台公演，这次是应女婿夏月润之邀，只身来沪帮忙，配角全由新舞台演员担任。如《失空斩》，由夏月润饰赵云，潘月樵饰王平；《搜孤救孤》中潘月樵配演公孙杵臼。不料，潘月樵所演公孙的彩声竟压倒了老谭。因为潘最擅长演白髯老生戏，他所戴白髯又厚又宽，长过肚脐，吹拉托甩，弹勒抓整，干净利落，跌扑摔翻，一丝不乱，竟使谭大王在台上黯然失色，形成喧宾夺主之势。以至后来老谭两次到沪，均不再贴演《搜孤救孤》这出戏了。

小冬从父母口中听到这些爷爷们的英雄故事和演戏才能，虽然朦朦胧胧，但她懂得他们都很有本领，不仅戏演得好，还助人为乐。特别对爷爷们攻打江南制造局所表现出来的勇往直前的精神，不停地拍手叫好！爷爷们在舞台上，一个个身手矫健，翻滚跌打，行动敏捷；到战场上又都是飞檐走壁，身轻如燕，短刀挥舞，所向无敌，太了不起啦！

经过近一个世纪的历史沧桑和岁月洗礼，冬皇童年生活过的同庆街一带，今天依然还保持着当年老城厢的旧有风貌。笔者曾对这一地段进行了短暂的寻访。现存有：明代遗留下来的古城墙，就是冬皇童年常来练功的地方；榛岭路上古色古香的慈修庵（菩提场），它是当年冬皇母亲常带她来烧香拜菩萨的清静场所，庵内"大雄宝殿"香火旺盛，见有许多青年女子出家为尼，列队合掌诵念经文；万竹街上潘月樵等出资创办、专供贫家子弟免费读书学戏的榛苓学堂（后改万竹小学，今为上海市实验小学），这所学堂曾培养出李瑞来、李桐森、李秋森、李如春、吕君樵等许多京剧人才。周信芳小时亦曾在这儿念书。上午上学，晚上唱戏。当年上海伶人的行业组织——梨园公会（今已扩展并入慈修庵）等，均完好地保存下来，而且显得格外富有生气，令人流连忘返。而冬皇童年夜晚和邻居家小孩一起玩耍捉迷藏时那狭窄的街道和街道两旁双层砖木结构的老式房屋，以及五光十色的地摊菜市、烟杂小店等等，均仿佛如同昔日一般。

现在，上海老城厢四周的城墙、城门均已没有了。不过，只要翻开上海市区地图或乘公交车，就会发现有这样一些地（站）名：小东门、老西门、小南门、大南门、老北门等等，这都是以前有城门的地方。而唯一保存下来的一段古城墙，近年来经有关部门加以修缮，已向游人开放。

随着上海经济发展的需要，孟小冬出生地同庆街观津里，已于2008年年初被拆除，街道两旁木结构房屋已荡然无存，只剩下空空的一条道路，将要建设新的高楼大厦。

十四　六岁学"卖马"　八岁唱"乌盆"

冬皇童年时代在上海的一段生活，是快乐美好的。生长在那样一个人文荟萃、伶人密集的地方，这对小冬无疑会起着潜移默化的作用，时时激励着她奋发向前。而父亲正在壮年，又是知名演员，有固定的戏份（工资）收入，小冬完全不愁挨冷受饿。她每天练功学戏，循序渐进，几年下来，遂有不少长进。她"拿大顶"一下子可以坚持一顿饭工夫——就是说，从小冬开始倒立，到孟五爷可以去边上面馆里吃碗葱油阳春面回来，她双脚还没有落地；零星唱段也学会了不少。与此同时，小冬因家学渊源，自幼常听父亲吊嗓，潜移默化，竟也喜欢上老生的唱腔。当时正是北方的刘鸿声和孙菊仙在沪献艺，对一般听众影响很大，街上、广场上经常听到有人学唱刘的拿手剧目"孤王酒醉桃花宫……"（《斩黄袍》）、孙的"父子们在宫院伤心落泪……"（《逍遥津》），等等。这些大段唱腔，小冬连听带薰，也就掌握了十有七八。孟五爷遇有机会赴外码头演出，总把她带在身边。小冬6岁时，曾随父到南京演出，偶尔在戏中配演娃娃生；在宁期间，还到一个军阀厅长家唱过堂会。主人是个戏迷，凡家中厨师、车夫、奴仆，甚至勤务兵、看门人，非能唱戏或场面（乐队）者不用。这样遇有爱好皮黄的友朋来访，乘兴唱上两段，不必临时去找文武场，家中配搭齐全，这也算用人的一专多能。主人见这次来唱堂会的还有个小姑娘跟随左右，大大的双眼，梳着两根小辫子，长得天真烂漫，玉雪可爱。主人问孩子的父亲："几岁啦？会唱戏吗？"

孟五爷答："回厅座，今年6岁啦！刚学会一二段。"

"好！我来操琴，唱一段听听。"操琴者"吱咕吱咕"调好音，问："唱什么？"

"我唱《斩黄袍》！"小冬爽快大方地回答。

那军阀一听："乖乖嗟里咚，怎么拉？"他边说边转脸问身旁的一位老琴师。老琴师告诉他："是［二六板］，62就可以了。""行！"鼓佬开出［大锣夺头］，那军阀倒也顺手拉出了"62"。"孤……不行！"小冬说太低了（指调门）！那军阀又是一个"乖乖嗟里咚！这么高还嫌低？"于是又拨弄琴弦，涨了调门。小冬重新唱："孤王，酒醉……""叭！"刚唱了四个字，就听一声响，胡琴丝弦断了！边上的老琴师说，已超过"正宫"调了。军阀翘起右手大拇指说："好嗓子！有前途！"

接着他自说自话："我收你做徒弟，给你开蒙！教你唱老谭的'店主东……'，不唱那个《斩黄袍》！"

孟五爷自己是跑码头、吃开口饭的，对于任何一位主顾也不敢得罪，面对这位有权有势的军阀厅长，怎敢推却，只好说："太好了！"就让小冬鞠躬行礼，叩拜启蒙老师。

这次孟五爷在南京搭班演了近两个月，小冬真也三天两头去那个厅长家,让他把老谭的《卖黄马》(即《秦琼卖马》)从头至尾教个够。每次小冬唱完临行时,军阀都会赏两块"袁大头"(银元)。别小看这两块钱,在那时能够买一袋 50 市斤的面粉。这样两个月下来,小冬所获,居然和孟五爷两个月所得包银相差无几。

当然,此辈的教戏水平不言而喻。在那个时代,也就是逢场作戏罢了。

小冬的真正开蒙老师是她的姨父仇月祥。仇是北京人,幼时坐过科,学孙派老生,也兼及谭、刘,还曾拜早期著名小生朱素云为师学过小生。

民国四年(1915 年)的夏天,小冬父亲孟五爷北上搭班演于天津。常常晚上演戏,白天打牌。他本来可能已患有高血压,自己全然不知。在一次《八蜡庙》的演出中,他饰主角褚彪,走了个"硬抢背",当时虽然起来了,没有倒在台上,但第二天便感到不适,下不了床,已半身不能动(小中风)。幸好及时汤药医治,历经两年,才稍得恢复。但艺人不演戏,既要生活,又要治病,本来就不多的积蓄差不多都花光了。

那时,继小冬之后,已有了二妹佩兰、三弟学科,家庭人口多了起来,在万不得已的情况下,将在与住所一墙之隔的敦化小学读书的 8 岁长女小冬,写给孙(菊仙)派老生、老伶工仇月祥为徒,并嘱以老生开蒙,不许入旦行。契约是三年,期满后为师效力三年加一年,即在三年效力期间,所有演出收入,全部归师傅。第四年可给家中一半。第五年起,收入就可以全部用来养家糊口了。

好在师傅又是姨父,两家亲戚关系甚好,因此小冬学徒期间,没有受太多的打骂和虐待。但师傅教戏时,还是要求十分严格,不准有任何马虎。这位师傅教戏经验相当丰富,也有一套教学方法。每天早晨带着她出去遛湾、喊嗓,这是他小时在北京科班坐科时学会的一套行之有效的传统方法。现在对小冬因材施教,他认为不必每天再去"拿大顶",只教她踢腿、压腿、下腰,还有像吊毛、抢背、硬僵尸一类的毯子功也常练,但重点放在练气、喊嗓方面,对着古城墙根练口型,回家后,学唱腔、习身段,晚上背念戏词(包括白口、唱词),抽空还为师傅捶背、沏茶、装烟丝……每天除了吃饭睡觉以外,安排得满满的,真是连喘息的机会都很难得。

那时候学戏,没有八小时以外,也没有双休日,更别说寒暑假了。但小冬学得也认真,不觉其苦,反觉其甜,加之拜师之前已有一些基础,所以学起来进步很快。师傅一段接一段,一出接一出,驳杂的剧目常常使她感到既新奇又疲倦,无日不唱,甚至无时不唱。

师傅教唱腔时,手持一块枣红色长形的木质"戒方",它不是像"私塾"先生那样用来责罚学生的,而是用它来拍板打节奏。他规定每段至少反复唱二三十遍,甚至每一句也要唱十遍八遍,认为这样才能把基础打牢固。晚年的孟小冬在香港回忆起这段学艺过程,曾告诉她的学生:"那时学戏极苦,老师手握旧制铜钱,每段新学的戏,唱一遍放一钱在桌上,一遍遍唱,一个个叠,叠到快倒下为止。"

无独有偶,梅兰芳的开蒙老师吴菱仙,也是用这种办法教学的,他规定每段戏文学生要唱二十遍或三十遍,每唱一遍,就拿一个烙有"康熙通宝"四个字的白铜大制钱放到一只漆盒内,到了十遍,再把钱送回原处,再翻头。

仇月祥为小冬开蒙的第一出戏是《奇冤报》(即《乌盆记》),只教"二黄"和"反二黄"两段,前面的"西皮",因有较复杂的动作,暂时不教。后半出重点是唱工,没有什么身段,便于随时登台。

虽说旧时手把手的课徒方式显得呆板、沉闷,甚至有点落后,但它也能快出人才。

　　由于小冬拜师前已有较好根基，加之天资聪颖，又肯用功，因此进步神速，有些一点就会，举一反三，一通百通。仇月祥也为之暗暗惊喜。《奇冤报》的两大段唱腔，小冬前后只用了三个月的时间，居然像模像样地学会了。师傅高兴，又开始教《空城计》和孙派的看家戏《逍遥津》。同时，还长期聘请了一位青年琴师，除每月初一、十五休息外，每天下午三点钟来为小冬吊嗓，每次吊两出戏，不论戏大戏小，一出二黄，一出西皮，约两个小时。老师以"戒方"拍打节奏，这样已学会的戏，经反复调唱，才能得以巩固。如果吊嗓中间，有忘词或板眼欠准，必须停下来再从头开始，直到完整地唱完。

　　这年的深秋，也就是小冬拜师后的下半年，登台的机会终于来了。当时沪上闻人关炯之四十寿诞，亲友特假座哈同花园为之祝寿，邀请上海久记票房诸票友登台演戏。这久记票房是上海成立最早的京剧票房，人才亦最多。如著名戏剧刊物主编刘豁公、郑子褒及袁寒云、裘剑飞（周信芳妻兄）等均是当年久记票房的优秀人才。

　　小冬这次亦应邀客串《乌盆记》（后半出）。8岁的孟小冬首次登上舞台献艺，她扮刘世昌，由名票冯叔鸾饰张别古，颇觉牡丹绿叶。雏凤清声，不同凡响，一曲方罢，彩声四起，内行均称为童伶中之杰出人才。那天小冬音色嘹亮，运腔圆正，唱时未显雌音，不露坤角马脚，更使内外行刮目相看。小冬初登氍毹，新声乍试，即收佳誉，一炮打响，沪上戏界，一时传为佳话。

　　这次堂会戏演出前，约有四五天的准备时间，还有段小小插曲。一天下午，那个青年琴师按时来舍操琴吊嗓，不知何故，仇月祥开头发觉琴师拉的节奏有问题，速度偏快，便以"戒方"按拍控制，谁知那个青年非但不减速，而且越拉越快，甚至〔反二黄〕大过门均压缩改拉短过门，把小冬赶得上气不接下气。仇月祥忽然将手中的"戒方"狠狠在桌上一拍，喊："停！"并责问那个琴师："你今天怎么啦？吃错药了！为什么越拉越快，要我们冬姑娘命啊？什么理由，你给我老实说！"

那青年无奈，告说："今天下午四点钟，我还要赶往另一处票房帮忙，是朋友临时请的，不好推却，时间不够，所以拉短过门，请仇大爷原谅。"仇月祥一听，火冒三丈，大吼一声："呸！好小子，你有事，来赶我们孩子，你有事可以打个招呼，说明一下，可以早走，停一天也没有关系，你不能这样乱来嘛，年纪轻轻，在上海滩这样混事怎么行？你给我滚！"那个琴师自知理亏，不敢回嘴，只得慌慌张张收拾胡琴，抱头出门去了。

次日，那琴师还是按时前来吊嗓，一进门就带笑脸打招呼说："仇大爷，昨天非常抱歉，赶得大小姐缓不过气来，今天我没有事，请尽量吊嗓子，没问题。"

仇月祥见青年满脸赔笑，也就消了气，说："话倒是两句人话，我告诉你，年轻人别胡来，替人吊嗓子，千万不能把胡琴过门拉得太短，对于拉的人有损，唱的人无益，在这社会上做人，有做人的道理，有走不尽的路，赚不完的钱，你要记住了！"

那青年琴师不住地点头称是，最后调皮地说："听大爷一席话，胜读十年书呢！"仇月祥听了也高兴地笑了笑，说："好吧，现在开始吊嗓！"

那时小冬所唱的《乌盆记》，师傅仇月祥还是按孙（菊仙）派路子教她的，因为当时沪地孙派唱法很受欢迎。

孙菊仙（1841—1931 年），天津人，人称"老乡亲"，是程大老板（长庚）三个得意高足之一（另为汪桂芬、谭鑫培，时称"三鼎甲"），唱腔以黄钟大吕、气大声洪而闻名于世。陈彦衡对孙菊仙的行腔、用气有八个字评语："天马行空，奇峰突起。"孙菊仙深得慈禧太后宠爱，被赐予三品顶戴，经常出入皇宫，为内廷供奉演员。他与太监李莲英亦相交甚厚。后因庚子年（1900年）八国联军攻占北京，孙菊仙家破妻亡，乃携儿孙离乡背井，顺着古运河逃至上海避乱，并长期在上海演艺。1902年在上海与潘月樵合资开办天仙茶园，又与李春来合资开春仙茶园，并在上海多次灌制唱片，影响很大，学他的人很多。他的《逍遥津》《捉放落店》《李陵碑》《四郎探母》《乌盆记》《桑园寄子》《雪杯圆》等，均是受观众喜爱的剧目。仇月祥起初在北京学孙，后转谭，到了上海，见孙走红，就又转学孙了。所以，仇月祥为小冬开蒙教的大都为孙派名剧。

十五　十二岁挂头牌　走红无锡城

（一）无锡挑帘

　　光阴似箭。

　　孟小冬拜仇月祥学艺三年契约，瞬息到期。虽说三年时间比起科班或戏曲学校的学制，似乎短了许多。然而仇月祥为孟小冬开的仿佛是速成班，学员只有小冬一人，德智体美，所有课程全由仇月祥一人担纲。幸运的是，小冬不像有些孩子跟随师傅学戏那样，必须为师傅家做刷锅洗碗、扫地抹桌，甚至抱娃娃一类的杂事，而是除了吃饭睡觉以外，全部"泡"在戏里。一个悉心指点，严肃认真，诲人不倦，倾囊以授；一个勤奋好学，一丝不苟，如鱼得水，夜以继日。小冬就像一只小蜜蜂，拼命地吮吸各种花蜜。她除了毯子功、把子功已有了一定基础外，举凡孙（菊仙）派的《逍遥津》《捉放落店》《乌盆记》《四郎探母》《李陵碑》，刘鸿声的《斩黄袍》《辕门斩子》，谭鑫培的《失空斩》《卖黄马》《武家坡》《翠屏山》，以及老徽班的《徐策跑城》，还有老旦戏《滑油山》，等等，不下三十出，均已滚瓜烂熟，虽显得驳杂一些，但还都是传统骨子老戏。比较繁难的所谓"三斩一碰"（即《斩黄袍》《辕门斩子》《斩马谡》和《托兆碰碑》），全有了。

然而，这三十余出戏的唱念做打又谈何容易，尤其对一个十一二岁的纤弱女孩来说，犹如背负巨石，确实是超重的负荷。所幸的是小冬没有被压垮，凭着过人的聪颖才智，勤奋的虚心好学，加上师傅高水平的精心培育，家庭及环境的熏陶影响，她奇迹般地完成了师傅所规定的各项指标的要求，出色地交出了一张令师傅和家长都很满意的答卷。

一天，仇月祥与小冬父亲孟五爷商量，打算让小冬先到外码头跑跑，搭班实践一下。孟五爷心里有底，早也认为女儿可以"挑帘"（登台）试试了。

说来也巧，小冬的六叔、名丑孟鸿茂，几天前曾有人托他代为邀角，说来人是无锡新世界（相当于上海的大世界，游乐场所，内设剧场）的经理，需聘一位能挑大梁的唱做须生（老生），他已经介绍了一位老生，正在商谈包银事项，还未启程，不如让小冬一起跟去试试。

第二天，孟六爷鸿茂陪同无锡经理来看（试）孟小冬，该经理一见小冬，个头不大，肌瘦体弱，头上梳着两条辫子，脸上稚气尚未脱尽，不觉好笑，心想，这小妮子（小姑娘）能唱出什么水平？落座后，相互介绍，寒暄了几句。仇月祥先开口："小徒已跟我学了多年，不是我王婆卖瓜，上台准行！"

小冬父亲转向他六弟鸿茂，说："就让六叔给小冬吊一段，请经理指教！"小冬六叔孟鸿茂，虽工文丑，但场面上的家伙难不倒他，尤精胡琴。仇月祥让小冬唱《逍遥津》，从导板"父子们"开始。小冬歌喉愈唱愈亮，音色纯正，高低宽窄，运腔自如。那经理眯着双眼，脚跷二郎腿，随着节奏摇头晃脑，听得有滋有味，心里暗暗惊叹。一曲终了，经理高兴得站了起来，拍着双手，连声夸奖："小妮子不简单！果然名不虚传！还唱得很有感情！"并当场拍板：到无锡头天打炮戏就唱《逍遥津》！他还补充说："我们无锡多少年来，还没有人能唱这个戏，孟小姐去了，准红！"

春华秋实，正是收获的季节。

1919年3月8日（农历二月初七），早春的无锡，梅花争艳，香雪成海。这是江南出名的鱼米之乡，号称"四大米市"之一，地处沪宁之间，工农业发达，商业繁荣，素有"小上海"的美誉。这一天，她迎来了从上海乘沪宁线火车莅锡献艺的秀丽少女——童伶孟小冬一行。这次随小冬来锡的还有四位中年男子：师傅仇月祥、父亲孟鸿群、琴师马少亭和鼓佬胡鸾桥。他们被安置在无锡新世界旅馆，等候翌日粉墨登场。

真是应了那句古语：天有不测风云。昨天的无锡，还是阳光明媚、百花竞开；一夜之间，老天爷突然变脸，傍晚临近开演之时，"忽大风雨，雷电交作，观众多为裹足"。院方以海报三天前即贴出，当地《锡报》亦刊有广告，实难改期，遂请照常登台，准时开演。是晚小冬首场打炮戏为《逍遥津》，唱"大轴"（即最后一出戏）。台下观众虽因大雨略少，然亦差能满座。

3月9日（农历二月初八）晚，新世界屋顶花园剧场的大幕在滂沱大雨声中准时拉开了！演出很精彩，剧场气氛热烈，盛况空前。当演至"逼宫"一场，打鼓佬开出［导板头］，琴师马少亭拉出悲怆激昂的［二黄导板］前奏，场内已是一阵潮水般的掌声。喝彩之后，台下竟自鸦雀无声，都在屏息凝神，静听孟小冬扮演的汉献帝在帘内唱"父哇……子们……在……宫院……伤心落……泪呀！"一句长腔，足有三分钟！唱得高亢浑圆，气力充沛，同时又充满了悲怆哀戚的感情。［导板］唱完，小冬一出场，又赢得了一个碰头彩。别看她年仅 11 岁，嗓子又宽又亮，丝毫听不出女孩子家所固有的雌音。整个剧场，掌声狂热，人声鼎沸，是无锡戏界近几年来罕见景况。

人们常说"搭班如投胎"。这首场"挑帘"演出，对孟小冬来说，也可算是"见公婆"了。公婆对这位新过门的媳妇态度如何？究竟满意不满意呢？其实，场内的喝彩声已能说明问题。隔日《锡报》有评：

> 是日为须生孟筱冬登台之第一日，故卖座甚佳。孟筱冬芳龄尚稚，而嗓音清越润利，较小刘鸿声响亮，做态亦颇活泼，故博得观客连连彩声……

又评：

> ……前晚整个剧场沸腾了，观众席上一片惊叹声：这是奇迹！她才十二岁。孟筱冬毕竟不凡，可谓大器早成。
>
> 王勃十二岁作阿房宫赋，自古惊为天才；孟筱冬十二岁能唱谭刘各调，亦天才也。

因孟小冬单人匹马来锡"搭班"，配演均为锡地班底，《逍遥津》剧中扮两个皇儿的都是成人演员，即便小冬穿上厚底靴，还比左右两个皇儿矮了一头。观众笑评：

> 孟筱冬唱《逍遥津》，爸爸这么矮，两个儿子那么高。

当然，观众席上也有不常看戏的，对《逍遥津》剧情不甚了解，议论中，把曹操错当司马懿，指汉献帝为刘备。指鹿为马，还津津乐道，滔滔不绝，闹出笑话。

或许《逍遥津》全体演员演得逼真，还闹出这么个有意思的插曲：

> 首日演《逍遥津》至"逼宫"一段，观者群以果皮、烟蒂、泥土向台上饰华歆者乱掷，足见剧情之可以感移人心也。

闹出笑话的还有《锡报》3月9日（农历二月初八）登载的一则广告。孟小冬在新世界屋顶花园剧场头天打炮戏的广告是这样刊登的：

礼聘初次唱做生须——●筱冬——全本逍遥津

其中"生须"，应为"须生"，即老生；"●筱冬"，应为"孟筱冬"，报社排版时，可能"孟"这个铅字一时没有找着，暂以"●"（俗称"毛条"）代替，不想出报时疏漏更换，就与读者见面了。可见那个年代的新闻出版，也是如此草率马虎。而"筱"字，绝对不错。小冬初登氍毹的艺名，即为"孟筱冬"。后在上海大世界乾坤剧场演满一年，转入法租界共舞台时，才正式改为"孟小冬"。

孟小冬第二三天的打炮戏分别为《失街亭·空城计·斩马谡》和《白虎堂》（即《搜孤救孤》）。由于首场演出成功，观众一传十，十传百，"颇受观客之欢迎，每晚卖座极盛，后至者几无插足地"。

这一期自3月9日夜登台，至5月15日停锣，历经两月余，共演了68场夜戏（未演日戏，亦无双出），欲罢不能，在合同期满之前，观众对孟伶颇具依依难舍之情。

凡内行看戏者，无不为之惋惜云……奈离锡在迩，此曲将成"广陵散"矣。（《锡报》报评）

（二）梅开二度

孟小冬自 5 月中旬离锡后，一般戏迷责怪新世界戏院未加挽留，深为惋惜。由于观众要求和舆论影响，院方再次派人重金礼聘孟小冬二次莅锡献艺。

时隔整整两个月，孟小冬二度莅锡，仍演于新世界屋顶花园。前三天打炮戏分别为"大轴"全本《探母回令》《桑园寄子》《大翠屏山》，和上次在锡所演剧目完全不同。从这三出打炮戏可以看出，孟小冬戏路已逐渐由孙、刘转向了谭。无锡观众还惊奇地发现，相隔仅仅两月，孟小冬竟比上次增加了十四出新戏，进步之速，如得神助。真可谓"士别三日，当刮目相看"。而这些戏又均以谭剧为多，说明不但"量"变，而且"质"也变了。锡地戏迷无不拍手叫好，欣喜若狂！

江南七八月，炎阳如火，暑气逼人。据当时《锡报》载：

屋顶花园自孟小冬卷土重来，游客陡增，晚间人众拥挤，臭汗直流，一般戏迷家有掩鼻而听者，殊非慎重卫生之道，深望主其事者将剧场设法扩充之。

日来天时酷热，此间游人倍增，孟小冬自离锡后，一般戏迷家深为惋惜。今闻孟伶重行来锡，连日排演名剧，以饷邑人，故门票每日可售七百余张，皆系该伶一人之魔力。

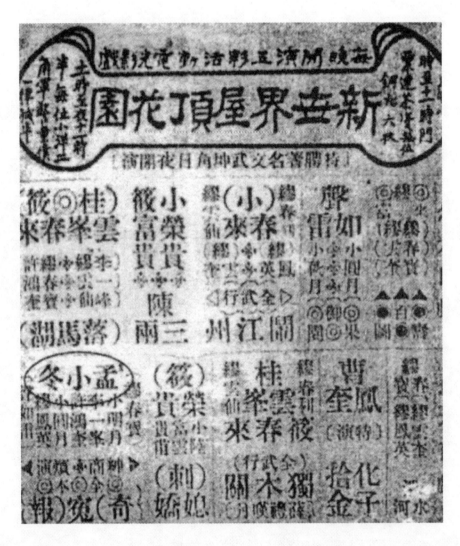

孟小冬第二次在锡演出广告

《捉放曹》孟小冬饰陈宫，金少山饰曹操

观众冒着酷热，不顾臭汗掩鼻听戏。如此看来，小冬演艺确有魔力。然而，观众流汗，还可以扇驱除暑气。而童伶小冬为了"以饷邑人，连排名剧"，每晚登台，则需穿蟒扎靠，勒头戴盔，不难想见，一场戏下来，又何止臭汗直流，恐怕早已是"全身皆湿透，内衣拧出水"矣！

这时，又有件出人意料的事发生了：差不多就在小冬二度莅锡出演的同时，即7月中旬起，"米市"无锡，突然连降暴雨，疫病流行。据《锡报》载：

"连日大雨，河水泛滥，滨河之地举目尽是泽国。"

"近日阴雨连绵，湖水暴涨，河塘两岸水已上岸，民居淹没甚众，一片江洋顿成泽国。"

"此次时疫染之者非常危险，往往不救。"

"锡市流行时疫之后，惠山附近亦时有死亡者。"

"天时不正，虎疫流行蔓延之速，令人心悸！"

"匝月（满一个月。——作者注）以来，疫疠大作，死亡相继，谈者色变。"

"此间自虎疫发生以来，各项生意异常清淡……"

天时酷热，已让人难熬，虎疫流行，更令人心悸。如果说3月9日那次登台首演时，忽遇大雨，叫做"天有不测风云"；而今二度莅锡，又逢虎疫流行，真可谓"人有旦夕祸福"了。

尽管受天时不正、疫病流行的影响，"各项生意异常清淡"，可孟小冬在"米市"的演出，依然红火。

这期自1919年7月16日始，至同年11月3日结束，共演110天，其间风雨无阻，无一天中断，也无一天休息，对一个12岁（实足11岁）小女孩来说，真够辛苦的了。若用今天的标准来看，不啻是对童工的虐待摧残！

在一年当中，孟小冬两次应邀赴无锡演出营业戏，前后竟达半年之久，把师傅仇月祥在三年中所教的约三十出戏，翻来倒去演了多遍，巩固所学，舞台实践得到很好锻炼，这无疑是为她今后整个一生的京剧事业，打下了坚实的基础。

其实，12 岁的孟小冬所会的戏又何止就这三十出呢？

孟小冬在无锡演期愈长，她的名声也愈传愈大。锡地城中，有一大户人家，主人姓薛，酷爱皮黄，鉴赏水平极高，一般戏院里的角儿，他是没眼看的，常有友人前来向他叙说：有个小妮子叫孟小冬，在我们无锡演出，唱谭派须生，很有味道，不能不听；您虽然从京城来，见过大角儿，可是您一定得听听孟小冬，真非同小可。主人想，小姑娘唱谭派，那怎么学得像呢？似信非信。恰巧薛某老母六旬寿诞，于是借祝寿举办一次堂会。11 月 5 日，特邀孟小冬去演了《武家坡》和《捉放曹》双出。这是主人亲自点的戏。

这天，小冬随师傅和当地的小京班一起来到无锡西溪下薛宅，只见寿堂红烛高烧，中间悬挂一斗大"寿"字，两旁布满锦绣绸缎制成的寿屏寿联，琳琅满目。堂内还陈列各种银具及景泰蓝瓷，显得五彩缤纷，光耀夺目，更表现出堂会主人家的阔绰富有。

等这位主人高兴地欣赏完小冬的两出戏，已是午夜 1 时，主人兴致愈发高涨，一面让人通知耀明电厂，电灯需延长两小时，迨戏演毕始息；一面让小京班王福英垫一出武戏，接下来竟要孟小冬再加演一出《黄鹤楼》。加戏，当然也加银子。小冬两次在无锡演出的剧目中，没有这出戏，也就是说不会这出戏，故面有难色，而师傅却一口答允，让小冬现"钻锅"（指演出时，演员为扮演自己所不会的角色而临时学习），立马登台，饰演刘皇叔。

"小妮子到底不凡！"一出《黄鹤楼》的刘备，仅一个小时的现"钻锅"，居然随着锣鼓点上场了。该剧是出群戏，人物众多，场子很碎。刘备戏虽说不是很重，但唱、念、做却也俱全。好在一切有师傅在后台把场，"现学现卖"，居然顺顺当当地演下来了，还得到堂会主人的嘉许，并夸她那句"休提起当年赴会在河梁"唱得特好，当场还"彩声四起"。后来主人晚年对孟小冬一生演剧作了艺术总结，并把这次堂会所唱的《黄鹤楼》，列为她"八次代表作"的首次。

原来这次堂会主人薛观澜不是别人，乃是辛亥革命时窃取中华民国临时大总统之位的袁世凯之乘龙快婿。他和袁世凯的二儿子袁克文（号寒云，人称"皇二子"）都是诗词书画的高手，对京剧更情有独钟，能拉会唱，还时常登台彩演，京昆不挡，并对皮黄（京剧）音韵也有很深的研究。当年余叔岩在袁世凯总统府任侍卫时，和他们均为莫逆之交。因此薛观澜晚年对余派艺术写过许多颇有价值的评论文章。

这袁克文（寒云），其生母金氏，朝鲜族，早卒。他虽然是袁世凯的儿子，但一生从不过问政治，天性风流，才华卓具，一直过着诗文酒会、品花弄月的名士生活。41岁时病逝津沽。后来为余叔岩挚友的张伯驹，与袁克文乃表兄弟，感情最好，当年与袁并列称为"民国四公子"（另二人为张学良、傅侗，傅即红豆馆主）。张闻克文早逝，无限怆然，悲痛地题写一幅挽联：

> 天涯落拓，故国荒凉，有酒且高歌，谁怜旧文王孙，新亭涕泪；
>
> 芳草凄迷，斜阳黯淡，逢春夏伤逝，忍对无边风月，如此江山。

为了让读者更清楚地了解孟小冬1919年（12岁）两次莅锡所演出的剧目概况，特汇总如下表（序号为演出日期先后；排行榜按演出场次多寡排序）：

序号	剧号	在锡演出时不同用名	共演场次	排行榜（前十出）	备注
1	逍遥津	曹操逼宫	12	4	
2	失空斩	仲达退兵、武侯退兵	14	3	
3	白虎堂		3		即搜孤救孤
4	托兆碰碑	两狼山、苏武庙、令公归位	15	2	
5	斩黄袍		8	7	
6	奇冤报	乌盆说话	12	4	
7	三娘教子		7	8	
8	武家坡	柳林认妻	15	2	
9	捉放曹代住店	中牟县代落店	17	1	
10	雪杯圆		10	6	即一捧雪
11	王有道休妻		5	10	即御碑亭
12	打金枝		1		
13	当锏卖马	卖黄马	8	7	即秦琼卖马
14	仁贵回窑		1		即汾河湾
15	辕门斩子	降龙木	11	5	
16	全本新斗牛宫		1		
17	上天台	梆子上殿	15	2	
18	梅香节		1		
19	全本探母回令	全本四郎探母	6	9	
20	桑园寄子		5	10	
21	大翠屏山		2		
22	家庭教育（新排剧）		1		
23	太常寺		1		
24	目连救母（游十殿）		3		反串老旦
25	地藏圣诞		1		

续表

序号	剧号	在锡演出时不同用名	共演场次	排行榜（前十出）	备注
26	打鼓骂曹	群臣宴	3		
27	四盘山		1		
28	红鬃烈马		1		
29	险险险		1		
30	虎口谷		1		
31	黄鹤楼		1		薛宅堂会

（三）三莅无锡

孟小冬第三次到无锡，是 1924 年 6 月下旬。距上次离锡已隔了五年之久。这时的小冬已是亭亭玉立、圆润丰满的大姑娘了。

由于小冬五年前两次莅锡献艺，与无锡票界和广大观众已结下了深情厚谊。锡地观众时常怀念并盼望她再次来锡。为此戏院老板多方探听小冬的屐痕踪迹。

这年，无锡又新开一家庆升戏园，园址在东新路，比起新世界屋顶花园，要宽敞舒适，舞台前方左右两根柱子已不见，观众的视线不再受到阻挡。这是一座比较新式的半月形舞台，当然所卖票价也要比前者贵。如屋顶花园一律二角，而庆升则为三种价格：二角、三角、四角。

庆升园开张不久，多次派人联络，终于把当时已红遍大江南北的孟小冬第三次请到了无锡，而且事先言明是帮忙性质的短期出演。

结果总共只演了六天，计八场。其中加演一次日场，一次双出。广告上打的头衔为："重金聘请京沪著名环球欢迎超等唱做并美须生泰斗。"

虽说这次演的天数不多，但给无锡观众带来的剧目却是非常精彩。首场夜打炮戏是全本《四郎探母》，从坐宫到回令一人到底。第二天报载：

> 孟小冬昨晚登台庆升，盛况从来未有。

这次除了《失空斩》《逍遥津》《打鼓骂曹》以外，还带来两出文武老生戏：《南阳关》《珠帘寨》。临别最后一晚的《逍遥津》，是应锡地某某米商特别上演，还另加一出戏中串戏的《十八扯》，小冬一人串演生、旦、净的《二进宫》。

这六天八场戏，天天客满，场场精彩。观众都认为小冬比之五年前判若两人，不知进步了多少。报上是这样评价的：

> 孟小冬之唱做比前进步，某戏迷家谓犹五百与五十之比。

这次更为精彩的是，辅佐小冬的琴师居然是闻名全国的胡琴圣手孙佐臣。孙名道光，北京人，乳名老元，人称孙老元。他初学小生，后改学琴，颇有成就。17岁时曾给三庆班大老板程长庚操琴，声名大噪，得入内廷供奉。后傍大老板弟子汪桂芬、孙菊仙等人操琴，颇负盛名。谭鑫培闻名仰慕，托人说项，孙遂又为谭鑫培聘用多年。

孙老元的伴奏旋律稳健大方，手音圆润流畅。所拉的花过门干净无噪音。有观众专为听他的琴艺而来，往往一段唱腔的演奏，他能获得多次彩声。他最喜欢拉高调门，琴声显得脆亮高亢。而孟小冬以坤角唱老生，调门极高。可达正宫调以上也毫不费力。因此两人合作，可谓珠联璧合，相得益彰。这次随小冬来锡，虽已年过花甲，老态龙钟，但只要一上台，即显得老当益壮、浑身是劲，仿佛有使不完的力气。《锡报》有评：

> 孙老元之胡琴，为舞台第一手，此次来锡，邑人之耳福不浅哉。
>
> 孟小冬之戏，邑人交誉之，然其琴师之佳，亦称一时无两。小冬得其衬托，弥见精神。小冬之艺固堪激赏，然必有此好琴师乃相得而益彰，场面之重，有如是者。
>
> 孙老元年老力衰，但登台时精神矍铄。
>
> 与孙佐臣话叫天（指谭鑫培，人称谭叫天）当年盛况，犹白头宫人谈开元遗事也。

孟小冬此次在锡短期演出，自6月27日起，至7月2日止。前后六天。打此以后，再未莅锡献艺。但无锡广大戏迷对她后来的悲喜人生，始终怀着深切的关注。

这里补充一件趣闻：大约三四年前，笔者学校同事沈老师送我一张2007年7月13日的《无锡新周刊》报纸，上面有篇《孟小冬与无锡杨氏》的文章，其中说："1922年，当孟小冬再次来锡时，酷爱京剧的杨寿彬夫人因为欣赏孟小冬，邀请了孟氏姐妹同游梅园，由儿子杨景炜拍下了这张照片。这张照片上左站立者就是年仅15岁的孟小冬，右坐者是其妹孟幼冬……"笔者看了觉得好笑，因为照片中两位少年年龄相仿，似乎右面的一位还稍大些。而幼冬要比乃姐小约10岁，如果这年小冬15岁，那么幼冬只有5岁左右，何以看上去还比乃姐要稍大些呢？由此让人怀疑那幅照片的真实性！

十六 加盟大世界

时序再回到 1919 年的 11 月份。

小冬 11 月 5 日在"米市"无锡薛宅演完堂会戏，便随师傅乘火车返回上海。稍事休整，经六叔孟鸿茂的介绍，加盟大世界游乐场内的乾坤大京班（简称乾坤大剧场）。说起上海大世界，那真是世界有名。它是由黄楚九独力出资建造，坐落在法租界爱多亚路（今延安东路）上。

1917 年 7 月 14 日，大世界游乐场部分落成开张。这一天是法国国庆节，还请法国驻沪总领事剪彩。

黄楚九乃浙江余姚人，生于 1872 年，父早丧，15 岁偕母迁居上海。先办诊所后开中法药房，后见娱乐业能赚钱，先前与人合股在英租界九江路（浙江路口）开新新舞台，专演京剧，顶楼仿学日本辟屋顶花园，取名楼外楼。

由于大世界建在法租界繁华地段，开张后，游人不绝，生意红火，名气越来越响，时谚称"不到大世界，不算到过大上海"。游乐场内的大剧场，全年上演京剧。

刚开始，大世界京剧场的演员均是男伶，不久北方著名坤伶、青衣花旦金少梅至此，首先实行男女合演，遂名乾坤大剧场。"乾坤"，意指男女同台。

原来，20世纪20年代初，包括北京、天津在内，全国演戏场所，还不准男女同台合演。比如1913年8月1日，北京国民政府警察厅就有布告："男女合演，有伤风化。"禁止了男女合演。更早些时，由于封建礼法的约束，妇女不能抛头露面，当然更不准到人多杂乱的商业剧场去。稍后，虽允许走进剧场，但还有一定界限，即男女必须左右两侧分坐，或男客在楼下，女客在楼上。即使一家人进剧场也是如此。散戏时，楼下男客先出戏园，楼梯口有人把守，待男客走完，女客才可离座而去。这一封建界限，直至辛亥革命以后，才逐渐被打破。

辛亥革命后，虽然妇女已获准走进戏园看戏，但是男女还是不能同台合演。

在上海隶属于英租界、法租界管辖范围内的新世界、共舞台，毕竟远离京城，所谓"天高皇帝远"，于辛亥革命后不久，即出现了男女同台演出，如共舞台有坤伶露兰春加入。而大世界游乐场是1917年才建成开业的，因为早有先例，所以也就无所顾忌地组织男女同台合演了。为了标新立异，还起名乾坤大剧场，以招徕观众。

孟小冬正式加盟大世界大京班，是1919年12月1日。在此前，曾于11月24日演了一出压轴戏《逍遥津》，或许是试演性质的吧！那天大轴戏为李春来、粉菊花合演的《狮子楼》。

可别小看这大世界内的乾坤大剧场，这里可真是藏龙卧虎、名角如林的地方，常有一流的艺人登台献艺。就说上面这两位吧，也是红极一时的大牌演员：

李春来，河北高碑店人。演武生，科班出身。他是四大徽班之一春台班的子弟，与谭鑫培同辈，短打、长靠均擅长，腰腿功夫极好，动作敏捷，身段漂亮。《白水滩》《伐子都》《恶虎村》等都是他生平得意之作。在上海数十年，十分走红，成为南派武生宗师。年近古稀时，还能登台演出《伐子都》，仍扎大靠翻打跌扑，功夫不减当年。1907 年，12 岁的麒麟童（周信芳）正式拜李春来为师。武生泰斗盖叫天年轻时，每当李有演出，他都认真去看戏，专心学习，李春来也无私地教了他不少东西。盖叫天虽未正式拜师，但他私淑李春来，在表演风格上，宗法李春来。梨园界一致认为他是李春来衣钵的继承者。而北派武生宗师杨小楼，对李春来亦崇拜备至。

粉菊花，当时在大世界乾坤大剧场挂头牌，被戏迷捧为"粉艳亲王"。她原学梆子武旦兼花旦，后改京剧刀马花衫，尤擅跷工，甩打跌扑，干净稳练。这位女伶本事很大，她还能突破行当串演花脸戏《盗御马》，武生戏《白水滩》《四杰村》《天霸拜山》，甚至《金钱豹》等，真是能唱能做，文武全才。此外，《红梅阁》《狮子楼》《翠屏山》等等都是她常演的拿手剧目。

在大世界里，除李、粉二位外，还有旦角绿牡丹（黄玉麟），老生陈善甫、小三麻子，老旦张少泉，名丑韩金奎等，亦常来这里亮相，这些都是非常能叫座的知名演员。

12 岁的孟小冬的加盟，也算是为大世界乾坤大京班增添了新鲜血液。她试演的《逍遥津》，获得通过，便签了一年的长期演出合同，12 月 1 日正式加入了大世界的大京班，前三天的戏码分别是《群臣宴》《四郎探母》《捉放曹》。由于《逍遥津》试演成功，并受到一致好评，因此孟小冬的戏目，非但没有因为她是童伶而列在开锣一二出，相反倒是常常被排在压轴，甚至大轴。

大世界是一个综合性的大型游乐场所，每天游人像潮水般的进进出出，挤来挤去，乾坤剧场的京戏演出，不愁没有观众，因为游人每次进游乐场大门，只需花二角钱买张总门票，从进门照"哈哈镜"开始，凡场内楼上楼下各种文艺演出，可以任意选择，而且都不需再另外花钱买票。场内还供应各种点心、小吃，应有尽有。所以一次购票，可以游玩一整天。如果爱看京戏，不但看了日场，还可以再连看晚场。这对一般劳动群众来说，无疑是比较经济的。剧场内也不对号，故有些老戏迷不等开演，即早早前来抢占最佳位置。但这样一来，也产生了不利的因素：来去自由，观众不稳定，他们凭着兴趣，爱看的多看一会，不喜欢的说走就走，整天像是走马灯似的，乱哄哄！场内人声嘈杂，烟雾缭绕，无法维持剧场内的良好秩序。所以，一般有点身份的人，是不大会到这种地方来欣赏京戏的。而且这对演员在台上的表演，也多少会受到影响。但是对童伶孟小冬来说，不管这些，她每次演出，师傅都还跟在身边，要求按照规矩认真演唱，不准马虎，所以特别受到戏迷的欢迎，连远在无锡的老戏迷有时也特地赶来上海观看她的演出。

和在无锡演出有一点不同的是，大世界每天有日夜两场戏，孟小冬除每天晚场演出外，日场也需要参加，不过平均每星期也就是一两次。在一年的时间里，基本上没有中断过演出。除继续上演和在无锡相同的剧目外，又陆续学会了不少新戏。这些新戏，除师傅仇月祥传授以外，还不断向自己的父亲孟鸿群问艺。这时孟五爷在法租界共舞台搭班，不过因健康的原因，每星期只演一二场，且多列于开锣头二出。所演剧目偏重唱工，如《状元谱》《雪杯圆》《庆顶珠》《八义图》《一捧雪》《伐东吴》《天雷报》《南天门》《九更天》《举鼎观画》《除三害》《徐策跑城》，等等。有意思的是，他们父女经常在同一天里，上演相同的剧目，比如《徐策跑城》《雪杯圆》等。另外，小冬的剧目有时又和在共舞台挂头牌的露兰春所演相同，如《逍遥津》《空城计》等。

　　据统计，孟小冬在大世界一年的演出中，新增加的剧目有：
《徐策跑城》《洪羊洞》《滑油山》等。这期间，曾于 10 月 25 日至
27 日参加全市在新舞台举办的助赈演出，孟小冬的三天剧目分别是
《四郎探母》《辕门斩子》《逍遥津》。

　　小冬在大世界乾坤大剧场最后一次告别演出的日期是 1920 年 11
月 11 日，戏目为与汪碧云（青衣）合演的《黑水国》（即《桑园寄
子》）。一年合同，圆满结束。

十七　登上共舞台

在前面第十一章里已经介绍过，黄金荣因急于找一个能顶替露兰春的角色，由马春甫推荐，才同意一个 12 岁稚嫩的女老生孟小冬进共舞台的。

孟小冬正式进共舞台的日期，是 1920 年 12 月 14 日（农历庚申十一月初五），小冬原来的艺名用"孟筱冬"，自进共舞台第一天，即改"筱"为"小"。而后的艺名就一直用"孟小冬"，终其一生。

共舞台是由当时上海青帮"三大亨"之首黄金荣开办。这座戏院是 1919 年新春才开张的。黄金荣为之取名"共舞"，也和大世界乾坤大剧场的"乾坤"含义相同，就是男女"共"演的戏院。前文已经说过，因为那时的戏剧舞台上，男女合演还是很新鲜的事，所以在报纸的广告上也标明"法界共舞台男女合演"，以招揽观众。它是上海第一家男女合演的戏院。

黄金荣经特批，在法租界地盘上还开设其他戏院。自民国初年到 20 世纪 30 年代末，上海五家最大的京剧剧场全部由青帮控制。黄金荣独占共舞台、大舞台、黄金大戏院三家，另两家天蟾舞台、三星舞台（后改中国大戏院）亦由黄门徒顾竹轩、张善琨等分别掌管，实际上成为黄金荣的一统天下。南北京剧艺人要在上海登台献艺、落脚谋生，不得不想方设法疏通关系，或投靠青帮，或加入帮会组织。如名演员夏氏弟兄（月珊、月润）、小达子（李桂春，即李少春之父）、谭富英乃至名票赵培鑫等，均曾投靠过青帮头目或加入帮会社团。而马连良、杨宝森、章遏云等，又都是杜月笙的干儿子、干女儿。就连铮铮傲骨的麒麟童周信芳也曾拜黄金荣为老头子。可见在旧中国吃戏饭的艺人是如何的不易。

　　孟小冬 1920 年 12 月 14 日进共舞台的首场打炮戏为《逍遥津》，戏码是插在《七擒孟获》中间。主演该剧的有张文艳、筱金铃、吕月樵、林树森等。一个月后，孟小冬才参加了十四本《宏碧缘》的演出，饰骆宏勋。

　　《宏碧缘》说的是唐代武林豪杰骆宏勋与绿林英雄花振芳的女儿花碧莲的一段姻缘故事，乃根据小说《绿牡丹》编演的连台本戏，其中包括《嘉兴府》《刺巴杰》《四杰村》《巴骆和》等常见的群武戏在内。早年北方曾由杨小楼、贾碧云演出。20 世纪 20 年代风靡大上海，由露兰春主演。

　　孟小冬小露兰春 10 岁，而扮相英俊、器宇轩昂，加之嗓音嘹亮，台风潇洒，所以她扮演的骆宏勋，一出场，就令观众眼前一亮，因而受到台下观众的欢迎，允为“不逊色露老板”。更有赞者谓：“梨园自有骆宏勋以来，恐未有如此英俊漂亮者也。”随后，孟小冬又继续参加上五本、十二本，乃至十一本、九本《宏碧缘》的演出。

　　三个月后，她与张文艳等合演《头本阎瑞生》《二本枪毙阎瑞生》。张饰姐姐莲英，孟小冬扮妹妹玉英，以旦角穿时装用大嗓演唱，娇憨可掬，一派天真。“惊梦”一场，歌声呜咽，热泪盈眶，观众无不为之打动，一洒同情泪水。

小冬既演玉英，也学露兰春，在前面还饰演阎瑞生一角，阎临刑前有一段 [西皮流水]：

阎瑞生做事错又错，

尊一声同胞姊妹大家细听我把话说。

想当年我毕业在震旦大学，在上海当翻译，

何等的快活。

也是我不务正把生意来歇落，

每日里花天酒地把麻将搓，

叫双台不为奇，还要打扑克。

今日里我的东道，明天他们还要来请我。

到了端午节我日子真难过，

在江湾遇阿春，他把话打动我，

因此上我诓莲英通知她到麦田里，害她一命见阎罗。

我实指望做此事无人来知晓，

又谁知天网恢恢不能来容我。

我奉劝少年同胞休要来学我，

今日里我绳绑捆索枪毙在法场上，

到阴曹见祖先我有何面目啊！……

《阎瑞生》一剧，是民国实事，曾经轰动上海滩。

1916 年，杭州旗人王长发因家贫兼嗜鸦片烟，至上海将 16 岁的女儿莲英卖入四马路（今福州路）长三堂子（"堂子"——旧上海妓院的别称）为妓。这王莲英京戏唱得挺好，嫖客称赞她的唱超出她的貌。其实她的容貌也不差。1917 年，新世界举办第一届花国选举（这是沿袭清末举办花榜而来，花榜选的是"状元"、"榜眼"、"探花"等，民国改选"总统"、"副总统"、"国务总理"等，自 1917 年至 1920 年共选过四届），王莲英荣膺第一届花国的"国务总理"（即第三名，相当"探花"）。洋行职员阎瑞生，原籍河南汤阴，长居上海，父早亡，依母而生，求学在圣约翰学院与震旦大学，到过香港，信奉天主教，精通英语，在外商洋行担任翻译或写字（即买办）等职务。虽已娶妻，但性嗜游戏，爱好赌博，常在长三堂子里鬼混。因热衷购买跑马票，连连输光，乃骗王莲英坐汽车出外"兜风"，至北新径农田，将莲英勒死，劫去首饰，弃尸而逃。凶杀案发生在 6 月 9 日，莲英时年 21 岁。一个月后，阎逃至徐州火车站被捕，押回上海，被护军使署长官何丰林以盗匪案，按军法审理判处死刑。于 1920 年 11 月 23 日下午 2 时，押送龙华大操场执行枪决，时年 26 岁。因阎是天主教徒，行刑前由牧师来给阎做弥撒，并用白布遮头，套上十字架，令其忏悔。当囚车经过龙华桥时，阎紧闭双目，咬牙不语，另一同谋犯吴春芳则高唱京戏，大骂婊子。沿路围观者众多，人力车、汽车拥塞不堪。

后沪上以此为题材，编成各类戏剧上演。

最先上演此戏的是笑舞台，于阎瑞生枪毙后第三天即以文明时装戏将故事搬上舞台。由于这是民国以来最有名的一件谋杀案，特别引起全国百姓的关注，而案情的始末，具传奇性，背景如妓院、酒楼、跑马厅、教堂、田野、轮船、火车站、法院、刑场等各色场面，也很容易出戏剧效果。

在文明戏头炮打响后，京戏也紧跟着上演了。京剧由于充分运用了传统戏中显魂、托梦、活捉等套子，加强了王莲英冤死后变成鬼魂的戏，如莲英托梦、莲英告阴状、阎瑞生徐州逢鬼等，观众看了都大快人心，加以当时还很新鲜的机关布景和真马真汽车上台，卖座特盛。上海的京戏场子如新舞台、天蟾舞台、丹桂第一台等都陆续上演了这部戏，有的还连排了三本之多。演王莲英最早最出名的是赵君玉，她在麦田乞求饶命的大段如泣如诉的唱工，曾风靡一时。共舞台则由露兰春首演，共二本，轰动一时。露息影后，由孟小冬接替。

这一题材后来还由中国影戏研究社委托商务印书馆影片部代摄成电影故事片，片名就叫《阎瑞生》（1921 年），更是万人争看，连映连满，影响更广。就连北京、天津、汉口等地都纷纷派人前来预定，争相催促去往该处放映。那时可能还没有拷片技术，因此票房收入也相当可观，一般京戏票，每位一角、二角，特别包厢不过六角，而影戏却要卖一元，楼厅一元半，包厢那就更贵了。此片在上海哄闹了一阵子，却是在一片声讨、呼吁禁映声中收场的。由于影片过分表现嫖客与妓女的调情和荒野凶杀的残酷恐怖，对血气未定的子弟灌输了不良影响，有碍风化，各界纷纷要求取缔禁映。而几个策划投机商已捞足了油水，也就很识时务地乖乖收场了。难怪当时有人叹息：唉！东也阎瑞生，西也阎瑞生，几乎家家戏馆，天天阎瑞生。

在共舞台和孟小冬合作饰演姐姐莲英的张文艳，江苏镇江人，也是 20 世纪 20 年代前后上海滩红极一时的坤伶演员。她与露兰春同龄，天资聪慧，扮相俊美，每登台容光焕发，光彩照人。曾和小达子（李少春父亲）合演《狸猫换太子》，享誉沪上，获"文艳亲王"之美称。又曾渡海至台湾演出，慕名来者，万人空巷。唯 26 岁嫁人后，即谢绝舞台。42 岁时，病逝上海。

这期间，孟小冬的合作者还有一位吕月樵，他们常合演《十八扯》，这是一出可以展示演员才华的玩笑戏，与《戏迷传》相类似，可反串各行各类角色的演唱。当时吕已年过半百，是位资深前辈，而小冬才十三四岁，初生牛犊，他们一老一少，各显其能：小冬嗓音高亢，歌唱嘹亮；老吕黄钟大吕，老当益壮，不甘示弱，结果旗鼓相当，平分秋色。原来吕月樵初习青衣，后改武生，兼学老生，因此在戏中生旦净丑，无一不能，学谁像谁，惟妙惟肖。他效法孙菊仙、汪桂芬、谭鑫培的唱，几能乱真，博得阵阵彩声。他曾以《戏迷传》作为打炮戏，是他首创，后成了他的代表作，连排了四本，欲罢不能。国画大师张大千曾绘制了一幅《戏迷传》，即根据吕月樵演出所画。他还反串过一出老旦戏《目莲救母》，因有扎实武功，满台摔扑，难能可贵。惟其嗓子欠雄厚，声音高而尖，唱老旦最为出色。后来吕把这出老旦戏传授给孟小冬。

吕月樵有二子、二女。长女即吕美玉，后来亦在共舞台唱戏走红，以演时装京戏《失足恨》驰誉沪上。因容貌出众，黄金荣曾看中这块"美玉"，对其垂涎三尺，欲纳为妾。不料晚了一步，被时任法租界公董局华人董事、华人商团司令、中法银公司经理的魏廷荣抢先纳美玉为妾，还将其照片刊印于美丽牌香烟上，大肆宣传。为此黄魏结怨，争风吃醋，险出人命。

有意思的是，在共舞台一年中，孟小冬能经常和她父亲孟鸿群同台演出，不过孟五爷的戏码大都排在开锣一二出，而小冬则常在压轴甚至大轴。但是小冬的戏却没有增添过新的传统剧目，除了在大世界曾演过的那些戏外，主要精力都投入数本的《宏碧缘》、头二本《阎瑞生》以及头二本《佩凤缘》等连台本戏的演出。这是在当时商业社会大潮冲击下，大多数艺人为了养家糊口，不得不适应潮流而排演的剧目。小冬戏路虽有所开拓，但毕竟艺术素质很难提高。小冬年纪虽轻，却和师傅及乃父一样，似乎都意识到这一点，大上海虽好，共舞台也不错，不担心没有观众，包银亦足够生活养家，但绝非长久之计。因此，在 1921 年 11 月 20 日（星期日）演完日场《新杀子报》、夜场《二本阎瑞生》以后，乃决定：一年合同期届满，不再延聘。不如暂时放弃连台本戏，走出大上海，跑跑码头，扩大影响，将所学骨子戏，多到舞台上去实践、磨练。

这里值得一提的是，孟小冬在共舞台一年演出期间，露兰春仅以客串名义，参演过一场《十二本宏碧缘》和一出《曹操逼宫》

(即《逍遥津》),而且和小冬虽同台而不同戏。那晚,小冬在前面参演《十一本宏碧缘》,而露兰春于后串演《十二本宏碧缘》。仅此一次同台。这就是后来戏迷津津乐道的所谓孟小冬饰演前骆宏勋,露兰春饰演后骆宏勋,在梨园界传为美谈。待孟一年合同期满离去,露兰春才又以客串名义,偶尔演过两三场。孟小冬虽曾向露兰春请益,情谊当在师友之间,但有人说她们"在台下要好得头也割得下",那就不太可能了。

下表是孟小冬 1920 年 12 月 14 日至 1921 年 11 月 20 日,在共舞台一年中所演剧目统计,按演出先后排序:

序号	剧号	不同用名	共演场次	排行榜(前十出)	备注
1	逍遥津	曹操逼宫	10		
2	空城计		20	9	
3	白虎堂		9		即搜孤求孤
4	群臣宴	打鼓骂曹	6		
5	李陵碑		4		
6	上天台		11		
7	雪杯圆		6		
8	捉放曹		1		
9	徐策跑城		2		
10	武家坡		36	4	
11	翠屏山	大翠屏杀山	27	6	
12	四郎探母		41	3	
13	滑油山	游六殿	4		反串老旦
14	斩黄袍		22	8	
15	奇冤报	乌盆计	12		
16	三娘教子		14	10	

续表

序号	剧号	不同用名	共演场次	排行榜 （前十出）	备注
17	四盘山		2		
18	洪羊洞		1		
19	卖黄马	天堂州	3		
20	十四本宏碧缘		14	10	
21	桑园寄子	黑水国	12		
22	十五本宏碧缘		34	5	
23	辕门斩子		4		
24	大香山		1		
25	十一本宏碧缘		6		
26	十二本宏碧缘		8		
27	十三本宏碧缘		4		
28	头本阎瑞生		62	2	
29	二本阎瑞生	二本枪毙阎瑞生	65	1	
30	御碑亭		2		
31	二本佩凤缘		10		
32	头本佩凤缘		2		
33	全本新杀子报	新杀子报	24	7	
34	九本宏碧缘		2		
35	十八扯		6		
36	全本醒世奇侠		1		
37	十六本宏碧缘		36	4	

十八　汉口之行

　　孟小冬 1921 年 11 月下旬告别共舞台后，没多久，应邀赴福建作短期演出，前后只演了半个月，即由闽回沪。小冬二伯父鸿寿（即第一怪）受汉口方面之托，介绍小冬去汉演出，条件俱已谈妥，并约好交付定洋日期。是日，鸿寿因参加"摇会"（摇会，亦称合会。是曾在我国民间盛行的一种信用互助方式。一般由发起人——"会头"邀请亲友若干人——"会脚"参加，约定每月、每季或每年举会一次。每次各缴一定数量的会款，轮流交由一人使用，借以互助。会头先收第一次会款，以后依不同方式，决定会脚收款次序。如按预先排定次序轮收的，称为"轮会"；如按摇骰方式确定的，称为"摇会"；如按投标竞争办法决定的，称为"标会"。——作者注）耽误未至，小冬师傅左等右等，不见人来，不明何故，以为临时有变化，适巧南洋小吕宋（小吕宋，即今菲律宾群岛中的吕宋岛。宋元以来，中国商船常到此贸易。明时称之为吕宋。自 1571 年至 1898

年，其地为西班牙所侵占，故译作小吕宋，而以大吕宋称呼西班牙。
——作者注）方面来人坚邀小冬，并当场预付定金，乃登船离沪。
小吕宋因有很多华侨商人居住，常邀艺人前往该地进行商业性演出。
因闻小冬在沪颇有名声，技艺超群，乃以重金礼聘。在该岛献艺数
月，深受侨商嘉赏。

返沪后不久，共舞台老艺人马春甫受汉口之托，再约小冬，演
期三月，包银共 2400 元。遂于 1922 年 8 月 20 日，自沪搭太古轮赴
汉口。同往者有师傅仇月祥、旦角汪碧云、小生汪素云等，还自带
一位琴师。这位琴师前文已经介绍过，乃首屈一指的胡琴圣手孙佐
臣老先生。孙小名老元，人称孙老元，与梅雨田（梅兰芳伯父）齐
名，他们是晚清京剧琴师两大名家。老元是由大舞台张荣奎介绍的，
张乃老元之婿，与小冬父亲及叔伯都有交情。年已花甲的孙老元，
来沪探望闺女，闲着无事，因发觉小冬聪慧，有嗓子，够调门，认
为可造之才，又是快婿做的介绍人，故乐意屈就，随小冬同赴汉口。
临行前在沪与仇月祥（这时小冬仍在为师服务期间）签立合同，月
薪 120 元，一年为期，无戏薪减其半。

20 世纪 20 年代初的汉口，商贾云集，工业发达，经济繁荣昌
盛，是我国商业与交通重镇。汉口古称夏口，曾与佛山镇、朱仙镇、
景德镇合称我国四大镇。原属江夏县，1949 年与武昌、汉阳合并成
武汉市。1923 年"二七"大罢工运动亦在此爆发。她还是京剧的发
源地之一，京剧生行两辈大师谭鑫培、余叔岩均为鄂籍，后来孟小
冬曾拜其为师的谭派名家程君谋，亦是道地的汉口人，有"汉口谭
鑫培"之称。所以，当时京剧在这里非常流行，拥有大量的观众。
但同时京剧在这里也不好唱，观众的鉴赏水平极高，它和天津一样，
被视为最难对付的唱戏码头之一。以前很多艺人都说，在全中国唱
戏，有三个码头最难唱，却不是发源地北京，而是天津、汉口、上
海。凡是一个好角儿而能够得到这三个地方观众的认可，那他的艺

术就算成功啦！

那时生行正是"无腔不学谭"的年代，而小冬初学原以孙（菊仙）刘（鸿声）启蒙，到汉口能否一炮打响，倒也捏了一把汗，实在没有太大的把握。幸好这次有精通谭艺的名琴师孙老元辅佐，也就壮了几分胆量。

在一个闷热的 8 月天，孟小冬一行抵达号称"四大火炉"之一的汉口，搭班怡园，那也是个游艺场，与上海大世界相类似，内设京戏舞台。农历七月初六登台，三天打炮戏分别为《逍遥津》、《徐策跑城》（因逢七月七，加演《天河配》饰牛郎。此戏亦名《鹊桥相会》，粤剧则名《七姐下凡》。小冬在沪是向六叔鸿茂所学，戏中牧牛串唱几段名剧，织女则仿《天女散花》之云路场子，载歌载舞）、《打鼓骂曹》。由于半年前这里就曾贴出过孟小冬将莅汉演出的海报，那次因孟鸿寿耽误，被南洋小吕宋夺走，未能如愿，引为憾事。这次真的来了！戏院门口及闹市大街宣传海报四处张贴，戏迷早已翘首盼望，奔走相告，不顾骄阳似火，挥汗如雨，戏票开演三天前即预售一空。

待人们欣赏完孟小冬三天打炮戏后，汉口观众的情绪沸腾了！他们说，果然货真价实，名不虚传：

一是扮相好！——别的不说，单是那扮相、气度，一出场，戏迷的眼睛就为之一亮。眼前 15 岁的秀发姑娘，穿着厚底靴，却变成了帝王、雅士，英俊倜傥，怎么看怎么瞧也丝毫找不出少女的模样。太神奇了！虽是坤角，能脱尽女相。

二是嗓子好！——小冬有一副又脆又亮的嗓子，一张口，音色是那么嘹亮甜润，纯正悦耳，刚柔相济，高低自如。太美妙了！虽是闺秀，能无尖窄雌音。

三是唱得好！——好嗓子，不单卖嗓子；中气足，发自丹田；正宫调，游刃有余；富韵味，字正腔圆。太动听了！虽是女流，不让须眉。

那几天，孙老元的琴尤其大红。他以前曾随余叔岩到过汉口，被汉口观众誉为"全国第一琴"，本来在当地就是红底子。这次随小冬旧地重游，更受到欢迎。孟小冬后来在香港对她的弟子黄金懋笑着说，在汉口演出时，戏院门前广告上"孙佐臣"三个大字，比她唱头牌角儿的名字"孟小冬"要大得多得多啦！演出期间，孟小冬的唱与老元的琴都是高调门，声震屋宇，余音绕梁。真可谓"此曲只应天上有，人间哪得几回闻"！

接着第四天贴出《失空斩》，第五天《捉放宿店》，第六天《四郎探母》。这后三天更是正宗谭派骨子大戏，老戏迷欣喜若狂，欲罢不能，虽时值盛夏，赤日炎炎，但再热的天，也挡不住观众的热情。接着还演了《南阳关》《珠帘寨》等文武老生戏。

北京有一位老者曾回忆说：

> 那次我正巧也在汉口，看了孟小冬一出《奇冤报》，从行路到公堂，一气呵成。剧场座无虚设，而且凡有空地都加了凳子，更有不少人站着听，这种盛况是很少见的。一声"刘升，带呀路！"随着小锣孟小冬饰刘世昌出场了。一阵喝彩之后，竟自鸦雀无声，台下都在屏息凝神，就连绣花针坠地恐怕也能听得清晰。有人说这出戏没什么做表，全以唱工取胜。其实没有完全说对，怎么没有做表？在喝酒中毒以后，刘世昌应隔着桌子前空翻落地，我担心她来不了，可能拖泥带水，因为穿着褶子，带了髯口，而且又穿着厚底靴子，不太容易搞好。有些人偷懒，往往身子横在桌上一滚，表示一下就算了。却不想她认真地用手一按桌子，正面翻了过来，干净利落，非常漂亮，于是又博得全场彩声。接着还有"甩发"、"硬僵尸"倒地，俱见功

121

夫。汉口的戏迷被征服了！要知道这还是个未成年的小姑娘呀！可以想见，平时在练功时不知吃过多少苦头。至于这出戏的唱工，也是没挑的，特别以正宫调唱大段［反二黄］，小冬嗓子从头至尾润亮有余，一气呵成，真使观众听得如痴如醉，称心满意。孙老元的琴又是那么严丝合缝，水乳相融，实在太好了。我向四周一看，全场有一半人在摇头晃脑，附近的几位连眼睛都闭上了，真个是韵味无穷。剧场内的喝彩声此起彼伏，小冬老元几乎各占一半。这一场戏留给我的印象太深了，真是终生难忘。这情形就连余叔岩都没有过。

孟小冬在汉口的演出，不但轰动了全城戏迷观众，有些专业同行也被震惊了。其中有一位和她戏路相近，也是女老生，名姚玉兰（就是后来杜月笙的第四房夫人。嫁杜后改名谷香，人称"香妈"）。此时她和母亲小兰英及妹妹姚玉英也在汉口另一家戏院演出，闻听人言小冬之艺如何了得，再配上孙老元的琴，如虎添翼，说得姚玉兰心里痒痒的，她决定亲自去观摩一番，连看了《斩黄袍》《逍遥津》《辕门斩子》《滑油山》等数出。后来她干脆向母亲告假半个月，暂停演出，天天去看小冬的戏。由喜欢戏到喜欢人，不由得托人说合。两人因戏路相近，一见如故，竟拜了金兰。姚年长小冬4岁，她对这位小妹妹的才艺十分欣赏、钦佩。不想20年以后，这对异姓姐妹，又先后成了上海大亨杜月笙的四姨太、五姨太。那是后话，按下不表。

姚玉兰也是位多面手，生、旦、净文武全才，还能演老旦、红生，在坤角中，当时也算是一位出类拔萃的好角，老生宗孙（菊仙），兼擅谭（鑫培）刘（鸿声）。常演《逍遥津》《辕门斩子》《南阳关》《目莲救母》一类戏。又向其母学了汪（笑侬）派戏。

20世纪80年代初，她为了纪念母亲，以76岁高龄在台湾岛上粉墨登场演出汪派戏《喜封侯》。

姚玉兰的母亲小兰英，最早在东北大连组办京剧"童伶科班"，培养贫家的孩子学戏。丈夫艺名"七盏灯"，是京剧丑行演员，不幸英年早逝。两个女儿玉兰、玉英自幼也在童伶班学艺。小兰英为文武老生，艺宗汪派（笑侬），并得汪亲授。长期带着两个女儿巡回演于北京、天津、山东、湖北、上海等地，最远到过哈尔滨以及南洋新加坡、菲律宾等地，是京剧史上流动演出到过地方最多、也是最早至南洋一带演出的女演员之一。她擅长的剧目有《九更天》《桑园寄子》《南天门》《四进士》《打严嵩》《朱砂痣》以及汪派《哭祖庙》《受禅台》等。她在北京华园（亦称华乐园）演出时，名字上冠以"坤伶老生大王"头衔。两个女儿在母亲的调教下，也都各自成才。玉兰是多面手，而玉英也不让须眉，她不但主攻武生、小生，还兼及旦行乃至丑行。有很多群戏的主角，她们母女三个就全包了。如《群英会·借东风·华容道》一出大戏，小兰英饰鲁肃，玉英演周瑜，玉兰扮诸葛亮，还赶曹操或关羽。再如《赵五娘》，母亲演张广才，姐姐扮赵五娘，而下书人小花脸李旺就由妹妹玉英扮演。台下虽是亲密母女，但到了台上，却不准有半点马虎。名净袁世海老先生曾回忆说：一次演《赵五娘》，唱到"扫松下书"，姚玉英扮丑角，在下书时把戏词念颠倒了。原词应该是"我是投家书，下家信的"，生活里人们把砒霜又叫信石，因此说"下信"是下毒的意思。张广才年老耳背，把"下家信"误听成了"下信"，以为是下毒，打个岔，很有戏。这里如果念错了可不行。姚玉英把这句念成"我是下家书，投家信的"，母亲饰的张广才就接不下去了。到了后台，小兰英问了句："你念的什么？"跟着就扇了姚玉英一个大嘴巴。这件事当时在戏曲界广为流传。小兰英治班甚严，对自己的亲生女儿也从不稍加宽容，在戏曲界树立了很好的榜样。当时还幼小的袁世海，对这件事也有深刻印象，多少年也总记着。他后来演戏严肃认真、一丝不苟，和这件事给他的影响也不无关系。

她们母女常合演的戏还有《珠帘寨》《四进士》等，还新排演过连台本戏五本《狸猫换太子》。

1925 年 9 月 28 日，天津《大公报》刊载一篇评论文章，题目为《谈姚氏三杰之五本狸猫换太子》，今摘录如下：

> 姚氏三杰为谁，小兰英、姚玉兰、姚玉英是也。三伶多在各埠献艺，颇享盛名。此次来京，在华乐唱演，都中人士莫不赞许。前星期余观其演新排之五本狸猫换太子，剧情及布景均极有趣味。小兰英之包公威风凛凛，念词清晰，唱做均佳，探阴山时之数段快板尤为动听。玉兰前部之柳金婵，扮相娇艳，举目端重，见冯君衡时种种表情，令人叫绝，几段歌曲，声音清脆，丝丝入扣，妙不可言，后部去（饰）李太后，虽仅出场一次，亦不无可取之处。玉英前部油流鬼，脸谱精妙，嗓子响亮，道白分明，做工得体，为坤伶中所仅见，后部之八贤王尤见生色，金殿之连唱，闻者神驰。总观全剧，演四小时之久，无疵可击。母女三人，多才多艺，已足令人钦佩，加以卖力非常，尤为坤伶所不可多得，宜乎到处受人欢迎也。

这年她们母女三人演于北京正阳门鱼市口华乐园，正巧孟小冬也在京演于开明戏院。一次为北京晨钟学校演义务戏，孟姚同台，孟的大轴《四郎探母》代回令，小兰英前压轴《珠帘寨》。这是后话了。

小兰英是早期女老生中比较杰出的一位演员，不仅能挑大梁，而又多才多艺。她演唱的《扫松下书》《徐策跑城》等戏，被上海长城唱片公司邀请录制了唱片。

在 20 世纪二三十年代的中国，艺人的生活，喜怒哀乐，殊难预料，所谓今日不知明日事。小兰英这样一位多才多艺、好胜倔强的母亲，不想为了女儿婚事的不如意，竟独自跑到普陀山出家为尼了。后来做了杜（月笙）夫人的大女儿姚玉兰，定居香港、台湾时曾多次托人在大陆寻查，终无下落。不过有人说，在 20 世纪 50 年代初，这位已年过花甲的老太太，又脱下缁衣，逃离普陀山，勒头扮戏粉墨登场了，还北上进京演出了几场骨子老戏。此后又不知去向了。

孟小冬在汉口原约期三个月，由于各界挽留，又续延了两个半月，直至 1923 年春方告结束。

十九　献艺泉城

　　近半年的汉口演出后，孟小冬的技艺有了进一步的提高，一方面她能有在舞台上不断磨练的机会，而更重要的是，她得到了孙老元的精心指点。老元 17 岁崭露头角，就替程（长庚）大老板操琴吊嗓，受到程的赞赏，称其为后起之秀，得以入清宫当差。后来除傍过汪桂芬、孙菊仙、谭鑫培以外，还为青衣时小福、陈德霖等拉琴。经陈德霖的介绍，又曾傍过余叔岩一段时期。所以老元有一肚子的正宗谭、余派老生戏，特别对谭腔精通极了。小冬师傅仇月祥也认为这是难得的好机会，必须恭恭敬敬地求教于孙老先生。老元自然也肯倾囊以授。不过老元提出："我给小冬说谭腔没有问题，但要想在谭艺方面有所发展，既不能再回到上海共舞台或大世界那里去唱连台本戏，也不必乱跑杭、嘉、湖或南洋新、马、菲一类的小码头。应该进京深造，那里才是京戏的大窝子，有的是高人。"小冬悟性高，吸收快，一字、一句不苟地向孙老学，平时对二老也特别尊重，不但言听计从，从不违拗回嘴，而且小嘴还甜。她听二位老人提出要上北京，自然心里高兴，但同时对二老说："有你们二老给我说戏，真好比伏龙凤雏，扶保刘皇叔，我已心满意足了，就怕还学不完呢，哪里还想去找什么高人呢？"说得二老哈哈大笑，十分开心！

说归说，笑归笑。最后还是决定由汉口搭船顺流东进，先回上海。到沪后，仇、孙二老向小冬父亲孟五爷鸿群叙说要北上进京的打算。那天老六孟鸿茂也在座，还没等五爷开口，六爷就双手赞成，说："好！不如让小帆（鸿茂之子，习武生兼文武老生，乃小冬堂弟）也和你们一齐跑。"孟五爷也说："那里是我的老土地，我的体力渐渐不支，怕在上海也唱不动了，你们先去，站稳脚后，我也想落叶归根，回老家喽！"六爷忙说："等等！听人说大舞台白老板（指白玉昆）最近要辞班北上，让我去问问，他是大牌演员，有绝活，有号召力，如成的话，让他带着，更有把握！"

孟鸿茂说的白玉昆（1894—1971 年），乃是著名武生演员，更有人誉之为"能派全才演员"。北京人，原名白胜萍，9 岁入天津德胜魁科班，初习花旦、武旦，曾有艺名粉蝶仙。后对旦角不感兴趣，私下向师兄苗胜春学武生。11 岁时，科班演出《翠屏山》，扮演石秀的武生突然患病不能上台，他就自告奋勇代替，由旦角反串武生，由于扮相英俊，嗓音嘹亮，加以武功纯熟，耍刀一场，十分精彩，大受观众欢迎。从此他就正式改学武生，并易名白玉昆。18 岁出科，22 岁到上海，加入大舞台。他具有出奇的创造性本领，到上海第一天打炮戏为《葭萌关》，此戏又名《战马超》，本来是一出冷戏，一般武生演员均作为开锣戏来演，而白玉昆把它作了一番改造，比如马超原来挂黑三，显得老气横秋，他改为粉面朱唇的俊扮，还加了不少唱句。再如马超原扎大靠，与张飞对阵开打，后面挑灯夜战，即脱去大靠改穿箭衣，头上加甩发，又增加了不少火炽激烈的翻扑摔打，十分火爆。使原本一出冷戏变成唱做念打的热闹武戏，观众觉得新颖别致，获得交口赞誉。配演张飞的李永利，是著名武净，牡丹绿叶，相得益彰。后来李永利把白玉昆的演法传给儿子李万春和徒弟蓝月春，并改剧名为《两将军》。那时李14岁，蓝16岁，两个小武生活跃舞台上，演得严丝合缝，就此红遍京城，成了后来李万春的代表作。溯本求源，李万春的成功，正是白玉昆当年辛苦的结晶，玉昆之功不可没也。

白玉昆不但武生戏出色，他的文武老生、红生戏也有口皆碑，还兼演净、丑甚至旦行，戏路极宽，人称能派全才。他演《甘露寺》，前饰老生应工的乔玄，后饰武净应工的张飞。在"相亲"一场，他还创编了"二黄"大段所谓"五音联弹"，场上气氛热闹，流行甚广。因区别北方马（连良）派，而称"南派甘露寺"，也称"镇江甘露寺"。

白玉昆在上海还参加编演了大量连台本戏，如《狸猫换太子》《火烧红莲寺》等；他创编的《风波亭》《地藏王》（即《疯僧扫秦》）被誉为"白派"代表作。从而长期在江南独挑大梁，红极一时。

在他初到上海时，周信芳（麒麟童）还为他配过戏，他们合演的《狸猫换太子》，白挂头牌，饰演狄青；麒老牌甘当绿叶，配演包公。两人在一场对手戏中，演得十分精彩，获得满堂彩声，可谓旗鼓相当。周信芳处在弱于白玉昆的情况下，不甘人后，以杰出的表演获得了平分秋色的艺术效果。有人曾评论白玉昆："此人不红，是无天理。"

白玉昆的师兄苗胜春，他们当初同在天津坐科德胜魁班。苗工文武老生，得过名师传授，看过不少名角的戏。加之生性好学，除了本工外又涉猎丑角、花脸，肚子宽、能戏多，是一位博学多才的艺人。他早年在山东演出时，结识了当时18岁的周信芳，并结金兰之好。后来上海，一直与周信芳搭档，成为莫逆之交。由于他是位无戏不演、无所不能的全才演员，深得沪上观众的好评。周得苗如鱼得水，有红花绿叶之妙，二人几乎形影不离。苗也宁愿正戏不演，甘为绿叶，不仅为周配戏，还教了周不少武戏，彼此情同手足。后因白玉昆初到上海，苗为了帮这位师弟立足沪滨，不得不辞周而去，使周如失手臂。临别周设宴欢送，席散，周忽向苗深深跪拜，说："二哥！您人走弟兄情义在，对您多年给我的帮助，我向您道谢了。"于是彼此抱头痛哭，难舍难分。苗胜春后来长期落户黄金荣开办的黄金大戏院，为基本演员。因排行第二，内外行尊称苗二爷而不呼名。平生诲人不倦，对同台者提拔奖掖甚多，有德之人也。沪上大亨杜月笙、张啸林辈均邀其教戏。曾为杜月笙配演《黄鹤楼》刘备，杜票演赵云。苗亦得意，常对人言，杜公还称我"主公"呢！

再说孟六爷鸿茂去拜访了白玉昆，探听一下他是否有北上的打算。叩开门，鸿茂向白老板请安问好，落座后便把来意向白叙述一番。白说确有此事，因丹桂第一台散班后，原拟由他主持后台工作，但白考虑这一工作原来是由麒麟童负责的，他不愿取而代之，怕吃力不讨好。并说天津方面托人请他组班去演一个时期，已与人合股，在天津东兴大街南口，某剧场原址，组织天蟾舞台，为男女合班。现在人选已说定的，有小翠芬、王庆奎、灵芝花、小马五、张雨亭、庞少春、陆树田等人。人是有了些，但还凑不成班，需再约几位。对于今日孟老板来舍，白玉昆自不知为何。孟鸿茂笑说："我有个侄女小冬，前两年在大世界、共舞台借台演戏，前些时候刚从汉口回来，想到北方再求深造；还有犬子小帆，虽在共舞台挂牌，但不成器，想投白老板门下，望您多教教他！"白玉昆本来就在招兵买马，听说两个初出茅庐的小角色要来搭班，自然高兴。就说："请六哥放心！这次是男女合班，令郎、令侄女来不成问题。小帆的戏我看过，虎虎有生气，让他出去见见世面。小冬这孩子准有出息！你们老孟家三代总算出了个金凤凰！是该到京城振翅开屏一展身手才好。我和五哥鸿群老朋友了，再说有仇老令工跟着，哪还有错。请听我的信儿。"

又过了一段时期，孟六爷连去催问了两次，白玉昆那边班子才组好，一切已准备就绪，于是在1923年隆冬季节，小冬和师傅仇月祥、琴师孙老元及族弟孟小帆随白玉昆一行在一个寒风凛冽的早晨由沪出发，沿津浦路北上。

不知什么原因，白玉昆一行没有直达天津，而先在南京停留一段时间，后又在素称"家家有泉水，户户有垂杨"的山东济南演了数月之久，常常日夜两场。夜晚由白玉昆领衔，以连台本戏《狸猫换太子》《七擒孟获》《侠义英雄鉴》等为主。小冬挂二牌，亦常参加，颇能叫座。日场则大都演些传统折子戏，小冬常演《捉放曹》《空城计》《珠帘寨》《四郎探母》《十八扯》等剧目，声誉甚盛。

济南宋、明、清时称济南府，是一座历史名城。城内不仅有大明湖，还有著名的趵突泉、黑虎泉等，素有"泉城"之称。相传济南即便平常百姓家都是"家家泉水、户户垂杨"，景色十分宜人。它又是津浦和胶济两铁路交点，交通便利，经济繁荣。所以当时也是京剧演出的重要码头之一，南北很多名角都到过这里。对小冬来说，济南并不陌生，幼时曾随父亲跑码头来这里演出过，还登台唱过娃娃生哩。

那时国内正处于军阀混战时期，济南乃军阀张宗昌的老巢。张籍贯山东掖县，土匪出身。因喜食狗肉，人称"狗肉将军"，又因人高马大，或曰"长腿将军"。时任山东督办，总揽一省的军政大权。此人是个戏迷，有一定的听戏水平，特别喜欢听余叔岩唱戏，并且还与余叔岩有点交情，心血来潮时，他会派人专程把余叔岩从北京接到济南来，陪他抽烟、打牌。当然，霸王请客，余叔岩不敢不来。再说，张宗昌是奉系大军阀张作霖的大红人，直鲁联军的总司令，兵权很大，显赫一时，有许多大人物想要巴结他还巴结不上哩。除余叔岩外，后来成为四大名旦的梅程荀尚以及小翠花、王幼卿、萧长华等大牌演员，或来过济南，或到过张宗昌在北京的督办宅中（铁狮子胡同）唱堂会戏。名武生李万春还拜认张宗昌为干爹哩。

这次张宗昌听手下人报告，济南庆商茶园（戏院）从上海来了个俊俏的大姑娘，花容月貌、水灵灵的，须生戏唱得有板有眼，很有味道，已唱了一个时期了，很受欢迎。张宗昌心里喜滋滋的，立马叫李副官去戏院替他订了个包厢。当天午饭后顾不上打盹，就带着一班勤务兵前呼后拥来到戏院看孟小冬的戏。这天小冬前演《空城计》，后与白玉昆合演时装戏《戏迷传》双出。张宗昌看了，十分兴奋，认为这个姑娘果然名不虚传，要嗓子有嗓子，要扮相有扮相。从此，不管戎马倥偬，总要来戏院坐坐，不但自己看，还接连数日订了不少戏票，让他的家属亲友甚至下属同僚都来看戏，说从大上海来的角儿（演员）就是不简单。他还让人制作旌旗赠送给孟小冬，横的、竖的挂满戏院大厅及舞台两侧。一时商界也纷纷效尤，锦旗、花篮，充塞着戏院内外，乃至台前过道。由于张宗昌连连说好，大捧特捧，那些原本不懂戏的亲属同僚，开始只是跟着凑凑热闹，待看了几场《狸猫换太子》《枪毙阎瑞生》《镇江甘露寺》等，渐渐也就看出点门道来了。再后来春暖花开，柳枝新绿，他们干脆一连几个下午都把孟小冬等请进张宗昌的官邸，要他们在张府唱堂会，这样府里的女眷也能坐下来看戏了。堂会不比戏院，没有一排排座椅，而是临时搭建的简易戏台，观众席里则摆设若干张"八仙桌"，前排正中为贵宾席，这是来客中少数军政要员、社会名流等头面人物的专座。主人的妻妾及姨太太也均抛头露面分桌而坐。

这天，张府门前有两名全副武装的士兵肃立大门两侧，府内悬灯结彩，锣鼓喧天，人声鼎沸。院内亭台楼阁，前院后院都插满彩旗，装饰一新，很像办喜事的样子，每张"八仙桌"上都摆满果品、茶点，真比过年过节还热闹许多。

张宗昌的门第高华，气势显赫。他的姬妾成群，难计其数。这样说一点也不夸张，就连张宗昌本人，也搞不清楚他究竟有多少个姨太太。

据说，张宗昌有一次去向老师张作霖要兵饷，张作霖觉得张宗昌占有一省的地盘，搜刮了不少民财，怎么还来要军饷，于是便问张宗昌："山东省一年省库收入多少？每年要发多少兵饷？"

张宗昌木来想能要到多少算多少，从来没有量入为出的观念，其军队每年所需的军费和军饷自然更不知道。他此时面对的是老帅，不敢胡编乱造，只好说："我不知道，我要问军需总监才行。"

张作霖笑了笑，又说："那么你手上有多少人马，总该不会不知道吧？"

结果张宗昌也是结结巴巴，说不清楚他手下到底有多少人马。只好推说："这要问问参谋长金寿良就知道了。"

张作霖心中生气，但又不便发作，毕竟张宗昌曾经为他出过力、卖过命，于是开玩笑似的又问："笑坤（张宗昌字）啊，那么你有多少个姨太太应该心里有数吧？"

万万没想到答复仍然是不知道。张宗昌颇不自在地说："这得问问副官长李子清，我哪里有这份闲工夫去算那笔糊涂账啊！"（董守义、王加会著《张宗昌真传》）

张宗昌说的倒是实话，因为他生性好色无度，凡遇合意女子，不管是风尘中人，还是良民之女，均罗致网中，且时有前门进来，后门出去的现象，所以谁也说不清他的姨太太到底有多少。又因张曾活动于奉、鲁、直、京、津、苏、皖、赣、宁、沪诸地，铁蹄所至，随时随地霸占民女，纳妓为妾。凡是出美女的著名省市，他都要选一位美女在他的"后宫"里。因此，他的妻妾队伍中有苏州夫人、杭州夫人、天津夫人等称呼。还有外籍夫人，如高丽太太、日本太太、白俄太太、南洋太太……而现在住在督办府里的，少说也有二三十个，各自打扮得珠光宝气，涂脂抹粉，千娇百态。加上她们身边都还有一两个十五六岁的丫环侍女，也个个花枝招展，容貌秀丽，浩浩荡荡出现在观众席上，倒也不失为张宗昌府里一道亮丽的风景线，真可与戏台上面的丫环宫女相媲美。

俗话说：醉翁之意不在酒。张宗昌表面上是看戏，实则看人。自从孟小冬一连几天来到府里唱堂会，17 岁的她，虽然扮上男装，带上髯口，说不上美到哪里，可是扮戏前的孟小冬，却是一米六四颀长窈窕的身材，亭亭玉立，头脑门上留着"刘海"，一张瓜子脸上，没有浓妆艳抹，甚至没有脂粉，但仍显得端庄秀丽，婀娜多姿，堪称容华绝代。也许是为了故意不招人注目，有时到张府来，女儿身的她，干脆穿起了长衫，戴起了礼帽，而且还把帽檐拉得低低的，足下一双带有松紧口的黑色布鞋，淡妆素面，外表丝毫不作修饰，完全一身大男孩打扮。然而，尽管孟小冬用心良苦如此遮掩，但张宗昌天生好色，毕竟是在女人堆里滚爬惯了的老手，见识过的女人太多了，岂能不识货，孟小冬又怎能逃脱他那双贼眼。因此任孟小冬如何隐蔽"伪装"，总掩盖不住她那天生丽质、秀在其内的动人姿色。在张宗昌眼里，体态玲珑的孟小冬，她那清秀的眉眼，挺挺的鼻子，小巧的嘴唇，一切都搭配得那么和谐，真好似画中的美女，夏日池塘里的莲花，更犹若天仙下凡，光彩夺目。他常听人说，古代什么崔莺莺、杨贵妃，都有倾国倾城的美貌，现在看来，怕都比不上眼前的孟小冬。每当小冬随戏班人群来府，他那两只贼眼珠子便滴溜溜地在她脸庞上打转，时而又将目光移到她那发育丰满的胸前，令他馋涎欲滴，万般销魂。

张宗昌对小冬百般讨好，万分殷勤，令小冬师傅及全班同伶都为之焦虑，十分害怕。因为在旧中国，一个女艺人稍有姿色，就随时有被吞噬的危险，人身根本得不到法律的保障。他们担心小冬万一落入这个"狗肉将军"的魔掌，岂不毁了终身。

正在人们为小冬提心吊胆，考虑下一步该怎么办时，一份突如其来的电报，扭转了这一荒唐而尴尬的局面。

原来第二次直奉战争即将爆发，张宗昌接到上司奉系大军阀张（作霖）大帅的一封加急电报，召他火速北上，共商战事，不得延误！

在这个节骨眼上，眼看"天鹅肉"将到嘴边却又"飞"走了，令张宗昌哭笑不得！他有心不理这封电报，给他来个将在外君命有所不受。但又考虑张作霖的势力太大，他还不敢直接违抗其军令，因为他手下军队的军需粮饷都要依靠这位主子供给。再说，张宗昌毕竟还不是春秋时那位只要美人而不顾江山的吴王夫差。他左思右想，权衡再三，认为孟小冬是个小唱戏的，就是插翅也飞不了多远，等我回来再说。

张宗昌一走，孟小冬如释重负，堂会自然也就停了。接着直系大军阀曹锟下令讨伐张作霖，苏浙两军又开始激战，浙军第一军总司令何丰林下令总攻击，济南战事也一天天吃紧。这样，孟小冬一行趁此混乱之机，结束了在"泉城"的演出，仓促离开了山东济南府。

后来，煊赫一时的张宗昌于1932年夏，在济南火车站被人刺杀。尸体运抵北平前门火车站，移厝什刹海北之广化寺。出丧时，迎送者寥寥无几，场面凄凉冷清。只有其最爱的窈窕矮小的第十四妾披麻戴孝，此外尚有张宗昌义子、名武生李万春父子等步行于送殡行列。所有姬妾则各分得三千金遣散，这是后话不表。

二十　北闯津门

光阴如梭。孟小冬与师傅、琴师仇孙二老，随白玉昆一行辗转数月，于 1924 年秋冬，到了北方重要港口城市——天津。

天津作为一个水陆码头，商贾云集，人文荟萃，名伶辈出。百姓普通爱好戏曲艺术，特别对京剧更有一定的鉴赏水平，而且他们听戏十分讲究，对演员的一招一式要求甚苛。所以说，天津一向是京剧最为难演之地。如今当红的余杨派传人于魁智曾说："天津观众欣赏水平高，在这个地方唱戏，不能有任何闪失，台下内行多。"他还说："'杨派'传人不到天津接受检验，算不上真正的'杨派'。"

京剧虽说发源于北京，但所有名角却必须能在天津唱红，方能走向全国。梨园行有句俗话，叫做"北京学艺，天津唱红，上海赚钱"。充分说明了天津在京剧艺术发展中的重要地位。

孟小冬等抵津后，应老板赵广顺的邀请，演于日租界新民大戏院（即下天仙）。除每晚夜戏外，也常演日戏。这次以白玉昆、孟小冬、赵美英三个人挂头牌领衔主演。班底有赵小楼（赵美英的弟弟、赵燕侠的父亲）、赵玉英、晚香玉、小桂元、马少山、苏兰舫等。剧目多为连台本戏，如头本、二本《侠义英雄鉴》，头本、六本《狸猫换太子》（小冬前饰宋王，后饰陈琳），头本《七擒孟获》（小冬饰孔明）、《枪毙阎瑞生》（小冬姐妹轮演）等，还有《麦城升天》《镇江甘露寺》《大八蜡庙》等，孟小冬均参加集体演出。此外，小冬除单演《空城计》《捉放曹》《珠帘寨》等几出骨子戏外，还与青衣赵美英合演《四郎探母》《打花鼓》《坐楼杀惜》《十八扯》等对儿戏。与赵鸿林合演了《战彝亭》（即《连营寨》《哭灵牌》），小冬饰刘备，赵鸿林饰赵云。赵云一角，原由小冬族弟小帆饰演，但小帆到津后，未几即辞班离去。在与赵美英合演戏中，以《枪毙阎瑞生》最受欢迎，赵饰妹妹玉英，小冬饰姐姐莲英（在上海共舞台时，多演妹妹），均穿时装唱大嗓。"托梦"一场，两人有大段唱工，曾轰动津门，每演必满。

赵美英（1894—1966年），江苏吴县人。叔赵广顺、父赵广义均为梨园名人，家学渊源。自幼拜师学艺，不但能文能武，还善于刻画多种角色，无论悲剧、喜剧、泼辣戏、玩笑戏、武旦戏都能演得头头是道。后长期在天津法租界天华景戏院出演连台本戏，博得好评，大受观众欢迎，被誉为"美艳亲王"、"天才的女艺术家"。然而这样一位多才多艺的女名伶，却被当时直隶督办、军阀李景林在光天化日之下，命令手下武夫强行劫持，登上预先等候的日本轮船"大连丸"，驶向山东，强纳为妾。后虽历经艰险，逃出魔掌，亦不得不被迫谢绝舞台。1966年年初病逝天津。

这次孟小冬在津演期虽然不算很长，但却受到内外行的一致好评。天津谭派名票王君直（1867—1931年）一见小冬，惊为奇才，除看戏外，常来小冬下榻处晤谈，并悉心指点。君直老，乃天津名门望族，诗文、书法大家。清末时曾任学部主事、朝议大夫等职。在京任职期间，因酷爱京剧，常与名琴师陈彦衡等参加春阳友会的活动。该会乃京都京剧界内外行济济一堂的大票房，有很多知名演员都来参加，如余叔岩、俞振庭、金仲仁等。君直先生宗谭派老生，亦定期前往雅集清唱、彩排，还粉墨登场，陈德霖、梅兰芳、王长林等名伶均同台为之配戏；甚至余叔岩还为他主演的《失空斩》配演王平。他嗓音高亢醇正，行腔朴实无华，酷肖老谭，每歌一曲，有绕梁三日之感，四座皆为之叹服。

相传某日，他在某饭庄雅座宴后清唱，适谭鑫培在邻座，听后大为惊讶，亲往拜会，结为知己。每逢谭演出，王必观摩，深得谭氏三昧，唱、念、做俱臻化境。谭氏慨叹："学我者众，得我神髓者唯君直一人耳。"当年就连余叔岩、言菊朋、杨宝忠、杨宝森等大牌演员均常登门求教，奉王为圭臬。而君直先生也从不保守，有求教者，不论何人，必口传心授。

小冬初来津沽，君直老以近花甲之年，竟主动为小冬说腔，更在发音、字韵方面加以指点，可见君直老古热心肠，一片怜才之心。

小冬在津演出期间，还吸引了一批青年观众走进剧场，这些青年人是从街上一家照相馆的橱窗里看到陈列的孟小冬便装照片而被吸引。这些大大小小照片，有坐在椅子上的，还有的戴着礼帽扮成男孩模样，显出几分帅气。这些被吸引的青年中，有不少是大、中学生，他们相互传递信息，在上学、放学的途中打从照相馆经过时，都要驻足欣赏，小冬迷倒了无数少男少女。台湾有位曾是当年天津中学生的戏迷在一篇回忆文章中说：

　　……不止女子十八一枝花，也不止因为她是名伶，真个的，她实在漂亮极了。我们同学差不多人人都买一两张她的照片，大一点的夹在书里，小的贴在铅笔盒里（那时恐怕没有肖像权的纠纷，照相馆老板大量洗印，公开出售，伶人也高兴——作者注），在暮色苍茫的傍晚，便匆匆赶到戏园里捧她的场。我们不是去听戏，而是去看她的美貌。中学生还不懂得京戏唱做的技巧，只是看热闹，压大轴的全武行，如《夜战马超》《伐子都》《挑滑车》《铁公鸡》《狮子楼》才带劲儿。孟小冬都是唱的文戏，并且女扮男装，带上长胡子，宽袍阔袖，连那照片上的美丽也看不见了。

还有位在香港的曾是当年天津大学生的戏迷则说：

　　……那时我们同学中不少爱好京戏的，还加入过票社，受到过言菊朋的指导。在听孟小冬以前，我们喜欢言菊朋多过余叔岩。但也有说余叔岩就比言菊朋好的，为此，还发生过纷争，闹得面红耳赤，不亦"气"乎。当时流行的说法，是言菊朋字正而腔不圆，余叔岩腔圆而字不正。言、余全学叫天（指谭鑫培），但各限于天赋而成就大异，两人曾打过对台，贴同一出戏，上座差不多。我们虽不大喜欢听余叔岩，却喜欢听孟小冬，一来她是女的，二来她没有余的毛病。大家为了弄清孟小冬所演戏目，有的同学课余休息时，就会凑在一起，报道今明后三天的不同戏码和演出近况，简直比私家侦探还详细。……现在人老了，我们在港的一帮老朋友去票房聚会时，还会学唱孟小冬的几出拿手戏，会彼此相视而笑，因为我们这些人也可以算得上是资深的"孟迷"了吧！同时还因为这是懵懂岁月的纪念，也是对那段"少年不识愁滋味，为赋新词强说愁"的时光的见证。

　　在 20 世纪 20 年代的一些大、中学生，与如今流行乐坛上一批追逐港台流行歌曲的追星族仿佛一样，他（她）们甚是天真，对艺术的欣赏倒是其次；也分不清真正的优劣好坏，不求甚解，而主要是为捧某个心中所羡（爱）慕的角色而来。有个别青年以致成了单相思，极个别人甚至丧失理智，发疯似的闹出人命案。

二十一 名震京城 定居北京

　　民国十四年（1925 年），北京农历的闰四月十五日（阳历 6 月 5 日），正是春夏之交，风和日丽。这一天傍晚，华灯初上，位于前门外大栅栏的三庆园门前，车水马龙，人头攒动，观客如潮。戏院门口人们在注视张贴的戏目广告："本院特聘名震中国坤伶须生泰斗孟小冬在本院献技。"霓虹灯也同时打出"孟小冬"三个红色大字的醒目广告。剧院门口两侧摆满各界赠送的花篮，琳琅满目、大小不等的银杯陈列于橱窗内。京城书画才子袁寒云（袁世凯次子，人称"皇二子"，又名克文）书赠"玉貌珠吭"巨幅匾额一方，高悬舞台一侧，蔚为大观。

　　这天的打炮戏为全本《探母回令》，孟小冬饰杨四郎一人到底（坤伶赵碧云饰铁镜公主）。隔日有评论说，"坐宫"一场最见精彩，因为扮相好，台风漂亮，一出场即彩声四起，掌声雷鸣，颇极一时之盛。小冬扮相端庄，而好在处处有神气，唱则咬字正确，而好在字字有劲。是晚虽音微涩，初不因之减色，且愈觉其悲壮苍凉之致。"过关"时，下马架子极好。"见母"一场，三拜神气亦佳。"回令"一场，三个屁股坐子的身段，干净峭拔，轻巧伶俐，赢得台下一片鼓掌喝彩声。至于她的唱腔，简直美不胜收，嗓子愈唱愈亮，痛快淋漓，令人有余音绕梁，三日不绝之感。加之孙佐臣操琴，更是增色添辉。总之，孟伶之须生，不惟在坤角中独步，即与现时著名之男伶相颉颃，亦不见稍逊。

当时梅尚程荀四大名旦，余言高马四大须生都在盛年，舞台竞争何等激烈。17 岁初出茅庐的孟小冬，竟能得到这样完善的评价，简直是个奇迹。

孟小冬以一出《四郎探母》在京城首演告捷，一炮而红，终于在京城的舞台上脱颖而出，一鸣惊人。这在孟小冬的舞台生活中，是最关重要的一台戏。从此，孟小冬之名，不胫而走，很快传遍了整个北京城。

接着，前门外的歌舞台、开明、广德楼等多家戏园都蜂拥前来邀约，而三庆园也一再挽留，弄得孟小冬分身无术，只得白天一家，晚上再到另一家，甚至一个晚上还赶往两家戏院。如 6 月 13 日，孟小冬与苏兰舫白天先在开明合演《武家坡》，夜场则到歌舞台演《乌盆记》；6 月 14 日白天先在开明演《连营寨》《战虢亭》《哭灵牌》，夜场到歌舞台与赵碧云合演《十八扯》；6 月 19 日夜场先在三庆园演完《十八扯》，再赶到开明戏园演大轴《四郎探母》。

当时前门一带戏园甚多，京剧名家轮番在这里演出。如梅兰芳、王凤卿、郝寿臣演于西珠市口的开明；余叔岩、陈德霖、杨小楼演于香厂路的新剧场；马连良、朱琴心演于庆乐园；尚小云、言菊朋、小翠花演于中和园；王少楼、李万春、魏莲芳演于新民戏院；谭富英演于广德楼；雷喜福则演于城南游艺园；而位于正阳门鱼市口的华园，则由坤伶老生大王小兰英率两个女儿姚玉兰、姚玉英上演新排连台本戏五本《狸猫换太子》……当时在京城献艺的都是闻名南北、唱红京华的大牌演员，可谓名伶云集，好角如林，形成打擂台架势，他们在艺术上争奇斗艳，互不示弱。单说老生一行，余叔岩年方35岁，位列前四大须生之首，跃居老生行的领袖地位，正是如日中天。但此时他的膀胱宿疾也时常发作，不能独立组班，而与杨小楼再度合作，每周也只能上演一两次。由于演得少，大批余迷像饥饿多日的寒士，奔向戏院心满意足地"饱餐"一顿。

言菊朋与余叔岩同庚；他此时嗓音尚未塌中，还是不折不扣的正宗谭派，而且是众望所归的旧谭首领，与余叔岩在谭派中并驾齐驱，称一时之瑜亮。老谭既已故世，因此渴望听到原汁原味谭派的一批老观众，自然流向中和园，去听言菊朋。

马连良成名很早，1925年前后，他虽刚二十出头，却已在南北各地挑班挂头牌了。他不但扮相清秀俊逸，台风潇洒风流，而且唱念做打都很全面，年轻时嗓音也极好，调门也高，当时贴演的都还是以谭派戏居多，如《珠帘寨》《定军山》《南阳关》《辕门斩子》，等等。这些戏首先都要有一条好嗓子才能赢得观众，那时马连良正当壮年，精力充沛，唱来高亢激越，满宫满调，因此吸引了大批各个阶层的观众。加之舞台形象又好，叱咤风云，咄咄逼人。马连良一出，对余、言都是一个巨大的威胁，他们二位都曾感叹：后生可畏！言菊朋甚至坐在家里生闷气，余叔岩则上门好言劝慰："不必与孺子怄气！"

谭富英当时还不满20岁，王少楼只有15岁，都是初出茅庐的后起之秀。谭富英以一出《定军山》接《阳平关》红遍京津，颇具乃祖谭鑫培遗风；王少楼天赋条件甚好，他的唱法完全宗余叔岩，并认余为义父。出台不久，即卓然有声。因余叔岩不常露演而受到广大余迷的欢迎。

孟小冬进京那年，虚龄只有18岁，要能在那么多名伶包围之中而立于不败之地，只有使出浑身解数，卯足力气，白天演，夜晚演，赶场子，演双出。其实那时一个演员一天演两场，赶三场，确实也是司空见惯、常有的事。孟小冬好在年轻，精力旺盛，虽然辛苦，也不觉累。这时师傅仇月祥负责小冬对外事务，俨然类似今天的经纪人角色。而她的琴师孙佐臣，已过花甲之年，时值盛夏，暑气逼人，跟着赶场子，拉双出，也是兴高采烈，宝刀不老，还要兼及辅导小冬的唱念，对小冬尽心尽责，乐此不疲，从无怨言。小冬得此高级助手，晨夕研讨，努力奋进，因而进步神速。

正当孟小冬忙得不亦乐乎之时，"长城"和"丽歌"两家唱片公司慕名前来邀约灌片，这是名利双收的大好事，师傅兼经纪人仇月祥自然乐意，满口应承。这时期孟小冬在"长城"灌了三张（六面）唱片，计有：《捉放曹·行路》一张、《捉放曹·宿店》一张、《珠帘寨》一张（其中"太保传令把队收"一面和"昔日有个三大贤"一面）；在"丽歌"灌有《逍遥津》（原板）一面、《捉放落店》（原板）一面。

这一年，孟小冬自 6 月初在京首演成功以后，一直至年底基本上都没有中断过演出，所演剧场大都是在前门外的开明戏院，偶尔也到三庆园、广德楼等串演几天，再有就是应邀参加义务戏、堂会戏。与她合作的旦角先后有苏兰舫、马艳云、鲜牡丹等；花脸演员为坤角王金奎。上演剧目除谭派的一些传统骨子老戏外，又增添了《乌龙院》《打花鼓》《平贵别窑》《游龙戏凤》《南阳关》等新学会的剧目。其中以《南阳关》最受欢迎。开明戏院于 8 月 4 日（星期二）曾打出广告说：

> 《南阳关》乃老谭名剧之一也，孟艺员小冬已得个中三昧，上期在本院开演，蒙我都人士空巷出观，后至者均感向隅，本院至今犹引以为憾事。顷间屡接各界来函，烦请

重演，雅意难违，本院特商之孟艺员，定于星期五晚重演一次，同时加演《雪杯圆》。

与此同时，开明戏院还不止一次地登报，对胡琴圣手孙老元加以揄扬：

著名琴师孙佐臣，为人古怪，除孙菊仙、谭鑫培、陈德霖外，其他约者大半不应。今竟为孟小冬操琴，足见孟小冬之艺能有过人处。唱片公司灌收唱片非名伶不取，今竟出资数千灌收孟小冬之戏剧，足见孟小冬之腔调有绝妙处。民十以还，坤伶不甚兴也，然孟小冬在上海、汉口、香港、福州、天津、小吕宋诸名埠独受欢迎，足见孟小冬之唱打念做有不凡处。本期特聘孟小冬奏献生平杰作，以享我顾曲诸公，名剧名伶，机会难得，即请早临是幸。

另一次又说：

孙佐臣君为谭鑫培操琴若许年，凡谭氏之精华半多深印脑筋中。今孟艺员小冬得其指授，神会心领，唱打念做大有谭氏风味，因有女叫天征号，惟孟艺员于谭氏剧摹仿最称精到者，首推《托兆碰碑》，此固孙君对人言如是，不知演来究竟如何？愿顾曲诸公命驾一评，是所至盼。

这一年年底的 12 月 22 日和 29 日，孟小冬还为晨钟学校先后在开明戏院演了两场义务戏，剧目均为大轴《四郎探母》（代回令，旦角为李慧琴），两场压轴均为小兰英与女儿姚玉兰、玉英合作的《珠帘寨》。

　　由于小冬在北京已站稳脚跟，不停地唱戏，灌片又得到一笔较丰的收入，手头有了些积蓄，于是和师傅仇月祥商量，不如把爹妈也一齐接来北京居住，日后也好互相照顾。仇月祥认为小冬说的在理，足见这孩子也是一片孝心。于是由仇出面代小冬写信给上海的孟五爷，告知他小冬在京的演出情况，并把小冬盼望全家能北上进京团聚的意思也一齐说了。

　　再说孟鸿群接到女儿小冬的信，十分高兴，和夫人张云鹤商量。五爷说，我从小出生宛平，长在北京，十来岁就跟着父兄闯荡码头，来到上海，一住就是 40 年了，现在身体有病，不能正常演戏，身边又有三个孩子，柴米油盐日常开支，已是捉襟见肘，坐吃山空了，全靠小冬这孩子寄钱来撑着，既然能在北京立足，我也算是叶落归根了。好在上海家里锅碗瓢盆，破烂什具，也没有什么值钱的东西，趁现在手脚还方便，不要等到七老八十不能动弹时，再想走，也就不那么容易了。夫人听了心里自然喜欢，说我们二老下半辈子也就不愁了。能到北京全家守在一起，过日子开销也省，我看可以，你就拿个主意吧，去留我都没意见。

　　老夫妻商量停当，把家里一些不值钱的东西，变卖的变卖，送人的送人，于这一年夏全家离开上海，登上北去的火车。

　　孟五爷鸿群携妻带幼，一家五口从上海出发，乘普通三等火车途经南京、蚌埠、徐州、济南、天津，最后顺利地到达了北京。虽然日夜兼程，前后一共也走了三天光景。那时没有特快，更没有直达，过南京长江，还要摆渡过江，到浦口再换乘津浦线北上，路途比现在要麻烦得多。好在小冬在北京已预先有了一所住处，是在东城的东堂子胡同，那是由经励科（后台管事）董凤年介绍租赁的一幢老式四合院房子，面积不算很大，不过比起上海的观津里，还是宽敞许多了。五爷一家未来前，只有小冬和师傅仇月祥居住，还显得空荡荡的。现在一下子增加五口人，除了二老双亲单独住在东厢房，三个弟妹就通通睡在另外一间长形的炕上，一律头朝外脚朝里，南方人习称为"通铺"，虽嫌挤了些，但弟妹感到新鲜好玩，还可以在炕上练习翻筋斗。

不过，孟五爷由于路上一连三天的劳顿，稍不注意，受了点风寒，回到北京就觉得浑身不对劲，后来竟打起"摆子"来（患疟疾）。五爷原来曾患有小中风，经不起劳累，这样家里不得不雇佣了位老妈子，烧饭做菜；另外又请了位看门的男佣，是位名叫海公段的大个头，协助管家，照顾弟妹。

这样一来，这所小小四合院，由原来两个人，猛增至九口人，虽说琴师孙老元不住在这里，但几乎天天要来为小冬吊嗓、说戏，说什么也就显得拥挤了。来了亲友，屋里更是无立足之地，只能在院子里临时放几张椅凳，说说话儿。眼前秋高气爽，不冷不热，还不成什么问题，往后天气渐渐凉了，要是刮起西北风，下了雪，或是寒流袭来，滴水成冰，还能在院子里会客吗？想到这里，小冬急忙来到母亲身边，从腰间掏出一只紫红丝绒小袋，从里面取出十几张面额不等的银票，共计一万余元，交给了母亲手里。说是这两年在外演戏，姨父兼师傅仇月祥分给自己的积蓄，还余下这些，请母亲保管。老太太用手接过银票，乐呵呵地说："你父亲唱了一辈子戏，也没见过这么多。"小冬说："冬儿今后还会挣更多的钱孝敬爹娘。现在家里人口多了，住这里嫌挤了些，已托娘舅（指张桂芬，唱汪派老生，童伶时很红，艺名小桂芬）在东四牌楼三条看好一处房子，那里的房租虽然贵些，但要宽敞得多，二老也好享享清福。那边比这里要大一倍，房型也好，有两个门道，可分可合；院落也大，如果练功排戏，打打把子，都是再合适不过。"小冬对母亲解释说。不过还有一句话，到了嘴边，又缩了回去，那就是自己今年18了，如果有了合适的人，成个家，小两口儿和爹妈住在一起，也好有个照应。老夫人似乎也意识到这一点："现在这里暂时住住还可以，你佩兰妹今年 16，往后好坏找个人家，嫁出去也就了事；小科（指学科）15，也还不忙；银子（指幼冬）才七八岁。只有你也不算小了，要不请你舅舅留心留心，也该成个家了。要是那样，这里怕就住不下了。"接着又说："既是你舅舅帮找的房子，不会吃亏的，那你们就看着办吧。"

　　一个多月后，小冬全家连佣人十来口人，乔迁新居，住进了东四三条 25—26 号。二位老人及孩子全住 25 号东厢房；小冬住 26 号高高的三大间西厢房，房门均为落地格子漏窗，天冷以纸糊贴，避风御寒。虽说有两个门牌号，可以分别进出，但里面都是平坦、宽敞相通的大四合院房。从此，孟家在北京长期落户，定居下来。

二十二 老杜千里访小冬

　　1925 年深秋，就在孟小冬全家乔迁东四三条后不久，一天下午，突然来了一位不速之客。

　　小冬吃好中饭刚想进内室休息，门房男佣海公段进来递上一张名帖，说外面有位从上海来的先生要见大小姐。小冬接过名帖一看，"杜月笙"三个大字赫然映入眼帘。心想：我在上海共舞台演戏时，老板黄金荣倒是见过几次面，也听说黄老板手下有个很能干的徒弟杜月笙，但和他从来没有见过面，也没什么交往，他来找我干嘛？

　　原来，杜月笙是奉师傅黄金荣之命进京，寻拿露兰春回沪。其实，露兰春和黄金荣还是在杜月笙的调停下办理了离婚手续，最后也是杜月笙暗中帮忙给了露一笔钱，让她悄悄离开上海，逃往天津。

　　不过，当时黄金荣虽被迫同意和露兰春分手，但他曾规定了两个条件：第一，不许露兰春再登台唱戏；第二，露兰春今后不准离开上海。后来黄金荣又盯上了露兰春的徒弟小兰春（严绮兰），并纳为小妾。由于有了新欢，一心扑在小兰春身上，一时把露兰春也就忘得一干二净。不想隔了近半年光景，黄麻皮突然又想起了露兰春，想到她那仪态万方、风情万种，不由得又勾起了往日的旧情，便让人去探听一下，谁知去的人回来禀报，说露兰春早就不在上海了，而且不知去向。

"什么？"黄金荣一听，十分恼火。于是派人出去寻问，还是没有下落。黄金荣仍贼心不死，就将杜月笙叫到钧培里来，说："月笙老弟，只有你有办法，去把露兰春给我找回来！"

这时的杜月笙，已今非昔比，他在上海滩开始发迹，事业蒸蒸日上，正走向高峰，他的地位似乎已超出师傅黄金荣。其实他知道露兰春早已去了天津，但嘴上还是问："到哪里去找呢？"麻皮说："我们共舞台的孟老五（鸿群）前个时候全家回了北京，听说他的闺女孟小冬现在北京混得蛮好。兰春也算是小冬的半个师傅，她们交情不错，你到她那里去看看，十拿九稳能找到她的。你可无论如何要把露兰春弄回上海，我要重新把她娶进门。"

此时，杜月笙有点进退两难，露兰春是他放走的，现在就是马上能找到她，自己又如何出尔反尔，再把她抓回来？然而，这次若派别的弟兄去，一来对不起师傅，自己能有今天，毕竟是老头子一手栽培的；二来，要是其他人真把露兰春一下子找到了，把她硬抢回来，日后传出放走她的真相，岂不依然会弄得十分尴尬，在老头子面前对自己不利。想到这里，杜月笙心里的疙瘩一下解开，觉得还是自己亲自去跑一趟，看看情况，见机而行。于是他让师傅放心，答应第二天就出发，一定要把露兰春找回来，当面交给他。黄金荣点头称好："就烦老弟辛苦一趟，凯旋之时，为你接风。"

告别了黄金荣，杜月笙选了两名年轻力壮的徒弟，次日即乘车直抵北京。

杜月笙原来知道露兰春是去了天津，那里有她的好友，但听黄金荣说露兰春可能躲藏在孟鸿群的女儿孟小冬那里，因此火车到了天津站，他没有下车，直接来到历史悠久的古都——北京。

杜月笙和两个徒弟都是第一次踏上这座千年古城，他们出了前门火车站，人地生疏，又没有孟小冬的详细住址，不知如何寻觅。他们信步入城，找了一家清洁上等的旅社住下，翌日便到故宫、王府井大街、东安市场等处游荡。一路也曾问了不少人，不爱听戏的谁知道孟小冬是何许人？一天他们来到前门外大栅栏一带闲逛，听人说这里最热闹，又打听到戏园子也都集中在这一带，于是带着侥幸心理，四处碰碰运气。不料果然在开明戏院门口见到贴有孟小冬的演出广告：

本院特聘一十八岁名震中国色艺双绝超等坤伶谭派须生

孟小冬

还有一行：

本院特聘一十七岁名满京津青衣花衫鲜牡丹

他们高兴极了，真所谓"踏破铁鞋无觅处，得来全不费功夫"。

然而，事物会不断变化，他们高兴得又太早了！这天等到傍晚，戏院售票窗口也未开门，也不见有观众前来买票。一问才知，戏院已经停演好几天了，原因是孟小冬和鲜牡丹两艺员，在本月 17 日夜戏散场回家时，路上同时被抢，加之受了惊吓，还负了点伤，因此宣告临时停演。

他们听说这一消息，心急如焚，一时又问不到孟小冬的住处。杜月笙在上海，乃是翻手为云、覆手为雨的人物，要想打听一个唱戏的人的地址，那还不是易如反掌，可是到了北京，因为是私人暗访，他们却成了外乡佬，两眼一抹黑。无奈，又信步走到鱼市口的华园，挂牌的是小兰英和姚玉兰、姚玉英母女仨，戏目为五本《狸猫换太子》。杜月笙本爱看戏，又见是海派的连台本戏，倒也配合自己的胃口，为了打发时间，就买了票欣赏了小兰英母女的精彩表演。小兰英扮演的是黑头包公，未识庐山真面目；杜月笙对玉兰玉英姐妹的演唱则赞不绝口，认为她们色艺绝佳，比起露兰春来，也不会逊色多少，特别对姚玉兰的演技才华和美丽的扮相留下了深刻印象。

隔日，他们又来到开明戏院探个究竟，戏院贴出了海报：即日起，由梅兰芳挑班献演，前三天戏码分别为《杨贵妃》《太真外传》《嫦娥奔月》。同时戏院还张贴出预告：

> 本月（阳历）三十日晚剧目即上上星期（阳历）十八日晚剧目：孟小冬与苏兰舫合演《平贵别窑》、孟小冬与鲜牡丹合演《乌龙院》双出，均在京第一次开演。

另文说：

> 上上星期晚因孟小冬鲜牡丹两大艺员同时被抢，惨痛之下，不能登台，临时宣告停演，致使顾曲诸公，往返以劳，敝院至今犹深抱歉。本星期五晚特烦孟小冬鲜牡丹两大艺员仍演上上星期晚剧目，并不更动，以慰昔日徒劳往返之顾曲诸公。先期售票，特此奉闻。

杜月笙把戏院门口的预告说明反复看了几遍，不禁倒吸了一口气，他算算日子，离孟小冬重新登台还要等一个星期，急得直跺脚。本来在上海每天有料理不完的事情，现在都扔给了管家万墨林，自己却跑到北京来，只能天天看戏。有心打退堂鼓，又恐难以向黄金荣交差。再说连这个 18 岁色艺双绝超等坤伶孟小冬的芳容什么模样还未见着就回上海，似乎又不甘心。俗话说，既来之，则安之，不如今天就把孟小冬 30 日演出的票子预先挑最佳的位子买好。

此后的几天，杜月笙轮番在大栅栏的中和园、广德楼看了李万春、魏莲芳和程砚秋、贯大元、郝寿臣等的演出剧目，过足了戏瘾。为了打发时间，他还带了徒弟跑到八大胡同妓院鬼混了一阵子，倒也逍遥快活，有点"乐不思蜀"了。

10 月 30 日，杜月笙早早起床，他翻了当天的《北京晨报》，见上面开明戏院有则孟小冬鲜牡丹共同启事：

> 鄙等不幸于阳历本月十七号夜同遭抢劫，杀人越货状极凄惨，不由令人痛哭，当时蒙我都父老，投函通电、纷纷慰问，相聆之下，曷胜感激，兹借今夕开演夜戏之便，特托开明代刊数行，略表谢忱，恕不一一踵谢。十月三十号。

当晚，杜月笙早早来到开明戏院，他吩咐一个徒弟预先雇好一辆黄包车，停在戏院门口，等待孟小冬散戏坐车回家时，务必尾随摸清她的住处。这个办法还真灵光，不费吹灰之力，就把孟小冬在京的居所，弄得一清二楚。

孟小冬上戏院演出，有固定的包月车。因十多天前，途中被抢，故此加强了防范，除师傅跟随外，老父鸿群也强打精神陪着上了戏院，散戏后，他们二老一前一后，小冬包车居中，三辆人力车从前门向东，经崇文门进城往北一路小跑，也就二十多分钟便到了东四牌楼三条。

再说那个徒弟不敢怠惰，关照车夫跟随其后，不紧不慢，保持一定距离。待到了三条西口拐弯进胡同时，那个徒弟先下了车，缓步相望，在昏暗的路灯下，隐约见前面的人走下车子，进了屋门。

杜月笙听了徒弟的叙说，先不动声色地一连三天，叫他们在小冬住处周围监视，希望能看见露兰春的行踪，却不料三天下来异常失望，连个露的人影也没瞧着。

"师傅！我们千里迢迢来到北京，待了十几天，露兰春也没找到，难道就这样回去？"一个徒弟问杜月笙。"不回去，你想怎么样？今天你们就不用去了！可以出去白相白相。我去拜会一下孟老板，看看究竟。"

这天，38岁的上海滩上赫赫有名的头面人物杜月笙，西装革履，神气十足。他先到王府井大街理了发。别看他幼时没读过什么书，胸无点墨，身无雅骨，可今天梳着整齐的小分头，理发师又给他涂了"司丹康"（生发油），足下一双白色尖头皮鞋，倒也仪态潇洒，显出几分斯文。他兴致勃勃地来到东四三条，拜会名震京津的当红须生孟小冬。到了门前，杜月笙揿了门铃。门房开了门，问："先生有何贵干？"杜递上一张名帖，客气地说："请通报一声，就说上海杜某人来访，要求拜见孟小姐孟老板。"

于是就发生了本章开头时一幕情景。孟小冬正在犹豫，猜不透杜月笙来找自己有什么事。就让男仆去东厢房请父亲和师傅一起去门口恭迎杜先生。小冬则立在西厢房外台阶上，带着微笑，迎接杜月笙大驾的到来。

杜月笙笑哈哈地进了客厅，孟五爷亲自倒茶、敬烟，并随口问候道："黄老板可好？"杜答："蛮好！杜某来北京办点事，黄老板特地让我登门问候孟五爷的病况！"五爷受宠若惊，赶紧说道："小老儿有何德能，敢劳黄大老板挂心？"杜月笙并不理会孟五爷的话，转脸对着端庄静秀的小冬说："黄老板还跟我说，孟小姐在北京可红了！比起她在共舞台时，不可同日而语！"孟五爷笑说："当年多亏黄老板的慧眼，对小冬关怀栽培，不然哪有她今天。"仇月祥也连忙说："黄老板真是位好'伯乐'，看准了我们冬姑娘这匹'千里马'！"杜月笙听了忍不住哈哈大笑起来，但他缄口不提"露兰春"的事情，只不住拿眼瞟向孟小冬那秀美的面庞："孟小姐一日千里，现在的功夫真是不得了！前两天杜某看了孟小姐的《平贵别窑》，就像麒老牌！敬仰！敬仰！当然，嗓子是绝对好！扮相更没话说，比起在上海时，真是突飞猛进啊！"杜月笙滔滔不绝，口若悬河，把孟小冬夸了又夸，捧了又捧。接着又说："欢迎孟小姐早日再回上海献演拿手好戏。"孟五爷道："一定！一定！小冬去上海还请杜先生多多捧场！""那没问题，专等孟小姐早日光临上海！"杜说完便起身："杜某告辞！"

杜月笙这次虽然没有找到露兰春，但色艺俱佳、气质高雅的孟小冬却犹如磁铁般地深深吸引了他。他认为这次来北京十几天，可谓不虚此行。

这时，杜月笙和孟小冬应该都没有想到，他们二位日后竟成了正式夫妻。这是后话了。

二十三 梅孟演探母 成了真夫妻

1925年这一年，对孟小冬来说，确有不少值得载入个人史册的大事记。其中又以能和举世闻名的伶界大王梅兰芳同台合作，最受世人瞩目。

先是在北京第一舞台一次盛大义务演出中，孟小冬初次与梅大师同台，不过虽说同台，但并不同戏。这次是梅兰芳、杨小楼合演大轴《霸王别姬》，余叔岩、尚小云合演压轴《打渔杀家》，孟小冬、裘桂仙（盛戎之父）合演倒第三《上天台》；马连良、荀慧生的戏码居然还排在《上天台》的前面。可以想见，当时的孟小冬已是名噪一时，誉满京城的大红名伶了。

接着，8月23日（农历七月初四），北京电灯公司总办冯恕（公度），为庆贺其母八十寿诞，假三里河大街织云公所将举办一场盛大的堂会，特请戏界有威望的梨园公会负责人、名青衣（亦演老旦）王琴侬任戏提调，大轴原已排定梅兰芳、余叔岩合演《四郎探母》，其他配角由姚玉英饰萧太后，龚云甫饰佘太君，鲍吉祥饰六郎，姜妙香饰宗保。名伶集于一堂，允称盛举，拟在这天晚宴后开锣登场。不料就在离演出还有一星期时，余叔岩突然派人通知主人家及戏提调，因病不能如期演出。这时叔岩确已患有便血病，但实际上是对包银有意见。余叔岩认为，此戏本来应该由饰四郎的老生挂头牌，却因为是和梅兰芳配戏的原故，而由公主挂了头牌，老生吃重，反居二牌，心中本已不快；再说包银，梅兰芳 2000 元，自己只 800 元，相差悬殊，心有不甘，乃称病回戏。余的本意，以此能将包银升为 1000 元，也就满足。戏提调及主人家十分焦急，遂派人四处转请其他名角，怎奈都已预定有戏，再说人家临时也不愿垫空，为此大窘。有人主张，赶紧去求余三爷，增加包银数额，但有人摇头称"不！"于是七嘴八舌，莫衷一是。正在商讨不知如何解决是好，忽然有人提议，不如请正在开明戏院演出的坤角老生孟小冬试试，或许迎刃而解。戏提调初听不以为然，将头摇得像拨浪鼓似的，认为孟小冬现在虽然很红，毕竟还是初出茅庐的黄毛丫头，怎能与梅大师相提并论。何况北京城像演这类老戏，照例都是"台上见"，冒此风险，万一有个闪失，演砸了何人担当得起？倒是堂会主人却并不反对，也说不妨先对对戏、试试看嘛！

翌日，即在东四九条 35 号、中国银行总裁冯耿光家中设置午宴，邀梅孟二人见面，吊嗓排戏。

冯耿光，字幼伟，排行第六，人称"冯六爷"，广东中山人，日本士官学校毕业，民国初年在北京任中国银行总裁。与梅兰芳相识甚早，约在光绪末年，为梅之最亲密挚友。梅亦是冯宅常客。

这一天，小冬在师傅仇月祥的陪同下，早早来到冯府。小冬虽和梅大师不久前同过台，但并不同戏，今天还是初次相见。冯总裁上前为梅孟互作介绍，孟小冬对着梅兰芳谦虚地躬身施礼，并随口叫了声："梅大爷！"一批"梅党"（梅兰芳挚友、忠实支持者）如李释戡、齐如山、樊增祥及新闻界人士张汉举（人称夜壶张三）等，听小冬如此称呼梅兰芳，均忍不住好笑。尤其张三闹得厉害，他见面前这位国色天香的秀发姑娘对着刚过而立之年、被人誉为"东方美男子"的梅兰芳竟叫起"大爷"，觉得太有意思了！当然梅兰芳不能不还礼："小冬姑娘，别客气！以后就叫我梅……"张三快人快语，更喜欢开玩笑，便大声地插进来："就叫梅大哥！啊，哈……"众人又是一阵狂笑。冯总裁走过来对小冬说："往后常常要见面，还是叫梅先生吧！"接着他就请大家入席，午宴开始。

席间，冯总裁致词："今天午餐，未备美酒，但有美人！主要是请梅先生和孟小姐两位对对戏，排练一下，所以酒嘛，晚上再请诸位畅饮！"

仇月祥说："感谢冯总裁盛情相邀，只是小徒尚年轻，这孩子初学乍练，待会儿还求梅大老板多多提拔。"

梅党中坚分子、戏剧家齐如山说："仇老板请放心！梅先生为人，一向提拔年轻人。孟小姐的戏我听过，唱念都有味儿，身上也潇洒大方，只是配演的旦角都很差。今天由畹华（梅兰芳字）担纲，二位珠联璧合，一定成功。"

"是啊！仇老板您就别客气了！齐如老说的极是，孟小姐的嗓音圆润，韵味醇厚，身上也边式，真是要哪儿有哪儿！"为梅兰芳编写剧本的剧作家李释戡补充齐的话说。

冯总裁提醒大家："请诸位边吃边谈，不要光顾说话。"

夜壶张三早已等不及了，他伸出大拇指对着孟小冬夸赞道："孟小姐的嗓子好极了！就像珍珠那样圆，像玉石那样滑；扮相又那么帅，真是人见人爱！"他似乎言犹未尽，又补了一句："不是我吹，现在北京城没有一个唱老生的能与孟小姐匹敌！"

小冬被这几位梅党你一言，我一句，说得脸都红了，头也抬不起来。她觉得刚才这位先生讲话，好圆滑！听得肉麻，但并不认识。

后来才听说他在北京办了一家报社，自任社长，又兼编辑、记者。在北京以帮闲驰名，善于奉承拍马，军阀、达官贵人他都混得很熟。不过对这样的人也不必去得罪他，只得低首含笑说："各位大伯、大叔太夸奖了，小冬哪有这许多能耐，心里好紧张，真怕搅了梅先生的戏哩！"

担任这次戏提调的王琴侬也开了腔："刚才张先生（汉举）的话我不爱听，照您这么说，谭老板（富英）、马老板（连良），还有余三爷（叔岩）……"

齐如山马上打断王的话："我第一次听小冬的戏，是在三庆园，就是《四郎探母》，一出台帘，猛一看活脱儿像是谭富英，等走到台前'打引子'，我再看，又胜似谭富英，再一听，音色味儿更超出小谭（富英）了；至于说到余叔岩，票友中凡唱老生的，都替他吹，说他这也好，那也好，这样讲究，那样高超。其实平心静气严格地说，他并没有什么特别的艺术。要说他好，是他在十二三岁初登台时，艺名还是用小小余三胜的时候，那真不错。到天津演出时，大受欢迎，这一受欢迎，可就吃了大亏了。他家中只知得钱，不管小孩身体，每日连戏馆子带堂会，至少演两出，多的时候，演过四出。十三四岁的小孩，哪受得了？所以倒嗓后，一蹶不振。小冬姑娘，我告诉你，你的母舅（即舅父）张桂芬，当时艺名叫小桂芬，他的外号才有意思呢，叫什么蜜饯曹操。和叔岩并称，二人年岁相仿，论歌唱，叔岩的味儿似比你母舅稍强；但做工表情，就不及你母舅了。半斤八两，所以那时两人齐名。当时还有首民谣曰：'真难得，两名伶，小桂芬，小紫云；唱也好，做也好，能叫座，真迷人。'可惜二人唱了几年，就都不能登台了。余叔岩后来生活上不检点，又把嗓子弄坏了，以至到现在也未能回来。他唱唱堂会，灌灌片子还是可以；演营业戏到台上，那嗓子只能听二三排，不是有人叫他'余三排'吗！"

这时，梅兰芳也轻声慢语地说了句："话可不能那么说，余三哥是有真玩意儿，能戏多得很，文武昆乱不挡，我和他合作有年。现在身体是差些，嗓子未免受了影响。"

饭桌上各人发表不同见解，所谓"仁者见仁，智者见智"。当冯总裁举起筷子招呼大家刚想说些什么时，门房当差进来向主人说，场面（乐队）先生都已经来了。冯一看挂在墙上的时钟，已经快到两点，就吩咐说："请他们先至客厅待茶！"

排练场就临时设在冯宅大客厅，因为不是正式唱堂会，所以没有搭台，只在客厅置放几张八仙桌，佣人端上盛满西瓜、果品的盘子及盖碗茶。观看排练剧目的除一批梅党人士外，有冯总裁夫人施碧顼、夫人妹妹，及冯宅一些亲朋眷属。担任伴奏的基本上都是梅剧团的乐师，不过小冬的琴师孙老元是不能缺少的。

《四郎探母》第一折《坐宫》，是生旦对儿戏，当时在京城是最常见的传统剧目。但是北京从民国二年（1913 年）1 月 1 日起，由京师警察厅通令内外城各戏园，严禁男女合演。这一道禁令，直到民国十九年（1930 年）农历正月初一日，才经北平市公安局予以废止。因此，在 20 年代中期，北京各大小戏院里，任何男女还是不能同台合演。像《坐宫》这类对儿戏中的男女角色，要么都由男伶扮演；或者全部由坤班的女伶担任。孟小冬到北京演出以来，《四郎探母》已演了多次，和她合作的自然都是女伶。但上面这一禁令却不适用于义务戏或军阀豪门、达官贵人的喜寿堂会中。

那天这场《坐宫》，如果按原来的计划，余叔岩和梅兰芳作为两个男伶在戏中扮着一对夫妻，当然艺术上珠联璧合是毫无疑问，但除此以外，也就没有什么其他特别的新鲜味儿。而现在戏中的丈夫杨延辉，却由 18 岁坤伶孟小冬扮演；妻子铁镜公主又由美男子梅兰芳扮演，双方阴阳颠倒，这就首先能给观众一个惊喜。不过，当时社会上绝大部分的观众是没有运气能看到这幕戏的。

《四郎探母》，梅兰芳饰铁镜公主，孟小冬饰杨延辉

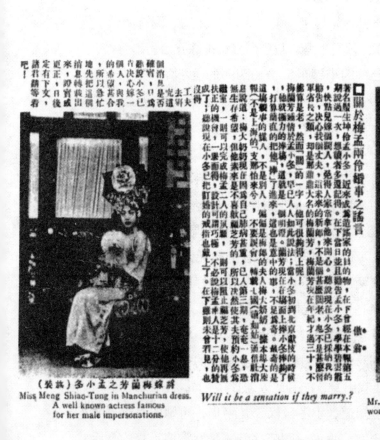

□關於梅孟兩伶婚事之謠言

　　　　　　　　　　　　　　　　　　　　徽翁•

（旗裝）芳蘭梅之冬小孟蔣
Miss Meng Shiao-Tung in Manchurian dress.
A well known actress famous
for her male impersonations.

Will it be a sensation if they marry.?

（戲裝）芳蘭梅之冬小孟蔣
Mr. Mei Lan-Fang in one of his plays. The
world-famous thespian in female impersonations.

1926 年 8 月 28 日天津《北洋画报》首次披露梅孟婚恋的报导

　　那天是临时对戏，观众看的当然不是舞台上的正式演出，梅兰芳、孟小冬也都是生活中的打扮，看的人更加觉得新奇。戏尚未演，观者情绪已先热起来，兴奋之情，溢于言表。

　　下午3时，武场照例先打了一通"闹场"锣鼓。没有舞台，没有大幕，也没有报幕，只是由冯总裁登台宣布排练开始。

　　随着一阵"台台"的小锣声，扮杨四郎的孟小冬便装登场了，获得了碰头彩！她今天穿了一件短袖蓝士林布旗袍，头上仍留着"刘海"，淡妆素裹，没有太多的脂粉气，脚下一双圆头黄色中跟皮鞋。"金井锁梧桐……"的"大引子"，连得两个喝彩。接着，脍炙人口的"杨延辉坐宫院……"大段西皮唱腔开始了，这段唱仍由小冬琴师、德高望重的胡琴圣手孙老元伴奏。孙老元今天显得特别精神，胡琴定的调门超出"正宫"（相当"G"调，即1=G），已达"乙字"（相当"A"调，即1=A），琴音刚亮无比，一个［西皮慢板］前奏过门，连获两个彩声。小冬更是年轻好胜，大显身手，今天的嗓音特别高亢嘹亮，声震屋宇，极富老谭气味，且听不出一点"雌音"。这是女性唱老生最为难得的优点，因此一句一个"好"！一些梅党坐在下面窃窃私语："刚才宴席上腼腆的姑娘，怎么一下子判若两人，不意髫儿戏出身，能有此天才！"

　　其实，他们哪里知道，小冬虽仅二九年华，可她的戏龄已经不短，舞台经验颇为丰富。再说《四郎探母》是她常演不衰的拿手戏目。别的不说，十二三岁时在上海共舞台一年的演出中，《探母》就演了四十多场。就像孩童念书，一段课文，反复背诵，几可倒背如流；又像战场上的指挥员，年虽轻而身临百战，亦成了久经沙场的老将。

　　小冬唱完这段最后一句"要相逢除非是梦里团圆"，即坐在椅子上静候公主的到来。

　　这时，场面上的琴师换了徐兰沅，胡琴调门也降低了两个调，

改为"六字"（相当"F"调，即 1=F）。随着"幕后"一声清脆的
"丫头，带路啊！"在小锣声中梅兰芳便装扮演的铁镜公主由两个担
任丫环角色的女孩子引路上场，立刻一阵欢呼与掌声响遍冯府大厅
的每个角落。由于天气炎热，梅兰芳的上身西装外套已经脱去，穿
着一件洁白的衬衫，一条紫红色的领带飘在胸前，足下一双乳白色
漏孔尖头皮鞋代替了高底的旗鞋。当梅兰芳唱完第三句［西皮摇板］
"我本当与驸马消遣游玩"，右手举起丝帕向内一望，本来舞台上坐
着的驸马，如果穿上行头，戴上髯口（胡须），不管演员是男是女，
也就看不出什么特别的味儿，而今天端坐在台正中椅子上的，却是
位眉清目秀、如花似玉、年轻貌美的绝色佳人。这一望，却引起坐
在下面的观者一阵哄笑，又喊又叫："好样的，没话说！"及至二人
对唱"快板"时，你追我逐，小冬在梅大师面前毫不示弱，尺寸极
快。而梅兰芳本觉得调门偏高，再放快尺寸，颇感吃力，乃请"暂
停！"梅兰芳对小冬说："孟小姐，请稍慢些！我们现在的情形，乃
是小夫妻的家常谈心，又没有发生争吵，所以对唱的尺寸似不宜太
快！更不宜抢板唱，你看如何？"小冬听了梅兰芳所说，猛然醒悟：
"梅先生说得有理，小冬无知，让梅大……（"爷"字未出，随又改
口）先生受累！"

　　几位梅党初见小冬在梅大师面前，旁若无人，落落大方地按照
自己掌握的尺寸唱，毫无拘束，齐感叹后生可畏。齐如山有见解：
"这叫初生牛犊，不怕虎也！"后听梅兰芳对小冬言说"乃是小夫妻
谈家常"，他们又敏感地笑闹了一阵，认为这戏由他们两人来演，实
在带劲儿！李释戡连连点头，说："这两人倒是天生一对儿，若真
能如此，今后堂会戏上由这一对儿配演生旦对儿戏，那是最为理想
不过的搭档。"张三马上对李凑趣说："我看能让他们通过戏中的假
夫妻来培养生活中真夫妻的感情，早点成就好事。"

　　冯六爷见今天客厅里如此喧哗热闹，真令他大有"不知今夕是

何年"的感觉。他看梅、孟对戏，十分投入，暗自高兴，但对一些人又吵又叫的场面，不太赞成，甚至认为他们有些瞎胡闹，但也不便说什么，都是至亲好友。即向戏提调王琴侬征求意见："王老板！你看小冬还行吗？今天天气这么热，我看就让他们休息会儿吧！"王说："小冬姑娘的戏很熟，嗓子也好！刚才那句'叫小番'嘎调（用超出通常音域唱出的高音），真有石破天惊之势。她的唱，确实不亚于谭富英；效果也许会超出余三爷！不过在节奏上还需再对几遍，不如明天上午早点儿，趁凉快些再走走台。"

此后，这出全本《四郎探母》又连续排练了三四次，才算各方就绪。

为此，孟小冬不得不向开明戏院老板以"身体有恙"为由，告假一星期。

8月23日，冯府盛大堂会如期鸣锣登场，梅孟果然珠联璧合，旗鼓相当，大获成功。

此后，梅兰芳唱堂会如有《四郎探母》，总邀请孟小冬合演。

李释戡曾问过梅兰芳，这样不是冷落了余三爷？梅叹了口气，说："智者千虑，也必有一失嘛！"齐如山则说："这叫搬起石头砸自己脚！还能怨谁？"

在20世纪30年代前后，北京乃至其他一些地方，"堂会"很是盛行。所谓"堂会"，即达官贵人、军阀官僚或富豪人家，大凡遇有婚寿喜庆，将著名演员请到家中，或借一家饭庄，或在某处花园临时搭台演唱，招待宾客，与众同乐。像前面说过的薛宅堂会、冯府堂会等，即是。

最初堂会戏多见于清朝王府及内务府官宦人家，而汉旗官员中演堂会者极少。不过，到民国以后，情形就不同了，几乎是每个当官的，甚至一些银行界人员，都经常要演堂会。据说这个风气首先是由大名鼎鼎的梁启超开的头，因梁先生和梅兰芳的一个朋友很熟，适逢他的老太爷（父亲）寿诞之日，大家说应该庆祝庆祝，就演一场戏吧！于是梁启超就托朋友转请梅兰芳到府演唱。那次连宴席带演戏，共花了400多元。这个数目在民国初年，是相当可观的，就连当时窃国大总统袁世凯听了都说了一句"好阔"！自梁先生开了头以后，办堂会戏的日见其多。最初还只是总长、次长阶级的官员（相当于今天的部长级），后来司长，各银行经理，再往后科长科员、银行职员等人，也紧紧追随。其实举办堂会，表面上是为老父或老母祝寿，以尽孝道，而有的实际上是自己想借父母之名出出风头；有的则是因为看见别人这么搞了，自己也有父母，遇到生日，如果无声无息，未免相形见绌，自己不够面子。

为争面子，那时演一次堂会，至少也需200元，后来慢慢涨到1000元，到30年代初，较大的堂会都在2000元以上，最大的达到五六千元。其中仍数梅兰芳最红，所定的堂会价钱也最高。

前文曾说过，那时的北京城，男女伶人还是不许同台，但却可以在堂会戏里合演。因而梅、孟在堂会上相遇的机会也就越来越多。

1926年下半年的一天，是王克敏的半百生日。王是浙江余杭人，清末任留日学生监督，后任中法实业银行、中国银行总裁，北洋政府财政总长。抗日战争爆发后伪华北临时政府成立，王任行政委员会委员长和汉奸组织新民会会长，成了汉奸。抗战胜利后被捕，畏罪自杀。

当时王克敏担任财政总长，又兼银行总裁，既是戏迷，过生日当然要大唱堂会戏。这天，宾客如云，名伶齐集。风华正茂、名满京城的当红须生孟小冬和举世闻名、众人交口称赞的青衣花衫梅兰芳，自然均在被邀行列。

在酒席筵前，大家正在商量晚宴以后的戏码，座中忽然有个人提议，应该让孟小冬和梅兰芳合演一出《游龙戏凤》。提议者，就是上文中提到的那位报界人士、人称夜壶张三的张汉举。他说："一个是须生之皇，一个是旦角之王，皇王同场，珠联璧合。"众宾客听了哄堂大笑，全体赞成！接着他还补充理由说："这戏平日也有男女合演的，都是男扮正德女扮凤姐，难免矜持顾忌，若改为女扮男，男演女，来个颠倒阴阳，扭转乾坤，岂不别开生面，皆大欢喜。"一群喜好热闹的朋友自然也随之附和。一批梅党包括冯六爷（耿光）在内，见众人如此，盛情难却，同时也认为总不能每次都唱《坐宫》，也就顺着众意，恳请梅孟二位赏脸。谁知这二位都二话没说，洗脸化妆，粉墨登场。

《游龙戏凤》又名《梅龙镇》。故事出于《正德游龙宝卷》。说的是明朝武宗朱厚照（即正德皇帝）微服出京巡视，游至大同梅龙镇，住李龙客店。入夜，李龙外出巡更，其妹凤姐操持店务，为武宗递茶送酒，正德帝见凤姐品貌出众，聪明伶俐，甚爱之，乃加调戏。后实告以自己是当今皇帝，封凤姐为妃。

这是一出生旦对儿戏，唱做并重。梅兰芳这个戏常演，并多次与余叔岩合作演于堂会。而孟小冬这个戏虽然师傅教过，但在此之前尚未演过。这次出乎意外，搞突然袭击，事先不知，现在想现排也来不及了，只好"台上见"！

所谓"艺高人胆大"，18岁的孟小冬，在从未正式登台演出过此戏的情况下，居然敢和梅大师"台上见"！连她的师傅仇月祥在台下也为之捏把汗，担心把戏唱砸了。其实早先的演员大多有这样的本事：只要是按照老本老词演唱，循规蹈矩，一丝不苟，一句不改，双方都有一定的交代，再加上本身具有一定的舞台实践经验，也就准能把戏演下来，绝不会僵在台上。

不过，这出只有两个人的对儿戏，比起《坐宫》《武家坡》来，却要繁难得多，主要是难在身段动作上，后两者主要是唱，动作较少；而这出戏本身就充满了罗曼蒂克，生旦之间有许多打情骂俏的场面。

这天孟小冬是由师傅仇月祥替她化的妆，他将头上的网子勒得比较高，这样看上去，就觉得长眉入鬓，带有点武生气，眼皮上的红彩抹得稍重一些，带点浪漫气息，像旧时的军官，但又保住了皇帝的身份。孟小冬演来显得落落大方，非常潇洒。

当然，这两段玩笑闹剧，梅兰芳、孟小冬都是按照剧本上规定的词儿和要求来表演的，既不马虎敷衍了事，也没过于疯癫演出了格。特别小冬演得中规中矩，左右逢源，与梅兰芳配合得天衣无缝，滴水不漏，符合这个风流天子正德皇帝的人物个性和儒雅气质。而梅兰芳扮演的村姑李凤姐，按花旦而带有闺门旦的路数表演，身段比较复杂，有掀帘、卷帘，还要高举茶盘亮相，耍线尾辫子，等等。由于梅有深厚的功底，所以演来天真烂漫，轻松自如。

他们二位把剧中人都演活了，那天与会的众多宾客朋友在下面观赏时，带着特殊的目光来注视舞台上的表演。他们要看一看正值妙龄年华、情窦初开的孟小冬所演的皇帝如何主动去调戏梅兰芳扮演的那个情窦初开的村姑！尽管小冬扮的皇帝，是带着长长的髯口，而梅兰芳扮的是活泼天真的少女模样，但是观客心里还是把他们当着舞台下的面貌来看待：正德皇帝就是那位二九年华、楚楚动人的美丽姑娘孟小冬；而当垆卖酒的小姑娘李凤姐，还是那位怕难为情的大美男子梅兰芳。因此台上梅孟表演戏耍身段动作时，台下简直是炸开了锅，人人起哄，不断地拍手，不停地叫好。尤其夜壶张三吵得最厉害，因为这个戏是由他提出来的，更是得意洋洋，大喊："真有意思！太有意思啦！"梅党中坚分子、文人齐如山当场就向冯耿光说："这确是天生一对，地设一双。成人之美，亦生平一乐，六爷若肯做点好事，何妨把他们凑成一段美满婚姻，也是人间佳话。"电影《梅兰芳》中的"邱如白"千方百计阻挠梅、孟二人的感情，实在冤枉了他的原型齐如山。另一梅党成员李释戡也说："从经济效益角度考虑，如果梅孟一旦结合，婚后出台合作演出一些生且对儿戏，肯定会有极大的市场。"夜壶张三在边上马上补充说：
"那就开一家夫妻剧场！"

冯六爷见一些朋友不断地要求促成梅孟百年之好，也就不再阻
挠，同意了这桩婚姻，并正式委托齐如山、李释戡二位做大媒。冯
说："就请你们马上去征求梅孟的意见，让他们拿个主意，选个好
日子，把事儿赶快办了吧！若是成功，真可算是天作之合了。"

梅一听自然高兴！因为已和孟在堂会上几次同台，配合默契，
在心底留下了极深的印象，特别认为小冬是位难得的坤老生人才，
又是个漂亮而不失灵气的女孩子，日后前途无量，将来必定是须生
行的中流砥柱。若能与之结合，台上扮着夫妻，台下也是夫妻，夫
妇同唱，何等美好！

再说小冬那头，见齐、李二位老先生笑嘻嘻地驾到，不等他们
说明，也猜了个八九，心里想着，嘴上忙问："二老大驾光临，必
有重要事情？""当然是大喜事喽！"齐老先开了口，"冯六爷邀我
们二人替畹华做个大媒，让孟小姐和梅先生结为秦晋之好，也是梨
园一段佳话，我们讨杯喜酒喝！不知小冬姑娘有何想法？"小冬听了
媒人的话，一颗芳心怦然而动。她想："梅兰芳"三个字，全国家
喻户晓，妇孺皆知，社会上不知有多少千金小姐、名媛贵妇暗恋于
他而求之不得。自己不过一个黄毛丫头，能和他在堂会上多次同台
演出，已感到万分幸运。眼前居然有两位德高望重的名士充当大媒
人，正式上门提亲。果能与梅大师走到一起，朝夕相伴，同台演戏，
在艺术上对我必定会大有帮助。但她知道梅已是有了两房妻室的人，
不禁感到为难。于是她对两位媒人说："既是婚姻大事，必须禀明
双亲。请二老稍坐待茶！"小冬去至东厢房将孟五爷老夫妻请过来，
和齐、李一同叙话。孟五爷开门见山："男大当婚，女大当嫁。感
谢二位大媒人！小冬能嫁梅老板，是她有造化。不过兰芳已有两房
夫人，小冬过去，如何安排？若做偏房，我们老孟家还须商量商

量。"齐如山说："请五爷放心！小冬和畹华结合绝不会有苦吃！第一，王氏夫人病体沉重，已在天津疗养，家里实际只有一房；第二，婚后先选择新房分居另过，暂不在一起生活，不会有矛盾；第三，畹华自幼是兼祧（旧时一个男子兼做两房或两家的继承人）两头，大伯梅雨田膝下无儿，孟五爷是知道的。小冬过去，也是正室（暗含'两头大'），并非偏房。"孟五爷听了很高兴："那就好！还有一事，要向二位说明，小冬自幼写给亲戚仇月祥为徒，人身依附，契约尚存，也须有个了断才好。"齐如山说："这好解决，我回去和冯六爷商量一下，再告诉五爷！"说完便和李释戡起身告辞。小冬送出大门时，又向齐、李二老提出："我想去天津一趟，探望王明华夫人，未知可否？"齐如山马上就说："有何不可！几时去？我愿奉陪！"说完告别离去。

两天后的一个中午，趁吃午饭时，孟鸿群老夫妇俩取出 3000 块钱，递到小冬师傅仇月祥面前，说："这是冯耿光昨天让人送过来的，我是借花献佛。小冬将要出嫁，这点钱算是补偿，从此结束师徒契约。"同时，孟五爷又将 8 岁的四姑娘银子叫到身边，郑重地向仇表达："感激她姨夫对小冬十年来的培养，使她有了不少长进。由于我的病体一时难以痊愈，今把银子再托给老哥，望能收留！"仇月祥长长地叹了口气，说道："我们两家情谊深厚，还能说什么呢？不过，小冬出嫁后，我留在北京也就没有什么意思了。我想我还是回上海，银子我就带着！这孩子已经懂事，胖乎乎挺逗人喜欢。还是让她像姐姐一样，学老生！就怕我这副老骨头不中用了！等银子大点起来，以后就让小冬教她吧。"仇月祥又转脸对小冬说："真是女大不中留！这几年跟着我走南闯北，戏没少唱，钱也没少挣，只是现当口在北京正走红，嫁过去，恐怕梅兰芳不会让你抛头露面出去唱戏。俗话说，拳不离手，曲不离口，只要半年一年不唱，就前功尽弃，那样的话实在有点可惜！"

小冬急了，大声说："谁说不唱啦？"

"好家伙，你喊什么？反正你现在红了，翅膀也硬了，我的话自然也用不着听了，往后啊，活该你受男人的骗！"

"人家梅先生可是好人，是正人君子。什么骗不骗的。"孟小冬委屈地嘀咕道。

"你看看！还未过门，就向着外人说话。这梨园界人杂着哩，你懂什么？不要以为嫁了个梅兰芳就能幸福一辈子，也许会铸成大错！不信以后瞧着吧！反正我要回上海，眼不见为净，望你好自为之。"

"知道了！"小冬不敢再顶嘴，心里想：他不也是为我好吗？这么多年，他一人带着我也不容易，要没他，也不会有我的今天。不过又一想，觉得这位姨夫师傅也真够厉害，一年三百六十五天，只管叫我唱，把我当作会唱戏的机器，整天管得我直腿直脚，不敢有半点违拗，不知骂了我多少，打了我多少？现在能嫁给梅先生，他还说三道四，这么一肚子不高兴，难道要我嫁大总统啊？最好一辈子都不嫁人，好当作摇钱树。

本来仇月祥对梅孟这桩婚姻是持反对态度的，因为此时的小冬，正如树可摇钱，盆可聚宝，一结婚，戏肯定就不会唱了，眼看着大把的雪花银到不了手，如何舍得？怎奈小冬本人像吃了秤砣铁了心。而且孟五爷老夫妇俩也已同意，事情也就只好如此了。

现在小冬这边婚前的障碍已经扫清，齐如山把小冬提出要去天津探望王氏夫人的想法告诉了梅兰芳，梅表示同意，并且主张要一起去。因为当初娶福芝芳时，也是预先征得王氏的同意才进门的。这次要娶小冬，想到这位结发妻孤零零躺在医院的病床上，怎能忍心瞒着她。小冬主动提出前去探望，正合他心意。

1926年农历十月中旬的北京，已是深秋了，秋风瑟瑟，秋叶飘零。梅兰芳、孟小冬在两位挚友大媒人齐如山、李释戡的陪同下，一行四人坐着自家的白色小轿车向天津飞快地行驶着。车子开了好久了，梅兰芳关心地问小冬："你师傅那边都已解决好了吗？""解决好了。就是心里不太高兴。"梅兰芳说："你师傅是位好园丁，精心培育出你这样出色的人才，确实是不容易。现如今有谁能望你项背呀！"孟说："师傅怕我今后不唱戏了，说怪可惜的！"齐如山听后插话："要结婚就得有牺牲。福夫人以前在城南游艺园唱青衣也是头牌。婚后生儿育女，料理家务，也就顾不上再登台了。你师傅把你当作摇钱树，他怎么舍得你不唱戏。"

小冬听了紧皱眉头，沉默不语，好似头顶上浇了一盆凉水。心里想：女子为什么结了婚就不能再唱戏？我能不能特殊例外？孟小冬脑子里还在盘算着这件事，车子已经刹车停下。司机老崔熟门熟路，去年也是他开车送王夫人来这里的。

小冬等人走下车子，见车停靠在一家医院门口。这是日本人在天津开设的，名叫"井上医院"。规模不十分大，王氏夫人病房在二楼，紧靠西侧一头。这天整个楼道里静静的，人也不多。老崔拎着营养补品走在前面带路，梅兰芳指着一间朝南的病房说："就是那间！"

王氏夫人午睡后正倚靠在病床上吃着护士削好的生梨，梅兰芳第一个进门，急步走到床前："明华！"王氏夫人抬头不由一怔，见来人中有位漂亮的姑娘，清秀文雅，细长的身材，艳光四射，楚楚动人，但却不认识，其他几位都是认识的。兰芳向夫人介绍："她就是孟小冬！"

这时小冬也上前点头见礼，一时却不知如何称呼，本想叫声"姐姐"，但怕王氏夫人见怪，只得改口："你好！""好，好！"王氏夫人也高兴地连声回答，接着就说，"你就是小冬啊？百闻不如一见！天津这里常有人说起'孟小冬'，以前在天津也唱过，现在是北京最走红的须生。听说还和畹华唱过几次堂会。报上都说孟小姐与梅老板是绝代双骄，珠联璧合。真感谢你来看我！"

小冬说："都是梅先生捧我，我哪儿行！""怎么不行？说话真讨人喜欢！我才不行了！肺病进入第三期，已没有生存的希望了。"她接着问小冬，"孟小姐以后总归要嫁人的，如果同意，我愿为你们做大媒！"还未等小冬回答，王氏夫人将左手上戴的戒指取下，戴到了孟小冬的左手无名指上。并说："就算是你们的订婚聘礼！恨的是不能参加你们的婚礼了！"众人一见，拍手称好。孟小冬心中顿生感激，一阵心酸，本想说几句感谢之辞，却一时不知说什么好，只得含着泪花亲热地叫了声："大姐！多多保重！"两人抱在了一起。

这就是当时在梨园界常被谈论的话题："梅孟结合，已是意中的事，不足为奇，最奇的是这场亲事的媒人不是别人，偏偏是梅郎的原配夫人梅大奶奶。"

梅孟这场爱情，经过双方的努力，友人的鼎力撮合，已是水到渠成，婚前的道路铺平了，终于有了一个完满的结局。

经过几次酝酿，良辰吉日定在 1927 年春节过后的农历正月二十四日，洞房花烛就设在东城东四牌楼九条 35 号冯总裁的公馆里。梅孟观念均是新潮，头脑里没有封建意识，什么生辰八字，瞎子算命，一切全免。由于对外保密，大喜之日没有花轿迎娶，更无吹吹打打，只有一批梅党和至亲前来贺喜。穿惯了戏装的孟小冬，今天做新娘了，另有一番打扮：身穿一件枣红色的缎旗袍，外罩獐绒坎肩，头戴一顶貂皮帽，面孔白皙透红，晶莹剔透，双目精光四射，炯炯有神，显出高贵典雅的气质，真是漂亮极了！梅兰芳近日谢绝外面一切应酬，忙着做新郎。他的穿戴仍如往常一般，头上一顶银灰礼帽，身上裹着一件厚厚的灰呢大衣，却是满面春风，喜形于色。

今天的证婚人当然是梅的最好挚友冯总裁，比小冬小一岁、总裁的小姨子权当小冬的伴娘。冯总举杯祝愿一对新人："互相体爱，两心相映。"齐如山说："今晚梅孟结成伉俪，良辰美景，赏心乐事，莫要空负大好时光。"众宾客齐声："对、对、对！"这时又有人提出要新娘新郎合唱《游龙戏凤》，闹了半天，小冬也不肯唱，新郎对新娘说："小冬，我们就唱几句'流水'吧！'月儿弯弯……'你先唱！"小冬说："不行，不行！今天我脑子里一片空白，一句词也想不起来！"众人还是坚持一定要唱，否则今晚不准进洞房。最后还是那位夜壶张三出来打圆场："这出戏就请新娘唱最后一句，就算结束，大家看怎么样？"众人鼓掌表示同意。谁知小冬更加不肯唱了，弄得新郎也不好意思，说："今天大喜日子，不能扫大家的兴！"小冬对大家说："那就请新郎反串替我唱这句！"众人不允，说："这句唱，一定要听正宗余派的味儿！"梅兰芳不服气地说："余派腔多了我不敢唱，一句还能凑合！"于是润润嗓子，引吭高歌："游龙落在凤巢中啊……！"众人听了一齐拍手叫好！于是一齐拥上，捧月似的把梅孟二人送入洞房。

洞房之中，一对龙凤花烛吐着红红的火焰，中间贴着金纸剪成的斗大"喜"字。小冬没有头盖，无须娇羞，一双情侣似故人相见。

兰芳脱去礼帽与厚呢大衣，而小冬却衣帽未解端坐床沿。兰芳在舞台上与小冬合作时，看惯了她那戴着长长髯口（胡须）的相貌，今晚烛光之下，见她婀娜身姿，独坐绣床，微微低头，脉脉含情，粉面泛出迷人的光彩，真有无限的娇美，说不尽的情意，和台上的她完全是判若两人。

这时，梅兰芳忽发奇想：真不知道老孟家是怎样调教出如此国色天香而又技艺超群的一位闺秀千金？当前小冬的须生与自己的青衣，已同迈高峰，两家绝技，一代传人。今能与她结为连理，也可算是才子佳人，美满姻缘了。

想到这里，爱极而怜，大有惺惺相惜之意，便忍不住失声轻笑起来！

"笑什么？"小冬抬头娇嗔不解地问道。

兰芳并不作答，上前替小冬摘帽，脱去坎肩。说："闹了一个晚上，孟小姐身子一定乏了，早点歇着。"

小冬顺势站起把脸埋在了兰芳怀里，双手不由自主地紧紧搂住了新郎的脖颈……

花烛之夜，红罗帐中，鸾凤和鸣，鸳鸯交颈。梅孟二人少不得山盟海誓，说了些愿白头偕老，终身无悔，永不变心之类的话。

二十四　梅兰芳"金屋藏娇"

　　梅兰芳、孟小冬作为梨园界中一对生、旦最佳的"搭档"，通过几次堂会戏的合作配对，舞台上阴阳颠倒的假夫妻，一变而成了生活中的真夫妻。这段良缘确实是中国近代京剧史上值得记载的千古韵事，人间佳话。当时有位山东诗人王生曾作诗 20 首歌咏梅孟结缘，今录其中两首如下：

　　　　惯把夫妻假品尝，今番真个作鸳鸯；
　　　　羡他梅福神仙侣，纸阁芦帘对孟光。

　　　　真疑是戏戏疑真，红袖青衫俩俊人；
　　　　难怪梅岭开最好，孟冬恰属小阳春。

　　人生大概都有黄金时代，无论是谁。而燕尔新婚，或许就是黄金时代之一。对孟小冬来说，既有媒人，又为兼祧，也可算是明媒正娶了。但在初婚出嫁之日，却不敢吹吹打打、对外公开。新房则既不在梅家，也不在孟家，而是设在友人冯总裁的公馆里。婚后，每日灯红酒绿，挚友聚会，生活上倒是无忧无虑。在不少人的心目中，他们的婚姻，自己作主，可谓才艺匹配，令人羡慕。

然而，冬去春来，随着时间的推移，单调刻板的生活使孟小冬渐渐有一种空虚寂寞之感，她想起师傅仇月祥的话：一旦和梅结婚，就意味着舞台生命从此结束。如今有了亲身经历，方体会到师傅的话果真不差。冯公馆高高的围墙锁住她，几乎与外面的世界完全隔绝。婚后，兰芳照样干他的老本行，演营业戏、堂会戏，邀约不断，而她却终日无所事事，感到离开了舞台，就像鱼儿离开了水似的难过。自己又仿佛是只鸟，先被师傅关在笼子里，一关十年，现在眼看正要进入"天高任鸟飞"的自由境界，却又被关进了梅兰芳的鸟笼子里，有翅难展，心情终是压抑的。为此小冬曾向兰芳吐露过想要重返舞台的心愿，兰芳总是劝其说："男主外，女主内，你现在自由自在多好。若是出去唱戏，朋友会笑我兰芳连自己的太太也养不活，你叫我这脸往哪儿搁？"小冬无奈，只好从此息影家园，做起了梅太太。

俗话说，"世上没有不透风的墙"。小冬在冯公馆的"金屋"虽然藏得很深，但不知何人走漏了消息半点，外面已有人在传，说孟小冬被梅兰芳金屋藏娇，地点也打听到了，是在冯耿光的公馆里。与此同时，那些戏院老板想要邀请孟小冬演戏，遍寻不着。更有一批戏迷，特别是一些专门捧场的年轻观众，也在到处查找孟小冬的下落。为安全计，经冯总裁同意，决定"金屋"秘密乔迁。为便于联络、走动，新址仍选在东城，靠近长安大戏院不远的内务部街的一条小巷内。这是一条闹中取静、看上去不显眼的普通小巷，但巷内却深藏大宅。"金屋"四周，是静静的高墙，带着几分神秘，而门内却是一方篮球场大小的长方形院子。跨过院子，坐北面南为一座砖木结构两层小楼，直对小楼的即是隔着院落的那堵青砖高墙。为不让小冬感到孤独，冯耿光让夫人的妹妹、比小冬小一岁的小姨子，也跟着过去日夜作伴（或谓之"监护"），另外又派了一位秦姓老妈子烧饭做菜，一位男佣看家护院。而梅兰芳也特为小冬新购置了一台手摇留声唱机及余叔岩新灌制的全套唱片，并有几张小冬本人去年在大中华公司所灌的唱片，让小冬自娱自乐，以打发日子。对外则更加保密，除几位绝对靠得住的挚友外，一律守口如瓶，就连那贼般精明的小报帮闲，也一时打探不着。

起先最早披露梅孟结合的是天津由张学良资助创办的《北洋画报》。他们不知从哪里捕风捉影到这则小新闻。但消息传出，人多半信半疑，梅党更出面力为"辟谣"，弄得这家报社十分狼狈，时隔不到一月，不得不又登出一则《梅伶近讯》予以辟谣：

> 前者京津各报盛传梅孟两伶结婚，后此复寂然无闻。昨晤梅友某君，询以此事究竟，据言全属子虚，惟梅曾以东城居屋一所（谓非梅之芦草园故居），赁之于孟，此谣言之所由起云。

"梅讯"中说的所谓"子虚"，实际就是当时梅党中人编造出来的一段骗人的假话。他们把深藏孟小冬的"金屋"说成是梅租给孟居住，这样梅孟就仅仅是房东、房客的关系了。

《北洋画报》为了替梅辟谣，几乎就在同一时间又登出另一则《程艳秋抵津琐闻》的消息：

> 程艳秋此次来津，本拟寓德义楼，临时又改为北洋饭店。某夕某君往访，询及报载梅兰芳娶孟小冬各节，渠谓

"金屋"中的孟小冬学骑自行车

你在那里作什麽呢？

我在這裏作鸞影呢，

梅孟游戏

梅兰芳与孟小冬

并无其事。……

这里程砚（艳）秋所说"并无其事"，倒不是有意为梅作假证。而是说明梅孟结合的保密工作做得十分出色，竟连曾经的梅氏弟子、蜚声海内外的梨园名伶程砚秋也被蒙在鼓里，或者说一概不知。

不过，梨园中有一个人他们并没有对其隐瞒，非但未瞒，而且梅兰芳还带着小冬登门拜望，馈赠喜糖。此人就是须生泰斗余叔岩。梅兰芳称余叔岩为三哥，余则呼梅为兰弟。因此余叔岩对孟亲切地叫了声"弟妹"！

余叔岩对这位初次上门见到的弟妹，本来心中十分有气。她就是去年在冯宅堂会上顶替自己饰演杨四郎的那个黄毛小丫头，她挡了自己的财路不说，而且还弄得他十分尴尬，差点下不了台。他还真没想到，这个丫头这么快就和梅兰芳喜结连理了。

梅兰芳这次来访的目的，是想为小冬延聘一位教师上门教戏。这是孟小冬向梅提出的，因她在家反复聆听余的唱片后，十分景仰，很想拜余为师，而梅的意思，是要将老师请到家里"家教"。余因体质素弱，常卧躺在床，无力授徒，更耻于上门为人说戏，但又碍于梅的面子，于是替小冬介绍了一位名教师：鲍吉祥先生。

孟小冬一颗芳心终于安定下来，从此深居简出，非至交不往来，更不与陌生人说话，过着"金屋藏娇"的封闭式生活。每日上午由鲍吉祥上门为之说戏，主要教身段，也教打把子，说余派戏。院宅内的天井异常开阔，最适宜排戏练功，也可学骑自行车。午后斜倚窗前，听着从手摇留声机里放出的余叔岩唱段，手里捧本小戏考，翻翻各名伶所灌唱片的剧目唱词，其中也有自己的唱片。使她感到最有意思的，是听到自己的唱片从留声机里放出的声音，觉得很怪，甚至吃惊！她常常会不相信地拉着兰芳问："那真是我的声音吗？"梅笑答："不是你的，还会是我的吗？"

　　这段时期，梅兰芳仍不断地忙着演出，先在明星戏院与王凤卿、龚云甫合作；继之又与余叔岩合作演于开明、新民戏院。夜戏结束，大多是回无量大人胡同福夫人那边。一般下午一两点钟来小冬这边。先登楼午睡片时，3点过后，在楼下客堂开始吊嗓。其间休息时，小冬亦时常有口无心地随便吊上一两段。兰芳吊嗓是为了晚上有戏，是正事；小冬吊嗓仅仅是凑凑热闹而已。有时却是琴师王少卿在梅休息时，主动请梅少奶奶清歌一曲，小冬也就心不在焉地应酬几句。但这时她有她的事做。

　　小冬自幼学戏，没有受过正规系统的文化教育。但她不甘心于做一个只知唱戏的伶人，心想：即便就是伶人，为什么梅兰芳、程砚秋、荀慧生、尚小云、王凤卿、余叔岩等人，除戏唱得好之外，个个都能写善画？相比之下，我太渺小了！既不会画，字也写得歪歪扭扭，连自己看了也直摇头，觉得好笑。不过，那是没有办法的，自幼就跟师傅走南闯北，每天迟睡早起，练功吊嗓，哪曾有半点闲空。现在好了，戏也不唱了，心也静下来了，她要求兰芳为她补上这一课。为此，小楼辟一书房，当窗设置一张红木书桌，桌上笔墨纸砚，绘画用具，一应俱全。红木书架上添置了不少书籍、画册、戏本以及大小字帖。其中有颜真卿的《多宝塔》、柳公权的《玄秘塔》，还有赵孟𫖯、米芾等人的书法法帖。小冬每日按时临窗习字，阅读戏本、白话小说，兰芳还手把手地教她绘画梅兰竹菊，或谈论梨园掌故，或推敲戏词字韵，可谓其乐融融。此后小冬曾延聘一位国学老师学习书法，补习文化，所以后来她写得一手好字，即在此期间打下良好基础。

　　由此看出，孟小冬初期的"金屋"生活，还是有点乐趣乃至甜蜜的。这还可从一张梅兰芳作鹅影游戏的照片上两人亲笔所写的"一问一答"中找到佐证。这幅游戏照上，梅上身穿着白色对襟便装，右手叉腰，左手几个指头非常投入地在变戏法，白色屏幕上出现了黑色叠影，右上端一竖行是孟小冬所写："你在那里作什么啊？"左上方一竖行是梅兰芳所写："我在这里作鹅影呢。"可见这一对情侣此时此刻感情深厚，无忧无虑地享受着幸福和内心的自由自在，他们的生活是多么地令人羡慕。

　　短短一句话，可以看出此时的孟小冬沉浸在新婚的快乐中。孟小冬所写，带有一些调皮，显得纯真可爱；梅兰芳所答，透着内心愉悦，表达体贴入微。

二十五　冯宅血案

　　1927 年 9 月 14 日晚上，中国银行总裁冯耿光在家设宴为诗人黄秋岳做寿，宾客极多，梅兰芳应邀赴席作陪。当盛筵正开之际，冯宅老仆进来报告，说外面来了个穷学生要见梅老板，看样子像是告帮的，非面见梅老板不可。梅兰芳想了想说："我不认识这人。"《大陆日报》的张汉举在旁自告奋勇地说："我出去看看。"张来到外面门道里见到那个青年，问："你贵姓？"答说："姓李名志刚。"张问："你要见梅老板什么事？我姓张，你就跟我说吧！"

　　李志刚泣诉道："先生，本人并不认识梅老板，只是我祖父与梅老板有交情，现已逝世三天，停尸在床，无钱入殓，故欲求见梅老板，乞为资助。"边说边从衣袋里取出一封信，并挥泪跪下，状极可怜。张忙扶起，将信略看一下，便让其在门房中稍待，随即持信入内，与梅及在座诸客一同看信。信中所述，语极凄惨。梅即将随身所带的 30 元拿出，其他客人也各掏腰包，共凑集了 100 余元，交张转付。张持钞出，告其已凑得百余元，请即携去。李嫌不够，乃又增至 200 元，李仍言不够。张汉举说："如须再添，我必须同你一起去贵宅看看情形再说。不知你家在哪里？"对方说："离此很远，在东斜街 14 号。"张说："那好极了！我住西斜街，你可稍候，待席散同行。"餐毕，张三乃命自备汽车开回本宅。适有座客汪蔼士，乃名画家，住在南太常寺（辟才胡同内），也欲搭张的汽车回家，于是三人一同登车往西城开去。

这时已是深夜快 11 点了，长街上灯火阑珊，行人寥寥，夜风萧萧。车上张、汪并肩而坐，李则面对二人坐下。当车开到东斜街 14 号门前，张见乃一学校宿舍，情形不对，正欲问个究竟，青年说："还在前边。"直到北口也没找到，再问他，又说："大概走过了。"把车兜回来再找，仍然没有。张三说："怎么你连自己的家门都不认得了吗？"对方说："昨天晚上才搬了来，记不清了。"张说："你祖父不是死了三天啦，昨天怎能搬家呢？"对方语塞。张三一看，这分明是说假话，便说："干脆你下车吧，我可要回去了。"对方说："好吧，我们一块儿回去。"张说："你还回去做什么呀？"对方说："我们去找梅老板，他抢了我的未婚妻孟小冬哪。"张三说："我看不必啦，你下去吧！"说着伸手要开车门，想把他推下去，不料这个青年顿时变得面目狰狞，从怀里掏出一支白朗宁手枪顶住张三的胸口说："别动，你动一动我就打死你。"并向司机怒吼："把车赶快开回冯家找梅老板！"张、汪二人大惊，张忙说："朋友，有话好讲，不必这样，大家都是好意帮你，你何必这样呢？"那青年冷笑一声说："少啰唆，刚才说的都是假话，我今天要向梅老板借贷 5 万元，不然就借你二位的脑袋！"张三见此，知道不遵命也不行了。

张三的司机见主人已落入歹人之手，命在瞬息，哪敢违抗，7 里多路，不到一刻钟，车已驶至九条胡同西口。青年命司机停车，拿出预先写好的告贷书信，让司机携赴冯宅，交给梅兰芳，其函颇长，主要是向梅索借5万元。其时已过11点了，座客均散，冯因太夫人卧病，正在上房闲谈，见张三汽车夫急急匆匆闯进大厅，上气不接下气地说完经过，众人顿时惊惶失措，冯阅信也大吃一惊，知道遇上绑匪。冯乃凑集宅中现款，连男女仆人存款仅得500元，即交张的司机带去转达。青年一见此数，大不高兴，说："5万元少一不可。"该司机又返冯宅报告。冯见来势甚汹，非此数百元可以了事，乃电告梅兰芳，嘱其凑集若干现款即速派人送来。当冯梅通话之际，不料为电局密探员所闻，即时电告公府密探处处长朱继武，朱即带数十名密探赶至，同时并电其他军警机关。朱至冯宅，那青年与张、汪尚在西口车上。朱本穿制服，冯总裁一见甚感惊异，一问经过，始知从电话中得来消息。冯当告以情形，朱即请借用仆役蓝布大褂，假装冯宅当差，仍携500元之款，来至汽车旁，告以主人在此深夜，实在无法筹措，请君暂且收用，明日再补。青年不允。这时已经凌晨1时左右，适有巡警二人由胡同西口进来，被青年远远望见，以为捕者已至，十分惊慌，就迫令张、汪下车。青年一手抓着二人的后大褂，命其高举双手在前面走，一手拿枪抵住张的后心，要同往冯宅躲避，朱则尾随其后。青年扬言如谁敢声张，就先打死谁。进冯宅大门时，门道站的当差全吓傻了。冯宅大门与二道门之间，东西均有回廊，当步行至西边回廊中间时，朱继武突从青年背后揽抱其腰部，意欲生擒活捉，青年即举手枪由左、右肋下向后连发两响，朱恐伤人，即行撒手，汪听枪响，猛然挣脱，向大门狂奔而逃。张三亦躲入门内，不知前有出路，乃伏地隐藏。因门道有电灯，青年见张伏在地上，即喊"三爷，你逃不掉了"，张无奈地从地上爬起。青年只得挟张急至二门内一屋中，关门躲避，并教张三趴在窗口向外喊话："速筹5万元现钞，都要10元一张的，5元、1元的不要，赶快送来赎我的命，我担保将来筹还。"

这时，武装警察、保安队、侦缉队、巡防队等，大队人马从四面八方急驰而至，整条煤渣（九条）胡同都布满了军警，连冯宅三层院落及左右邻居屋顶也全站满了人。眼看盗匪挟持着张三就在小屋内，只是不敢下手，恐害及张三生命。即拟用现钞作饵，向盗匪讨价还价，先交 2000 元，青年不收，又加了 3000 元，又不收，第三次增至 1 万，仍是不收。

翌日晨 7 时，冯总裁又电中国银行送来 1 万元，共为 2 万，仍由朱继武捧交青年，其中有大洋 2000 元，青年要求把现洋换成钞票，朱面有难色说："这还得梅老板想法。"青年略一沉思，说："算了！"于是，朱一面将现钞一捆一捆地往窗里递送。一面暗示下属对着门窗无关紧要的地方鸣枪射击，其目的是想惊吓匪徒，伺机先夺过对方的手枪再行抓人救人。可是此人也很机灵，那支手枪一直抵在张三的后心上，他教张三从窗口将现钞一捆一捆接进来，查点数目也是张三爷的事。侦缉队虽然精明强干也无可奈何，因为冯六爷有话，就是钱全给他拿去都没关系，以保张汉举活命要紧，所以谁也不敢冒险破门而入，怕坏了大事。

直到现钞都送齐了，该匪又教张三喊话，把一辆汽车开到大门口，预先开好车门，等候启行。冯宅遵命照办，青年这才教张三打开门，双手捧着钞票走在前面，他仍用手枪押着在后紧紧跟随，以张为挡箭牌，一路举枪由中院走至前院，直到冲出了大门，两旁的人投鼠忌器，谁也没敢开枪。到了汽车门前，他叫张三抱钞票先进去，张三低头弯腰往汽车里一钻，手枪刚好离开他后心。大家一看正是时机，忙快步拥向车门，匪徒一见笑道："好啊，原来你们有埋伏，也罢！"对准张三要害"砰砰砰"三枪。又转身开枪拒捕，击伤侦探二人，军警一见张三倒下，无有顾忌，一阵乱枪之后，盗匪中弹，半身俯伏在汽车的车门里，气息奄奄，军警拥上，将其缚送军警联合处，到了那里已气绝身亡。至 8 时许方完事。

当天下午 3 时，军警联合处奉大元帅张作霖（1927 年 6 月 18 日，张作霖在北京组织军政府，自称"大元帅"）命令，将该匪尸体抬至东四九条西口枭首示众，并张贴布告，昭示市民。为周知广见，又以绳网系头，改悬西河沿东口靠北电线杆上，示众三天。凶手耳大，面呈青灰色，长发蓬乱。此案轰动北京城，观者途为之塞，冯、梅饱受惊吓，暂避他处，深居简出。

据当时报载："凶犯被枭首示众于九条西口时，有人见一青年女子乘汽车而来，面披黑纱，下车瞻望凶犯首级，唏嘘泪下，旋复登车而去；惜无好事者报警拘捕，或设法追踪侦探，盖亦无头公案之一绝好线索也。"

这位面披黑纱的青年女子究竟是谁？当时京城人纷纷传说，该女子即为孟小冬。此说真假与否，笔者不敢妄加断言，暂且存录，以资方家参考。

事后，军警联合办事处布告：

> 为布告事，本月十四日夜十二时，据报东四牌楼九条胡同住户冯耿光家，有盗匪闯入绑人勒赎情事，当即调派军警前往围捕，乃该匪先将被绑人张汉举用枪击伤，对于军警开枪拒捕，又击伤侦缉探兵一名。因将该匪当场格杀，枭首示众，由其身边搜出信件，始悉该犯名李志刚，合亟布告军民人等，一体周知。此布。中华民国十六年九月十五日。司令王琦，旅长孙旭昌，总监陈兴亚。

张汉举中弹后，即由军警就近送至东四十一条传染病医院，后又转送至协和医院。因流血过多，恐不治，即又送回西斜街 52 号本宅，至 9 时气绝毙命。

二十六　杜月笙当了老蒋帮凶

　　由于孟小冬的原因，1927 年北京城发生了上文所述这桩离奇的血案。而这一年在上海滩，杜月笙则当了蒋介石大肆屠杀共产党人的帮凶，参与制造了震惊全国的"四一二"大惨案。

　　1926 年 7 月 1 日，广东政府发表《北伐宣言》。7 月 9 日，国民革命军共八个军约 10 万人，正式誓师北伐。

　　1927 年年初，北伐战争节节胜利，工农运动蓬勃高涨，在中国共产党人周恩来、罗亦农、赵世炎、汪寿华等人指挥下，发动了上海工人第三次武装起义。3 月 21 日，80 万上海工人举行总同盟罢工，并立即转为武装起义。下午，广大工人群众在武装纠察队的带领下，向盘踞在上海的军阀武装发动猛烈进攻。3 月 23 日，上海工人第三次武装起义终于取得了胜利。

　　杜月笙预感到，上海如果为共产党领导的工人所控制，他们的金钱、势力、一呼百诺的排场将荡然无存。

黄金荣也担心，打退军阀的是共产党领导的上海工人武装，那岂不要让共产党得了上海？自己在六年前，曾带着法租界的巡捕捉过共产党！他们一坐江山，会不会向自己算账？所以，黄金荣、杜月笙都急不可耐地期望着他们在国民党内的朋友，能为他们保住一切。

就在上海工人武装起义胜利后的第四天晚上，时任北伐总司令并已决心反共的蒋介石从南京到了上海。随同他一起来的有机要处长陈立夫、特务处长杨虎和前线总指挥部政治部主任陈群等。蒋介石在上海召集张静江、吴稚晖等，连续举行秘密会议，策划"反共清党"具体部署。

蒋介石深知，要把上海的革命力量镇压下去，特别是动手解决以80万工人为后盾的5千工人武装纠察队，并非易事。于是他决定借助上海的流氓势力，让黄金荣、杜月笙、张啸林等人为自己卖命。

一天晚上，杨虎和陈群穿着便装来到钧培里黄公馆，他们是受蒋介石派遣，来与黄金荣、杜月笙、张啸林等人秘密联络的。他们向杜月笙等人透露了蒋介石镇压共产党及工农革命力量的意图，要求杜月笙等协助，并答应给予5万元的经费。并说："蒋总司令已经请汪精卫从日本回来开过秘密会议，商量对付共产党的办法，还要他和陈独秀一起发表宣言，表示国共和好，骗骗共产党。"

等杨虎、陈群离开黄公馆，杜月笙、张啸林和黄金荣连夜商量，一直到天亮。决定先成立"中华共进会"，并在报上登出广告，号召本会旧日同志从速报名。广告一刊登，果然有不少旧会友应召而来，也有新的无业游民闻风参加，共有万余人。

4月9日，蒋介石宣布上海戒严，委派白崇禧、周凤岐为戒严正副司令。4月10日，杨虎和陈群又来和杜月笙、张啸林等商谈"作战计划"，并告诉他们，蒋介石已决定在12日清晨动手。同时密令杜月笙必须在11日夜将总工会委员长、共产党员汪寿华先行除掉，限时限刻，不早不迟。早了会让共产党发觉而引起警惕，迟了会错过时机，一定要在"总攻击"前解决，使工人纠察队群龙无首，措手不及。

杜月笙听后一拍胸脯："这件事，包在我身上！"当天，杜月笙派心腹管家万墨林到驻在湖州会馆的总工会，给汪寿华送去一份请帖，请他务必在 11 日晚 8 时到杜公馆赴宴，并有要事面谈。

"到底有什么事呢？万先生能不能告诉我？"汪寿华问。

"我不清楚，这得你自己亲自问杜先生才能知道。"

汪寿华只好拿起电话："喂，杜先生吗？我是汪寿华。"

"汪委员长，你好，我是杜月笙。"

"杜先生，有什么事相商？能不能在电话里说一说？"

"是一个十分重要的消息，你来，我们具体地谈一谈。"

"那好吧。"汪寿华答应准时前往。

汪寿华与杜月笙通过电话后，许多人都反对他去杜公馆，他们觉得，这也许是个圈套。汪寿华坐下来，又考虑良久，还是决定去走一趟，也许可弄清事实真相，回来可以商量对策。

当晚 8 点左右，汪寿华带了一名保卫人员，驾车来到杜公馆。门口由万墨林和谢葆生将汪寿华迎入大门。大门刚关上，从马路对面窜过来两条黑影，硬挤上车，用枪口押着汪寿华司机和保卫人员将车开走。从此那两人就再无消息。

汪寿华进入杜公馆后，快步走向客厅，躲藏在门边的叶焯山乘汪寿华抬脚跨过门槛时，用右肩撞击汪寿华左胸。

由于来势凶猛，汪寿华顿觉心肺刺痛，发出一声哀呼："哎唷呀！"接着顾嘉棠、芮庆荣等一拥而上，捉牢汪寿华的胳臂，捂住汪的口鼻。杜月笙闻声站在楼梯口，高声喊着："不要'做'在我家里噢！"意思是说：这样"不吉利"，以后就没有客人敢上门了。

"晓得了！"楼下齐声应着。于是顾嘉棠等人便将汪寿华架上预先停在门口的汽车，由高鑫宝开车，向沪西飞驶而去。

在枫林桥一片树林里，他们把汪寿华活埋了。优秀的共产党员、杰出的工人领袖汪寿华，就这样在"四一二"反革命事变前夕，被杜月笙及其徒弟杀害了。

等他们回到杜公馆，只见客厅里灯火辉煌，红烛高烧。以黄金荣为首，张啸林、王柏龄、杨虎、杜月笙、陈群等六人，按年龄依次歃血为盟，义结金兰，同时也是为"共进会"出师宣誓。这时已有一二百各路首领齐集杜公馆大厅，等待出发。

到12日凌晨2时许，客厅里摆起了自助筵席，大肉面、蟹壳黄、各式西点和高粱大曲白酒，应有尽有，让大家充饥。饭后各人离开杜家，分赴各个预定的集合地点。

队伍共分四路，有15000多乌合之众，他们冒充工人，每个打手臂膀均系一块用墨笔写的"工"字白布袖章，各拿凶器和枪支，借着黑暗掩护，扑向四方。而黄金荣、杜月笙、杨虎和陈群等人，坐镇在爱多亚路（今延安东路）安乐宫旅社的总指挥部里遥控指挥。

深夜，设在中华新路湖州会馆里的总工会、商务印书馆和东方图书馆里的工人纠察队、三山会馆里的电车工会，均受到突然袭击，工人们奋起反抗，打退"共进会"一次又一次的进攻。

当"共进会"的打手们将要支持不住的时候，背后却响起了阵阵军号声。原来事先勾结好的国民党第二十六军周凤岐部队，包围了总工会与纠察队，假称调解"工人内讧"，命令两边都放下武器。

"共进会"的打手心里有数，扔下枪支跑了。而工人们心里也有数，不愿上当，决不交出武器。周凤岐部队强行将纠察队缴械，并当场用机枪扫射，打死纠察队员100多人，伤200余人。还同时张贴布告，说什么"奉命缴械……总工会予以封闭"。

4月13日上午，上海几十万工人从四面八方涌向闸北青云路一块空场地，抗议集会，举行总罢工，明确指出袭击工人纠察队、暗杀汪寿华委员长的不是别人，正是蒋介石的师父、师兄弟——黄金荣、杜月笙、张啸林和他们的"中华共进会"，坚决要求惩办杀人凶手，发还纠察队的枪械，启封总工会等。

会后，十几万工人冒雨举行游行示威，高呼"还我武装"、"打倒新军阀"等口号。队伍行至宝山路三德里附近时，国民党军队预先已接到蒋介石"格杀勿论"的密令，于是机关枪从各个角度扫向赤手空拳的群众，成百上千的人倒在血泊里。接着蒋介石又下令捕杀大批共产党人和革命群众。仅三天之内，300多人被杀，500多人被捕，5000多人失踪。

4月14日，蒋介石又在上海成立了"清党委员会"，大量逮捕和杀害共产党员和无辜群众。

这一天，上海各大报刊登了黄金荣、杜月笙、张啸林三人联名发表的电文，颠倒黑白，胡说什么"寄生于国民党中的共产分子，贪苏联赤化之金钱，贿买无知识、无教育之工人，捣乱地方，无所不用其极，士不得学，农不得锄，工不入厂，商不居肆，女不安室，动辄游行，以加薪为条件，以罢工为要挟……"

这是三大亨联名在报刊上发表的讲话，公然为蒋介石反共大造舆论。

接着，杜月笙又跟着杨虎杀向宁波，一连三天，宁波有许多共产党人和革命群众被杀害。返沪后，杜月笙一不做，二不休，又派高鑫宝率党徒和上海警备司令部的反革命武装一起行动，到青浦、松江一带，杀害了一大批共产党员和革命群众。

"四一二"前后，杜月笙双手沾满了共产党人的鲜血，血债累累。

4月18日蒋介石在南京成立了"国民政府"。

三大亨因在这场大屠杀中立功，受到蒋介石嘉奖，委任黄金荣、杜月笙、张啸林为国民革命军总司令部少将参议，颁发奖状和勋章。发给杜月笙的奖状为：

喜　报

　　上海浦东杜镛先生，向来乐善好施，为地方治安沥尽心血。此将上海平乱清党大功告成，亦与杜先生全力以赴难以分开。为此，委先生为总司令部少将参议……

　　杜月笙高兴地穿起军装，头戴军帽，请来照相师拍了一张全身像和一张半身像。特地配上镜框，挂在客厅里，显示自己是个高级军官。

杜月笙戎装小影（40岁时）

杜镛大利　　　　　　　　杜镛字月笙考藏金石书画之印

二十七　孟梅仳离

（一）逐渐淡化

冯耿光家绑匪诈财杀人，梅兰芳险遭杀身之祸，如此血案，引得京城一片哗然。

本来，梅兰芳二夫人福芝芳那边，早已知道自己丈夫在冯耿光等人撮合下，和孟小冬别筑外室，但她半年多来不动声色，缄口不提此事，对梅的一切外部活动，仍如往常一样，不加干涉，安心主持家政。这次她见冯宅发生人命血案，丈夫差点丢了性命，这一切又都是孟小冬惹的祸，于是吵闹不休。另一方面，社会上一时也闹得风风雨雨，流言四起。甚至有一些小报还为那个被斩首示众的青年鸣不平。说什么孟小冬本来就是这个青年的未婚妻，郎才女貌，年龄相仿，十分般配，都是已有妻妾的"某某伶人"插了一足，夺人所爱。俗话说,好事不出门,坏事传千里。尤其这种绯闻偏偏又出在大名鼎鼎的梅兰芳身上,圈内一些想看笑话的人,当然乘机抓住不放,攻击一点,不及其余。

摆在梅兰芳面前的路不外乎有三条:

第一,与孟分手。但考虑他们结婚还不到一年,彼此相爱,孟小冬在这件事上毕竟没有什么过错,于心不忍。

第二,保持现状。外界舆论一概不予理会,至于名声也就不多考虑了。躲进"金屋"成一统,管它春夏与秋冬。

第三,逐渐淡化。这次发生的意外事件,毕竟是血淋淋的人头惨案,所谓人言可畏,不能不有所顾忌。"金屋"当然不能不顾,不过"大本营"绝对应扎在无量大人胡同,即福芝芳夫人这边。

经过权衡考虑,梅兰芳选择了最后一条即"逐渐淡化"的道路。因此这次冯宅血案发生后,他没有马上再去孟小冬那边。

(二) 擅离金屋

接下来梅兰芳除了不定期地接受一些演出任务以外,他将主要精力投入到"访美演出"的准备工作。这样梅兰芳也就有了充分的理由,向孟小冬解释暂时不能多来"金屋"的原因。但是他们之间的关系还不能公开向外透露,孟小冬必须继续过着与外界相对隔绝的封闭式生活,这让孟小冬多多少少产生了不满的情绪。开始,梅两边跑跑,她还能接受,那毕竟还能得到半个的他,半个也够满足了。现在倒好,每星期来一次也保证不了,有时半个月、一个月才露一次面。小冬已隐隐约约地感到兰芳的态度日渐冷漠,对自己的感情已经大大降温了，想到这里，顿有失宠之感，好像忽然从梦里醒过来一般。在戏台上演惯了男角的孟小冬，本来心态就十分高傲，争强好胜，如何能忍受精神上的这般压抑？因此，孟小冬对梅的不满情绪与日俱增。

不久，又有一件事情使得孟小冬更加难以忍受。

1928 年春节过后，小冬突然收到一份由家人转来的天津《北洋画报》，上面登有一则消息："梅兰芳此次来津，仍寓利顺德饭店。但挈其妾福芝芳同行，则系初次。"这则消息是说梅兰芳到天津演出，但是，带着福芝芳一同出门还是第一次。福是 1921 年冬天嫁梅的，虽然原来也是京剧旦角演员，但自嫁梅以后即息影在家，六七年来梅从未带她一起出门演过戏，而且这时福身边已有三个孩子牵绊，怎么会有此雅兴，夫妻双双同时出门潇洒走一回？孟小冬看罢报纸万分委屈，她认为这完全是做给她看的。

遂一气之下愤而离开了"金屋"，回了娘家。

孟五爷老夫妻起先见女儿回家，甚是欢喜，因为孟小冬自从嫁了梅兰芳，很少回来，当年只在过年时在家小住了几天，刚过一个月，又回家了，所以十分高兴。后见小冬闷闷不乐，郁郁寡欢，猜想一定是因为那张报纸上的消息惹她不高兴才回来的。孟五爷觉得这位女婿也有点过分，今年过年推说忙，来都不来一下。孟母也跟着唠叨起来："这倒好！没有和他结婚前，冬儿唱戏家里日子一点不愁，常有结余。现在一点进账也没有了！还让你受这番委屈，真是何苦？"孟父说："前几天王毓楼（老生王少楼之父）来谈起，他姐王明华在天津病重，梅却带着福二到天津游逛，连医院都不去一下。真是无情无义！还听他说，以前他姐姐未生病时，也常受他们的气，他是梅剧团唱武生的，性情暴躁，有一次他性子上来，一怒之下捧起桌上茶壶就向梅兰芳砸去，不想他躲得快，姚玉芙（二旦、梅的管事）替他挨了一下，鲜血直流。"小冬说："我现在真不知道怎么办才好。"孟五爷说:"有什么不好办的,他能去天津唱戏,你为什么不能去唱?"小冬得了父命,见母亲也支持,便下了决心,准备出演于天津。一面去信与天津联系演出场地,另外又找曾经合作过的雪艳琴商谈能否再度合作。

天津方面听说孟小冬将要复出,而且主动要来天津,那正是求之不得,特别是主办《天津商报》"游艺场"的沙大风,更是竭力宣传,大捧特捧,并辟"孟话"专栏,诗文不断,竟称孟小冬为吾皇万岁。当时有位署名"斑马"的人曾作打油诗一首,叙说此事,题目为《读商报游艺场孟话感赋歪诗一绝》,载于 1928 年 9 月 19 日的天津《北洋画报》:

> 沙君孟话是佳篇,游艺场中景物鲜。
>
> 万岁吾皇真善祷,大风吹起小冬天。

这样一来小冬天津之行未演先热。本来那里就有一批她的老观众,阔别两年,盛况可以想见。因此登台之日,声势极盛。春和戏院,连日爆满。三天打炮戏为:第一晚,小冬与雪艳琴合演《四郎探母》并带"回令"。第二晚演压轴《捉放宿店》,而大轴则为雪艳琴之头二本《虹霓关》。第三晚雪演压轴《贵妃醉酒》,小冬以《失空斩》列于大轴。孟雪并挂头牌相互谦让,互演大轴。

小冬在津演出期间,下榻大华饭店,出入各种交际场合,均作男装,不敷脂粉,落落大方,受到各界赞美。演期结束,又在津小住数日。当有人向她询问与梅关系时,她一律不予回答。直到此时,梅孟婚姻关系尚未正式向外公布,不过,那早就是公开的秘密了。

孟小冬擅自离开"金屋",而且去了天津风风火火地演了十来天的戏,又在天津逗留数日;返北平后,仍回娘家居住。这一举动,无疑是对梅的一种示威、反抗。

梅只好学着《御碑亭》里的王有道，前往"孟家庄"接回了孟小冬，还被孟五爷话中带"刺"地教训了一番。

为了对小冬有所补偿，这年的 11 月下旬，梅兰芳乘去广州、香港演出之机，背着福夫人暗中带着小冬随剧团一起前行，同往的有名净金少山等。直到次年 2 月中旬方返回北平，历经三月，中间又在上海停留了一段日子。这次小冬似乎感到十分愉快，从她一幅"修到梅花之孟小冬自沪北归后最近造像"可以得到佐证。此行等于把她和梅的关系告白于天下，剧团里上上下下少说也有三四十人，如何封得住每个人的口？所以这次回到北平，梅孟的关系也就正式对外公开了。1929 年 2 月 16 日天津《北洋画报》登出一条新闻：

孟小冬业已随梅兰芳倦游返平，有公然呼为梅孟夫人者，适梅之讯从此证实。

说来好笑，就在《北洋画报》发表上述新闻之前一个星期，即 2 月 9 日，该报还登出一组孟小冬表情之形形色色半身小影：迎吻、送吻、斜睐、凝思等八幅玉照（分二期），同时还有一篇简短文字说明《写于"小影"之后》："谈起孟小冬，她现在哪里？现随何人？言人人殊，莫衷一是，恐怕正在问题、而不成问题之中。有的说已经做了'梅妻'。小冬踪迹，据传现在上海，然而现在本报竟得了她最近的妙影多幅，津门倾倒小冬的人很多，大可看看。然而也不过看看而已可也。至于她'迎吻'是迎谁的吻？'送吻'是送给谁？'斜睐'睐谁？'凝思'思谁？都在似乎可以不必研究之列，因为……"这一报道显而易见是在故弄玄虚，其实他们对梅孟的婚姻关系早已经清清楚楚了如指掌了，不过摆个"噱头"而已。

（三）赴美之争

　　自从广州、香港、上海等地回来以后的一个阶段，梅孟之间的关系有所改观，内务部街的"金屋"从此也不再神秘。梅赴美前的一些准备工作也设在这里进行。齐如山还经常带着女儿、儿子一齐来帮忙。这段时期孟有时也跟着忙上忙下。齐如山儿子齐香曾在一篇题为《我的父亲齐如山》的文章里有这样一段记述：

　　　　1932 年（应为 1929 年。——作者注）我父亲一直为梅剧团到美国演出而从事繁忙的准备工作。……记得我姐姐齐长也用心地描绘脸谱。准备到美国送人的礼物种类很多，梅先生自己画了很多扇面，我姐姐也画了些，以备万一不够分配临时使用。还有小巧的工艺品，如墨盒、砚台等。墨盒上都刻有图像，给我印象比较深刻的有孟小冬扮的古装像。她本是演老生的，这幅画面却是扮的古装妇女，十分漂亮。平时我见她并不过分打扮，衣服式样平常，颜色素雅，身材窈窕，态度庄重。有时她低头看书画，别人招呼她，她一抬头，两只眼睛光彩照人。那时她不过二十来岁，我也就十几岁。六十年过去了，她那天生丽质和奕奕神采，犹在目前。（香港《大成》杂志，1988 年 8 月，第 177 期）

　　梅兰芳访美前的准备工作，仍在紧张地进行着。这年（1929 年）

夏天，梅孟之间又闹了意见，而且还吵了一架。孟小冬还是老办法，气得跑回了娘家。这是一般做妻子的都会使的"绝招"。不过这一次梅兰芳非但没有马上再来"孟家庄"接她，还带着福氏夫人前往避暑胜地——北戴河游玩去了。他们在那里又是下海游泳，又是骑驴游山，好不快活。

北戴河夏天的景色美丽如画，令人陶醉，游客每天可以眺望看不到边的湛蓝平静的大海，海边尽是银白细软的沙滩。这里即使在白天的阳光下，也不会有炎热难耐的感觉。到了夜晚，更是海风阵阵，凉爽宜人，可以舒舒服服地睡个好觉。

梅福在公开娱乐场合露面的消息，不胫而走。京、津不少报纸均及时作了报道。

同时，还附有福芝芳大幅穿着背心"出浴"的倩影，以及许多梅、福二人的泳装、骑驴等照片。

孟小冬在浏览了这些报道和照片后，胸中一时难以平静，好像打翻了酱醋坛，女人与生俱来的妒心，使她无法接受这一事实。她第一次尝到了做"妾"（尽管她自己并不承认是"妾"）的滋味。又能怨谁呢？所有苦果，都是出自自己亲手撒的种子。小冬已清楚地意识到，她在兰芳的心目中，远不及那边的女人，看来想要得到半个的他，也不容易。一向高傲自信的小冬，面对如此棘手而可怕的问题，一筹莫展，常为此产生苦恼，郁郁不乐。

其实梅兰芳又何尝不苦恼？这次和小冬发生口角的起因，是策划落实即将赴美演出的人员名单，当然福、孟都希望榜上有名。这次组团原则上是精兵简政，节约开支，总人数控制在20人左右。因此不少人还要身兼数职，如琴师徐兰沅要在《打渔杀家》中串演教师爷；化妆师也要兼跑龙套等。梅剧团的当家老生王凤卿因年事已高，家眷提出同行照顾生活，未被采纳，老生改用二路王少亭。琴师（二胡）王少卿是凤卿之子，凤二爷既不能行，亦不允儿子随往。

这是一大遗憾，梅腔缺少二胡，未免减色。小生姜六爷（妙香）亦因年高，既不允携眷，其夫人也就拉了后腿，故该次赴美，独缺小生一行。

当然，梅兰芳如果提出带位夫人同行，别人也不好阻拦。这次梅原拟偕福同行，理由是本年初孟已随团去过香港，这也是福力争的理由。而孟亦坚请同往，理由是福已身怀六甲，去美时间较长，不便远行。梅觉得小冬所言有点道理，便对福加以劝阻，福亦自知怀孕远涉重洋，不成体统，亦难免他人议论，思考再三，乃请日医为之效力，服药堕胎，以遂随行之志，而塞他人之口。堕胎虽很成功，而梅之戚友，因凤二爷、姜六爷可谓梅之左右臂，已因携眷之故而不快，故仍以随行不便向梅进言，梅亦觉独携福往，对小冬也无法交代，遂打消携眷计划。即福不去，也不答应孟去，以示一碗水端平。而孟还心有不甘，撒娇使性，免不了口角斗气，弄得梅苦不堪言。孟既一气回了娘家，梅索性携福同往北戴河了。

从访美演出效果来看，如果由孟小冬随行担任老生演员最有魅力。一来显示梅孟伉俪夫唱妇随；二来舞台上情侣组合"对儿戏"的阴阳颠倒，或许更能引起国际友人的惊奇与兴趣，可惜却被忽略了。

艰苦筹备达六七年之久的赴美访问演出，终于成行。1929 年 10月正式对外发布消息。12 月下旬起程离开北平，乘火车先至上海，北平车站万众欢送，福夫人随同送至沪；孟小冬在北平寓所门前与梅留影送别。次年 2 月 8 日抵达美国纽约。至 6 月下旬演出结束。在美共演出 72 场，场场客满，访问演出获得巨大成功。梅还获得南加利福尼亚大学和洛杉矶波摩那学院授予的"文学博士"学位。7 月初自美起程回国，7 月 18 日乘日轮先抵上海，梅及秘书李斐叔、二旦兼管事姚玉芙三人在沪小住数日，8 月 2 日乘"通州"轮船离上海，8 月 5 日下午三时船抵天津太古码头。

梅下船后即获悉其母（即大伯梅雨田夫人、兰芳祧母）于 8 月 4 日逝世噩耗，不胜悲戚。梅在《天津商报》记者叶畏夏（即朝歌斋主）宅稍事休息，当晚乘火车急返北平。是时，福夫人又怀六甲（即葆玥），未能远迎。

（四）戴孝风波

梅兰芳访美演出胜利归来，津平两地原已做好举行盛大集会热烈欢迎的准备，不料抵津之时，梅伯母逝世噩耗亦到。梅本兼祧大伯雨田一房（即两房合一子），雨田逝后，梅把伯母当作生母（梅 4 岁丧父，15 岁丧母，即由伯父教养）奉养。梅返平后，即设灵堂，高搭席棚，延请高僧唪经，隆重治丧。三天来前往无量大人胡同梅宅吊丧的人群，络绎不绝。这天下午 3 时许，孟小冬得信剪了短发，头插白花，亦来到梅宅欲为婆母披麻戴孝，参加丧礼。不意刚跨入大门，即被三四个下人拦阻："请孟大小姐留步！"孟说明是来为婆婆奔丧吊孝的，何以阻拦？佣人说："这是夫人吩咐下来的，大小姐请回吧！"孟吃了闭门羹，当然不甘心。她要求佣人请兰芳出来说话。佣人说："梅大爷连日哀伤过度，身体不适，现正休息。"小冬听了非常生气，哪里管得许多，大声喊叫："既然兰芳身体不适，我更要进去看看！"说着便要往里冲。此时刚好杨宝忠、王少楼、王少卿、王幼卿诸人亦来到梅宅吊丧，他们是刚参加了陈德霖老夫子的丧礼后，折回梅宅的。见门内围着许多人，堵塞通道，开始不知原因，杨宝忠认识孟小冬，还教过她戏，便急忙上前劝解，说："等等，我去请梅大爷！"不多时，只见兰芳在齐如山的陪同下，慌忙走了出来。他一见小冬，面有难色地说："小冬，你就先回去吧！三两天我就过来，这里就用不着你操心了。"小冬气愤地说："这叫什么话？就是一般亲友，为老夫人磕个头，也是应该的，你到底把我看作什么人？"兰芳一时语塞，小冬又对梅身边的齐如山说："齐先生！当初不是你说过'两头大'吗？"齐如山也支支吾吾说不出话来。杨宝忠也看出个究竟来了，他把兰芳拉到一旁，说："要不我进去跟二奶奶求个情，就让小冬磕个头吧！"兰芳说："你等等，我去！"福夫人怀胎已快足月，身戴重孝，坐在灵堂恭迎前来吊丧的客人。兰芳进来说："你已劳累一天了，要不回房歇着。"福回话说："我还行，不累！你去忙你的，甭管我。"梅只得说："不看僧面看佛面。小冬已经来了，我看就让她磕个头算了！"福站了起来，厉声说："这个门，她就是不能进！否则，我拿两个孩子、肚里还有一个，就和她拼了！"兰芳甚窘，处于两难境地，他见福氏有孕在身，不想再生意外，也就不再多说，又忽然想起，小冬的舅父（艺名小桂芬）就在府内协助操办丧事，便赶紧让人请来解围。在舅父的好言劝慰下，琴师王少卿亦过来赔笑解劝，孟小冬万般无奈，这才泪汪汪哭出了梅宅大门，发疯似的一口气奔回了娘家。说来可悲！小冬嫁梅已有三年，未入梅宅一步，院内假山，花园画廊，以及缀玉轩书房是个什么样子，连瞧都未能瞧过一眼。这次倒是个大好机会，不想还是希望落空。让小冬感到落空的更有所谓"名定兼祧"、"两头大"这些精神支柱彻底坍塌，不能再画饼充饥。如今是妻是妾，名位未明，又在大庭广众之下，受人嘲笑，往后哪里还有脸见人？真仿佛是从情场交锋中败下阵来一般，回到娘家，倒头便睡，就此一病不起。

　　小冬因穿孝问题与兰芳发生争执，觉得自尊心受到伤害，心中甚是愤恨，终日闷闷不乐，茶饭不思。与其宅一墙之隔的邻居朗贝勒，是原来的清朝皇戚贵族，彼此两家，交往甚厚。其妻大福晋认孟小冬为义女，这回听说小冬生病，带着两个女儿（大格格、二格格）一起过来探望。见小冬面色苍白，甚是憔悴，格外心疼，便说服小冬暂去天津就医，中药调理。她的一个詹姓亲戚住在天津英租界，其夫人名叫吴照云，是天津首富、汇丰银行天津分行经理吴调卿的三小姐，人称美三姑，是个超级戏迷。居屋十分宽敞，寄寓不成问题。小冬母亲亦表示同意，让女儿暂时换个环境，出去散散心，总比闷在家中强。

1930 年 8 月 10 日，小冬到了天津，寄寓詹家，并认美三姑为干娘，延请中医调治。小冬这位干娘笃爱信佛，府中设有佛龛，每日在供奉观音菩萨神像的小屋里，拈香点烛，手捻佛珠，口诵"阿弥陀佛"。这对小冬影响极大，她和梅兰芳结成婚姻，一次次受到刺激，已感身心疲惫，认为自己前世做了坏事，这才得到报应。为了摆脱烦恼，不再去和福芝芳争宠斗气，她决心跳出这场不和谐的、难以忍受的"情爱"是非之地，整天不出大门，跟着女主人早晚焚起一炉香，口里喃喃念着她所会的简单经典，世念淡泊，无忧无虑，静静地消磨每天的光阴。她认为也许这样到宗教中去寻求超然，才能使自己得到解脱，灵魂也能有所寄托。从此，小冬的消息便沉寂了，很少人知道她的近况。

1930 年 10 月下旬，天津闻人朱作舟等发起，举办为辽宁水灾急赈募款义演。梅兰芳、杨小楼、尚小云、孟小冬、小翠花、谭富英等均在被邀之列。孟小冬与南来拜王瑶卿为师的著名坤旦华慧麟在明星戏院合演全本《探母回令》，上座极佳。所有演出场面川资，一切均由小冬自负。《天津商报》记者叶畏夏与孟小冬很熟，他主张孟小冬与梅合演《探母回令》，想借机从中调解，使孟梅重归于好，因小冬坚决不允而改和华伶合作。又因赈灾义演，慈善之举，小冬无法推托，接着又和尚小云合演了一场《四郎探母》。但她就是一百个不答应再与梅兰芳公开同台，旧调重弹。

　　山重水复疑无路，柳暗花明又一村。正当孟梅感情几乎破裂的时候，小冬母亲因不放心女儿在津吃斋念佛，专程到津探望。叶畏夏抓住这一大好时机，硬是说服老太太做小冬的工作，并将老夫人接到梅兰芳下榻的英中街利顺德饭店，精心安排梅氏向孟母叩拜求援。老太太平时吃斋念佛，也是菩萨心肠，本来就非常喜欢这位温厚柔顺、和蔼可亲、人称"梅大爷"的女婿，现在见他如此百般哀求，并保证往后决不再让小冬受气，也就满口答应。

　　在慈母的开导与友朋的解劝下，小冬终于破涕为笑，一场风波，始告平静，她12月16日在天津法租界马家口的春和大戏院又演完一出义务戏《捉放宿店》（程君谋为之操琴）以后，随兰芳和母亲返回北平。不过梅孟这次表面上的和解，并未能达到真正相互谅解，而只不过变成了相互忍耐。在小冬的心目中，兰芳虽然从美国捧回来两个大学授予的博士学位头衔，但无法唤起自己当初对他那般的崇拜与热爱。也许是小冬所受到的创伤过重，实在一时难以愈合；或者因为是小冬自幼傲比冰霜，又走红得太早，她的个性实在太过倔强。

　　接下来，他们又维持了大约半年之久"貌合神离"的夫妻关系。

　　梅孟真正分手的时间，当在1931年7月，是在6月5日梅兰芳第三次率团赴香港演出结束，折回上海参加6月9日至11日三天杜月笙祠堂落成典礼返抵北平以后。其时又有一件使孟小冬心寒而难以忍受的事情出现了。她冷静地告诫自己：是到了抛弃最后幻想的时候了，用她后来的话说，就是"脚底下抹油，滑了"！不过这一次孟小冬没有马上跑回娘家，也没有不告而别再去天津茹斋念佛，而是在一天晚上，约梅兰芳作了一次开诚布公的谈话。原来孟小冬得知梅党中几位中坚人士和亲友，曾为梅的家庭纠纷多次集会商讨抉择，想要帮助梅在"福、孟"之间作一决断。在众说纷纭难以肯定的情况下，梅党中冯耿光就像拍卖行里的拍卖师一样，举起他手中的木锤，最后"一锤定音"。他要梅舍孟而留福，所持理由很简单。他分析孟和福的性格说："孟小冬为人心高气傲，她需要'人服侍'，而福芝芳则随和大方，她可以'服侍人'，以'人服侍'与'服侍人'相比，为梅郎一生幸福计，就不妨舍孟而留福。"他这个说法，三言两语，力排众议，把那些拥孟论者列举的冬皇优点，什么梨园世家、前程似锦、珠联璧合、伶界佳话等，全都压了下去，在座的每一个人都不敢再赞一词。（大震楼主：台湾《艺海杂志》第 70 页）

即然冯六爷已经替梅作出了最后选择，孟小冬认为自己已是多余的人了。所以和梅谈话以后，不顾夜深，冒着倾盆大雨一路奔回了东四三条娘家。临行前撂下了沉甸甸的、迄今广为流传的两句话：请你放心。我不要你的钱。我今后要么不唱戏，再唱戏不会比你差；今后要么不嫁人，再嫁人也绝不会比你差！

尽管随后梅兰芳也撑着伞冒雨追到孟寓，几经叩门，小冬的闺门始终未开。雨还在不停地下着，打在伞上沙沙作响，一阵冷风吹来，他禁不住打了个寒颤，感到丝丝凉意。此时的梅兰芳，心乱如麻，想到这次真的要和小冬分手了，心里实在不是滋味。俗话说"一夜夫妻百日恩"，现在是四年夫妻一朝分。说实在的，还真的又有些舍不得，想到小冬种种的好处……不过现在一切似乎都难以挽回了。他在雨中伫立、徘徊良久，后来雨是什么时候停的，兰芳全然不知，直到东方天边微微现出了鱼肚白，方悻悻而去。

至此，梅孟前后四年有余的支离破碎的婚姻，终于走到了尽头，画上了失败的句号。劳燕分飞，各奔东西。

二十八 荣宗耀祖 杜祠落成

1931 年，是孟小冬人生走向最低谷的一年，她与第一任丈夫梅兰芳四年多的婚姻，正式宣告结束。

而这一年，正是杜月笙一生中的巅峰时期。他在这一年实践了29 年前在离开高桥镇的路上对送别的外婆发下的誓言："……我要起家业，开祠堂！不然，我发誓永远不踏进这块土地！"

为了要实现这一诺言，他于 1930 年春开始，请人纂修族谱，同时拨款 50 万元，在高桥镇杜家祖宅附近购置了 50 亩土地，招来名师良匠，兴建祠堂。

1931 年初夏，祠堂造好，附设的藏书楼和学塾亦已竣工。藏书楼中有名人好友捐赠价值 10 万元的图书，供故乡贫寒子弟入学读书。

祠堂为五开间三进，大门口一对两米高的石狮，雄踞两侧。第一进是轿马厅，第二进为大厅，供奉福禄寿三星，第三进是"飨堂"，供奉杜氏列祖列宗的牌位。

祠堂落成，筹备就绪。杜月笙发出一份长达 160 个字的请柬，向全国各地的朋友或邮寄，或派人专送。

请柬内容显得不卑不亢，大方得体。到 5 月份，各式各样的贺礼从全国四面八方专程送来，达官贵人和在野名流大都送匾、联、屏、幅。溢美之词，目不暇接。其中有：

国民政府主席蒋介石贺："孝恩不匮"

陆海空军副总司令张学良贺："好义家风"

前北洋政府临时执政段祺瑞贺："望出晋昌"

前北洋将军吴佩孚贺："武库世家"

军政部长何应钦贺："世德扬芬"

实业部长孔祥熙贺："慎终追远"

监察院长于右任贺："源远流长"

国学大师章太炎贺："武库遗灵"，等等。

此外，法国驻沪领事以及日本驻沪日军司令均送了贺联。

上海本地闻人、门徒有的赠古董玩器，有的送旗伞花篮、礼券现钞，琳琅满目，应有尽有。

杜月笙曾请人查过许多代祖先，但找不出一个可以给他撑点面子的先人。这次祠堂落成，吴佩孚送了一面题为"武库世家"匾额，使杜月笙非常高兴。经吴佩孚这么品题一下，他一下子成了晋朝名将杜预（善用兵，当时人称为杜武库）的后裔了。

国学大师章太炎毕竟大手笔，经他引经据典写成的《高桥杜氏祠堂记》，洋洋洒洒，足有千言之多。这位国学大师吹捧"水果月笙"的祖先，竟与汉唐乃至尧帝都挂上了钩，实在有点过头。请看：

杜之先出于帝尧。夏时有刘累，及周封于杜，为杜伯。

其子……至唐世为九望。其八祖皆御史大夫……

高桥者，上海浦东之乡也。杜氏宅其地……末孙镛自寒

微起为任侠，以讨妖寇，有安集上海功，江南北豪杰皆宗
之。始就高桥建祠堂，祀其父祖以上……

　　夫祠堂者，上以具岁时之享，下使子孙瞻焉，以捆致其
　　室家者也。杜氏在汉唐，其为卿相者以十数，盛矣。上推
　　至帝尧，又弥盛矣。……

　　章太炎的这篇"祠堂记"一出炉，随之又引出一大堆名流们的
长篇祠堂记来。如郑孝胥的《杜氏家祠记》，汪精卫的《高桥杜氏家
祠记》，杨度的《杜氏家祠落成颂》，等。

　　为了做好各方面的接待工作，特设立了一个庞大的主持机构：

　　总理三人——虞洽卿、黄金荣、王晓籁。

　　协理七人——张啸林、金廷荪、……

　　下设八大处：

　　文书处八人——主任：杨度，副主任：汤漪，秘书：陈群（首
席）、……

　　其余七处为：总务处、警卫处、卫生处、庶务处、筵席处、会
计处、剧务处。各处均有"处员"10 到 20 人。

　　八大处之外，还另设招待主任 2 名、副主任 3 名。全部招待人
员 109 名，再加外宾招待 11 名，总计 120 名。

　　1931 年 6 月 10 日，是杜氏开祠堂的日子，6 月 9 日先行"奉主
入祠式"。

　　这一天天刚亮，华格臬路（今宁海西路）杜公馆附近的几条马
路，早已人山人海，水泄不通。各种彩色旗伞仪仗，成千上百的匾
额楹联，预先排好次序，摆在马路两边。

　　9 时正，阳光灿烂，杜公馆大门口放起了 24 响"高升"，奉主入
祠的队伍，准时出发，据统计多达 5000 余人，在路边两旁挤得层层
密密前来看热闹的人墙中间，浩浩荡荡地蜿蜒前行。

队伍的最前面，是公共租界特地派出的马队——24 名骑在高头大马上的"红头阿三"充当开路先锋。马队之后，由 8 名壮汉合撑着一面两丈长的民国国旗；接着是 48 面印有 5 尺见方的"杜"字黄旗，以表示杜月笙 48 岁寿辰，每面旗由 4 人抬举。

旗队后面是法租界 100 名全副武装的安南巡捕，每人推着一辆当时尚称新鲜的自行车作为护卫。再后面是华捕、穿着童子军制服的"金荣小学"学生和几年来各处赠送的十几把"万民伞"，还有救火会、缉私营等队列，跟随着小学生后面的是淞沪警备司令部军乐队和中央陆军军乐队，一个引前，一个殿后，足有上百人。紧随乐队后面的是由一个连的士兵高抬着蒋介石所赠的那块大匾，后面由公安局乐队护送。行列最后，是蒋介石馈赠的祝词匾亭，作为整个仪仗队的大轴戏。

事后杜月笙曾对友人说，连他自己也没有预料到有这么大的场面。他最感激的是，法租界当局准许他那样大张旗鼓地张扬。因自有租界以来，从来没有让中国军队穿着军装在租界列队前进，这次能把陆海军等开入租界，还是破天荒第一遭。

仪仗队之后，便是杜氏祖宗牌位的轿亭。前面用八面特大的铜锣开道，几十个盛满鲜花的花篮和几十个烧着檀香的大香炉，由几十名穿着红绿彩衣的少女捧着随轿前行。杜月笙身穿蓝袍黑褂、头戴礼帽，带着儿子跟在轿子后面。

整个仪仗队伍足有两里路长，由华格臬路出发，经过李梅路（今望亭路）、恺向乐路（今金陵中路）、老北门、小东门，直到金利源码头（今十六铺附近），整整步行了三个小时。所经马路交通全部断绝，一路上鞭炮不停，看热闹的有几十万人。

江边码头早已有一百多艘火轮拖着驳船在停候着，由于人多地狭，渡江时，秩序很乱，法租界的巡捕探警全部出动维持秩序。

杜月笙和他的家属，扶着供着祖宗神位的轿亭，搭乘杜家自备的

"月宝"号游艇，直驶浦东高桥码头；其他火轮，每船桅顶高高飘扬着红底白字的"杜"字旗，在滔滔江面上犹如一条长龙，驶向高桥。

从高桥到杜氏家祠，还有十里路程，是特地新建的马路，名"杜高路"。路旁插满彩旗，一里一座彩牌坊。从上海调来30辆小汽车，200辆人力车，来回往返接送宾客，交通工具仍嫌不够，当地农民把家里的独轮车也推出来加入这一运输行列，左右各坐一人，收大洋一元，既便宜，又新鲜。但由于参加的人流像潮水般的一齐往那里涌去，还是远远不能满足需求，弄得好些宾客狼狈不堪。据四大名旦之一荀慧生先生在日记中记载，那天他等候在外滩太古码头，竟一时挤不上小拖轮。后在浦东路中，遇到程砚秋、姜妙香乘人力车，武生泰斗杨小楼和谭派须生王又宸都是步行到杜祠的。梅兰芳大师找不到小汽车，只好坐上老汉所推的独轮小车……这些虽然显出当时接待和交通上的美中不足，但也从另一侧面反映出这次杜祠堂会演出"群星毕集、前无古人"的盛大规模。

明星影片公司一支摄影队，拍摄下这车水马龙、宾客云集的盛况，在上海各影院放映。

杜祠前面，搭着五层楼高的大彩牌坊，四周搭起一百多间高大席棚，供开酒宴用。

席棚外侧，用木头搭出一座大戏台，由南方演员演出，供高桥本地乡亲观看；席棚内侧，另搭一座富丽堂皇的戏台，由各地名伶演出。

凡前来道贺的客人都可以得到一枚很精致的纪念章，凭这枚纪念章，三天内可以随便吃酒看戏，要吸大烟的，还有鸦片免费供应。据说鸦片烟先熬了5000两，还不够，又加熬了3000两。来客每人还发给一个脸盆、一条毛巾、数瓶痧药水和一只灯笼，上面都印有"杜祠落成典礼"字样。

席棚内可摆200桌酒席，一次可供2000多人用餐，全部是流水

杜祠落成典礼，仪仗队中的"杜"字旗、万民伞

杜氏家祠落成招待北平艺员摄影（局部）

席，一批吃好，一批又来，几乎整天都在开酒席。据上海报纸统计，三日之内一共开了 2000 多席。此外，还有西餐和面点源源不断地送出来，供客充饥，随手可取。盛大的入祠典礼举行了三天，人们一天饱吃了三顿，老百姓说，这叫杜月笙大宴宾朋三天。

6 月 10 日，举行栗主入祠典礼，清晨 5 时，天还未亮，杜氏祠堂灯火辉煌，典礼开始。杜月笙率领家人来到祠堂，由陆、海、公安乐队一齐奏乐，顿时鼓乐齐鸣，炮竹喧天，附近的要塞司令部鸣礼炮 21 响。杜月笙毕恭毕敬地将栗主牌位安置在神龛里。接着是家祭，杜月笙带领众妻妾和儿女，按照古礼，向上跪拜，行家祭之礼。

家祭结束后，由宋子文、孔祥熙、何应钦、刘志陆的代表及吴铁城五人执祭，杨虎以中将参军的身份，代表国民政府主席蒋介石宣读祝词：

> 诗咏祀事，典备蒸尝，水源木本，礼意綦详。
>
> ……

道贺的还有各国嘉宾以及各省主席、市长的代表，各地帮会头子，上海工商、金融等各界的头面人物，共一万多人。以后栗主入祠典礼宣告结束。

到杜祠去赶热闹的贺客，不少是为了去看几场南北京剧名角会演的拿手戏，这在当时是有钱也不易看得到的。

杜祠落成典礼三天里，好戏连台，每天从中午 12 点开锣，分内外两个场地，一直要演到下半夜甚至到天快亮时。席棚剧场人满为患，可容纳 5000 人场地挤了上万人，简直到了无插足之地。事后有位老戏迷这样回忆当时的场景：

最伤脑筋的是，台上一出接一出，你总不能老是站着不出去行个"方便"？可要想出去又不让你挤出去，无奈只得一熬再熬，有个别人甚至硬被憋在裤裆里了，这真是我们俗话所说的，叫做"拆烂污"。

要说肚子饿，这倒问题不大。本来在吃饭时已撑足，口袋里还可以带点面包、馒头。问题倒是在看到下半夜，即敲过十二点之后，总有点呵欠哈巴的了。再往后看，尤其是到了深下半夜——也就是敲过二三点钟那光景，我们之中有许多人实在站不住了。尽管台上的锣鼓敲得应天介响，两只眼睛竟不由自主地渐渐合拢上来。在那个时候，一无床，二无枕，只得将头靠在前排观众的肩胛上，前排的观众也只得如法炮制。哪晓得困着之后，连做梦也在看戏。实际上不过是"蒙蒙"而已，哪能够真正入睡。待到两天两夜看下来，一个人的头脑里只有那些京剧脸谱在打转了。后来回到自己家里，一倒到床上，竟像死人一般了。

三天堂会戏，几乎集中了全国南北所有知名演员，让成千上万的老戏迷过足了戏瘾，同时也让杜月笙出尽了风头。可谓盛况空前。演出结束，杜月笙还和北平来的名伶及沪地闻人在海格路（今华山路）范园合拍了一张至今流传甚广的集体照。

唯感美中不足的是名须生余叔岩（因病）和女须生冬皇孟小冬未能参加。

不过，有人说孟小冬接到杜月笙的请柬是来上海了，但不是去杜公馆出"堂会"，而是探望正在病中的露兰春。也有人说，杜祠大典正日那天，孟小冬也参加了，她是化了男装去的，当天就随姚玉兰返回上海了，别人都不知道。

其实，这时孟小冬与梅兰芳的婚姻尚未结束。梅兰芳是在广东演出后直接去上海参加杜祠落成演出的。演出后返回北平。据一位孟小冬的弟子说，梅先生这次从上海回北平，又带了一个……用后来孟小冬在香港和牌友打牌时的话说："我脚下抹油，滑了！"所以梅孟分手的准确时间，应是在 1931 年 6 月以后。

既然如此，这次杜祠大典，孟小冬是否到过上海，还说不准。不过，时隔不久，孟小冬真的到上海来了。

二十九　老杜调解梅孟纠纷

　　这次孟小冬到上海，是来找女大律师郑毓秀的，时间当在 1931 年夏秋之交。

　　孟小冬与梅兰芳分手时，尽管说了两句掷地有声、颇有骨气的话，可是回到娘家，一见到父母，就觉得满肚子的委屈，无处诉说，禁不住放声大哭起来。这一次回到家，就不仅仅是茶不思、饭不想了，而是一连两天拒绝进食，滴水不沾，只是躺在床上，终日哭泣。家人劝说，亦不起作用，反而取出剪刀绞断青丝。隔壁小冬的义母大福晋闻讯，领着两个格格及佣人等慌忙过府，百般劝慰，小冬丝毫不听，决心以绝食而结束余生。急得义母手足无措，情急之下，拉着女儿一起扑通一声双膝跪地，号啕大哭。小冬家人见客人如此，亦随即伏地不起，大福晋的随从伺役，见主人下跪，也纷纷屈膝倒地。一时满屋哀嚎，如丧考妣。孟五爷听说，拖着沉重的病体，让人架着，亦来到西厢房，小冬见了又是一阵心酸，大受感动，于是走下床来扶起义母，抱头痛哭，并又接受义母训教，同意进食，乃得不死。小冬从此孝敬义母胜过亲娘，以报相爱之恩。而大福晋亦嘘寒问暖，照料饮食，比对自己亲生女儿还要关切。小冬请求义母和家人，从此以后，不要再和她谈论儿女婚嫁之事，大家都答应了她的要求。

不过，小冬虽然躲过一死，而心灵上的创伤却再也无法愈合。对舞台生活，她开始表示厌恶，谢绝了多家戏院的邀约，并告别堂上二老，再次来到天津，仍寓居詹宅，吃素念佛。

《天津商报》记者沙大风对小冬剧艺深为折服，极力推崇，赞为梨园"冬皇"。他得知小冬为婚姻受挫折，自暴自弃，息影沪上，认为不可。他认为原来与梅的婚姻乃人所共知，既然分手，也须通过法律，正式提出离婚，取得合法手续，让社会知晓，来去清白，正大光明。切不可草率从事，处于被动，留下话柄。小冬听后心绪茫然，不知如何是好。沙大风建议：上海有位女大律师，名叫郑毓秀，法学博士，挂牌营业，远近闻名，找到她，定能妥为解决。小冬采纳大风意见，于 1931 年夏秋之交，南下上海，正式延请郑律师为法律顾问，要让兰芳给个说法。

在沪期间，小冬找到了她的结拜姊妹姚玉兰。姚已于两年多前，经老艺人苗胜春（杜月笙学戏的家庭教师）和黄金荣的儿媳李志清介绍，嫁给上海大亨杜月笙，做了杜的第四房姨太太。姚孟自 1925 年在北京一别，已多年未见，今见小冬突然到来，既满心欢喜，又感到意外，杜月笙更是格外欢迎。数月前，浦东高桥杜祠落成大堂会，他曾让人北上向小冬当面发了请柬，后来堂会上除余叔岩因病未至，孟小冬亦不曾到，他还常常为此感到纳闷和不快。心想今番小冬不请自到，其中定有蹊跷。

小冬与姚玉兰十年前，在汉口早已结为金兰，情同姊妹，无话不谈，便把这次来上海的事情，以实相告。姚玉兰说："打官司挺累人的。我看就让杜先生出面解决一下算了，还请什么律师。"小冬说："怎么好意思麻烦杜先生。"姚说："没关系！这点小事，对他来说，小菜一碟！"

果然，一场一触即发的民事婚姻纠纷，大概只花了一支香烟的工夫，问题就解决了。原来杜月笙给梅兰芳挂了北平长途，告诉他小冬来沪请律师事。杜说："好来不如好散，公了不如私了。不是我偏心，好男不跟女斗，真要闹起来，大家面子上都不好看，以后的路还要走。我来做个和事佬！请梅老板拿出个3万5万的，算作离婚补偿，从此脱离关系。郑大律师那边也由我去打个圆场。梅老板，您看怎么样？"

梅兰芳在和孟小冬分手之时，本来就想送一笔钱给她，欲化解矛盾，以表心意，怎奈当时她耍小孩子脾气，一口回绝。现在又把事情闹到上海去了，虽然心里不很痛快，但杜月笙亲自出面调解，不能不买他的账，所以在电话里满口答应："好吧！就按杜先生说的办，给4万！"

"好！梅老板真爽气。这样吧，4万块钱，我杜某先垫上，以后梅老板几时方便，从银行转个账就是了。"

"可以！就这么办。"

欠大亨的钱，那是不敢抵赖的。至于后来这笔钱是怎么还给杜月笙的，不太清楚。那时4万元不是小数目了。有人说当时梅兰芳尽管已是"梅博士"、"梅大王"，但因访美归来，这一年多就没唱几天戏，还要养活一个剧团，开支庞大，因此经济并不十分富裕。为付这笔钱，他后来不得不把他心爱的北平无量大人胡同的花园住宅卖掉，1932年4月全家迁居上海。

有人说，孟小冬最终没有接受梅兰芳那4万元补偿，她只是为了讨个说法，讨个公道。

平心而论，笔者并不愿意看到孟小冬收下这4万元，因为她对梅兰芳的感情是无法用金钱来衡量的。如果孟小冬在梅兰芳身上损失了的可以用金钱来衡量的话，那她就给自己订了一个这样的价位：4万元。

不过也有不少朋友认为，即使孟小冬拿了也是无可指责的，因为两个人毕竟生活了四年多，梅一直在演出，有一定的收入，而她被"金屋藏娇"，当然不可能有经济来源。那么，梅的收入里理所当然的有一份是属于她的，为什么不要？就算青春损失，四年4万也不为多。事情既然闹到请律师、付诸法律了，最后等于庭外调解了这一民事纠纷，也就谈不上领情不领情的。

三十　孟小冬皈依佛门

　　孟小冬上海之行，总算没有空手而归，心情似乎好了许多。倒不是因为得到一笔补偿费用，更重要的是讨回了一个公道，赢得了一丝尊严。

　　这年秋天，天津沙大风主办的《天风报》发起赈灾义演，孟小冬高兴地应邀于 9 月 17 日在春和大戏院献演一出《捉放曹》。由于息影有年，久不登台，爱好小冬艺术的观众望穿秋水，而今偶尔一演，举座叹赏，为之折服。观众发现她虽不常出台，但嗓音仍然清亮，行腔使调一宗老谭；说白做工，亦均摹拟谭氏，惟妙惟肖。因此都说，听小冬之戏，比听小余（叔岩）尤为过瘾。百听不厌，良非溢美。通过这次义演，小冬深信，她在观众中有巨大的号召力，仍受到广泛的欢迎。

　　小冬在春和戏院演完义务戏，接着是号称"旧谭"领袖人物的言菊朋，在春和连演三天营业戏，上座极佳。孟小冬早就向往言氏

222

艺术，认为这是一次很好的观摩学习机会，乃邀友朋连日去为言菊朋捧场。

在此之前，小冬曾向言菊朋请教并受其指点过，但未拜师。这次在天津有幸相遇，意欲正式立雪言门，乃托沙大风说合，菊朋欣喜允诺，准备择日正式行拜师典礼。一个月后的 1931 年 10 月 22 日，《北洋画报》上有一篇署名"春风"者写的题为《孟小冬拜师——"言菊朋之第一女弟子"》的报道：

> 女伶中唱老生者，今日当推孟小冬为巨擘；盖其嗓音纯正之中，具苍劲之韵，可称得天独厚，而使调行腔，既非凡响，神情做派，亦异俗流，落落大方，自非寻常女伶所可比拟也。顾小冬尚谦然以为未足，将于百尺竿头，再进一步，以期深造。此前言菊朋来津，在春和露演，小冬排日往观，悉心体会，深为折服，近日乃请人介绍，欲拜菊朋为师，俾可请益。菊朋亦以小冬为女伶英才，欣然允诺。小冬已专函邀请菊朋莅津，将择吉行拜师盛典。……

从这篇报道内容来看，小冬拜言已不成问题，但后来就没有正式举行拜师典礼的消息，似乎还是未能拜成。原因可能有二：

第一，孟小冬在津获悉家父孟鸿群病危消息，赶回北平预备后事，当时天津一位名记者张雷公还特地专程赴平，襄助小冬料理一切。孟鸿群于次年 2 月在平寓逝世。小冬守孝百日，形益消瘦。

第二，这时期的言菊朋虽刚年过四十，正当壮年，但由于家庭及社会的一些影响，心情常感不快，嗓音发生了变化，中气不足，那种满宫满调的谭腔，已感力不从心，为了养家糊口，坚持演出，只得另行设计新腔，以适应衰退的嗓子。比如后来被称为言派代表作的《让徐州》《卧龙吊孝》《贺后骂殿》《上天台》《白帝城》

等剧目，都是这个时期的"新产品"，受到一部分观众的欢迎。大量佳腔的出现，给人耳目一新的感觉，但也有一批守旧的老观众，乃至业内人士不能接受，斥为"怪腔怪调"，或"字正腔不圆"等，进行讽刺挖苦，这对言菊朋无疑是个沉重的打击。他对孟小冬上门求教，还是照常热情指授，并仍以谭派正宗戏目授之，如《南阳关》《捉放曹》《御碑亭》等，但对正式兴师动众举行拜师典礼仪式，言菊朋似乎一下子提不起精神，也就搁置下来了。不过言孟的师徒关系，还是得到公认，无有疑义。

孟小冬拜师言菊朋多有周折，但不久却在天津正式拜了与言菊朋同龄、从上海来的京剧票友苏少卿为师。

苏少卿（1890—1971 年），江苏徐州人。青年时期曾做过话剧演员，后改学京剧。从陈彦衡学谭派老生，颇有造诣，特别对音韵学更有精深研究。当时苏少卿是上海明星电影公司驻津代表。经沙大风介绍，孟小冬于 1932 年 9 月 3 日在大华饭店设宴，正式拜师。应邀参加的有戏剧、新闻两界闻人数十人。席间小冬手把酒瓶为苏师斟酒一盏，以代叩首旧礼。并备有红纸盒一个，递呈其师，内盛衣料一块，用代贽敬。

对于小冬拜票友为师，当时很多人不理解。有人说："孟小冬近年以来，先后所拜之师，计有言菊朋、杨宝忠、苏少卿三人，若论实际，言杨之地位既不如小冬之优越，而少卿尤非内行中人。"而孟小冬本人又是怎样看待的呢？她常对人说："三人行必有吾师，他山之石，可以攻玉。孔子曾教导他的学生要'不耻下问'，韩愈则认为'不耻相师'，就是说，任何人都不能把向别人请教学习当作可耻。韩愈在《师说》中还说道'圣人无常师'，是说一个人在成长的道路上，其投师可以不固定于一人。因为'闻道有先后，术业有专攻'，只要是能在专业和技术本领方面对己有所教益，不论贵贱长幼，都应当拜他为师。"

小冬引经据典，说得别人皆心服口服。其后她甚至还拜过名旦荀慧生为师。其实梅兰芳更可以算得上是她的老师了，因为后来在香港时，她的许多学生都惊奇地发现，孟老师对许多梅派戏、荀派戏都能连唱带做，示范表演，如《贵妃醉酒》《红娘》《游龙戏凤》等，其水平之高，身段之美，简直超出一般旦角演员。

正当孟小冬孜孜不倦、专心致志地投师深造，以求更上一层楼之际，又有一件意想不到的事情发生了。它真像 12 级大风夹着豆大的雨点突然向小冬袭来，来势凶猛，打得小冬晕头转向，不知所措。天津一家大报上忽然登出了连载小说，乃用化名影射小冬与梅之事，含沙射影地说某名坤伶向某名伶敲诈大洋数万，并把五年前发生在东四九条冯宅的绑架杀人案重新提了出来，甚至怀疑这件事的罪魁祸首可能就是某某坤角……还有那个凶犯大学生又如何如何。此外，还提出某坤伶"是否再嫁？""将嫁何人？""有无意中人？"等等。

社会上一时谣言四起，舆论沸然，越传越离奇。所有这些使小冬目不忍视，耳不忍闻。因为是小说体裁，还作了种种虚构，并未指名道姓，也无法抓住作者把柄，予以评理。小冬面对这一突如其来的打击，感到无法忍受，只得背人饮泣，即使满身是口，也难诉说，真是跳进黄河也洗不清了。

俗话说，明枪易躲，暗箭难防。暗箭来自何处？射手又是谁？一时难以弄得明白。也许这躲在暗处放冷箭的人，以前还是"朋友"哩！小冬曾对人言："宁可有个堂堂正正的敌人，不要有卑鄙的小人朋友。"她无奈地发出感叹："人言可畏啊！"在新社会成长起来的人也往往会有此感慨，更不要说生活在旧社会的女艺人，感情那根弦特别地脆弱了。

小冬经此打击，身心健康受到严重伤害，从此心灰意冷，一蹶不振，情绪跌落千丈，对于舞台生活，深感厌恶。她终于看破红尘，来到北平拈花寺特拜住持量源大和尚为师，随女檀越行列中，虔诚

孟小冬 (左) 游览北京潭柘寺

孟小冬与义母吴三姑次女詹宗曾在颐和园

礼佛拜忏，举行了皈依三宝典礼。

有人说，孟小冬虽拜了大和尚为师，皈依三宝，但并非有出家遁入空门之意，而是在寺中受过"三皈依"礼节，成为在家信佛的教徒。

所谓"三皈依"，即信仰佛教的入教仪式。在佛僧前，焚香礼拜，长跪合掌，至心发愿，誓言：弟子××，皈依佛，皈依法，皈依僧，如是三称；又言弟子××，皈依佛竟，皈依法竟，皈依僧竟，如是三称。所谓"三宝"者，即表示对"佛、法、僧"三宝归顺依附。誓言时，"佛、法、僧"三宝缺一不可。

自此以后，小冬一心向佛，以求身心清净慈悲。开始执著地皈依佛门，用心全深。小冬曾恨恨地坦言："婚姻不如意才促使我信佛的。"

孟小冬信佛，同她学艺一样，也是多方拜师。她除了每天在家"夜深沉，独自坐"，焚香念佛，顶礼膜拜，还每逢农历初一、十五，一早即到寺院去进香拜佛，参禅听道。寺庙也不固定一处，北平市内的拈花寺、隆福寺、广化寺、广济寺等处都留下了她的足迹；最远到过西郊潭柘寺、戒台寺。老北京人讲，"先有潭戒，后有幽州"。北京古称幽州，潭、戒二寺建于隋唐，比幽州城的建立还早，大概距今已有一千四五百年的历史。孟小冬在戒台寺还拜了全朗和尚为师。

戒台寺以拥有全国最大的佛教戒坛而闻名天下，故又名戒坛寺。北京戒台寺的戒坛与福建泉州开元寺戒坛和浙江杭州昭庆寺戒坛，并称为"全国三大戒坛"，而北京戒台寺的戒坛规模又居三座戒坛之首，有"天下第一坛"和"神州第一坛"之称。这是一座雄浑肃穆、庄严伟岸的千年古刹。红砖绿瓦，雕梁画栋。古刹四周，苍松翠柏，花木扶疏；环境清幽，风景秀美，一片世外桃源的幽美景色。

说来有意思的是，在孟小冬之前，梨园中的国剧大师杨小楼、谭鑫培、余叔岩、马连良等，几乎都与戒台寺结有善缘。他们不但来此烧香拜佛，而且每年都要在此小住数日，有的甚至还带着全家一起来。

孟小冬十分崇敬谭鑫培、言菊朋的"善缘"之说和"善缘"之举。她也不时地为各寺敬香布施，恤孤怜贫，帮助别人解忧排难。特别在一年一度的"九皇会"时，更是慷慨捐款。

"九皇会"为梨园界之吃素节。过去每年农历九月初一至初九，篱菊绽黄之时，梨园界有一个要吃九天素的行业习惯。他们认为大家平常穿的丝绸布缎，用的香油、冰糖、香蜡、活鸡，每年浪费糟蹋了不少，这是一种罪过，有罪就得向主管神——北斗九皇来请罪。其方式是吃素、念经、烧香、办"九皇会"。

"九皇会"在北平梨园会馆举行，祖师堂前，香烟缭绕。由这九天没事的演员扮的"大老道"、"小老道"来念一天三遍经。初三、初六、初九三天是主日，每个演员都要换上殿前准备好的草鞋，进殿参驾、烧香。殿内供着九皇纸像，像的周围是各色菊花衬托。烧香、参驾后一起吃素菜、素面。这九天中，演员家家备足小磨香油、胡萝卜、豆腐、大白菜，在家也是不动荤腥的。直到初九晚上送驾时为止。这九天的费用是各班捐凑，所焚之香斗，均为名伶供献。孟小冬敬献最多，每次约一百余元，足见小冬虔心礼佛之一斑。

三十一 淞沪抗战中的杜月笙

1931 至 1932 年间，孟小冬在北京一心向佛，并为各寺院敬香布施，慷慨捐款，帮助贫困伶人解忧排难。

而这期间，杜月笙在上海为淞沪抗战，运送食品、寒衣和现金，支援前线，奔走呼号，并亲自慰问受伤将士和流亡的难民。

就在杜月笙举行轰轰烈烈的杜祠落成两个多月后，爆发"九一八"事变。

事变爆发后，上海人民发起组织了"抗日救国会"，支援东北人民的抗日斗争。杜月笙出任"抗日救国会"常委，组织人马，配合学生，在上海掀起了声势浩大的支持抗日武装斗争活动，并积极组织募捐，将募到的数十万元，汇到北方救济难民。

但由于蒋介石的"不抵抗政策"束缚了东北军队的手脚，在短短四个多月内，东北辽宁、吉林、黑龙江三省的大好山河全部沦陷，三千多万父老沦为亡国奴。日军继而又在天津、塘沽、青岛、厦门、福州及上海等地百般挑衅。

1932 年 1 月 20 日，日本侵略者借口五个日本和尚被上海三友实业社的工人打死打伤，派海军陆战队放火焚烧位于江湾附近的工友实业社毛巾厂，同时捣毁北四川路的中国商店，激起了上海人民的无比愤怒。学生们在手臂上缠绕"抗日救国"的臂章，四处募捐，并号召抵制日货，反日浪潮更加高涨。

次日，日本驻沪总领事反而向国民党上海市市长吴铁城提出抗议，要求中方道歉，惩办和解散各种抗日团体，停止抗日运动，否则日本海军将采取行动。国民党政府一再忍让，全部接受他们的无理要求。

岂料，日本海军仍蛮横无理地于 1 月 28 日挑起战争。深夜 11 时 20 分，在铁甲车掩护下，兵分三路沿横浜桥、虬江路、宝山路，悍然向我十九路军防地发动突然袭击，震惊中外的"一·二八"事变于此爆发！

杜月笙深夜被闸北传来的枪炮声惊醒，他披衣起床，出外探视，但见正北一片火光，照亮了半爿天，这便是日机轰炸所引起的闸北大火。大战果然爆发了。

当夜，杜月笙打电话到十九路军军长蔡廷锴的驻地指挥所，主动请缨："蔡军长，但有用得着我杜某人的地方，万死不辞！"

第二天，英勇的十九路军官兵，在总指挥蒋光鼐、军长蔡廷锴的率领下奋起反击，夺回了被攻占的淞沪铁路天通庵车站和闸北上海北火车站，日军被迫通过英、法、美国领事调停，与中方达成停火协议，企图缓兵待援。

2 月 1 日上午，杜月笙与王晓籁、黄炎培等十多人，冒着炮火到设在真如的蔡廷锴司令部慰劳，带去大批捐款、米面、罐头和日常用品。看到十九路军打了胜仗，杜月笙不胜感慨。

他对蔡军长说："十九路军在前方杀敌，物质方面所有需要，上海老百姓将全部负责供应！前方需要什么，只管言语一声，后方一准办妥。"

"谢谢！谢谢！"蔡廷锴对上海老百姓的全力支援十分感动。

不料，2月3日，日军调来军舰，增兵十万，悍然撕毁停火协议，用飞机、大炮、坦克向闸北、吴淞、江湾发动进攻。商务印书馆、东方图书馆等建筑被炸毁，火光冲天，平民死伤无数。第十九路军英勇奋战，全上海学生、工人、商人、华侨、艺术界人士也纷纷组织"义勇军"和救护队，到前线去参加巷战，与日军肉搏。

此时，上海人民掀起了空前未有的支前高潮，民主人士宋庆龄、黄炎培等人纷纷发表谈话，号召人们团结起来，一致抗日。

杜月笙在积极支前的同时，对尚无援军驰援的状况非常不安。2月4日这一天，他作为上海市民地方维持会理事，与会长史量才、副会长王晓籁和理事虞洽卿、张啸林等，以该会及个人的名义，向国民政府林森、汪精卫、蒋介石发出一份措辞十分急迫的电文："究竟政府通令各军抵抗以后，对于悬沪孤军有何援应方法？上海三百万市民现几濒于绝境。无上海即无全国，置十九路军而不顾，岂特弃我三百万市民？试问全国失此经济中心，今后将何以自立？急盼电复。"

这份电报确有分量，仅过了三天，行政院长汪精卫亲自出面回电："此次十九路军为正当防卫而战，将士奋勇，克尽所职，政府爱护不暇，岂有听其孤军失援之理。当此时局严重之际，擘画纵未能宣布，而事实终必可表现，敬祈勿信浮言，致生疑贰，是所至望。"

就在这三天期间，南京国民政府已紧急调集了驻南京的八十七师和驻杭州的八十八师为第五军，由张治中任军长，火速驰援淞沪战场。

果然，上述两师投入前线一星期后，就取得了庙行大捷，打死打伤日军 3000 余人。

3 月 1 日，日本方面命日军第九师团担任正面进攻，同时派第三舰队护送第十一师团从浏河口、杨林口、七丫口等侧翼突然登陆，致使我淞沪守军腹背受敌，第十九路军被迫退守嘉定、太仓一线，第五军则撤至常熟县东南沿线。3 月 2 日，日军攻占上海。第一次淞沪抗战告一段落。

十九路军被迫退出上海前，蔡廷锴设宴向上海各界鸣谢，宴会上，蔡廷锴动情地说："35 天血战以来，十九路军将永远不会忘记一个人，这就是杜月笙先生。"他手持酒杯走到杜月笙的面前说："杜先生是支援'一·二八'抗战的地方领袖。"

因此，有人评论说，杜月笙为人一千个一万个不好，但他对抗日是吃了秤砣铁了心的。

三十二 孟小冬紧要启事

孟小冬芳年正盛，却看破红尘，终日茹斋念佛，这对戏剧界来说，无疑是一大损失，也让喜爱小冬技艺的广大观众感到莫大的失望和惋惜，要求孟小冬复出的呼声越来越高。

这时，有人向她陈述利害：报上那些无聊的文章，其实都是无聊小说家的虚构，旧事重提，以引起读者兴趣，是有意玩的鬼把戏，何必介意？而你自暴自弃，脱离舞台，无声无息地家居念佛，正好中了别人诡计，反而使人信以为真，日子一久，观众逐渐把你遗忘，最后断送了自己的青春，毁了自己的才华，岂不可惜？你这样做付出的代价实在太高了！值不值得？现在平津的许多观众，都在盼望着重睹你的风采。劝你千万不要再傻了！再说令尊现已过世，老母亲和弟妹一大家子，都要靠你支撑，他们也不希望看到你就这样消沉下去……

小冬听了这一番话，似乎有些触动，但仍感到一筹莫展。此人见她彷徨踌躇，又进一步提醒她说，逃避现实是没有用的，只有向世人说明事实真相，公开表明态度，登报声明，以示警告。

孟小冬一下子茅塞顿开，恍然大悟，心潮难以平静。她拿起了笔，摊开纸，悲愤地拟出了一个题目：《孟小冬紧要启事》，奋笔疾书，一口气写完了启事全文：

启者：冬自幼习艺，谨守家规，虽未读书，略闻礼教。荡检之行，素所不齿。迩来蜚语流传，诽谤横生，甚至有为冬所不堪忍受者。兹为社会明了真相起见，爰将冬之身世，略陈梗概，惟海内贤达鉴之。

窃冬甫届八龄，先严即抱重病，迫于环境，始学皮黄。粗窥皮毛，便出台演唱，借维生计，历走津沪汉粤、菲律宾各埠。忽忽十年，正事修养。旋经人介绍，与梅兰芳结婚。冬当时年岁幼稚，世故不熟，一切皆听介绍人主持。名定兼祧，尽人皆知。乃兰芳含糊其事，于祧母去世之日，不能实践前言，致名分顿失保障。虽经友人劝导，本人辩论，兰芳概置不理，足见毫无情义可言。

冬自叹身世苦恼，复遭打击，遂毅然与兰芳脱离家庭关系。是我负人？抑人负我？世间自有公论，不待冬之赘言。

抑冬更有重要声明者：数年前，九条胡同有李某，威迫兰芳，致生剧变。有人以为冬与李某颇有关系，当日举动，疑系因冬而发。并有好事者，未经访察，遽编说部，含沙射影，希图敲诈，实属侮辱太甚！

冬与李某素未谋面，且与兰芳未结婚前，从未与任何人交际往来。凡走一地，先严亲自督率照料。冬秉承父训，重视人格，耿耿此怀，惟天可鉴。今忽以李事涉及冬身，实堪痛恨！

自声明后，如有故意毁坏本人名誉、妄造是非、淆惑视
听者，冬惟有诉之法律之一途。勿谓冬为孤弱女子，遂自
甘放弃人权也。特此声明。

孟小冬的这则"紧要启事"于 1933 年 9 月 5、6、7 日在天津
《大公报》第一版上连登三天。写得很有文采，深切动人，语多凄楚
而又缠绵悱恻，感情是沉痛的。或许有人怀疑，这篇启事并非出自
孟小冬之手，可能由他人代笔。其实怀疑是多余的，孟小冬自 1927
年与梅结合，息影鲽鲽，即延聘一位孙姓歪嘴老姑娘为师，学习古
文、书法甚勤，而孙女士国学颇深，治教严谨，给孟小冬的学业打
下了良好的基础，可谓名师出高徒。再说，这篇启事是用整个身心
吐诉出来的呐喊，没有那种亲身经历的人，写不出这样的文字来。
至于写成之后，有否另请高明修改润饰，回答是有可能的。但起草
第一稿，绝对出自小冬亲笔无疑。从内容来看，这篇声明的矛头，
直指那些散布流言蜚语、造谣诽谤的小人，而绝对不是针对梅兰芳
的。当个人的合法权益受到损害时，发出声明，以正视听，完全是
出于自卫。全篇文字，义正词严而又以理服人。

细心的读者不难看出，在全篇五百多字中有六处提及梅，只有
开头一处直呼其名，而其他五处均客气地以"兰芳"二字相称。其
中责梅措辞，最重的也不过是说梅"含糊其事"、"概置不理"、
"足见毫无情义可言"等语而已，找不出一句攻击性的词藻，也没有
一点火药气味，而是有理有节，富于人情味。在谈到与梅分手的原
因时，也只是用了一句提问式的话："是我负人？抑人负我？"到底
是谁错了？没有明说，也不便明说。孟小冬把这个问题最后留给读
者去评判了："世间自有公论，不待冬之赘言。"

孟小冬之所以要将苦恼的身世向世人"略陈梗概"，说明她和梅
分手以后，几年离索给她带来的巨大痛苦，暗喻自己备受侮辱和

"复遭打击"的悲惨处境。

倘若要问在这篇"启事"里，有没有虚假不实之词，有！那就是"冬与李某素未谋面"一句。不过这是一句无关紧要的"赖词"，所谓"一字入公门，不赖不成词"（京剧《四进士》宋士杰的念白）。当初孟小冬在城南游艺园演出时，这个大学生李某曾到后台来过几次不假，到过几次孟家也是实，但那仅是李某一厢情愿的单恋表现，即使孟小冬与其交谈应酬过几句，也是人之常情，是演员与戏迷正常的接触，并无实质性问题。或许事过境迁，几年之后，孟小冬早已把他忘得一干二净了。

另外，从"启事"中还可以清楚地了解到，当初孟小冬嫁梅时，苦苦追求的是"名分"，而在祧母去世时，梅不能实践前言，以致名分顿失保障。原来被孟小冬看作是精神支柱的"名定兼祧"，已经不复存在，虽经友人劝导，本人辩论，而梅又概置不理，这才导致孟小冬毅然与梅兰芳脱离家庭关系。这就充分说明梅孟分手，是由孟主动先提出来的，而未必是因为梅访美归来听说孟小冬身边另有感情介入，或又生出新的恋情，才要和孟分手的。

三十三　重返舞台

　　孟小冬将"紧要启事"发表以后，如释重负，几年来压抑在胸口的闷气和委屈，终于得以一吐为快，心里也觉轻松多了，从此恢复了她那个年龄本该有的青春活力，增强了对于生活和艺术的进取之心。

　　半个月后，孟小冬抖擞精神，东山再起，重返她酷爱的戏曲舞台，于1933年9月25日，在北平东安市场的吉祥戏院演出她的拿手杰作全本《四郎探母》。此时北平的舞台上已取消了男女同台的禁令，所以这次是男女合演，阵容极强，特别是她不久前新拜的老师鲍吉祥先生也参演助阵，在该剧中饰演杨六郎延昭，姜六爷（妙香）也甘愿配演小生杨宗保，更是绿叶红花，相得益彰。饰演铁镜公主的是坤旦李慧琴，她是著名女老生李桂芬（老旦李盛泉胞姐、影星卢燕之母）的弟媳，以前曾在堂会戏上合作过，也可算老搭档了。

　　由于孟小冬息影多年，不常登台，加之余叔岩因病已辍演多时，此时小冬拜了鲍吉祥，专攻余派戏，所以特别受到一批余迷老观众的欢迎，名遂大噪。

孟小冬在北平重新出台的消息，很快传到天津，明星大戏院的老板亲自赴京邀约。小冬应聘，并约请了名净侯喜瑞、名丑萧长华等前辈一起赴津，演于明星戏院。10 月 19 日至 21 日，3 天打炮戏分别为《四郎探母》《珠帘寨》《捉放宿店》。津沽本来就是小冬的"根据地"，自"紧要启事"在津报登载后，孟小冬更得到社会广泛的同情与支持，因此备受赞誉，连晚均售满座。名闺淑媛赠花篮，定包厢，戏院门外汽车蜿蜒不绝。此种盛况，多年不见，令津地观众为之惊叹不已。

小冬之戏，派头大方，不落小家之气，唱工嗓音清醇，饶有韵味，气势之盛，声容之美，则前所未有。津报记者沙大风更是撰文大捧特捧，甚至评说小冬之艺，实在叔岩之上。当然也有不同意沙大风观点的，如有人评论说："盖小冬年方及壮，来日方长，将来竿头日上，超越叔岩，固非无望，若谓今日小冬，已超出叔岩，未免过誉。"

小冬在津期间，适逢有"汉口谭鑫培"之誉的谭派名票程君谋老先生，时寓居沙大风主办的《天风报》社楼上，经沙君介绍，小冬得以向程请益。程见小冬天资聪慧，悟性颇高，乃可造之才，便悉心传授；小冬也肯努力用功，谦虚好学，丝毫不懈，常见之谭派老生戏所学殆遍。程老先生拉得一手好胡琴，平时教戏时，还兼为小冬吊嗓。

不久，孟小冬在津又演一期，即按程君谋所授正宗谭派戏亮相。前三天打炮戏为《失空斩》《捉放曹》《洪羊洞》，同时商请程老师亲自登台伴奏，为之壮胆。台上乃另悬挂一牌："特请名票程君谋先生操琴。"君谋琴音醇正，托腔细密，素有陈彦衡之风格。因此孟程合璧，水乳交融，一时传为美谈。

此后两年，孟小冬均在平津两地作不定期的演出，唱唱歇歇，平均每月也只不过演个三五场，而且还不是每个月都有戏，真是所谓"三天打鱼，两天晒网"了。倒不是孟小冬演戏没有恒心，一来由于小冬体质素弱，常闹胃病，无力坚持长时间的演出；二来因为那时平津市面已不景气，平剧（因 1928 年北京改北平，京剧也改称平剧）正逐渐走下坡路，就连武生泰斗杨小楼有时一场戏也只卖五六十张票，甚至不得不临时宣布停演。例如，1933 年 1 月 21 日天津《北洋画报》登出一条"平讯"："杨小楼最近在吉祥园演《安天会》，售票仅六十张，临时回戏。可见娱乐场之冷落。"本来杨小楼常与梅兰芳、余叔岩合班，营业戏倒还旺盛，后因梅举家南迁上海，余多病常息影，因此杨单以武生独立挑班，似亦孤掌难鸣。加之杨的戏，大多所谓"武戏文唱"，也就曲高和寡了。但小冬却不一样，倒是越不常唱，卖座越好，海报一出，预售戏票不消半日，坐票售空。

其间，小冬有劳有逸，演戏之余，乃跟人补习古文，勤学书画，冬日与隔壁义母之女大格格、二格格（均为大高个女孩）等在门前泼水结冰，在冰上嬉戏玩耍；春秋佳日，则结伴郊游。1935 年清明节那天，阳光明媚，和风轻拂。小冬偕大批女友游于西山八大处，于山中求一老者为书一联，老者为其集古联成句书赠。联曰：

今人面目，仿古乔妆，无分男女老小；

旧代衣冠，从新修饰，不论春夏秋冬。

上下联末一字，正合"小冬"之名，小冬大喜，次夕于香山红叶山房，高歌《捉放》，以娱宾友。

1935 年入夏以后，长江、黄河、珠江等河流，洪水为灾，遍及国内八省之多。为了拯救灾区，上海成立"筹募各省水灾义赈会"。

大亨杜月笙以慈善家的面目，发起该会并出任负责人，举办演剧筹款活动。另一大亨黄金荣开设的黄金大戏院则免费提供演出场地。预定演出一个月。所得票款，全部救济灾民。

第一期自 10 月 2 日至 19 日，由刚从苏联友好访问演出归来不久的梅兰芳博士和上海各界名票联袂义务演出，计演 18 天，参加义演的名票有：杜夫人（即杜月笙的四夫人姚玉兰，孟小冬的结拜姐妹，汪派文武老生，兼演老旦）、张啸林（大亨，票演花脸）、王晓籁（社会名流，挂名，实际未演）、金元声（票武生）、尤菊荪（票武生）、赵培鑫（票马派老生）、裘剑飞（银楼小开，票武生，周信芳妻兄）、李白水（票谭派老生）、孙钧卿（票谭派老生）、汪其俊（票麒派老生）、方岑一（票小生）、孙兰亭（票丑）等；名伶有：金少山、姜妙香、萧长华、刘连荣、朱桂芳、王少亭、苗胜春、盖三省、韩金奎等。

这些名票中以杜夫人的出台最为轰动，一来她本身就是内行，戏也唱得不错，尤其擅长汪（笑侬）派老生戏，已成绝响，难得一听；二来她现在的身份不一般，响当当的大亨夫人，更是那些杜月笙的徒子徒孙捧场的大好机会，捧师娘，也就是对师傅的效忠。这次她除了连演《逍遥津》《刀劈三关》《哭祖庙》《李陵碑》等几出老生戏外，还串了老旦戏《钓金龟》，又与梅兰芳合演了全本《降龙木》（即《穆柯寨》，杜夫人接唱《辕门斩子》）。最后一天，大亨杜月笙与夫人姚玉兰一齐登台，杜演了他的"拿手戏"《落马湖》，串演武生黄天霸，杜夫人与梅兰芳合演《四郎探母》。

接着第二期"义赈会"又派专人赴北平请来了孟小冬、章遏云并挂头牌，与沪上名票、名伶合作，于 11 月 12 日至 23 日仍在黄金大戏院续演 12 天。后孟因健康关系只演了 8 天，不得不中断演出，最后几天杜月笙、张啸林两大亨也亲自粉墨登场，义演达到高潮，落下了帷幕。

这期小冬虽只演了 8 天即病倒了，但比起在北平时还是演得多了些，而且全演大轴、大戏，特别后 3 天 17 日至 19 日的戏码，全本《珠帘寨》（解宝、收威）、全本《法门寺》（代大审）、全本《四郎探母》（坐宫至回令，杨四郎一人到底），更是非常吃重的骨子老戏。她每演一场，便显得疲惫不堪。这几出戏，如果是在平、津，每演两三场就要休息十天八天的。这对当时还仅是 27 岁、正当壮年的孟小冬来说，似乎是不应该有的现象，比起当年刚到平津时的生龙活虎，好像是判若两人。这时她已预感到个人艺术生涯远景的不祥。她曾对前往探望她病况的戏曲评论家许姬传不无痛苦地说："许姬老，我是从小学艺唱戏的，但到了北方后，才真正懂得了唱戏的乐趣，并且有了戏瘾，这次原定唱 40 天（可能是 20 天。——作者注），现在突然病倒了，我觉得此后不能长期演出，我的雄心壮志也完了。"（见许姬传：《谈我所知道的孟小冬》，载《京剧谈往录续编》）

尽管小冬演出中途病倒，但这次演出成绩总的来说还是相当不错，演员搭配也非常整齐。比如 18 日的全本《法门寺》，孟小冬饰赵廉，章遏云饰孙玉姣和宋巧姣，金少山饰刘瑾，芙蓉草饰刘媒婆，韩金奎饰贾桂，鲍吉祥饰宋国士，都是一时之选，红花绿叶，相得益彰。该剧中"庙堂"一场，赵廉与刘瑾有几句 [西皮散板] 的对唱：

赵　廉：才知道小刘彪是杀人的凶犯，
　　　　却原来这内中有许多的牵连。
　　　　在庙堂恕为臣才疏学浅，千岁爷！
　　　　望千岁开大恩限臣三天。

刘　瑾：好一个大胆的郿坞知县，
　　　　将一桩人命案审问倒颠。

在佛堂限三天一齐带见，

少一名将人头悬挂高杆。

　　是日孟小冬的嗓音清亮，高亢入云，满宫满调，调门达正宫
(即 G) 以上，一句一个好。金少山是有名的铜锤花脸，身材高大，
气足声洪，嗓子也是够高的，以往他和别的老生配此戏，总嫌调门
低，使不上劲，还时常抱怨找不到对手。但这次在孟小冬唱了以后，
他紧跟着接唱了四句，唱罢，金在台上竟然低声说："好家伙，可
把我累死啦。"名丑韩金奎扮贾桂在台上大乐，亦低声说："你这兔
崽子，也有今天啊！"小冬跪在案下，背向观众，闻之不禁窃窃私
笑，纱帽翅微微抖动，台下还以为是孟小冬做工精到，大声喝彩。
韩金奎到后台还对大伙说："金三爷今天可被孟爷压倒了！"一时传
为佳话。

　　还有一次，有人在北京看过孟小冬和金少山合演《捉放宿店》，
刚出场只见金少山人高马大，像半截铁塔，但越往后就满台都是孟
小冬的风头，金少山几乎看不见了。

三十四　义母人家

　　喜欢孟小冬的戏迷，大概都见过一幅孟小冬 1926 年的旗装照，那时孟小冬 18 岁，以后若干年内她又先后拍过不少这方面的戏照。按说她是唱老生的，怎么对旦角的旗服会发生那么大的兴趣？这要从她居住的东四三条隔壁 27 号院的邻居说起。

　　要说这位邻居，真是大有来头，女主人名朗贝勒赫舍里氏，她是清朝的定王、军机大臣爱新觉罗·毓朗贝勒的长女，许配了东四牌楼三条胡同何家，称大福晋。大福晋爱好京戏，家中院子里还有一座旧戏台，经熟人介绍，住在隔壁院子的街坊孟小冬前来串门，大福晋特别喜欢孟小冬，又知道她是一位京城响当当的走红女老生，便认做义女。孟小冬当然也愿意结识皇族，觉得有个曾经是皇亲国戚的邻居，也有面子，借以提高社会地位。一来二去，两家结下了深厚的友谊。从此，孟小冬渐渐习惯于仿效旗人的生活习俗。

　　孟小冬义母大福晋生有七女一男，长女大格格名何恒慧，许配金朝皇帝后裔完颜立贤（汉名王静庵）为妻，立贤排行老五，人称立五爷，称何恒慧为立太太。恒慧虽说出嫁了，但和丈夫仍住在娘家。生有一女也称大格格，名完颜立童记（汉名王敏彤），论辈分虽比孟小冬低，但年龄只比孟小冬小六七岁，两人也相当投缘，情同手足。她们还到照相馆拍过一张旗装合影，孟小冬穿的旗服是王敏彤母亲的。

义母的次女二格格名何恒香，嫁夫荣源，为续弦。荣源原配已故，生有一男一女，儿子名润良，女儿名婉容。婉容因嫁给末代皇帝溥仪，成为末代皇后，荣源成了国丈。后恒香与荣源也生有一子，名润麒（1912—2007年），夫人韫颖是溥仪的三妹，润麒既是国舅，又是驸马。润麒少年时和母亲二格格（何恒香）一直寄住在外婆（大福晋）家，因此和孟小冬也混得很熟，他比孟小冬小四岁，一见面就亲热地以姐弟相称，孟小冬从外地演出回来，总要给这位小弟弟带些如手表之类的小礼品。孟小冬叫这位弟弟不呼其名，而喜欢叫他"小淘气儿"。润麒16岁那年，孟小冬已嫁梅，一天他跟着大姨（何恒慧）乘坐马车由北往南走，路过东四九条胡同西口时，只见人山人海，堵塞交通，原来都在挤着围观电线杆上悬挂的一颗人头，大姨恐润麒害怕，赶紧拧过他的脑袋，又用手捂住他的脸，不让他看那颗血淋淋的人头。润麒一点也不怕，偏偏非看不可。那正是"梅兰芳劫案"的凶犯被枭首示众。因为这起凶案和孟小冬有牵连，所以那些日子抢看当天的报纸，成了他们家的头等大事。

孟小冬与润麒的母亲二格格（何恒香）很早就是"挚友"，见了面有说不完的话，聊得太晚，她们就同屋而眠，有个时期二格格索性搬到隔壁孟小冬这边来同住了很长时间。

孟小冬不但和义母两个女儿大格格、二格格相处得像亲姐妹一样，与她们家的保姆、丫环、佣人及其他亲友关系都不错。虽然和梅兰芳离异后手中并不太富裕，但花钱还是大手大脚，经常大包小包的礼品送上门，大到手表，小到手帕、袜子都是成打地买，像"天女散花"般分送给何家上上下下、老老少少。

　　润麒的五姨（即大福晋的五格格）结婚后也住在娘家，娘家的地方实在太大，它是一座深宅大院，从东四三条南端一直延伸到北边四条，分前院、中院、后院和东院四大块组合。所以大福晋的众多格格虽然出嫁了，但依然还习惯住在娘家。不知出于什么原因，润麒的五姨更是出奇地喜欢孟小冬，她见孟小冬与梅兰芳离异之后元气大伤，突发奇想，想叫她的丈夫再娶一名小老婆，竟然打上了孟小冬的主意，有意撮合两人成亲。消息传出，孟小冬听到后也没显得怎么反感，依旧与五姨夫说说笑笑，照常往来。

　　据这位末代国舅润麒晚年回忆说：平时，孟小冬在家总是短衣、短裤，一身短打，偶尔出门时才穿旗袍、高跟鞋，烫上时髦的发型。平素看不出她性格粗暴，表面倒像是一名文明的知识女子。他跟她还时常打打闹闹，也从来没见她发过脾气。

　　忽然有一天，润麒见孟小冬与五姨夫不知为何闹翻了脸，平常文质彬彬、大家闺秀似的孟小冬，出乎意料地暴跳如雷，竟与五姨夫粗野地对面大骂起来。自幼起，润麒从没看见过如此架势。那天上午，孟小冬双手叉腰站在屋门口，身穿短汗衫、白绸裤子，一只脚横蹬在栏杆上，拍着大腿痛骂他的五姨夫："你这个杂种！"

　　见了这个架势，谁也不敢贸然上前劝她。这时的孟小冬，丝毫瞧不出来是一名年轻女子，倒像一个凶神恶煞的"夜叉"。院里有人猜测，很可能是五姨夫对她动手动脚，失了礼才惹恼她。

　　他的五姨夫始终没露面，畏缩在屋里没搭一句腔。而润麒也被吓得没敢吱声，只是躲在门旁偷偷观阵，只见孟小冬狠狠一顿大骂之后，扬长而去。（见贾英华撰文，《名人传记》2008 年第 9 期。）

　　此后，润麒的五姨撮合小冬嫁自己丈夫的事，再也没提起。

三十五　三美剪彩

　　1937 年 5 月 1 日，位于上海市中心八仙桥的黄金大戏院（原址在今西藏中路，金陵中路口）举行开幕典礼。各界来宾两千多人，盛极一时。下午 4 时正，戏院门口，张灯结彩，鞭炮齐鸣，鼓乐喧天，挤满了看热闹的人群。院内奏乐开幕，全体向总理孙中山遗像行三鞠躬礼，恭读总理遗嘱，行剪彩礼，由大亨杜月笙揭幕并致开幕词，来宾演说，最后由戏院新主人金廷荪致谢词，各进茶点，尽欢而散。是日参与盛会的有专程从北平南下的四大名旦之一尚小云和著名武生李万春，以及参加开幕演出的马连良、张君秋、叶盛兰、芙蓉草（赵桐栅）、马富禄等，还有该戏院职员人称五虎将的孙兰亭、金元声、赵培鑫、汪其俊、吴江枫。会后杜月笙和大家在台上合影留念，并风趣地对马连良说："今天台上，可以算得是'群英会'了吧？"（马以代表作《群英会》而驰名剧坛）

　　当晚夜戏，由马连良、张君秋领衔主演全本《龙凤呈祥》，正式揭开这一期的演出序幕。

马连良是当时的须生泰斗，这一期的头牌主演，但为了庆贺黄金大戏院的揭幕，竟屈尊在开锣时扮演了"男跳加官"，武生李万春本无戏，也高兴地登场"跳财神"，以示祝贺。

不过，开幕仪式上最引人注目和受欢迎的，还是由戏院新主人金廷荪亲自从北平邀请前来为开幕行剪彩礼的三位年轻貌美的女士：孟小冬、陆素娟、章遏云。说来这倒也有点标新立异，既不请社会名流，也不请党政要员，而是特邀了当时社会地位不高，但却最受观众欢迎的三位青年演员，来为戏院揭幕剪彩，这不能不说是主办者的别出心裁和见识卓越。

她们三位不但艺术上堪称一流，而且个个天生丽质，妩媚娟秀，虽然是从北方来到美女如云的上海滩，但照样都显得光亮耀眼，国色天香。当主持人宣布特请孟小冬女士、陆素娟女士、章遏云女士为开幕典礼剪彩时，全场掌声雷鸣，一片欢腾，楼上、楼下的中外宾客、男女老幼，顿时眼光都集中在这三个女子身上。这三位女士是当时梨园行公认的三大美人。只见她们一个个仪态万千，光芒四射，犹如天仙下凡，款款登上舞台，为开幕剪彩。

孟小冬与章遏云一年多前曾来上海为"筹募各省水灾"义演一个时期，观众均比较了解，唯有对陆素娟感到既陌生又熟悉。陌生是因为她还是第一次与上海广大京剧观众见面，以往从来没有在上海演出过，而且这次开幕演出也不参加，仅仅剪彩而已，观众难得一次能见到她的庐山真面目，因此特别引人注目；熟悉的原因，是她近几年一直活跃在北平戏曲舞台上，上海戏迷从许多戏剧刊物上知道她在北平唱梅（兰芳）派戏引起哄动，红得发紫。崇拜她的人说她明眸皓齿，身段面貌有百美而无一疵，因而又有"天下第一美人"之称。

陆素娟演出最成功的戏是《霸王别姬》，在 1937 年年底的两次义务戏上，演的都是大轴。第一次是 10 月 2 日，与她配项羽的是国剧宗师杨小楼；第二次是 12 月 4 日，由金少山配演霸王。尤以第一次她和杨小楼的合演，最为轰动，因为这一天排在他们前面演压轴戏的居然是冬皇孟小冬和四大名旦之一的尚小云，筱派创始人小翠花（于连泉）、小生叶盛兰、名丑萧长华，还有"活曹操"美誉的郝派花脸创始人郝寿臣等合演的《法门寺》。而且她在剧中能与杨小楼分庭抗礼，平分秋色，真可以说是到了登峰造极的地步。

当年盐业银行巨头张伯驹因慕陆素娟之名，一次想演《打渔杀家》，就邀请她扮演桂英，陆欣然允诺。张将此事告知他的挚友余叔岩，余一听也来了劲："叫她来！我来给她说桂英。"陆素娟听说，受宠若惊，求之不得，马上就到余府领教。因为余叔岩与梅兰芳曾多次合作在舞台上演过此戏，对桂英的各种舞台表演了如指掌，举手投足，丝毫不差，就等于梅兰芳在指导她一样。陆素娟欣喜若狂，等到演出之后获得成功，陆素娟更加感激万分。为了感谢余叔岩的指导，就托张伯驹代邀，请余先生和他的两位女公子，到德国饭店去吃一顿西餐，聊表谢忱。其实这也是司空见惯的人情应酬，不值得大惊小怪的。不过，当时余叔岩、陆素娟、张伯驹，都是响当当的新闻人物，特别陆素娟是八大胡同最走红的烟花名妓，更是那些小报记者先生们感兴趣的"捕捉"对象。

北平《立言报》是一家以影剧游艺新闻见长的日报，不知从哪里得到这个消息，此事第二天就见报了，都是真名真姓，还大肆描写了一番，这当然是很引人注意的一则花边新闻。余叔岩看了这篇花絮报道，不觉大怒，认为不该把他的两位未出阁的千金闺秀与青楼女子的交往见诸报端。再加上一些好事的朋友在旁怂恿，更是火上浇油，便带着他的琴师朱家奎等一些人，怒气冲冲地前往报馆兴师问罪。这家报馆也在宣武门外，离余家一箭之地，片刻即到。余氏要求报馆更正、认错。社长金达志亲自接待，当然不肯认错，还

　　1937年4月上海黄金大戏院揭幕剪彩合影纪念。（自左至右）前排：2. 陆素娟；4. 孟小冬；5. 金廷荪；6. 章遏云。中排：1. 马连良；3. 张君秋；4. 尚小云；6. 杨宝忠；9. 李万春。后排：4. 孙兰亭；6. 苗胜春

姚玉兰（左）与孟小冬情同姐妹，一心撮合杜孟"好事"

义反问余叔岩错在哪里，余一时语塞。金说我们是根据事实报道，陆素娟是青楼名花没错，和你家小姐同桌共餐也不错，为什么要更正呢？大家吵了半天，相持不下，后来双方竟动起武来，幸而有人从中劝架，方才平息了风波。余叔岩痛骂一顿也就知趣地鸣金收兵，打道回府。

《立言报》被余叔岩辱骂了一通，岂肯善罢甘休，社长金达志也不是省油的灯。于是次日又登了一篇余叔岩如何带人来报馆无理取闹斗殴的文章，还把余叔岩如何盛气凌人，扬言要砸报馆的事描写了一番。这还不算，还要联合其他报社，预备对余叔岩一致声讨，甚至不惜闹入公堂。后经双方的朋友出面调停，一场风波，最后才得以平息。为此余叔岩生了几天闷气，而陆素娟也吓得不敢再往余家跑了。

后来，发生了震惊中外的"七七"卢沟桥事变，北平很快沦陷，陆素娟不堪忍受日军和汉奸们的横行霸道，毅然离开繁华的北平，到了后方，嫁了一个将官。不久传说她得了白喉，无药可救，不治而死；另一说是因小产而亡；也有人说她南下到了香港，因病逝世。总之，红颜薄命，一代佳人，生不逢时，年纪轻轻便早早地香消玉殒了。

把孟小冬等三人邀请来沪为黄金大戏院剪彩的金廷荪，最早也是黄金荣手下的得意门生，他进黄公馆比杜月笙还早。后来黄金荣由于在露兰春问题上的跌霸，杜月笙趁势居上，步步高升，势力反而超出了黄金荣。进入20世纪30年代，上海滩就由杜月笙当家说了算，于是金廷荪又转投杜的门下。此人小名阿三，生于1884年，比杜月笙还大4岁，浙江宁波人，从小帮父亲摆咸货摊为生，14岁到了上海，先拜了一个青帮首领王德邻为老头子，后又进了黄公馆，深得黄金荣的信任。

金廷荪虽为杜的门人，但平时彼此兄弟相称，关系十分融洽。

此人头脑灵活，绝顶聪明，很有经营头脑。他承包航空奖券获利后，花了 30 万美元，在杜美路（今东湖路）建造了一幢花园式的三层楼住宅，奉献给杜月笙。这幢新公馆装饰得富丽堂皇，底层客厅可摆 50 桌筵席，可见面积之大。不过杜月笙原来华格臬路（今宁海西路）的杜公馆也是宽大的三层楼房，住习惯了，也就迟迟未搬。后来"八一三"战争爆发，日军在上海打了胜仗，杜月笙和姚玉兰移居香港九龙，所以这幢新公馆杜月笙一天也没有住过。1946 年年底杜月笙离沪赴港"养病"，行前就把这幢房子以 60 万美元的价格卖给了美国人作为领事馆。

由此可以看出金廷荪和杜月笙之间的亲密关系。杜月笙为答谢金廷荪，不久就将自己的小女儿美霞（人称杜二小姐）下嫁给金的大儿子元吉，这对青帮弟兄又成了儿女亲家了。

杜月笙一生没有开过戏馆，但他却是个大戏迷，对开戏馆也有莫大的兴趣。1937 年，黄金荣已届古稀之年，他经营多家戏馆，已感力不从心，杜月笙便建议黄金荣将黄金大戏院租给金廷荪，外表由金负责经营，实则当家的还是杜月笙。金深知杜月笙喜听余派唱腔，更欣赏孟小冬的艺术，为讨杜的欢心，因此开幕前特地亲自进京邀请孟小冬等来上海为之揭幕剪彩。

1911 年出生的章遏云，比孟小冬小三四岁，最初她们都在北京城南游艺园演出过，私交很好。1933 年 2 月她第一次随杨小楼、言菊朋来上海天蟾舞台演出时，还只有 20 来岁，便正式向杜月笙举行磕头仪式，拜杜为义父。开始杜还不肯收，笑着说："我不能收你，收了你做干女儿，以后连一句'打棒'（指开玩笑，寻开心）的话都不能说，那就无趣！"当然最后章遏云还是如愿以偿，拜了杜月笙做干爹。

章遏云也是生在上海，12 岁才随母亲去了天津学戏，先拜王庾生为师学老生，后改学青衣、花旦，得到王瑶卿的赏识，并自愿收她为徒。先学梅，再学程。她的嗓音甜润响亮，有响"遏"行"云"之美。后被选为"四大坤旦"之一，以程派青衣蜚声梨园。演戏颇有号召力，杨宝森还替她挎过刀。她为人天资聪颖，小鸟可人，很讨杜月笙的喜欢。所以金廷荪到北平邀请孟小冬剪彩，自然不会忘了这位受杜月笙喜欢的干女儿。

孟小冬这次到上海剪彩，受她结拜金兰的姐姐、杜月笙的四夫人姚玉兰的邀请，没有像陆素娟、章遏云一样去住旅馆，而是下榻姚在辣斐里的住所。姚早知道杜月笙对孟有意，又念孟已届而立之年，还孤独一人，南北漂泊，无家可依。此外，姚玉兰虽已嫁给杜月笙，因遭前面的二、三太太反对，尚未搬进杜公馆，又因杜的前三个太太都是苏州人，只姚一个是北方人，感到势单力薄，孤掌难鸣。所以剪彩之后就把孟留在身边，明是陪她，实则从中撮合，使孟归杜，自己也可以借此壮壮声势。

此时经历过感情坎坷的孟小冬，寄人篱下；同时也想到这几年来一直受到杜月笙的种种好处，恩犹未报，何况又是她姐姐姚玉兰暗中撮合，因此也就不再拒绝。

翌日一早，姚玉兰对小冬说："小冬，你留下来快活快活吧，都30岁的人了，还只身漂泊，要等到何时呢？你留下来，咱们姐妹合成一家，和那几个苏州女人斗。"

打此以后，孟就留了下来，与杜朝夕相见，接触频繁，自然而然地成了杜月笙的情妇了。

不久，因日军侵占上海，杜姚逃往香港，孟小冬暂回北平。

三十六　杜月笙为抗日沉船

　　1937 年 7 月 7 日晚 10 时许，日军在北平西南的卢沟桥附近进行军事演习，借口一名士兵失踪，要求进入宛平县城搜索，遭到中国驻军的拒绝。日军立即向宛平县城射击，并用重炮猛轰卢沟桥，并大规模进攻华北，悍然挑起侵略战争，中国驻军奋起抵抗。

　　8 月 12 日，日本参谋部决定向上海出兵，13 日，云集上海的日舰已达 32 艘，并有海军士兵 2000 余人登陆。

　　这一天，中国军队在八字桥一带修筑工事时，遭到日军枪炮射击，中方被迫还击。上海地区又爆发了第二次淞沪抗战，即"八一三"事变。

　　卢沟桥事变爆发后，蒋介石被迫同意国共合作，共同抗日。杜月笙见老蒋也说抗日了，便积极组织成立了上海抗敌后援会，杜被推为抗敌后援会主任委员，负责募集经费，支援抗日的队伍。

　　8 月，杜月笙接到由戴笠亲自送来的一张委任状。上面写着：

军事委员会委任状

特委杜镛为军事委员会苏浙行动委员会中将主任委员。

此状

委员长 蒋中正

二十六年八月二十四日

戴笠还告诉他，这张委任状是委员长亲笔写的。杜月笙眼含泪花，激动地说："委员长这么信得过我杜某人，我一定肝脑涂地，誓死报效！"

10 月，杜月笙应八路军驻沪代表潘汉年的要求，购买了 1000 具荷兰进口的防毒面具，运抵晋北八路军抗战前线。

杜月笙还个人出资 1 万元，购买了一辆装甲汽车，以抗敌后援会的名义送给驻守在浦东淞沪战场上的第八集团军总司令张发奎，这位张司令坐在装甲汽车里出入第一线，要保险多了。张发奎一直用到抗战末期。时隔六年多，已升任第四战区司令长官的张发奎在驻防桂林时得知此车由来，对杜月笙充满敬佩与感激。

当杜月笙得知真如前线第九集团军总司令张治中部队，急需交通通讯器材，特别是电话机时，他连夜吩咐管家万墨林，用他自家的钱款去火速采购。十部电话分机买好后，独缺一部电话总机，但市场缺货。杜月笙急得团团转，实在没办法，把他担任董事长的中汇银行的一部总机拆下来支援前线。

事后，蒋介石认为杜月笙在抗敌后援会曾有赔垫，特拨现款 10 万元以为补偿。这样一来，杜月笙反而吃小亏赚大便宜了。

不久，杜月笙接到来自蒋委员长的一个任务：为了阻止日军进攻内地，要他发动上海各轮船公司，在江阴要塞附近的长江里沉掉一批轮船。

杜月笙以上海市轮船工会理事长的身份，立即召集会议，向到会的老板们传达蒋介石沉船锁江的命令。第二天一早，他经营的大达公司所有轮船，带头开赴江阴，通通沉掉。其他公司老板也一一响应，名下船只按照计划开赴江阴江面，一艘一艘沉入了江底，阻塞了长江航道。据报道，这次沉入江底约有 20 艘商船和 5 条军舰。

然而，这次沉船并未取得预期效果。潜伏在蒋介石身边的行政院机要秘书黄浚，是一个早已被日本人收买了的奸细，他把这情报出卖给日本人，日舰抢在前一天夜里逃出了封锁线。这让蒋介石大为震怒，黄浚与其在外交部工作的长子黄晟后来成了首批被处死的汉奸。

八十八师五二四团副团长谢晋元为掩护主力撤退，指挥本团 450 余名官兵孤军作战苏州河边四行仓库一月余，史称"八百壮士"。

当杜月笙得知驻守在四行仓库激战日寇的谢晋元团缺乏食品时，仅用了一天时间即向谢团送去了光饼 20 万只。

1937 年 11 月 12 日，淞沪防线全线崩溃，军事委员会只得宣布"国军全部由上海战略转移"。

11 月 26 日夜 12 时，杜月笙抛下了所有家属亲人，与宋子文、钱新之、俞鸿钧等人秘密乘"阿拉美斯"号轮开往香港，开始了他的流亡生涯。

随后不久，杜月笙的四夫人姚玉兰、长子杜维藩夫妇、长女杜美如和其他几个子女先后到达香港。

蒋介石得悉杜月笙到了香港，马上任命他为"中央赈济委员会"常务委员兼港澳救济区特派员。为办会需要，杜月笙举家迁到九龙柯士甸道，门口挂起"中国红十字会"和"赈济委员会"两块牌子，接受海外侨胞捐献的物资和钱款，并转汉口、重庆。

1938 年春，杜月笙通过他在上海的账房先生黄国栋，写信给孟小冬，叫她速去香港。孟小冬到了香港九龙，在杜家盘桓数月后，仍经上海返回北平。据黄说，孟去香港时只带一只皮箱，回来时却有五只皮箱，杜还神秘地写信嘱咐黄国栋，要确保孟的安全，尤其是皮箱别让日本宪兵搜查，黄凭借"特别通行证"帮孟小冬顺利地过了关。

至于这五只皮箱中到底装的何物，世人不得而知，笔者也不敢妄断。但有两点可以肯定：一不会是枪械子弹；二不会是机密文件。根据猜测，也就是些绸缎衣料、上等鞋帽、金银美钞，再夹点鸦片烟土和化妆品之类的东西罢了。

孟小冬在北平正式拜余叔岩为师后，自己极少演出，一大家子日常生活开销，没有足够的经济基础是难以维持的，这就全靠杜月笙的鼎力资助了。

杜月笙在香港也只住了一年左右，后又转到内地重庆开办了中华贸易信托公司，知道孟小冬拜了余叔岩，趁与北平进行物资交易时，经常托人顺便给孟小冬带些烟土和其他物品予以支援。

三十七　孟小冬立雪余门

孟小冬去了趟香港，接受了杜月笙和师姐姚玉兰的经济援助，回到北平不久即拜余叔岩为师。

孟小冬正式拜余叔岩为师，是 1938 年 10 月 21 日，与李少春拜余仅隔一天，许多资料上都这样说，已经成为大家的共识了。当然不能说它有错，更没有必要去推翻它。不过稍微细心点的人就不难看出一些问题，因为资料记载上大都是这样说的：

> 1938 年 10 月 21 日，孟小冬拜余氏为师。（孙养农：《谈余叔岩》）

> 1938 年 10 月 19 日，小达子（李桂春）之子李少春，通过李育庠（北平交响乐团指挥李德伦之父）之介绍，在北平前门外煤市街泰丰楼正式拜余叔岩为师。……事过两天，经杨梧山等之说项，又收孟小冬为徒。（李炳莘：

《余派戏词钱氏辑粹》)

  1938 年 10 月 21 日，孟小冬在北平泰丰楼拜余叔岩为师。（《中国京剧史》中卷）

  关于李少春拜师的日期、地点、介绍人等，世人没有任何疑义。不过确切地说，应该是在余叔岩府上举香，行的拜师礼，仪式结束后，与众嘉宾合影留念，再往前门外泰丰楼赴宴（午宴）。

  而对孟小冬拜师的日期、地点、介绍人等，除日期所说相同外，其他方面就比较含糊或过于简单。孙养农也是余叔岩的好朋友，20世纪 50 年代他和孟小冬均在香港定居，孟小冬在港收徒还是他举的香，他对孟小冬生平可以说了如指掌。对她拜余叔岩为师这样的重大事情，在《谈余叔岩》专著中，不会这样轻描淡写地仅仅说这么几个字，他至少应该提到拜师的具体地点，何人举香，有哪些来宾，可能他也说不清楚。再有，李少春拜师仪式上，有一张四十余人的合影照像留传于世，而孟小冬似乎没有，实在不好解释究竟是什么原因。据说，余叔岩的长女慧文曾对人言，她父亲何时收孟小冬的，连她也不知道。而事隔半个世纪以后，当余叔岩诞辰 105 周年之际，武汉《艺坛》杂志特约记者曾到上海专程采访了余叔岩次女慧清，记者问道："孟小冬和李少春是哪一年进余门学戏的？谁在先，谁在后？"余慧清是这样回答的："我记得孟、李二人都是 1938 年入门学戏的，孟小冬在先磕的头，李少春靠后些。大约在夏秋之际，后来正式拜师行礼时不是同一天……"

  余慧清说的"李少春靠后些"，是指 1938 年 10 月 19 日，而"孟小冬在先磕的头"，没有指出具体日期。这里，余慧清证实，孟小冬磕头在李少春之先。但她显然又把"正式拜师行礼"和"磕头"看作是两回事了。就是说，孟小冬虽然早先磕过头，但还不能算是正式拜师。

其实，孟小冬早在 1934 年 12 月已向余叔岩磕过头、拜过师了，拜师典礼是在北平杨梧山家里举行，典礼举行后，余叔岩即常到杨宅为小冬说戏。

且看 1935 年 1 月 19 日《天津商报画刊》记者写的一篇报道：

> 谭派传人须生大王某伶（指余叔岩）自去岁断弦后，曾经友人建议，不再续弦，拟纳一小星，年前曾看定一人，嗣因八字不合，作为罢论。坤伶皇帝某，自与博士脱离后，重理旧日生涯，屡恳友人代为介绍，拟拜某伶为师，某伶因断弦之初，与某有性别嫌疑，始终未允，嗣经其至友杨某，一再说项，始得首肯，月前已在杨宅举行拜师典礼，自典礼举行后，某伶时至杨宅，为某说戏。近杨某又作第二步之撮合……

文中所提坤伶皇帝某和博士，所指何人，不言而喻。

杨某当指杨梧山，是当时北洋政府的陆军次长（相当今副部长），官高爵显，与余叔岩早有深交。1922 年 12 月，余叔岩第二次赴上海亦舞台演出时，即住在杨的家里。当时余因得罪了黄金荣，怕在上海有麻烦。原因是：叔岩先已答允上海亦舞台老板沈少安的邀请，包银为 16000 元。接着黄金荣经营的共舞台亦派人专程到京相邀，且聘金远高出亦舞台。但叔岩信守诺言，怎能见钱眼开，故婉言辞谢。然而叔岩人还未到沪，沪上小报已在攻击毁谤他了，因此进退两难。后乃邀请好友薛观澜陪同一起到沪，两人都带着夫人。薛原是大总统袁世凯的女婿，很有文采，他和杨梧山本是亲戚，所以到沪后，就介绍叔岩夫妇一起住进了杨的家里。

其时袁世凯的二儿子袁寒云在上海甚有影响，他参加青帮会时是"大"字辈，比黄金荣的"通"字辈还要高一辈，在上海滩上也

余叔岩（中）与爱徒孟小冬、李少春

余叔岩吊嗓，朱家夔操琴

是神通广大，一言九鼎。余叔岩当初曾在袁大总统府里当过少校侍卫官，再由薛观澜夫妇出面去求袁寒云，事情当然就好办多了。袁二公子一口答应由他出面疏通关节，又亲自去亦舞台看戏捧余叔岩的场，所以余这期在沪演出一个多月，还比较顺利，赚了一大笔钱，又结交了杨梧山这位军界的朋友。

杨亦嗜皮黄，更喜爱余的艺术，还能拉拉京胡，高兴时，在家也凑趣和余合作一两段，寻寻开心。一个多月的相处，也就成了密友。杨和余还同病相怜，膝下也无儿子，他想让叔岩有后，便私下替余介绍了一位年轻貌美的女友，背着余夫人（陈淑铭）暗中来往。后来这个女友还真替叔岩生了个儿子。长到三岁时，被特地送到北京，余叔岩大喜，承认了这个小男孩是他的儿子，将孩子留下，又给了3000块大洋作为补偿，打发了女友。

余叔岩年近四十，儿子突然从天而降，又见这个男孩聪明活泼，怎不心花怒放，以为从此余家有后，可以传宗接代了。谁知好景不长，一天下午保姆抱着孩子在大门口与府里的男仆车夫等在一起打情骂俏，不慎失手竟将孩子头朝下摔到地上，抢救又不及时，过不多久便夭折了。余叔岩大哭了一场，事后余并未过于责怪保姆，辞退时还给予数月的工薪。他自叹命中注定不该有儿，更不可强求。所以他后来在《打侄上坟》唱片中所唱的"老来无子甚悲惨"那一段，其实就是自悲自叹，有感而发了。

余叔岩与杨梧山既有这段亲密的交往，当杨梧山1934年年底由上海到北平，北平警察局秘书长窦公颖为杨接风洗尘时，也邀请了余叔岩、孟小冬作陪。此时孟小冬常在平津演出余派戏，红极一时。前年在天津曾议拜言菊朋为师，后未能拜成。言菊朋对小冬说："你来向我学戏，没有问题，但我没有资格收你做徒弟，你唱得很不错，要学我这路子，与你不对工。眼前只有余三爷（叔岩）文武不挡，可以教你，你的嗓音条件和戏路都和他更为接近，最好你去拜他为师。但余为人孤僻，我无法为你介绍。"小冬只好转托他人向余恳求拜师。余叔岩曾听过孟小冬的唱片，也常从电台中听到她的演唱，觉得是一块好材料，现在又不断有人来代孟说项，曾有意收下这个女弟子，但却遭到夫人余三奶奶（陈淑铭）的反对。因此余只得向来人推说体弱，无精神教戏，或以从未收过坤角等语推托。但余向孟指出一条明路，建议她去拜鲍吉祥。这样小冬才正式拜了鲍为师。鲍是余叔岩的老搭档，凡余的唱念，台上身段表演，鲍无不熟悉，所以孟这条路还是走对了，因为孟向鲍学，也就等于间接地从鲍那里学到了余的艺术。每当孟有演出，总是请鲍为之配演里子老生，有鲍在身边，随时可以向他请教。

1933 年 10 月，余叔岩原配夫人陈淑铭因患肺心病不幸去世，终年仅 45 岁。留下慧文、慧清一双姐妹。余氏中年丧偶，不胜悲痛。入殓时，叔岩一手拉着一个女儿，失声痛哭。夫人死后眼睛始终不闭，所谓死不瞑目，也许是牵挂一对孤女，放心不下。后来还是叔岩用手慢慢地给她抹下眼皮的。叔岩亲书挽联志哀：

> 二十年深资壶政，持家有度，教女有方。伯道纵无儿，
> 还期谁举齐眉案；
> 一门内克树坤仪，御下以宽，款宾以礼。安仁伤失偶，
> 何堪学作悼亡词。

这次孟小冬应邀出席招待杨梧山的宴会，有幸见到了她心仪已久的余大贤，怎能错过这千载难逢的大好机会，她向余叔岩毕恭毕敬地九十度弯腰鞠了一躬，口称："三爷！"余叔岩忙不迭地说："弟妹不必客气！"余叔岩以往对梅兰芳叫惯了"兰弟"，因此对孟小冬一时来不及改口，故还叫她"弟妹"，孟小冬也不敢动气，只好由他去叫。在宴席上，窦公颖倒是帮了小冬的忙，他对叔岩说："你

看小冬对你敬佩得五体投地，她现在可是南北闻名的红角，还不收下这个徒弟！"余叔岩只是笑笑，没有作答。窦见余并未拒绝，便接着说："上次因为三奶奶不乐意，所以未敢收。如今嫂夫人已经去世，想必不成什么问题了。"余答："小冬算是我的弟妹，我怎能收她为徒呢？"孟小冬在一旁假作生气地说："不收就说不收，什么弟妹不弟妹的。"叔岩笑说："我也没说不收。不过内人去世，你来家中学戏诸多不便，人言可畏啊！"杨梧山马上插话："既有性别嫌疑，那好办，你就每天到我家来，给小冬说戏成不成？"余叔岩还是笑着摇了摇头，低首不语。孟小冬急了："如不收我为徒，我就要自杀了！"余叔岩听了大吃一惊，瞠目不知所对。杨梧山对叔岩说："你可不要遭人命官司。这样忠心耿耿的徒弟打灯笼也没处找。你就卖我一个老面子，收下吧！"余叔岩只是苦笑，不好再推托，勉强说："收了，这就收了。对外不必再惊动其他什么人。只要我有精神，就来说戏。"这样拜师仪式就在杨梧山家里举行，来宾范围不再扩大，对外也不作宣传。点了香烛，孟小冬跪倒在叔岩膝下，称："老师在上，弟子孟小冬向您行拜师礼了。"大家拍手欢笑，简单的拜师仪式宣告结束。那时摄影技术尚未普及，仪式又是临时决定，没有事先预约照相馆上门服务，故而这次拜师未能留下合影纪念。

此后，孟小冬没有演出任务时，即常至杨宅，余叔岩精神好的时候也来杨宅坐坐，师徒才有机会在一起排排身段，走走台步。

半年以后的 1935 年 7 月 6 日，余叔岩续弦娶了前清太医院御医姚文甫的女儿为继室，在北平同兴堂饭庄举行婚礼。孟小冬为了讨得新师娘的欢喜，送礼甚丰。参加祝贺婚礼的宾客有一百多人，礼堂挂满了贺余喜联。

余叔岩挚友、把兄弟孙养农亦由沪专程赴平参加余氏婚礼。孙在平逗留期间，有一天到余家闲谈，适巧名小生冯蕙林也登门代上海某票友请求拜师，余一口回绝。等冯走后，余对孙说："有些人教也是白教，徒费心力。"孙养农用试探的口气问余："当今之世，学老生的谁比较好呢？"余不假思考地回答："目前内外行中，一切条件接近我戏路的，而且可以学得成功的，只有孟小冬一人！"

孙养农这时还蒙在鼓里，他哪里知道，孟小冬早已经是余的磕头弟子了。

此后两三年，孟小冬虽常到余府走动，但并未系统地学戏，师徒关系仍处在半明半暗的状态。直到1938年10月19日，余叔岩在北平泰丰楼正式收了李少春为徒，隔了一天，也就是10月21日，孟小冬仍请杨梧山、窦公颖再次出面，想借此东风，趁热打铁，也在泰丰楼补了两桌酒席，从此师徒关系才正式对外宣布。这次又是仓促上马，实际是趁机摆摆样子，饭庄里人众杂乱，举香、磕头一律全免，而合影照又一次被忽略。

李少春后来也知道，孟小冬磕头拜师早在他先，故称孟为"师姐"，这倒不单单是孟的岁数比李大的缘故。孟曾让他叫"师哥"或"孟哥"，叫"冬哥"也成。但李少春总是改不了口，见面还是"师姐"叫个不停，有时至多叫一声"师兄"而已。

1919年出生的李少春，拜师余门时年仅19岁，但他已经是一位了不起的能文能武、唱做俱佳的杰出演员了。他拜师的介绍人李育庠是和余叔岩总角之交的要好朋友，在戏曲界也颇有威望。但余曾经誓言不再收徒，又确因身体有病，所以开始一再婉辞。急得李育庠发狠说："您如不收李少春为徒，我就到你家门口去上吊。"这句多少带有些玩笑的气话，弄得余叔岩啼笑皆非，也不好意思再固执坚持，生怕真的得罪了这位儿时的老友，也就松口同意了。

当年李少春在北平拜师，影响很大，整个平剧界为之轰动，拜师仪式亦办得有排场，有气魄。李桂春望子成龙，不惜为儿子付出高昂的学费，他知道余叔岩嗜吸鸦片，乃投其所好，拜师之日，送上上等大烟土50两，外送余师四季衣料、一件珍贵的水獭皮大衣、一顶水獭皮帽；另有师母、师姐妹们、佣人们，均各赠礼品；再加上酒肆筵席，所费不下大洋几千元。这昂贵的拜师开销，使那些想求师学艺而又囊中羞涩的人望洋兴叹！

当然孟小冬进师门赠送的孝敬礼物，也不算差，她那时虽基本上不演出，但经济上有杜月笙做强大的后盾，财源不断滚滚而来。开始一个时期，她每次到老师家，总要想着为师娘、两个师妹带上衣料、鞋帽、头饰之类的物品；就是对余府的门房下人、老妈子等也常有馈赠。后来叔岩两个女儿出嫁，孟小冬还分别送了全套西式家具和全部妆奁。而对老师本人更是一片孝心，三天两头不忘馈送礼物，以至弄得乃师有点不好意思，故将自己演《武家坡》中薛平贵的行头送给爱徒继承使用，以作纪念。可以想见，那时他们师徒之间充满着何等深厚而诚挚的情谊。

言归正传。李少春、孟小冬二人投拜名师，立雪余门，终于如愿以偿，等于今天已被正式录取为博士研究生，表演艺术上也是如鱼得水。梨园行乃誉李、孟二人为"余门双杰"，而作为他们的辅导老师余大贤，已息影十年，不轻易收徒，居然能在三天之内，招收梨园一时瑜亮的高材生为徒，又何尝不是一件无尚光荣、天大的喜事？余叔岩因而不顾病魔缠身，依据两位爱徒的本身条件因材施教，拟好课程表，计划用三五年时间，文戏八出，武戏八出，分别授予孟李。但每人最多教戏不超过十出。

开教时，叔岩先对二人说："你们既愿意跟我学，须把你们本来会的丢掉，从头学起。"各人先教一出。李少春武功基础好，又年富力强，第一出授以文武并重的靠把老生戏《战太平》，余亲自教其唱念和做工身段，由于健康关系，武把则请丁永利教授。余课徒时，还与李、孟约法三章，即：在教戏时，大家相互可以做旁听生，但到台上不准互演对方的戏。所以在教少春《战太平》时，孟小冬亦全过程参加习唱排练，待少春学会登台时，小冬也掌握了十之八九；

同样，余师第一出教小冬的是唱工戏《洪羊洞》，少春也在旁听到学到。少春未拜余前即向陈秀华学过余派老生戏，已有一定的基础，加之悟性高，一学就会，一点就透，甚至某些地方接受程度还比小冬快一些。

有一次，孟小冬在学习"病房"一场的脚步，少春见小冬随着师父的示范，反复摹拟，然而师父总不满意。这学戏真也有点像下棋一般，往往"当局者迷，旁观者清"，小冬反而不及旁观的少春领悟得快。不过师父对少春说："你外表上看起来好像没错，可是里边还不是那么回事。"这时叔岩拿过一把折扇，要他们二人注意看好。余先生先把折扇合拢，倒垂下去，用右手的拇指和食指，重重地捏着扇端的扇轴儿，使扇身摇动起来；继而又轻轻地捏着扇轴儿，扇身的摇动减轻了。余先生说："你们看，捏着扇轴儿，摇动扇身，捏重了也摇，捏轻了也动，可是扇子绝不会落地。这就是一种'惰劲'。所谓'惰'，就是表示力不从心的一股懒劲。这场戏里的六郎，既病且老，走起路来，力不从心，就像这把扇子那样摇摇晃晃的。你懂得这个道理，引而申之，表演衰弱老步，先把上身放松，再把重力放在脚跟上，放松的上身，就如同扇身，用力地摇。这样做去，走起老步，就会随心所欲了。"（翁偶虹：《翁偶虹戏曲论文集》）二人听了恍然大悟，按照老师的启发再反复练习，果然得到了诀窍。

其实李少春第一天在老师家学《战太平》时，也是"当局者迷"。这是初秋的一个夜晚，凉风习习。余叔岩捧着盖碗茶，拱手送走了满屋的客人，大概已到了下半夜一两点钟了，这时方开始教徒。是夜月光皎洁，课堂设在四合院的庭院里，余先生坐在院中的椅子上，先把这出戏的剧情简略叙述一下，又把剧本如何改动的地方交代完毕。老师自己手执马鞭，示范头场花云回府时的出场身段动作，然后命少春照着样子学走，并让孟小冬和袁世海在旁观摩（袁世海因在该剧中配演花脸陈友谅，也一起参加排练）。少春接过老师手中的马鞭，念一声"回府"！由余先生口念［水底鱼］锣鼓点儿，少春出场到"九龙口"亮相，再"打马"到台口，又加鞭"勒马"站住。就这几步，走了数遍，总是不符合要求，而此时李少春已出了一身的汗。袁、孟在旁似乎能说出一些道理来，叔岩就让出身富连成科班的袁世海按着花脸的架式也走走试试，袁只好硬着头皮也走一遍。真是看人挑担不吃力，刚才看的时候，还头头是道，说出"毛病"在哪里，等自己走了以后，比少春也好不了多少。

余叔岩对他们说："你们两人走的，只能算是看得过。锣经踩得都不够准。［水底鱼］的鼓点有快有慢，脚步就也得有快有慢。你们的步子快慢一致，似乎是踩上了，又似乎没踩上。记住：锣鼓为脚步而打，脚步要适应锣鼓而走。"接着余叔岩问李少春：

"你先说说，舞台上用马鞭'加马'是什么意思？"

"让马快走！"李少春回答。

"走到台口的'勒马'呢？"余叔岩又问。

"来到家门，让马停住。"少春对答如流。心想老师怎么提出这样简单的问题呢？

余叔岩微微一笑，又问："既是来到家门，让马停住，为什么在'勒马'时先用马鞭'加马'呢？这一'加马'，马会快跑，还能及时勒住吗？二位夫人都在门外相迎，马在门前飞奔，花云岂不是要越门而过吗？"

余叔岩这几句话，把几个学徒问得哑口无言，都不好意思地笑了。接着他对大家说："你们看着！"余叔岩脱下了长夹袍，从少春手中拿过马鞭，一边出场亮相，一边又口念锣鼓经："大台I仓I才I仓大八I台才I仓大八I台才……"只见他"加马"前行，先急后缓，步伐中间垫了个小"磋步"，又帅又俏，行至台口，侧身一缓马鞭，然后勒马停住。

余叔岩这时说："看见没有？亮相后的'加马'，是心急嫌马慢。快马加鞭嘛，马快了，我们的步子就要加快。而中间用小'磋步'，表示他行路之急，又能与锣经节奏相吻合。来到家门，自然要让马停住，绝不能再'加马'，而是缓一下马鞭，做个'勒马'的辅助姿式。记住：身段不能胡用！"

余叔岩深入浅出地解释剖析，手把手地悉心教授，不厌其烦地反复示范，使小冬在一旁看得傻了眼。她见豆大的汗珠从少春额头淌了下来，自己虽然没有参加过多的走动练习，仅仅在边上用手比划比划，可是也觉得身上汗津津的，汗水似乎也渐渐地粘住了内衣，不得不把披在身上的薄呢大衣脱掉。这时她不禁想起了谭富英刚拜入余门时，主动要求学的也是这出《战太平》。听说就这开场回府的身段，连学十数遍，均不奏效，反复学了多日，也不能完全领会，仅仅开了个头，后来就不了了之，知难而退了。自己当引前车之鉴，绝不能步富英后尘，半途而废。她暗下决心，师父再严，要求再高，也不能中途停学。何况这余家的大门可不是好进的，既入宝山，岂能空手而回。

而李少春则从老师的授课中领悟到这样一个奥妙，即自己的身段动作，仅是表面文章，外表上看起来好像没有大错，可是里边全不是那么回事。而老师的好处是全在里边，无论是撩袍端带、上马、下马、甩髯口，劲头儿全在里边，绝不是外表上的浮泛功夫。

自此，李少春每天晚上来余府受教，东方泛白才离开"范秀轩"（余叔岩书斋名）。如此这般悉心体会，举一反三，触类旁通，经过一个多月的不断刻苦学习，反复磨练，余叔岩亲授的《战太平》于12 月 3 日夜在新新戏院隆重公演。海报上还写着"拜余叔岩为师后初次公演"。预告消息传出后，北平饭店、六国饭店几乎住满了从上海、天津等地赶来的戏迷观众。演出那天，车水马龙，万人空巷。戏院门口汽车排成长龙，途为之塞。京城梨园界许多内行，也纷至沓来，仅为一饱耳福。

《战太平》首场演出获得巨大成功，剧场内鼓掌声此起彼伏，赞叹声、议论声不绝于耳，李少春这位新人更加让人刮目相看。观众们满怀希望而来，心满意足而去。更让观众满意的是息影十年的余叔岩亲临戏院为爱徒把场，当他多次手里捧着通明锃亮的水烟袋，精神抖擞地出现在下场门台帘外时（那时戏台上允许检场人员为演员递茶送水），观众便疯狂般地向他报以热烈的鼓掌声、喝彩声，仿佛是在祝贺他余派有了继承人。余叔岩则微笑着频频向观众点头致谢。

三十八　姐妹伴学　继续深造

孟小冬在向余叔岩学第一出戏《洪羊洞》时，余氏命小冬先唱一段听听。小冬于是唱"叹杨家投宋主"一段四句慢板，心想这出戏我台上已演过多次，程君谋、鲍吉祥先生都教过，特别这段慢板，完全是按余老师唱片所学，而且已不知听过几遍、几十遍了，那还有错，自以为唱得很够水准。叔岩听后大笑说："你这是从唱片上听来的。很好，但没找到诀窍，内里的玩意儿未曾学到，慢慢来吧。"小冬听后，不由心里发慌，真正意识到余老师教戏怎一个"严"字了得！难怪富英、少霖他们当初受不了这种严教，纷纷放弃。此时着实有不少人替孟小冬担心，认为她也必定会因受不了余氏之严教，而中途停学。但小冬以为童年蒙师仇月祥教戏，也很严厉，七八年终能忍受过来，现在余门纵严，亦不过如此，况且有真玩意儿学，乃下定决心，矢志不移，一往无前，绝不打退堂鼓。

余叔岩正式向小冬传授《洪羊洞》第一课时，把自己两个女儿慧文、慧清叫来，对她们说："你们冬哥（称小冬）学戏时，希望你们一起参加，也可以跟着学戏，但不是要你们'下海'，你们还是以学业为主（当时姐妹二人均在春明女中读高中），高兴时听听，不高兴时就看自己的书。"李少春也允准参加旁听。其中慧文对学戏似乎不太有兴趣，只管背英语单词，或看其他课本；只有慧清本来就喜欢皮黄，她平时在父亲吊嗓时，耳濡目染连听带熏，不知不觉地已学会了不少唱段，但不敢当着父亲面前哼唱，只是有时偷偷地唱上一段，过过戏瘾。或许是艺术细胞先天遗传的关系，嗓音还很像父亲。但叔岩深感唱戏这碗饭太难吃，特别是女孩子，谈何容易，因此他往常不准女儿在旁听戏。

慧清见父亲这次主动要她陪孟小冬伴学，真是打心底里高兴。慧清文化高，领悟快，在高中念书还学会了简单的乐理，掌握了用简谱记录京剧唱腔的方法，因此小冬上课时没有记住的小腔，课后可以用慧清记录的简谱进行完善，以达到事半功倍的效果，这对孟小冬是个很大的帮助。

同时，慧清也真的喜欢这位大姐姐，她还把父亲以前授徒时的某些"秘密"透露给她。比如在老师讲话时，学生必须起立；教唱时，他不叫你坐下，你就别坐下。还有他讲课时，不准用笔作笔记，只能用脑子默记。并说，以前杨宝忠就是因为每当老师吊嗓时，就很用心听，但同时又取出纸笔记写，老师就不高兴了。

所有这些，都为孟小冬学戏扫清了前进道路上的障碍。因为已预先得到余二小姐提供的"情报"，照此办理，所以特别受到叔岩的嘉许。而小冬对慧清的暗中相帮，也非常感激。

孟比她们姐妹大了十来岁，俨然以老大姐身份与其和睦相处，小冬又会做人，平时总不忘替两个妹妹买这买那，视同手足，亲如一家。

余叔岩让两个女儿为小冬伴学，也自有苦衷，他一方面是为了防止社会上一些闲言秽语，所谓人言可畏；另一方面，也是为了清除来自继室姚氏的醋意。此时姚氏已为余叔岩添得一女，取名慧龄，长到二三岁。小冬为取得姚氏喜欢，总是进门请安问候。学戏空隙，也总要去抱一抱这位小妹妹，以示亲昵。有时新制的衣衫才穿上身，即被小妹吐得不能再穿；刚理好的发型，有时也被抓得零乱不堪，难以见人。即使这样，小冬也装着若无其事，一忍再忍。这些小事每被余叔岩看在眼里，记在心中，感动不已。再一方面，当时京城梨园也有一条行规，即："男师教女徒，必须有内眷作陪。"这条行规，无疑是正确的。在中国旧伦理上，以"天地君亲师"，并列为五种尊长。徒之于师，等于子之于父。但自"女徒弟"出现之后，人性复杂，品格各殊。有善良师资，便有名教败类。因师徒关系至为亲密，往往有人借此机会，谋达野心目的。

20世纪50年代早中期，在江南某沿海城市就出现过这等败类。有一大家闺秀，二九年华，高中毕业，因受父母影响，酷爱皮黄，更醉心余派老生。后随一男师习唱，此公已届不惑之年，家有妻妾，儿子满堂。此公先认该徒为"干女儿"，不数月即转为"秘密妻"，再到"公开妻"。为此，遭到女徒尊大人反对，然而亦无效。奈何生米已成熟饭，不得不上演了一出家庭"三击掌"。从此，父女反目，再也未见。师徒婚后，生得二女，渐渐长大，尚未成年，谁知此公兽性大发，竟又在亲生女儿身上打起主意，将她们当作发泄兽欲的对象，实令人发指。当然，天网恢恢，此公后被司法机关以"流氓罪"判处十年有期徒刑，受到应有的惩罚，也是罪有应得。此等道德败坏、猪狗不如的梨园败类，世间少有，不必多言。

再说余叔岩教唱《洪羊洞》时，对爱徒们说："京剧表演是七分念白三分唱，学唱首先要在字音准确上下功夫。所有唱工戏，无论整出或是一段数段，都应由字眼说起。在教唱之前，应偏重念白，兼及做派。所以我今天先说说《一捧雪》的念白给你们打底子。"

《一捧雪》的念白，余氏教得很仔细，每次只教一小段，从平上去入、阴阳尖团开始，直到把字念准为止。后来陆陆续续学了三个月，才把这出戏的念白告一结束。

余氏在教《一捧雪》念白的同时，又向小冬讲述《洪羊洞》的做工、剧情。他说：这出戏里，必须要"把杨延昭忧国忧民的焦虑心情表现出来。对杨家为国报效的理想、未能实现的痛苦，要表达出来"。

在教做工动作时，余叔岩强调要注意剧中人的身份。扮演文人必须有书卷气，扮大将要有大将气派，扮丞相要有丞相风度。叔岩还特别提出"叠折换胎"的表演要求。所谓叠折，是指做身段动作时，身段必须子午像，足要八字形；两手端玉带，亦需一高一低，否则平端就成了拉洋车了。如演文人，必须蜂肩驼背，俗谓"扣胸"，不能挺胸凸肚；两臂要圆，不能塌下。如演老人，则要"短腿"。这样背、腰、腿叠成三折，才能符合剧中人的形象。"换胎"就是到了台上，要把自己忘了，换成剧中人物，今天演诸葛亮，要像诸葛亮，明天演宋江，就要换成宋江。演谁像谁，要把剧中人当成自己，才能演得惟妙惟肖。有的演员就是无论演哪一出戏，都像他自己，也就成了千篇一律。

李少春《战太平》公演之后，余叔岩就加紧为孟小冬排练《洪羊洞》，上演之前还多次在"范秀轩"彩排，帽子、服装、髯口、厚底，与台上一般无二。为求逼真，还让慧文、慧清姐妹分别扮着柴夫人和杨宗保，要求和正式上台一样。琴师王瑞芝也参加全过程的伴奏。唱腔若有不合适，余师则逐字逐句加以校正。如此反复排演，直到叔岩点头通过。

1938年12月24日下午，经过两个月的速成学习，孟小冬主演的大轴《洪羊洞》，终于在新新大戏院和观众见面。鲍吉祥配演杨继业（令公魂子），李世霖饰八贤王，李春恒、裘盛戎分饰孟良、焦赞，慈瑞全饰老军程宣。压轴为李慧琴和李多奎合演《六月雪》，开锣由高维廉演《辕门射戟》，倒第三是余叔岩大弟子吴彦衡（后改武生）的《挑滑车》。

演出当天上午，琴师王瑞芝先到东四三条孟府，为小冬吊嗓。午饭后，便早早来到戏院后台，小冬自己先化好妆，等候余师前来把场。不一会儿，余叔岩手执用惯的翡翠嘴的旱烟袋来到后台，他先来下场门口，张望卖座如何，一看上下坐满，才放了心。此时忽然台下有人看见绿色短旱烟袋，即喊出"余三爷！余三爷！"周围人也一齐拍手欢迎，叔岩急忙拱手缩退，来到化妆室，迎面对小冬只说了一句话："杨六郎快死啦！"话虽不多，却是一句提纲挈领的指导性训示，也可以说是给孟小冬指引一个点石成金的诀窍。要唱好《洪羊洞》就要围绕着"快死啦"三个字做文章。为此，这出戏余叔岩只让小冬唱六半调，不准唱正宫乃至乙字调，就是因为杨六郎病重"快死啦"的缘故。病人站都站不住了，哪里还有高唱入云的力气。特别末句"无常到万事休……"，叔岩提醒小冬要求气如游丝，若断若续而结束终场。他曾给小冬讲过当年刘鸿声演出《洪羊洞》的故事。他说，刘鸿声演此戏时，其高亢之音，到底不懈，谭鑫培在台下说："临终还有这么大的中气，看他怎样死法。"

接着余叔岩又看了一下孟小冬自己化好的妆，他不满意，要小冬重新洗脸，他来为小冬化妆。然后只是很简单地在小冬脸上敷了一层粉，又在眉眼之间与额头上淡淡抹上一点胭脂，随后让人打把热手巾来，趁着热气腾腾往小冬脸上一盖，并且说："记住，这个热手巾太重要了。你以后扮戏，千万别忘了这把热手巾。"果然，经热手巾覆盖后，脸上就显得非常鲜明润泽，到了台上自然有一种光彩。这也是扮戏的诀窍。

孟小冬《洪羊洞》演出非常成功。本来她未入余门前，在京城演出每演必满，拜师后，又有数月未和观众见面，况且这次公演，和李少春《战太平》的公演一样，观众因多年看不到余叔岩的演出，都把他们作为余叔岩派出的代表来观赏，演出后众人对小冬无不刮目相看。有不少人看了演出以后，评论孟小冬说："神气活像他老师。"整出戏的演出，自始至终，喝彩声不绝。演出以后，内外行也是一片叫好。简直轰动京城，誉满全国。叔岩也甚为高兴，对小冬说："今天很好！以后你要学任何戏，找我说吧。"

此戏演后，孟小冬曾对人说，《洪羊洞》这出戏甚不易唱，有老师在台口把场，更加放心些。第一场在［小锣夺头］锣鼓点中缓步上场时，余师在后面推了一下，恰好和锣鼓节奏吻合，不差分毫。她还说，杨六郎由得病到命终，唱做要一步一步趋向衰飒气氛，如不经心，即无精彩。"自那日朝罢归……"一大段，为全剧之精华，最难讨好，此乃病中对八贤王诉说衷肠，随便叙话，但在平铺直叙之中，又须有不少抑扬顿挫之处，幸亏谭鑫培将此段灌了唱片，流传后世，虽说少灌了"真骸骨"和"望乡台"两句，但他那云遮月的嗓音，唱得出神入化，尤其第一句"自那日朝罢归"六个字，真是空前绝后。孟小冬说，为了这句唱不知下了多少功夫，仍未学好。

孟小冬说得很谦虚，她饮水思源，不忘在成功的后面，余师以及前辈们付出的几多心血。

同时拜入余门的李少春、孟小冬，均在两个月的时间内，对外各自展演了所学的成果。演出水平之高，得到内外行一致公认。学生的成就实际上也是反映着老师的水平，学生成功，老师也无上光荣。为此叔岩感到莫大的快慰，他满心希望两位爱徒再接再厉，继续潜心苦学，自己也颇乐意倾囊而教。遗憾的是，少春因有家累，其父急功近利，命儿子东闯西荡，四处赚钱，竟然放弃大好的学习机会，未能再坚持系统受教，所学不多，使叔岩大失所望。而令他高兴的是小冬仍决心立雪余门，继续深造。

刚跨入而立之年的孟小冬，本身扮相好，嗓子好，路子正。未拜余师前，已成名叫座，在老生界的地位，已然凌驾于马连良、谭富英之上。当时的杨宝森嗓子刚有起色，还在为人挎刀。如今小冬已登龙门，俨然余派传人，更是如日中天，身价百倍，正是演戏赚钱的大好机会。而小冬毅然放弃眼前利益，谢绝舞台，孜孜不倦、日以继夜地在"范秀轩"中一心苦学余派艺术。

这时，孟小冬幸运地得到了一位品格高尚、心地善良、琴艺绝佳的胡琴手王瑞芝的辅佐。王瑞芝 1909 年生于北京，他小孟小冬 1 岁，满族，原是言菊朋的琴师。有一天，余叔岩的挚友张伯驹去前门外广和楼看言菊朋的《碰碑》，发现言的琴师王瑞芝手音很好，大方又规矩，就找他吊嗓。孟小冬得知后也请他吊嗓，从此王不离孟，长期合作，红花绿叶，相得益彰。不久，孟小冬在老师余叔岩面前，夸说她得到一位好琴师，每天为她吊嗓，叔岩听后很高兴，说："叫他来，我听听。"叔岩听后，果真满意，从此，王又成了余的兼职琴师。

自此以后，春去秋来，余、孟、王不论寒暑，刮风下雨，几乎没有一天不相见。久而久之，形成了一定的规律，即每日下午 3 时，王瑞芝骑着黑色弯把自行车，鼻梁上架着一副墨镜，胡琴别在腰里，来到东四三条孟府，为孟小冬吊嗓，一般在三个小时左右。通常吊三出戏：一出二黄、一出西皮，再一出反二黄。调门由低到高，再由高而低，一般由六字调（1=F。上海地区习惯以胡琴空内弦定调，六字调即西皮内弦定 D，二黄、反二黄内弦定 G。其他类推）起，然后升到六半调，再涨到正宫调（又名五字调，即 1=G），有时嗓子痛快，小冬还吊两段乙字调（即 1=A，比正宫还高一个调门），然后再逐渐回到六字调。以前小冬在台上演出，大都唱正宫或乙字调。拜余后，余师不准唱高调门，一般都是 F，或 #F 调。目的是要训练高中音都要悦耳动听。这也是余门学习声腔艺术的诀窍。

据说在谭鑫培时代以前，艺人唱戏，都以正宫调为标准调，且角也是如此（如陈德霖等，都各有各的高调门），达不到标准，即为不合格，一律不能登台演出。因此演员的调门，不是由自己决定，而是由场面上（即琴师）说了算。很多艺人都为此苦恼，余叔岩也吃过这个亏。因为一般琴师都欢喜拉高调门，如果私下得罪了琴师，那台上就准吃苦头。相传孙菊仙最早搭梅巧玲的四喜班时，唱头牌老生。四喜班有两把好胡琴：孙老元（佐臣）和梅雨田。孙年纪比雨田大几岁，资格也老一些，由他给孙菊仙拉琴。有一阵子，孙老元向孙菊仙要"贴饼"（当时的习惯，场面的戏份比角儿少得多，所以角儿打算唱得舒服，就得私下买点点心、茶叶送他，称为贴饼），老孙不买账，于是孙老元就给他涨调门。有一天，孙菊仙唱《碰碑》，大段反二黄唱得又累又不舒服，就找班主梅巧玲告状，说："孙老元在台上阴我，调门太高，我受不了啦！"梅安慰他说："你别着急，叫我儿子（指雨田）给你拉。"孙老元知道后，找梅雨田说："孙菊仙这老家伙抠门儿（吝啬），真可恶。"梅雨田说："你放心，我来收拾他。"一天，孙菊仙又唱《碰碑》，梅雨田也给定了高调门。第二天，孙菊仙又来向班主告状："你儿子比孙老元更厉害，'金乌坠'……二黄导板，我几乎张不开嘴，照这样下去，我只好辞班了。"梅巧玲看孙菊仙的脸都气黄了，赶快说："我先跟您赔礼，待会儿，我教训儿子，叫他好好伺候您。"孙菊仙走后，梅巧玲把儿子叫出来，问他："你为什么要给孙菊仙定那么高的调门？害他几乎张不开嘴。"雨田说："老元告诉我，这老家伙抠门儿，所以我给他点颜色看。"梅巧玲一拍桌子说："你胡闹，孙菊仙是我约来的头牌老生，你为什么跟着孙老元瞎起哄，你以后好好儿给他拉，要不的话，我就不许你再上场。"（香港《大成》杂志第 119 期）

由此可见，演员与琴师关系的重要性。演员与鼓师的关系更为重要，因为鼓师是场面上的指挥，一切都掌握在他的手里。演员和打大锣的关系也很密切。20 世纪 60 年代初，上海京剧院已故名鼓师王燮元先生曾和笔者谈过这样一件事：早先北京有位唱武戏很有名的演员叫许德义，因为私下得罪了一个打大锣的，打大锣的为了泄私愤，每当许在演武打戏使劲亮相时，他就把大锣的后音放长，让许在亮相时出洋相。许忍无可忍，在一次演出中，当那个打大锣的又跟他玩这一手时，许便扭身一枪直挺挺地向他的头部刺去（当时的场面设在台上），打大锣的一只眼睛当场被刺瞎，戏也停演了。事后到梨园公会评理，大家还是责怪打大锣的在场上阴损同行，破坏演出不对，许德义只担负医药费道歉了事，打大锣的咎由自取白瞎了一只眼睛。这件事说明，京剧的锣鼓作用于演员的表演是如此的重要，说来只不过是锣音的一点长短上的差别，却能使剧中的英雄形象变成丑角。

后来谭鑫培唱戏出了名，他改革创立"角儿"制，自当老板，自演主角，乐队的文武场人员一律由他雇用，琴师和他成了雇佣关系，一切都是"傍角儿"的，角儿是"主"，琴师为"仆"，双方也就成了主仆关系了。当然，角儿到台上唱多高调门，就得依据角儿调门定弦，成为角儿指挥乐队，也不再硬性规定非达正宫调不可了。这样一改，确实挽救了一大批低嗓音的演员们，包括后来的言菊朋、余叔岩、杨宝森、奚啸伯，等等。

王瑞芝在小冬家帮小冬吊好嗓子，傍晚6时就在孟府晚饭，饭后稍事休息，大约8时两人一起出门，孟小冬坐自己的包月洋车（人力车），王瑞芝仍骑自己的自行车，一路同行，速度快慢也差不离，约摸半个小时，即到宣武门外椿树头条余府。风雨无阻基本天天如此，而余府基本天天高朋满座，要等到晚上12点前后，余叔岩送走客人以后，才开始授课，差不多在天蒙蒙亮的时候结束，由琴师王瑞芝陪同孟小冬回家，就像今天上夜班的职工，准时到岗，按时下班。张伯驹先生在《红毹纪梦诗注》中有诗赞叹孟小冬学艺的艰辛：

归来已是晓钟敲，似负香衾事早朝。

文武乱昆皆不挡，未传犹有太平桥。

说起张先生，也算是位高人，他集书画鉴藏、诗词、戏曲和书法四种姊妹艺术于一身，堪称当代文化艺苑的一位饱学之士。他不惜变卖房产和所有积蓄，收购将要流失的国宝晋陆机的《平复贴》、展子虔的《游春图》和唐杜牧手书的《张好好诗》卷等书画精品。新中国成立后出于爱国热忱，又把这些珍贵文物均无偿捐赠给国家。

张先生任盐业银行董事长时，对这个职位，既嫌麻烦，也无兴趣，只挂了个常务董事之名，却抽出更多精力跟着余叔岩走天津，跑上海，叔岩的戏，每场必看。十年间，他向余叔岩学了文武老生戏四十多出，不但学唱，学身段，还随余叔岩、钱宝森一起学打把子。不管他要学什么戏，叔岩都乐意教他，不过有些戏如《南天门》《乌龙院》这类，叔岩就劝他不要学，因为他扮着老仆人，不像；宋江吹胡子瞪眼睛拿匕首要杀人，他一个文弱书生没有其凶恶本质，表演不出内心活动，也不合适。张伯驹不但学，也常登台实践。就连《宁武关》这类扎大靠、穿厚底的武老生戏，他都演过。一生最得意的莫过于在自己 40 岁生日时的祝寿演出。他在《失空斩》中饰主角诸葛亮，余叔岩配演王平，武生泰斗杨小楼配演马谡，王凤卿的赵云，程继先的马岱。仅四将出场起霸，已被时人誉为"此曲只应天上有"了。法学大师、教育家章士钊看后，写了首打油诗："坐在头排看空城，不知守城是何人……"京城梨园也为之轰动。

尽管这位张先生得到余氏亲授，苦学十载，但和这些大牌演员同台一比，就不免相形见绌了。毕竟是票友出身，幼功不够扎实，不要说做工，就是唱，到了台上也完全和房间里吊嗓子是两回事。那时还没有"小话筒"，所以人们听他唱，只见嘴动，却听不到声音，不要说十排五排以后，就连前三排听起来也费劲。所以有人送他外号"电影张"（那时还是黑白无声电影）。不过他的诗词学问堪称一流，儒将陈毅元帅都常向他请益，与他结为知交。1972 年 1 月 6 日陈毅逝世，张伯驹挥泪写了挽联：

> 仗剑从云，作干城，忠心不易，军声在淮海，遗爱在江南，万庶尽衔哀，回望大好河山，永离赤县；
>
> 挥戈挽日，接樽俎，豪气犹存，无愧于平生，有功于天下，九泉应含笑，伫看重新世界，遍树红旗。

伯驹此作，有气度，有真情，工稳自然，火候老到。毛泽东主席在追悼会上看到之后，连连称赞："这副挽联很好！"陈毅夫人张茜向毛主席介绍了陈毅和张伯驹的交情，并提及张伯驹夫妇从东北长春回京，没有工作，还是口袋户口（非常住户口）。毛主席当即嘱周恩来总理妥善安排。张遂被聘为中央文史馆馆员。这已经是"文革"后期的事情了。

且说余府是个地地道道的大四合院，东面一堵两人高的围墙，开启两扇黑漆大门，高高的白石台阶，显得很有气派。不过平时余府的大门总是关着的时候多，和外部世界仿佛隔绝。进大门是一间过道，有个门房，南屋三大间是客厅，屋内陈设多为红木雕花家具，老式镶大理石的太师椅，古朴庄重；红木架上陈列着古青花瓷器，还有一桌一桌堆成小山似的蛐蛐儿罐。此外，客厅墙壁上挂有张大千、齐白石等名人书画，也有梅兰芳题赠的花卉国画和余叔岩自己的书画作品。客厅内充满着典雅的文化艺术氛围。

孟小冬在琴师王瑞芝的陪同下，每晚 8 时过后来到椿树头条"范秀轩"学戏。叔岩一般晚饭后，要在书房练习一会书法。他喜临张伯驹赠送给他的米芾字帖，再以工整的小楷抄写剧本，这也是每晚必修的功课。接着在卧榻上躺一会，打个盹儿，醒来就在榻上

"吞云吐雾"一番，过足了烟瘾，然后便精神抖擞地来到客厅。此时正是余府最热闹的时候，客厅灯火通明，座无虚席。琴师已调好琴弦，专等叔岩吊嗓。为叔岩吊嗓的琴师分早、中、晚三期，分别是李佩卿、朱家奎、王瑞芝。那时吊嗓是用竹笛测定调门，以工尺谱"上尺工凡六五乙"定调，相当于现今使用的校音器上的"BCDEFGA"顺序。如常说的工尺谱"六字"调，即 F 调（1=F），以此类推。

余叔岩吊嗓必手拿一支竹笛，一来用它测定调门，二来用以敲打节拍。他吊嗓规律是先低（六字或软六）后高（正宫），再由高而低，先吊二黄，后吊西皮，不但吊老生，有时还唱一二段旦角、花脸的唱段，这样不仅可以使自己各种音域都得到训练，还能够保护嗓音不致受伤。他开头必唱二黄原板《马鞍山》的"老眼昏花"或《八大锤》的"汉室中"；接着吊二黄慢板《桑园寄子》的"叹兄弟"或《七星灯》的"叹高皇"。因为这些唱段中十三辙口基本都能练到。张伯驹曾以诗来记载此事："先矮后高调最宜，二黄唱罢唱西皮，马鞍山与叹兄弟，外面人听问是谁？"诗中最后一句是诗人用来自夸或戏言他在叔岩吊嗓时，有时与其轮流演唱，夏夜坐于庭院中纳凉的朋友，一时分辨不出余唱、张唱，是说自己已达乱真的程度。叔岩吊嗓的西皮唱段大多为《摘缨会》《焚绵山》等一些舞台上不常演的剧目。每晚吊唱总在七八段，偶或十余段。他在演唱时习惯在室内踱着小方步，边走边唱，往来徘徊，闭目凝神，以手拍板，不论原板慢板，均以一板一眼拍打节奏。开唱时，则以笛一击为原板，二击为慢板，琴师自然明白。若偶有生客在座，叔岩即不愿多唱或甚至不唱。这时总有几位来客接着各唱一二段，以助雅兴。

与此同时，在余宅大门外的胡同里，也总是人头攒动，很多余迷聚集在这里，有的早早搬着板凳抢占最佳位置，有的把耳朵紧贴门缝，或窗户之下，晚到的便无插足余地，因而有胆大的竟爬上墙头甚至攀登屋顶，静静等候着那美妙的佳音到来。最初有头脑活络的，花钱买通门房，到时候躲挤在过道里偷听，日子长了，被叔岩察觉，予以取缔。每逢吊嗓前，必巡视一番，而后大门落锁，钥匙交到上房。

在众多守候"听壁角"的人群中，有一位后来竟成为真正能以余派特色活跃在京剧舞台上，而且比较全面地继承了余派艺术的接班人，此人就是杨宝森。由于种种原因，宝森始终未能成为余氏入室弟子。但此事却表明了一个真理，即事在人为。

吊嗓结束，厅内的空气便活跃起来，大家三三两两喝茶聊天，有切磋剧艺、讨论音韵的，有研讨书法、鉴赏古董的，也有谈论养鸽子的，还有来斗蛐蛐的。总之，一直要到子夜才会渐渐散去。也有流连忘返，不愿意马上离开的，这时余叔岩双手捧着盖碗茶起身送客，然后来到北屋练功房开始为弟子说戏。

一次，小冬见屋角挂着几根各种颜色的马鞭，就顺手拿起一根，对着镜子作扬鞭行路姿势，叔岩见状，就叫小冬表演一下《武家坡》薛平贵的出场。小冬心想：这出戏太熟了，台上已演过几十次了，那还不容易。还是认真地走了一遍，问老师怎么样？余摇着头，表示不对。孟小冬一遍又一遍地走了三次，余叔岩都不满意。孟看着手里拿的马鞭，观察一下出场亮相的部位，甚至于每个细小的动作，心想"没错儿呀"，一时感到不知所措，还问边上王瑞芝哪有错。王也说："倒看不出哪儿错。"余叔岩笑着对小冬说："还是那句话，内里的玩意儿未找到。你的身段、部位都没错儿，错就错在眼睛没有神，心里没有人。"孟小冬听完，更加茫然了。余接着说："演戏要研究戏情戏理，薛平贵离家十八载，好不容易回到了投军前的寒窑所在地——武家坡，眼里要表现出恨不能立刻见到王宝钏的心情。演员表演，只有心中有人，眼里才能有神。所以我时常讲在表演上要想有人、有戏，就得有人、有神，就是这个道理。"

孟小冬第一出戏《洪羊洞》已经学成并公演，算是及格，获得通过。

余叔岩教小冬第二出戏是《捉放曹》带宿店，但不教公堂。这出戏是小冬以前在舞台上演出次数最多的剧目之一，少说也演过五六十场了，后来还经言菊朋、程君谋、鲍吉祥等指点过，可以说是滚瓜烂熟了。但余叔岩要小冬摒弃以前所学，重新开始；由开头"路上行人马蹄忙"学起。开教时，先由王瑞芝操琴，小冬小声先唱，叔岩逐句逐字校正。唱腔字眼问题倒还不大，叔岩发觉小冬有个别字口劲不对，就亮了红灯，不往下教了，一直反复唱了一星期，才算纠正过来。得到认可后，再继续教下去。一段学会、学熟，再上胡琴大声练唱，稍有差错，从头再来，往往一段反复百遍，始获通过。即使无差错，但味儿不够也还不行，如此练习，学会以后回去复习。第二天再和琴师王瑞芝核对校正，有些小腔王瑞芝已用简谱作了记录，这样少费了不少力气。这种严格的教学，在今天看来，似乎难以理解。一般耐心不够的学生，绝对忍受不了这种枯燥乏味、马拉松式的学习进程。难怪以前谭富英、陈少霖乃至李少春都无法接受这种"余氏教学法"，纷纷知难而退了。

孟小冬认为，这样学虽然慢一些，但是一旦学会了就很巩固，可以终身难忘。她凭着超人的毅力，矢志不移，锲而不舍，真如"程门立雪"一般，在余府苦学五年，共学会近三十出戏。其中十出戏是全部经过余叔岩逐字逐句，连唱带身段教会的。这十出戏是：《搜孤救孤》《洪羊洞》《捉放曹》《击鼓骂曹》《失空斩》《武家坡》《乌盆记》《二进宫》《珠帘寨》《御碑亭》。而《战太平》《定军山》两出戏，是叔岩教授少春时旁听的，也等于直接得到亲授。有的本来就很熟的戏，不必再一句一字完整地学，但也是得到叔岩的加工提高、予以"验收"认可的。如《探母回令》《游龙戏凤》《黄金台》《盗宗卷》《南阳关》等。还有其他的几出戏，如《一捧雪》《法门寺》《李陵碑》《打渔杀家》《法场换子》《状元谱》《琼林宴》《宫门带》（又名《十道本》）《八大锤》《辕门斩子》等，以及一些零星唱段，如《桑园寄子》《沙桥饯别》等，都是叔岩病重躺在榻上零零星星地说的，没有手把手地仔细深教。有些身段动作，就在榻上用大烟枪比划比划，实在不满意的，便从病榻撑起，拖着便鞋，示范几个身段。力乏时摇摇欲倒，但仍不罢休，要孟小冬扶着他，又唱又做，常常是余叔岩满头冷汗，孟小冬满眼泪水。这动人心弦的教学情景，实在感人肺腑。

余叔岩在精神欠佳时，常以烟榻作为课堂，烟盘犹如黑板，烟扦子权作教鞭，烟枪则当刀枪把子或马鞭使用，他本人只是半躺在烟榻上，手里比划比划，如何上场，如何下场，何时在大边，何时在小边。口中念锣鼓经，烟扦子敲击烟盘，亦可代表鼓板。这般教戏方式，如是初学，肯定一头雾水不得要领。好在小冬已有根底，一点就透，举一反三，心领神会。

最后她不负乃师所望，终于成为余叔岩学生中学戏时间最长，得到余氏真传最多的一人。余叔岩给她的学习成绩打分为：唱工得7分，做工5分，念白只得3分。但这还是余叔岩所有学生中获得最高评分的。说明余氏对徒弟要求之严。在今天看来，一位天赋超群、悟性极高的艺术家，在学习过程中是不可能不发扬自己优势、特色而将表演带上自己烙印的。

孟小冬在"范秀轩"长达五年的学习期间，基本停止了演出。为此曾引起小冬母亲的不悦，说："若兰（小冬字）玩意普通的时候，还赚了几个钱，到拜余以后，算是登了龙门，反而日子不好过啦。"因为小冬不到山穷水尽的时候，绝不对外演唱；稍有积蓄，立即辍演。有的则是遵师命，在学完某出戏后，予以实践性质的公演。这样大概每隔两三个月，演出三四场。曾有一个时期，不少友人敦促小冬多登台演出，以饱余迷耳福。余叔岩也曾点头同意，决定每周一演，并高兴地对小冬说："你钉住了唱，我教你点，咱们且够干干嗒呐。"但演了一个时期后，因余叔岩住院手术而又中断。

余叔岩在弥留之时，曾谆谆告诫小冬："我传授你的每一腔每一字，都已千锤百炼，也都是我心血结晶，千万不可擅自更改！"孟小冬望着师父瘦黄的面容，心里一阵难过，她扶着师父病躯，满含泪水，却半天说不出一句话来，不禁低下了头，心里似乎暗暗在说："老师真像蜡烛一样，照亮了别人，燃尽了自己。"

有个时期，孟小冬狠下苦功练习靠把戏，曾请专教杨（小楼）派武戏教师丁永利来东四三条家中说戏，先学《战太平》《定军山》，接着又学《战宛城》张绣起打与身段。另外还准备学《洗浮山》之贺天保及秦琼表功等戏。为此，花了几十元代价购置全部刀枪把子，每日扎靠穿厚底靴练习，平均 3 小时，由下午 2 点到 5 点，即遇大风雪亦决不间断。小冬曾向人表示，对武老生戏有三年计划，希望三年后各戏大成，一鸣惊人。她对丁老师极表崇敬，每月送 150 元大洋，这在当年是一笔很大的开销，为了学好戏，在所不惜。等《战太平》唱念做打已全部学完，《定军山》之刀花下场也全练熟，就待时机成熟、余师同意即可对外公演，后因胃病时而发作，体力不支，此类靠把戏也就不敢轻动而束之高阁了。

这段时期，孟小冬的开销委实很大，她虽去了香港一趟，从杜月笙那里得到一大笔经济支援，但因家庭弟弟妹妹、侄儿侄女都已渐渐长大，一大家子挤在东四三条一个院子里，真有点人满为患。为了让老母晚年住得舒服一些，她在附近的轿子胡同以母亲孟张氏的名义，新买了一所小四合院，花费了不少。老师余叔岩长年患病，也得不停地孝敬，自己又谢绝舞台，没有任何收入，等于坐吃山空，因则孟小冬也常常闹得不开心。1941 年秋《立言画刊》曾有一篇题为《孟小冬闹家务》的新闻报道：

　　孟小冬是以"孝母"著称于梨园的，她的负担不小，除去老母以外，弟弟弟妇妹妹侄男侄女十几口人都需要她养瞻的。"孟家"每日两餐向来是白米白面很少吃粗粮，可是冬皇鉴于生活程度日高，米贵如珠的今日，她也想要减省一下了，为此告诉当家人每天不妨搭点粗粮，大家暂时受受苦。果然次日所吃便不如从前那么讲求了！冬皇当初说这话的本意是让孩子们吃点不好的，没想到他们也给老太太作粗粮吃了。这一下子怒恼了大小姐，她很生气，她已经说出很坚决的话，请大家在外边过些日子，冷静冷静，她说让六十多岁的老太太每天跟着自己受这份苦，是最惨是自己最不孝的事！于是孟小冬闹家务的事传遍内行人嘴里了，直到现在冬皇盛怒未息，还没有结果，孟家未来的演变是颇堪注目的。

三十九　余孟师徒永诀

孟小冬在余门学艺，苦修五年。而这五年又恰恰是余叔岩生命最后的病中五年。他不顾身患沉疴，夜以继日向小冬传授自己的拿手杰作；而小冬亦不论寒暑，不顾风雨，锲而不舍地向乃师求教。特别余叔岩在病重期间，为示范某个身段，常常累得满头冷汗，忍住痛楚，尽力而教。小冬在乃师病重住院之时，日夜侍奉，衣不解带，二月有余。一片至诚，常使余叔岩感动不已。师徒互怜互敬，情逾骨肉，五年如一日，因而最后终于铸就了孟小冬这个余氏衣钵的杰出传人。

余叔岩的病，最后检查确诊为膀胱癌。这是泌尿系统出了毛病。那时还没有"癌"的概念，只说生了毒瘤。其实叔岩早在 20 岁时，每遇演出过累，小便即带血，累到吐血，嗓子又嘶哑，不得不放弃舞台生活，居家休养。后来因嗓子迟迟难以复原，只得在"春阳友会"做了几年的票友。他得到青衣泰斗陈德霖的赏识，23 岁时做了陈的东床快婿，并受到岳父的谆谆教诲与帮助。陈德霖曾对叔岩语重心长地说："戏班里有句古训，叫做'一个戏子，半个和尚'。你既想当角儿，就要懂得如何珍惜自己的身子和嗓子，除非你别干这一行。"

余叔岩幡然醒悟，从此用心练功喊嗓，保养身子。26 岁有幸拜谭鑫培为师，刻苦钻研，艺乃大进。29 岁时得以为梅兰芳"挎刀"，正式恢复演艺生活，嗓音渐渐好转。其后又曾和杨小楼、荀慧生等合作演出。1926 年冬，在一次年终窝窝头会上与梅兰芳、杨小楼合演大轴《摘缨会》，获得空前成功，名震京城，蜚声南北，与梅兰芳、杨小楼并称为"三大贤"，被誉为"老谭再世，谭派第一传人"。这个阶段是余叔岩舞台生活最为光辉的时期，还灌录了一批高质量的唱片，畅销海内外。不久他的尿血症又时而发作，身体愈来愈差，可谓声誉日隆，而体质日衰。一次，他在《战太平》的演出中，刚化好妆，穿上靠，却想小便，因感脱袍卸靠太麻烦，此时又正急于上场，心想稍忍一忍，待会再说。但这出戏花云是主角，一场接着一场，直到个把小时戏演完了，才上厕方便，不想竟排不出尿来。经医院疏通，虽无太大痛苦，但发现尿血严重，只得服药治疗。身体日渐虚弱，嗓音再次沙哑，几至歌不成声，休养年余才略有起色。而后他的身体和嗓音均时好时坏，对外营业戏已基本停演，至多应付一下堂会或义务戏的演出。

1934 年秋，余叔岩的家乡湖北水灾，他义不容辞参加了赈济义演，剧目为《打棍出箱》，这是一出唱做都很繁重的戏，也是余叔岩最有功夫的代表杰作。由于他已多年未登氍毹，海报一出，戏票即被抢购一空，为使更多买不到票的人听到，当晚无线电台作了广播。身体原本虚弱的余叔岩，虽养息数年，这样一出大戏，聚精会神，一丝不苟地支撑下来，实感疲乏不堪。过后，小便又出现尿血，如此反复，真可说是三起三落。

他最后一次演出是在 1937 年春，为挚友张伯驹 40 岁生日祝寿，在福隆寺福全馆陪张演《失空斩》的王平，以后即结束了舞台生活。

这一年的 4 月，余叔岩的小便里又发现有血，他考虑到自己的尿血症久久不愈，特别每到春季就要发病一次，目前虽无特殊的症状，但老是这么拖着，总是一块心病，精神上也感到苦恼。而且也顾虑这个病如不早除，将来终为大患。因此他把姚氏夫人和慧文、慧清姐妹一齐叫到身边，共同商议。此时立志将要学医的大女儿慧文，支持父亲住院手术治疗；慧清担心父亲身体虚弱，经不起开刀痛苦；而姚氏夫人认为不必开刀，仍请郎中汤药调理。经过几番考虑，叔岩本人意念坚决，最后决定住进当时北平医疗级别较高的德国医院彻底治疗。经过德国医生史梯夫检查诊断，膀胱生有肿瘤。史大夫表示不用开刀，只要用一种仪器放入膀胱内，把肿瘤吸出即可。这次住院达两月之久。出院时，叔岩十分高兴，因为没有开刀就顺利地解决了这个肿瘤，转危为安，回到家里后亲自写了"救我垂危"四个字的大匾送给医院，并且在春华楼设宴招待医生和护士，表示谢忱。

出院后的一年多里，病况还算稳定，健饭如常。乃收李少春、孟小冬列于门墙。此后每到春季或稍有劳累，旧病就要复发一次。

1941 年夏初，他的尿血突然加剧，此时，德国医生已离开北平。经友人劝说，乃进协和医院治疗。经化验诊断为恶性肿瘤，须手术割治，由泌尿科主任医师谢元甫担任主刀。谢大夫惋惜地说，如果早动手术，也不致变成恶性，上次德国医院用仪器"吸"，肿瘤受到刺激反而变成恶性的了，这次争取彻底将肿瘤切割干净。手术之前，叔岩显得有些紧张，也很悲观，要向家属提出立遗嘱，谢大夫用广东味的国语安慰叔岩，说："请您放心好了，毒瘤割了之后，手术肯定会成功，您又能登台演唱了。"叔岩不谙粤语，未能完全听懂谢大夫的话，还误以为要请他唱一段呢。于是赶紧支撑着坐起来，张开口，真的放声高唱了起来："平生志气运未通，似蛟龙困在……"

叔岩虽然用足丹田底气，但嗓子很哑，什么立音、亮音全然使不出，不过他唱得非常认真。起先谢医生和护士及周围的家属、亲友都吃了一惊，孟小冬和余二小姐面面相觑，不知所措，正要上前告诉他是听误会了，谢大夫摇手向她们示意，意思是不要去阻止他，让他唱下去。叔岩勉强把《击鼓骂曹》第一段的四句原板唱完。周围的人都心酸地向他报以掌声，孟小冬难过地流下了泪！这也是余叔岩病中的一段韵事。

手术是成功的，效果良好，膀胱肿瘤已经切除，并以电光照烤患处，促其早日收口。为避免小便再经尿道，而致病态发生变化，采用一条皮管插入膀胱导尿，皮管每天清洗一次，十天半月，视情况再更换新的皮管。手术前的病痛已得到缓解，只是行动上略感不便，其他一切均逐渐恢复正常。

这次在协和医院住了三个月，中秋节后回到了家，导尿皮管仍继续使用，由谢大夫派助手李医生每天上门帮助清理、消毒。插皮管也是有一定难度的技术，放入膀胱的深浅要适当，过深过浅都不合适。

叔岩在家静养，每天足不出户，家居课徒为乐。有时精神稍好一些，也常到大门口站一站，借以消闲解闷。不久，他家又恢复了往常的热闹，琴师王瑞芝按时为他吊嗓，身体也一天一天明显地好了起来，朋友们都祝贺他不久即可重返舞台，叔岩亦深自庆幸。他何尝不想像在数月前医院里唱的那段戏里的后两句一样"有朝一日春雷动，得会风云上九重"呢？然而遗憾的是，他这段生活仅维持了一年有余。1943年春，尿血又再次复发，而且来势很猛，小便中已无尿，竟是血了。自太平洋战争爆发后，协和医院被日本人没收了，谢大夫等均逃离了医院，他的那位助手李医生也不知去向。导尿的管子无处购买，病急时，家人只得把他送到要好朋友、协和医院耳鼻喉科主治医师张庆松家里，临时采取一下应急措施，叔岩的病无法得到继续治疗，只能在家待时而已。

5月16日，叔岩病情突然加重，时而昏厥，而尿血仍不止。一代宗师，躺在床上奄奄一息。夫人及三个女儿，爱徒孟小冬，好友窦公颖、周润甫、李稚齐等人随侍在侧。

1943年5月19日下午4时，余叔岩病情恶化，张庆松、刘植源等医师又被请来诊视抢救，终以药石无灵，于当晚9时半与世长辞，终年54岁。

临终前半个月，余叔岩自知病入膏肓，不能久长，嘱咐家人处理遗产：现款的十分之二用于治丧；一部分遗产捐赠社会福利事业；剩下的由一妻三女分得。

余叔岩睡的金丝楠木棺材，是十年前购置的。此木材原本是被拆除的西便门外小桥的横梁，由宣外荣盛桅厂购得，共打制棺木三口，价格在当时是联币一万元以上。当时张宗昌在济南被人行刺身亡，尸首运抵北平，买了一口。余氏也买了一口。

叔岩去世后的第二天入殓，21日"接三"，6月9日"三七"，灵柩移停法源寺，举行公祭。

叔岩不幸去世的消息传出，梨园界震动，北平乃至全国，识与不识，同声悼惜。国外从广播中获悉中国有一位最著名的京剧演员逝世，还误以为是梅兰芳，不少友人纷纷致电询问。梅兰芳当时刚从香港返回上海不久，惊闻噩耗，无限悲伤，含泪亲书挽联，托人送到北平公祭现场。张伯驹时在后方西安避祸，他在两个多月前，已预料叔岩之病凶多吉少，拟好挽联一副，托人辗转送到叔岩灵前。正在上海演出的李少春得知消息后，脱下戏装，中断演出，一路大哭，赶到灵堂，纳头便拜，抚棺大恸，守灵一夜。陈少霖当时正随毛世来在上海演出，未能赶回参加葬礼。票友下海的陈大濩，倾心余派艺术，素有"杭州余叔岩"之誉，他为了深造，腰缠万贯北上打算投拜余氏门下，时余在病中，久久未能如愿。孟小冬生前曾说过，大濩专诚北上，拟向余叔岩问艺，屡次托人关说，已具成议，余亦允其来见。不料陈登堂之时，恰逢余叔岩喘疾大发，未能延见，缘悭一面。次日北平戏剧报《三六九画报》刊一文，其题目曰：陈大濩登堂未入室。大濩后求刘曾复谋划，时陈向刘学戏，刘教其《沙桥饯别》。大濩对刘说："在京逗留四年，拜师不成，巨资已花费殆尽，这便如何是好？意欲请人疏通再去余府，就在病榻前叩首，完成拜师仪式。未知可行否？"曾复予以阻止，说："万万不可！北方人习俗最忌讳这点，病床前磕头，无疑是加速病人快去！"刘乃为陈献策，令其求助窦公颖，送上幛子一顶，上写叔岩恩师，下署弟子陈某。（此为刘曾复教授于 1996 年夏，在北京塔院寓所亲口对笔者所述。——作者注）此计果然奏效，一片赤诚，陈得以参加送葬行列，并与孟小冬、李少春、程砚秋（余叔岩外甥女婿）四人扶榇，窦为主持治丧总负责人。杨宝森是临时由孟小冬派人去把他叫来，方得跻于余门之列。为此宝森对小冬感激涕零，甚为恭敬。赵贯一是回族，乃背着家庭，随汉族风俗参加了送殡仪式。

法源寺公祭大厅，四周挂满了挽联、挽幛及素色丝绸被面。

梅兰芳的挽联是：

缔交三世，远武同绳，灯火华堂，赞乐独怀黄幡绰；

阔别七年，赴书骤报，风烟旧阙，新声竟失李龟年。

上款是：叔岩三哥千古，下款是：世愚弟梅兰芳敬挽。

孟小冬的挽联是：

清才承世业，上苑知名，自从艺术寝衰，耳食孰能传曲音；

弱质感飘零，程门执赞，独惜薪传未了，心丧无以报师恩。

李少春的挽联是：

> 教艺术心必期忠，品必期高，业必期传，每念深思痛无地；
> 论孝道疾不能侍，衾不能承，志不能继，空负厚望恨终天。

张伯驹的挽联是：

> 谱羽衣霓裳，昔日偷听传李谟；
> 怀高山流水，只今顾曲剩周郎。

张伯驹先生晚年曾将这副挽联改写成七绝诗一首：

> 十年一梦是终场，死别生离泪夺眶。
> 流水高山人不见，只今顾曲剩周郎。

张厚毂的挽联是：

> 承三代伶官，赖斯人继往开来，仅见卫贤绵绝脉；
> 痛五年师事，有弟子服劳至死，群推不栉是传人。

这副挽联词的下联，是写的孟小冬。小冬于乃师卧病之际，侍奉汤药，殷勤照料，大家一致称她孝顺。挽词中所说的"服劳至死"，也是符合实际情况的。

半老书生的挽联是：

> 久病亘秋冬，小部衣冠传优孟；
> 及门著桃李，少年湖海吊残春。

此挽联上下句，巧妙嵌以"孟小冬、李少春"姓名。

公祭开始，吊唁人群纷纷向余氏遗像鞠躬、磕头，内外亲戚于灵前焚香、烧纸，这时叔岩继配姚氏夫人挽着6岁的女儿慧龄，也来到灵柩之前，放声大哭，向叔岩遗像跪拜之后，便叫佣人和保姆把用旧被面包裹着的两大捆东西打开，然后一本本地扔向香火烧得正旺的铜鼎大香炉里。周围的人见了，都十分惊讶！原来姚夫人烧的不是纸钱、锡箔之类的祭品，而是叔岩生前祖传的剧本，有的是经过叔岩订正过的手抄本、工尺曲谱本以及听谭戏的笔记、照片、戏衣，等等。片刻之间，均化为灰烬。姚氏认为这些本子都是叔岩心爱之物，生前既然如此的宝贵，死后也应该用来殉葬。再说从前梨园行中的老先生们，大都是在病中知道自己将要不起的时候，就将自己的本子拿来，看着用火烧掉。"叔岩在生前自己没有烧，也没有关照要留给谁，我们家又没有学戏的后人，所以我现在这样做，是天经地义。也省得落到别人的手里。"姚氏所说的"别人"，不是别人，正是指孟小冬。自从小冬进入余门学戏之后，姚氏就很不乐意，疑神疑鬼，后来更有酸意的嫉妒，因而挟怨在心。小冬曾为此感到莫大冤枉，顿足痛哭一场。不想姚氏在叔岩逝世后，竟采取了如此的报复手段，心胸实在太褊狭。她或许不知道这些秘本的真正价值，才做出这种无知的乖戾举动。但不管她是出于何种原因，客观上这总是一种无法弥补的重大损失。由于是在治丧现场，大家都沉浸在悲痛之中，对姚氏的这种过激行为和自私心理，也无可奈何，只能感到无比痛心！

此时的孟小冬，既哭师丧，又眼看师父的"秘籍"被姚氏付之一炬，她站在一旁，无能为力，泣不成声，泪水涟涟。

上面姚氏说："叔岩在生前自己没有烧，也没有关照要留给谁……"其实余叔岩入协和医院时，孟小冬日夜侍奉，余叔岩也很感动，他曾叹口气说："连自己亲生女儿也未必如此呀！"后来余叔岩病重临危之时，当面许诺将行头等物，一部赠与孟小冬，一部赠与李少春。有资料记载，孟小冬母亲张云鹤曾对人说："小冬方面一件未得。据闻师母对于行头一事，宁可拍卖，也不能送人，还说了许多絮絮叨叨的闲话。小冬一气之下，将幼年所穿行头，尽数赠送给荣椿社。"

祭奠已毕，根据事先窦公颖等商量决定，余叔岩的灵柩由孟小冬、李少春、程砚秋、陈大濩四人扶棺，送到永定门外余家坟地入土。10 年后，因扩建粮库需要，迁葬于北京西郊福田公墓。

1958 年 2 月，余派传人杨宝森在北京病逝；骨灰入土福田公墓。他曾要求亲属在他死后，把他安葬在余叔岩墓的近旁。

从此，在中国京剧史上谱写了光辉篇章的两代杰出生行艺术家，长年安息在这里。

余叔岩走了！他的一生，在舞台上演出的时间总共不到 20 年，而全盛时期至多只有六七年。他给人们留下的遗音仅有 18 张半老唱片，从数量上看算不上很多，但却都是经典性的稀世珍品。这有限的十几张唱片，竟使人有一种终身钻研不尽的感觉，确是后辈学者难以逾越的一座高山。

1982 年春，中国艺术研究院戏曲研究所曾举办过一次京剧老唱片欣赏会，由戏曲音乐家刘吉典先生主持，到会的绝大多数人是研究京剧演唱艺术的同志和社会上的名流、专家，大家听了余叔岩的唱片之后，无不为之赞叹。这也说明余派唱腔的影响之深远。（陈志明：《陈德霖与余叔岩》。详见《余叔岩艺术评论集》第 37 页）

著名余派传人张文涓说："研究余先生留下的 18 张半唱片，不难发现，许多唱腔并不花哨、繁复，只是余先生演唱时吐字、发音、运气、使腔的本领极为高明，一些劲头、力度是常人所很难达到的（何况余先生音量并不大，又决不使拙劲）。"

北京大学教授吴小如先生曾在文章里说道："就拿余氏生平所录制的 18 张半唱片而论，不论内外行，无不奉为圭臬；而且百听不厌，百学不似，每听一次就有一次新的收获，如入宝山，必不空回。"

上海戏校著名余派教师王思及先生也曾撰文说："余生也晚，未能看到余先生光彩照人的舞台风貌。然而他留给后人的 18 张半唱片，却足够我们学习一辈子，越学越觉奥妙无穷，每听一遍必有新的收获。真是经典范本，取之不尽。"

所幸的是，余氏一身衣钵，后来由他的爱徒孟小冬得其传承，并在海外予以传播，得以发扬光大。

四十　市长美梦一场空

余叔岩故世后，孟小冬心灰意冷，立雪余门五年，一旦永诀，深感悲哀。她无心唱戏，当时北平正处敌伪政权时期，小冬乃以"为师心丧三年"为由，谢绝歌场，隐居不出。直到抗战胜利，日本投降，方与程砚秋合作，通过广播电台向全国播唱《武家坡》以示庆祝。

四大名旦之一程砚秋在北平沦陷时期，一度弃绝舞台，到西郊青龙桥隐居，荷锄务农，拒绝为日本侵略者唱戏，表现了高尚的民族气节。而享有梨园冬皇美誉的孟小冬自投拜余门学戏之后，也多年不登台演唱了。所以程、孟合作的消息传出，人心振奋，轰动一时。人们翘首以待，盼望这两位艺术家的精彩演唱。

抗战胜利后，登门恭请"冬皇"出山演戏的是当时几位戏校的男女学生，为首的是 26 岁的言慧珠。几天后她写了篇《新秋傍晚访冬皇》，发表在 1945 年 35 卷 2 期的《三六九画报》上。文章开头言慧珠这样描述：

> 几位少壮派的男女同业和我，大家怀着兴奋的情绪，鼓着勇气，打道东四拜见冬皇——孟小冬。大家对此来进行的结果，谁也没有把握，一路都在预备怎样才说得婉转有力，能请动这万人渴望而轻不露演的冬皇？！到了，一个路北的黑门。递进名片，因为成功与失望就在这一刹那决定了，神经也紧张起来。
>
> 听说有客人来访，孟小冬走出西厢房，来到二门口，招呼说："快请进来吧！我这儿看着狗呢。"

言慧珠接着写道：

> 二门口出现我们敬仰的冬皇。一色蓝旗袍，罩着同样颜色的毛衣。她身体还是那么羸弱，这早就穿上毛衣了，请她出演的勇气我是冷了一半。

孟小冬问道："你们几位是打哪来啊？不要紧，狗不咬，我这看着呢！里边坐吧。"

听说要请她出演，孟小冬客气地说："我身体不好，不常出门，跟外边隔绝许久了，思想一切都不合时代。不过有什么用得着我，我能做的事情一定义不容辞。"当听大家说是为庆祝抗战胜利而要演唱时，冬皇嘴角扬起笑颜，说："好极了。我很赞成你们几位的意思。咱们八年所受的痛苦，现在该吐气扬眉了。虽然我身体不好，就是勉强挣扎上台去嚎，我也情愿！"

言慧珠几个青年被孟小冬慷慨热诚的谈话给惊呆了，几乎不知说什么来向冬皇表示感激和钦佩！一个个兴致勃勃地笑着辞出孟府。

遗憾的是，孟小冬病了，体力不支，临时不能参加演出。怎奈宣传广告早已见报，如何收场呢？她建议请杨宝森代她演唱。为了表示心意，她还是抱病来电台，勉强唱了一句［导板］"一马离了西凉界"，就离开电台回去休息了，由早已准备好的杨宝森接唱［原板］，与程砚秋完美无缺地唱完此剧。事隔 13 年后的 1958 年 1 月，程、杨再度合作，在中央人民广播电台演唱了这出《武家坡》，并录制了唱片，广为流传。不想仅隔了一个多月的时间，这两位艺术大师，就先后离开人世。这次杨宝森也是抱病演唱，真是难能可贵，如今此曲已成千古绝响了。

1946 年，北平组织庆祝演出，孟小冬因体弱欠安，仅演了《四郎探母》中"见娘"一折。这时孟小冬最牵挂的人是她的结拜姐姐姚玉兰。自 1937 年卢沟桥事变爆发后，"八一三"日军又大举进攻上海，淞沪抗战正式爆发。蒋介石为了利用大亨杜月笙在上海的势力，1937 年 8 月 24 日以军事委员会委员长身份，委任杜为军事委员会"苏浙行动委员会"中将主任委员。杜月笙受宠若惊，也有些迷糊，自己怎么突然一下子变成了中将了？为了不辜负委员长的信任与重用，杜月笙向蒋致谢并表态："不惜肝脑涂地，誓死报效！"

之后，杜月笙按蒋的命令，在上海成立了"苏浙行动委员会浙沪别动队"和"抗敌后援会"，杜月笙担任主任委员，亲自指挥作战，倒也威风凛凛。此时的杜月笙，为抗日救亡，大有"放下屠刀立地成佛"的决心。从此也有些痛改前非的表现，积极投身于抗日救亡运动，并且自然而然地收敛起他为非作歹的行径，逐步收紧了赌场和烟馆摊子。为了表示他的悔过决心，他首先把自己的烟瘾戒了，并主动担任了上海市禁烟委员会主任委员。

由于日军来势凶猛，淞沪防线于当年 11 月 12 日全线崩溃，日军占领了上海。半个月后，杜月笙摆脱了日军的威逼，逃离上海，流亡香港。当时，国民政府也"战略转移"，撤退至山城重庆。

1941 年 12 月 8 日，日军偷袭了珍珠港，太平洋战争爆发，香港被日军占领。这时杜月笙刚好飞往重庆向蒋介石汇报工作。

香港沦陷，无法复返，杜月笙从此困居重庆。一个多月后，姚玉兰及子女等也辗转千里，由港安全到达重庆。

杜月笙在重庆三年多的时间里，与蒋介石的关系时好时坏；蒋介石对他的态度也时冷时热，有用则拉，无用便打。1945 年 5 月，苏联红军攻克柏林，欧洲战场取得反法西斯战争的胜利，德国正式签署了无条件投降书。蒋介石也在积极准备对日反攻。这时，他在重庆召见了杜月笙，要他先去东南一带做些布置，协助军队主管接收工作，一旦胜利，可抢先进入上海及江南各大城市。

杜月笙喜出望外，他还听军统头子戴笠对别人说，蒋介石这次有可能让老杜回到上海，出任胜利后的第一任上海市长。这一消息，真使杜月笙万分激动，连白日打瞌睡时也恍惚看到他的弟子们和上海市民纷纷向他热烈高呼："欢迎，欢迎！欢迎劳苦功高的新市长！"

1945 年 6 月 25 日，杜月笙满怀高兴地带领他的几个心腹以及医生、秘书等一行十余人，乘汽车离开重庆，一路辗转多日，到达浙江淳安不久，就从收音机里听到 1945 年 8 月 15 日日本宣布无条件投降的消息。淳安街头，敲锣打鼓，万众欢呼。杜月笙的徒弟兴奋地对他说："大哥！八年抗战，总算熬出了头，回到上海，你就是堂堂的市长啰！"

杜月笙也一点不客气，并煞有介事地说："上海这个烂摊子，也不容易收拾啊！"杜月笙说这话时，俨然已是一副市长的口吻了。

但事实证明，杜月笙又一次被人愚弄了，当他还在向上海进发的路上时，已经得到消息：蒋介石早已任命钱大钧为上海市长、吴绍澍为副市长，先行进入上海，统管上海的接收工作。

杜月笙怏怏地回到了阔别已久的上海。所幸的是，他委托由万墨林、黄国栋等代为看管的上海家产，完好无缺；他一手创办的帮会组织——"恒社"和他的众多徒子徒孙，大都安然无恙。市长做不上，也好，省得烦心。他还是干他的老本行，通过整顿恒社，来重振雄风，扩展他的大亨势力。

这时他的四夫人姚玉兰和几个子女还都留在重庆。因交通尚未恢复正常，一时还回不来。他突然想起北平的孟小冬，自打抗战初期，她来香港住了几个月以后，已时隔多年不见，她现在可好？想到这里，他赶紧让总账房黄国栋写封挂号快信，叫她速来上海。

孟小冬从北平乘火车到达上海北站时，黄国栋早已准备好一辆轿车在车站迎接，车子直接把小冬送到"18层楼"公寓706号（今锦江饭店南楼），杜月笙已等候多时。如今的孟小冬，年近四十，由于常年嗜食鸦片，加之经常生病，身体欠安，脸带烟容，显得消瘦，但因天生丽质，依然还是那样年轻，明亮有神的眼睛，乌黑的短发，像男人一样的眉毛，透露出女性先天所具有的妩媚。杜月笙顾不上寒暄，早就一把将小冬拉进怀抱……

从此，杜月笙和孟小冬半公开地过起了同居生活。孟小冬在上海虽说孤单一人，但也不觉寂寞，琴师王瑞芝就在上海。

原来，上海有一家艺术沙龙，主人吴普心致力于鉴赏和收藏，研究文物、书画及手工艺雕刻。他的夫人吴彬青是位京剧女票友，爱好余派艺术。吴彬青的父亲名叫吴俊升，是旧时一位上将军，和余叔岩交谊甚厚，早年在北平时还向余叔岩学过戏，和孟小冬也十分要好，在北平时就是老朋友了。余叔岩曾为彬青夫人亲书扇面相赠。1943年夏，孟小冬又在该扇面反面，亲绘兰花以赠，留下了一幅稀有珍贵的墨迹。1944年，吴彬青随丈夫定居上海，她听说王瑞芝因余叔岩去世和孟小冬息影，闲在北平，就去信邀请他来上海专为自己吊嗓，并向他学余派唱腔。

孟小冬这次到上海来，除到书场去听说书和小彩舞的京韵大鼓，吴家沙龙自然就是她最好的去处，经常来此吊嗓相聚。常来吴家沙龙的还有许姬传、谭敬、张葱玉、蒋毂荪等人。许姬传是位研究、收藏文物的爱好者，他同时又是位谭迷，曾向陈彦衡学谭派戏，文学功底也很深，后为梅兰芳剧团秘书。谭敬喜欢收藏元明清书画，也票唱谭派戏，因孟小冬常来吊嗓，相聚甚欢。数年之后，他们二位在香港也结成了老亲家。即姚玉兰所生长子杜维善，过继给小冬做养子，谭敬的女儿谭端言嫁给维善，成了孟小冬的儿媳。这段姻缘，还要归结到当初在上海吴家沙龙二位长辈所结成的友谊。

1946 年春末，姚玉兰拖着几个儿女，千山万水，长途跋涉，走了一个多月，才回到了上海。那时山城重庆还没有铁路，更没有客运航班，交通只靠公路、水运。抗战期间，从敌占区逃往那里的人，数以万计，现在一个个又挤着要出来，山路崎岖，汽车一不小心，就跌翻到山沟里，车毁人亡，那是常有的事。姚玉兰本来心里就有一肚子气，回到上海想向杜月笙诉诉苦、撒撒娇，谁知老杜有了小冬，竟和她像陌生人似的，皮笑肉不笑，爱理不理的了，这让姚玉兰十分伤心，后悔莫及。孟小冬看在眼里，心里也不是滋味，尽管老杜对她十分宠爱，但她不能让姐姐伤心，便决定向杜月笙告辞，借口老母年迈放心不下，暂时回北平住一段时期。老杜哪里肯让小冬离开，怎奈小冬去意已定，难以挽留。老杜说："好！我也跟你一起走。"

小冬说："你到哪里去?"

"我也去北平啊！"

"瞎三话四！"孟小冬说了一句上海话来阻止杜月笙。接着她对老杜说："你这里一大家子，还有那么多的银行、公司……况且北平的家，连我都快住不下了，侄辈都已长大成人了。你去了住哪里?"

其实老杜开始不过说说罢了，他哪里真的能离得开上海滩。听小冬说起北平住房有些困难，他便对小冬说：

"你先回去，看看哪里有合适的房子，我会派人来办理。这点钱你先带回去家用。"

小冬临行前，杜月笙给了她 1 万美元，并说买房子的钱不用她担心，到时他会派人送钱来。

四十一　杜寿义演　冬皇登台

1947 年 8 月 30 日（农历七月十五日）是杜月笙 60 岁生日，他在三个多月前就准备像 1931 年杜祠落成典礼时一样，也举行全国性的堂会演出，庆贺一番，但又顾虑遭人嫉恨。后来他的一些"谋士"建议："单纯庆寿，意义似乎不大。"杜月笙听了觉得有道理。

当时，恰巧两广、四川、苏北等地又发生水灾。杜月笙就改变主意，决定来个祝寿赈灾义演，将演出收入全部用来救灾，而义演的一切费用由自己承担。另外把寿礼收入用来办一个月笙图书馆和编印上海市通志。这样就比单纯的唱祝寿堂会戏有意义多了。

7 月初，由杜月笙的得意弟子陆京士、徐采丞、顾嘉棠等人组织成立"庆祝杜月笙先生六十寿辰委员会筹备处"，发动各方面送贺礼，通知在外地的熟人及门徒前来祝寿。

生日前一天的晚上，杜月笙的门人发起，先在顾嘉棠家里设宴为杜先生暖寿，办了 40 桌丰盛的酒席，参加者有 200 多人，其中有许世英、钱大钧、钱新之、王晓籁、章士钊、潘公展、范绍增等闻人名流和国民党要员。杜月笙本人因气喘病发作，只能当个缺席的"寿星"。

次日为寿期，在泰兴路丽都花园举行了祝寿典礼。寿堂正中悬挂着蒋介石题写的寿匾，上书"嘉乐延年"。杜月笙因病没有到寿堂。他的几个妻子和子女胸前都挂着"寿"花，在寿堂迎接客人。来宾在警察局及警备部乐队之悠扬声中，络绎不绝。典礼从晨8时起，直至下午5时止。

前来祝寿的宾客有七千多人，小汽车就有一千多辆，汽车前面均贴上"庆祝杜公六十寿辰"的字条。到场的贵宾有宋子文、汤恩伯、宣铁吾、吴国桢等。蒋介石派了代表参加寿典，另外叫他儿蒋纬国带着媳妇到杜的家里拜寿。对此，杜月笙感到脸上颇有光彩。电影皇后胡蝶，平剧皇后言慧珠，博士梅兰芳以及名伶谭小培、谭富英、张君秋、马连良、叶盛章等，皆先后登堂祝寿。

当天上海的宪兵、警察大批出动，警察局长俞叔平亲自在门前指挥车辆。

寿典提倡节约，摆的是流水席，坐满十人便开席，四菜一汤，都吃素面。

之后，祝寿赈灾的义演开始，邀请了南北京剧名演员。公推金廷荪担任总提调，邀请演员的事，具体落实到孙兰亭、汪其俊和马治中身上。汪、孙是戏院前后台经理，马是常到北方去的邀角大员。杜月笙最为关心的是孟小冬这次能不能来，早在5月初，他就和夫人姚玉兰商量，请她出面邀请，以消除上次不愉快的分手。姚玉兰自然无话可说，当即亲笔给小冬写了封信，交给金廷荪赴京邀角时专门带给孟小冬，邀她即速来沪，商讨祝寿演出剧目。小冬到沪，为了便于排戏，即寓华格臬路（今宁海西路）杜公馆。

在研究祝寿戏码时，小冬自己提出《失空斩》与《搜孤救孤》

各唱一天，琴师王瑞芝仍在上海，由他介绍魏希云（人称魏三）司鼓。魏和白登云、杭子和，时人称为鼓界三杰。琴师、鼓师定好，即开始试吊嗓几天，小冬因健康关系，《失空斩》戏码毕竟太大，唱做均感吃力，最后改为《搜孤》连演两天。其中公孙杵臼一角，由杜月笙推荐票友赵培鑫出演。赵乃恒社弟子，杜的徒弟，金廷荪的干儿子。他本来是马连良的义子，向马学戏，玩票多年。小冬见其全是马派味道，便替他按鲍吉祥的路子予以一一改过。此时，麒麟童和在沪的谭富英均毛遂自荐，跑到杜公馆向小冬热情游说，愿配演公孙。小冬均连声"不敢当啊，不敢当！"再三谦谢而罢。据知情人说，谭富英原配为姜妙香之女，姜氏死后，迄未续弦，单恋孟小冬，也曾多次找小冬，只是见到小冬，又什么话都说不上来。孟小冬后来发觉，规劝他努力于事业。直到小冬归了杜月笙，谭富英才死了心。这次孟小冬露演，谭富英觉得是个好机会，故积极主动愿作配角。小冬婉拒后，待到演出那天，谭富英还到后台，为孟小冬扮戏；小冬赠其金烟盒一只作为纪念，并叮嘱早娶继室，谭富英终于第二年续弦。

剧中程妻、屠岸贾人选，小冬提议仍由在北平演时的原班人马，即梅兰芳的大弟子魏莲芳和花脸裘盛戎分别担任。议定之后，火速发函邀请到沪。孟小冬每天在杜公馆吊嗓子、排身段，将赵培鑫唱念教会后，再与魏、裘合排对口，前后共费时三月余，始告就绪。有人不解，此戏乃小冬看家杰作，拜余以后在京城还演过两场，"台上见"也不成问题，又是一出熟透的小戏，何以需费百日，才算告成？小冬则牢记余师教导："戏久不动就生。"所谓拳不离手，曲不离口。已多年不登台了，怎么能"台上见"呢？

祝寿赈灾的京剧义演，按总提调金廷荪的预定计划，从 9 月 3 日到 7 日，为期五天。但因南北名伶荟萃，特别是梅兰芳抗战期间蓄须明志，已快十年未登台了；孟小冬更是观众渴望已久的余派嫡传，有不少外地戏迷远自平、津、川、湘前往，甚至香港、台湾的

杜寿义演《搜孤救孤》剧照。孟小冬饰程婴（右），裘盛戎饰屠岸贾（左），赵培鑫饰公孙杵臼（中）

孟小冬（中）杜寿义演《搜孤救孤》剧终谢幕（1947 年 9 月 8 日）

观众，也闻讯乘坐飞机赶来观赏，戏票不够分配，黑市票价翻了几倍，还是一票难求。为满足观众要求，这样才决定大部分戏码连演两天，一共演了十天。票价分七等，最高的特厅 50 万元，其余依次为 40 万、25 万、20 万、15 万、10 万，最低的三楼 5 万元。黑市票则高达 100 万元以上。10 天义演得到 20 多亿元。另外寿礼也收到了 30 多亿元。

梅兰芳在十天中演了八场大轴，孟小冬演了两场大轴。具体剧目和演出日期、人员详列如下：

9 月 3 日

《拾玉镯连演法门寺》：小翠花（孙玉姣）、姜妙香（傅朋）、马富禄（前媒婆后贾桂）、裘盛戎（刘瑾）、马崇仁（宋国士）、张君秋（宋巧姣）、杨宝森（赵廉）、芙蓉草（后媒婆）、刘斌昆（刘公道）。

《龙凤呈祥》：李少春（赵云）、谭富英（刘备）、马连良（乔玄）、韩金奎（乔福）、李多奎（吴国太）、袁世海（前孙权后张飞）、梅兰芳（孙尚香）、叶盛兰（周瑜）、麒麟童（鲁肃）。

9 月 4 日

《摇钱树》：阎世善（张四姐）。

《大翠屏山连演时迁偷鸡》：小翠花（潘巧云）、叶盛长（杨雄）、叶盛兰（前石秀）、马富禄（潘老丈）、刘斌昆（裴如海）、李少春（后石秀）、叶盛章（时迁）。

《武家坡》：谭富英（薛平贵）、张君秋（王宝钏）。

《打渔杀家》：梅兰芳（桂英）、马连良（萧恩）、马富禄（教师）、袁世海（倪荣）、马盛龙（李俊）、马四立（丁郎）。

9月5日（同3日）
9月6日（同4日）
9月7日

《打瓜园》：阎世善（陶三春）、叶盛章（陶洪）、高盛虹（郑子明）。

《得意缘》：邵章遏云（狄鸾英）、叶盛兰（卢昆杰）、芙蓉草（郎霞玉）、马富禄（太夫人）、汪志奎（狄龙康）、盖三省（丫头）。

《搜孤救孤》：孟小冬（程婴）、赵培鑫（公孙杵白）、裘盛戎（屠岸贾）、魏莲芳（程妻）。

9月8日（同7日）
9月9日

《盗仙草》：阎世善（白娘娘）。

《群英会·借东风·华容道》：裘盛戎（黄盖）、叶盛兰（周瑜）、麒麟童（鲁肃）、马连良（孔明）、马富禄（蒋干）、袁世海（曹操）、李少春（赵云）、林树森（关羽）。

《樊江关》：梅兰芳（薛金莲）、小翠花（樊梨花）。

9月10日

《金山寺》：阎世善（白娘娘）。

《祥梅寺》：叶盛章（了空）、钱宝森（黄巢）。

《能仁寺》：小翠花（何玉凤）、张君秋（张金凤）、姜妙香（安骥）。

《甘露寺》：（即《龙凤呈祥》，演员同3日，唯吴国太换刘斌昆）。

9月11日

《连环套·盗双钩》：高盛麟（黄天霸）、裘盛戎（窦尔墩）、叶盛章（朱光祖）、袁世海（窦尔墩）。

《二本虹霓关》：小翠花（东方氏）、张君秋（丫头）、叶盛兰（王伯党）。

《全本四郎探母》：（坐宫盗令、出关见娘、哭堂别家、回令求情）李少春（杨四郎）、刘斌昆、韩金奎（二国舅）、姜妙香（杨宗保）、叶盛长（杨六郎）、谭富英（杨四郎）、马富禄（佘太君）、高玉倩（四夫人）、马连良（杨四郎）。

9月12日（同11日，杨六郎换马盛龙）

从十天演出剧目来看，并不是以往人们常说的，后五天是前五天的继续，或者说重复，也不是所有戏码都连演两天，比如《群英会·借东风·华容道》和《樊江关》就只演了一场，而《龙凤呈祥》（即《甘露寺》）却演出了三天。个别演员也有更换。杨宝森演了两场，不等义演结束就"早退"去青岛演出了。他这次被安排的戏码不多，属于最不得意的角了。他的鼓师杭子和也一肚子牢骚，杭原是余叔岩的鼓师，孟小冬的戏，居然不请他打，而另请了旁人。所以，他和杨宝森正好同病相怜，一起早早离开了大上海。有人说，意见再大，还敢把他"老人家"（指杜月笙）怎么样吗？

9月7日晚，与上海观众阔别十年之久的孟小冬即将登台了，大家都知道她在余门深造五年，名师究竟能否出高徒？所以天尚未黑，中国大戏院门口已是万头攒动，各色小汽车如流水般向牛庄路驶来，马路拥塞，许多警探出动维持秩序。各界人士赠送给孟小冬的花篮排在戏院门前的牛庄路上，足有一华里长。牛庄路本身不长，不得不向两旁的小马路上延伸。花篮上的红绸（纸）条写着"孟令辉

（或孟小冬）小姐登台志喜"。杜月笙事前曾经关照过，这次为救灾义演，不得向演员个人赠送钱物。若有捐赠，一律以花篮折价，凡送花篮者，每只以 50 万元计。赠给孟小冬的花篮，不少人一送就是 10 只、20 只，最多的达 200 只，即 1 亿元，全部花篮折款竟高达 12.5 亿元之多。钱款直接汇入或送交中汇银行统一办理。

当天的戏票早已抢购一空，黄牛手上的票五倍、十倍地向上翻。买不到票的人便通路子，想办法走"后门"。当时有位某杂志的编辑，即后来一直担任香港《大成》杂志社社长兼主编的沈苇窗先生，找到了马连良，想请他帮忙弄张票子，马说我也想看，哪里有票？当晚马连良无戏，也真想看，临时他请前台经理和茶房设法在二楼过道加了张凳子，便和这位编辑朋友两个人挤坐在一张凳子上，也心满意足了。难怪当时有戏迷说："这种盛况，恐怕就连她（指孟小冬）的老师余叔岩、太老师谭鑫培到上海来，也是望尘莫及的。"

《搜孤救孤》故事出自《史记·赵世家》和《列国演义》第 57 回。元代纪君祥将这一故事编成杂剧《赵氏孤儿大报仇》，情节很完整，是我国古代十大悲剧之一。1735 年首先流传到法国，剧名译为《中国孤儿》，后又传到英、奥等国，它是最早被介绍到国外去的中国古典戏剧。

京剧《搜孤救孤》又名《八义图》，只演定计、舍子、公堂、法场几个片断，与杂剧的情节不尽相同。剧中着重反映战国时程婴及公孙杵臼，为了反抗残暴，一个舍子，一个舍命，终于救下了赵氏孤儿，免除了晋国所有与孤儿同庚的婴孩惨遭杀害的故事。这是一出正义战胜邪恶的优秀传统剧目，深受广大人民的喜爱。

这出戏最早卢胜奎演唱时是以公孙杵臼为主角，谭鑫培作了增补删改，以程婴为主。后经余叔岩精心加工，反复锤炼，遂成为余氏的代表作。余叔岩 1924 年在高亭公司灌录了剧中的两个主要唱段，给后人留下了极其珍贵的摹本。余叔岩 1943 年逝世后，这个戏成为绝响。

孟小冬挑选这出戏参加赈灾义演，又经过三个月"战前"准备，能否符合上海广大观众的欣赏口味？一切就看临场发挥得怎么样了。

戏正式开演，楼上楼下早已客满，几无插足余地，前面几出戏完后，大轴戏《搜孤救孤》登场，全场观众情绪顿时高涨。待赵培鑫的公孙杵臼唱毕坐定，小冬扮演的程婴一出场，就获得"碰头彩"，掌声雷动。也许多年不登台，抑或体弱腿软的原因，她出场时，在观众的欢呼声中，显得略微有些紧张，高底靴竟然侧了一下，不少人都代她担心，坐在特厅包厢听戏的杜月笙，更是吓了一大跳。但在她开唱［二黄散板］"屠贼做事心太狠，三百余口赴幽冥"时，满场寂静无声，两句唱完，彩声又轰然齐发。小冬扮相台风，潇洒飘逸，嗓音甜润嘹亮，满宫满调，韵味隽永，观众目光，全被吸住，而孟小冬的情绪也完全稳定了下来。

程婴与公孙定计对话时，程婴表示要倾听公孙的意见，将座椅向前一拉，同时念白，动作自然，神情如画。小冬完全进入了角色，连擅长做工的马连良在座中也连声叫好！

"劝妻"一场，说白吐字，全用湖广音，语气温和而又恳切。唱原板第一句"娘子"的"子"字，小冬用穿齿劲轻喷而出，表达了程婴真诚相劝、急切不安的情绪。"后代根"一句，唱得紧凑峻峭，一气呵成。"双膝跪"的"跪"字，唱来似蜻蜓点水，一掠而过，丝毫没有拖沓之感。接着夫妻意见不和，唱"狠毒毒不过你妇人的心"，活脱就像湖北人斗嘴。

"公堂"一场，为全剧高潮，最富有戏剧性。程婴奉命鞭打公孙，唱［导板］"白虎大堂……"孟小冬一开口，将"虎"字用强烈的脑后音喷出，显得高亢饱满，声情并茂。场上气氛紧迫肃穆。屠岸贾在［四击头丝鞭］声中又怒不可遏地高声呼叫，命程婴重重地打时，显然是有心要考验程婴的真假，企图达到一箭双雕的目的。程婴此时心情紧张矛盾，不觉冲口唱出"都只为救孤儿，舍亲生……"特别是"年迈苍苍"的"苍苍"和"两离分"的"分"字，更是唱得铿锵有力，铮铮如金石之声。这里在［搓锤］锣鼓中有左右甩髯口的动作，孟小冬的身段和卯上的裘盛戎扮的屠岸贾的表演，均处理得合情合理，而又显得如火如荼，波澜跌宕。

"法场"的大段唱，可谓句句珠玉，扣人心弦。当唱到"我那亲……"急忙煞住，四下张望，再低声唱出"我……我的儿啊"，腔调回旋低沉，悲泣不能成声。紧接着琴师王瑞芝拉［哭皇天］曲牌，全场又彩声四起，戏已接近尾声，观众叹为观止。

戏毕，台下掌声如雷，要求谢幕。孟小冬迟迟不肯出场，而观众也不愿退场，坚欲一见庐山真面目，形成僵局，相持竟达 30 分钟之久。最后由寿星杜月笙亲自从前台到后台去商请，才由赵培鑫陪同小冬便装出来，含笑点首作谢。观众方如饮琼浆，满意离去。

演出结束后孟小冬为何迟迟不肯出场呢？原来那时京剧演出谢幕，还是很新鲜的事，孟小冬在此之前，演出从未谢过幕，所以一时还不能适应。

谢幕是从国外流传过来的，20 世纪 30 年代后期才偶见于话剧和歌唱会上。京剧谢幕据说始于梅兰芳。抗战胜利之后，他剃掉胡子重新粉墨登台，受到观众的热烈欢迎，散场后观众仍依依不肯离去，梅便启幕答谢。但那个时期，有很多知名演员仍不愿谢幕。一位是盖叫天，他的个性古板，开头不习惯于来这一套，所以戏毕落幕就推出一块"敬辞谢幕"的牌子，表示婉谢。另一位是程砚秋，他做事向来认真，谢幕时是以演员本人的身份还是以剧中人的身份来出现好呢，一时拿不准主意，在尚未想通之前，就不愿轻举妄动。所以他的谢幕要比别人晚一些时候。

孟小冬两场《搜孤救孤》的演出，获得圆满成功，终于向上海广大观众交出了一份出色的答卷。一出余派名剧，被孟小冬演唱得近乎完美无瑕，无疵可剔，获得内外行的一致好评。沪上一位余派名家刘叔诒（艺名刘天红），看了演出之后说："这戏真给冬皇唱绝了，不但唱腔白口，身段眼神，活脱赛如余老板，尤妙者连扮相都酷肖余老板，咱们的祖师爷赐福给孟爷的，真是太厚了。"上海资深作家沈寂回忆他当年看戏的情景说："我被她那余派嫡传的盖世绝唱和精湛艺技所陶醉入迷。她每唱一句，全场轰动；我每听一段，击掌叫好。我仿佛看到了余叔岩复活而惊服，也庆幸余派有后而激动。当时情景，历历在目；当时心境，记忆犹新。"余叔岩挚友孙养农是在台湾得到孟小冬登台消息的，倍觉兴奋，连夜搭机飞回上海，亲聆妙音，听后认为真是"此曲只应天上有，人间哪得几回闻"。小冬演出那两天，很多参加祝寿演出的名演员都站在后台，屏息静听。不过人们没有见到梅兰芳在现场看戏。事后他的管事姚玉芙透露说，梅先生在家听了两天电台的转播。演出期间，广播电台每天现场转播杜寿义演实况，买不到票的即在家收听广播，过过戏瘾。现今广为流传的孟小冬这出戏的录音，就是那时用钢丝录下的。后来有一位资深新闻编辑老戏迷先生，回忆当年从无线电里收听到孟小冬的演唱，觉得自己的灵魂儿也随着孟小冬的声腔而去了。此后，上海滩上各票房聚会，到处传出一片"娘子不必"声。孟小冬真可谓是不鸣则已，一鸣惊人了。也正因如此，才最终奠定了其不可动摇的冬皇地位。

杜月笙和他的谋士们精心策划的祝寿赈灾义演，经过前后整整十天时间，就此落下了帷幕。

这可能是有史以来唱堂会戏天数最多的一次，也是杜月笙举办的最后一次堂会戏。他一生中大小堂会办过无数次，娶儿媳、嫁闺女、过生日，甚至连女儿满月都要唱堂会。逢到别人家的堂会或慈善义演，有人请他登台，他高兴时也不推却，便会粉墨登场。若遇到慈善救济或哪里发生灾害，劝募捐款，他更义不容辞，以"大亨"

的身份出面主持义演活动，亲自担任主任委员。他如此热衷举办各种演出，究其原因，除了出风头、显文雅之外，恐怕就是他对京剧太迷恋了。

杜月笙对京剧的爱好、扶植，虽出自他娱悦享乐的目的，但客观上对当时京剧的发展还是起到了一定的推动作用。他到中年以后，在家的生活三部曲，就是抽烟、会客、唱戏。要说他唱戏的先天条件并不优越，他是浦东高桥人，张口全是浦东乡音，但他却非常认真，把唱戏作为一门功课，还专门请了一位博学多才、有"戏篓子"之称的演员苗二爷苗胜春做他的家庭教师，既学唱，又学表演，生旦净丑、文的武的，没有不喜欢的。在苗教师的指导下，他主攻老生、武生，最喜欢唱的是《打严嵩》的邹应龙、《坐宫》的杨延辉、《落马湖》的黄天霸和《黄鹤楼》的赵云，台上都彩唱过，闹的笑话也很多。比如他演赵子龙，身穿铠甲，腰佩宝剑，保护刘备，在台上显得八面威风，但同时却有四个大汉保镖在后台暗中保护着他，怕他在台上有所闪失。此事曾一时传为趣谈。

1936 年春末，另一个上海大亨张啸林过 60 岁生日，唱三天堂会，其中一出《四郎探母》，由杜月笙和四大坤旦之一章遏云合演《坐宫》一折，杜月笙开口第一句就把"杨延辉"唱成浦东话的"洋烟飞……"引得台下哄堂大笑，但他很沉得住气，照样往下唱。等到最后一句"叫小番"应翻高唱嘎调，这就难为他了，他曾私下练过几十次，一次也没有叫上去。不过不要紧，他的徒子徒孙很多，事先徒弟们请他放心大胆上去唱就是了，到时他们自有办法。当杜月笙唱到"站立宫门"的时候，水袖往上一翻，"叫小"两个字刚出口，台下各个角落预先埋伏好的大批人马，齐声叫"好！"声震屋宇，那个"番"字就被湮没在叫好声中，杜月笙即便张张口不出声也没问题了。

《打严嵩》是杜月笙百唱不厌的一出拿手戏，曾得到林树森、麒麟童（周信芳）的指点，当然到他嘴上还是满口的浦东乡音。有一次，他在朋友的酒宴上乘兴清唱了一段《打严嵩》，"忽听万岁宣应龙……"倒是有板有眼，如流水行云一般，可就是浓重的浦东腔调令人捧腹不止。

当时上海有位以唱宁波《空城计》闻名的老牌滑稽演员王无能，又推出新剧目浦东《打严嵩》，模仿杜月笙腔调惟妙惟肖，观众为之绝倒。消息传到杜月笙耳里，他特地派人把王无能召到家里，指定要听这出戏，王急得连连摆手求饶，但杜坚持要听，王只好唱。但他很机灵，唱完之后向大家说："我唱的是杜派，杜先生的戏已自成一派了。"杜听后不但没有生气，反而表示高兴，连声说："蛮开心！蛮开心！"命人取来200大洋酬谢。

杜月笙出手大方，倒也是常有的事。比如他一进后台，不管龙套还是什么人，只要向他道一声"杜先生辛苦了"，便叫跟在身旁的门生发个20元的红包，也有50、100元的，那些敲锣打鼓，为他服务的，更不用说。所以他唱一场戏的开销花费就很庞大，光是红包就要发掉上千元。六十寿辰义演结束，他向参加的演员每人赠送金表一块。老旦名宿李多奎后来曾对他的弟子谈起这件事，说杜月笙为人不吝啬，出手比慈禧太后还大方。曾经参加杜祠落成典礼的四大名旦之一尚小云也曾谈起过类似轶闻。1933年11月11日《天津商报画刊》第4版上发表一篇署名"津津"的文章，其中说道：

> 小云谓杜宅祠堂落成之日，曾邀平津名伶赴沪演剧，小云亦应召而往，随杜君自沪同赴浦东高桥。既抵祠堂，忽见两乞丐，各持一鸡毛帚，献于杜君，曰："今日尊府祠堂落成，吾侪无以为赠，竟日行乞，各得小洋三角，只得购此微物，聊以将意。"杜笑受之，延入厅堂，温语致谢，并将鸡毛帚二柄，高插于佛堂花瓶之中，盖认为最名贵之

礼物，并对此二丐，各送洋四百元，二丐欣然谢去。此事
小云曾经目睹，自属确实，杜君之深得人心，于此亦可窥
见一斑矣。小云日前来津，出演春和，寓惠中旅馆，一夕
与朋辈谈及此事，皆叹杜君豪侠之风，为不可及也……

　　别看杜月笙平时在生意场合或对社会上有头有脸的人说话处事，
有时倒狠三狠四，毫不客气，甚至心狠手辣，但他对一些下层平民，
却并不居强自傲，尚能友善相处。特别对待京剧演员，不管大角小
角，莫不以礼相待。如有资料说，梅兰芳每次上杜家门，杜都谦恭
以待。有一次，他指着梅兰芳，告诫站在一旁的孩子，要他们学习
梅的谦虚诚恳、待人有礼的气度。再请看摄于 1931 年 6 月杜祠落成
典礼时的一张合影照片。上面共有 52 人，而前排大模大样就坐的都
是京剧演员。当时演员名气虽大，但社会地位并不太高，甚至还相当
低下。而以主人杜月笙为首的大亨们和地位显赫的社会名流却不顾降
低自己的身份，甘愿侍立于后排，真可以说够得上是礼贤下士了。

　　在前排就坐的有 14 人，是按梨园行的行规排列，老旦为各行当
之首，居中而坐，武生老生次之，花旦行居末位。因此四大名旦分
坐两边。还有两位坤旦，因 20 世纪 30 年代，妇女地位已发生变化，
受到了特别优待。

　　杜月笙的老生戏唱得不算太好，或者说还很蹩脚，但马连良、
杨宝森、赵培鑫等这些顶尖的老生，却都是他的干儿子；他的四夫
人姚玉兰亦是享有盛誉的汪派老生，如今老生皇帝孟小冬又投奔他
的帐下，大有"天下老生，俱来归我"之势，时人曾有"天下之歌，
尽入杜门"的赞叹。

四十二　广陵绝唱

　　孟小冬在上海中国大戏院义演的两场《搜孤救孤》，征服了成千上万的观（听）众，被内外行人一致誉为前所未有的"广陵绝响"。令人惋惜的是，这次她在红氍毹上最后一次与观众的见面，竟成了"后会无期"的绝唱了。这一年，不管怎么算，她充其量不过 40 岁，正是人到中年，应该大显身手的时候，余派戏迷又是那么如痴如狂地渴望着她，难道她立雪余门、吃尽千辛万苦才学到手的余派艺术，就是为了替老杜祝寿演了这么两场就算草草完成历史使命了？人们一时还弄不明白她为什么早早就远离了她本不应该离开的舞台。是急流勇退吗？还是见好就收？不管是由于什么原因，对于京剧舞台来说，都是个无可估量的损失。

　　孟小冬这次来参加义演时，曾想到梅兰芳就住在上海，也一定会登台，开始有些顾虑。万一被派到一个戏里，或即使同台不同戏，也会抬头不见低头见，总感到某些不便。但杜月笙和戏提调毕竟老于世故，似乎早就考虑在先了，把他俩的戏码岔开，十天戏中，两人分演大轴，梅八天，孟两天，并不见面。偏偏有些小报上流言蜚语，乱出主意，希望梅、孟合作《四郎探母》或《武家坡》一类的"对儿戏"，企图通过戏台上的阴阳颠倒，融化感情，使二人重温旧梦，以达到台下的破镜重圆。这件事弄得梅兰芳和孟小冬乃至杜月笙都很狼狈。

这期间，也确有人想撮合梅、孟合演一剧，以飨沪上知音，成就千载难逢的盛事。此人是谁？黄金荣。按说他开了多家戏馆，但自己并不会唱戏，他何以要提出这么个馊主意？难道他还不知杜月笙和孟小冬早已有了联系？

原来这是黄金荣故意想要杜月笙难堪，原因是杜的六十寿辰假泰兴路丽都花园举行，排场很大，祝寿宾客有五六千人，汽车就有一千多辆，警察局长亲自在门前指挥交通，许多政府头面人物如宋子文、汤恩伯、吴国桢、宣铁吾等等，均到现场祝寿，连蒋介石也派代表参加，还派儿子蒋纬国领着儿媳到他家里去拜寿，杜可谓出尽风头。黄金荣也想去凑凑热闹，原以为杜月笙毕竟是自己一手栽培起来的，他必定会亲自恭手出迎，也显示一下自己的分量。谁知老黄驾到时，杜却托病未出，只由门徒代迎，这让黄老板大失面子，耿耿于怀。所以这次他趁机也给老杜出个难题。

不过以梅之持重、孟之孤傲，他们也绝不会随便被那些小报或其他什么人牵着鼻子走的。梅兰芳先后登台各演四天，孟小冬推说自己无戏，不去戏院；中间两天轮到孟小冬出台，梅也同样避开，于马思南路寓所听电台实况转播。每晚散戏后固定在南洋桥金府的夜宴，孟也未必出席。这样，梅孟非但台上未遇，台下也未曾见过。就连最后一天杜月笙亲自参加的全体合影，因有梅在场，孟也推托疲劳而辞谢了。对孟来说，也许是她早已淡薄了人间男女之情，不愿意再重建那种徒有虚名、始乱终弃的爱情。因此，她在义演结束的第二天，便整理行装，向杜月笙和姚玉兰提出急欲北返。理由是：来上海四个月了，思念高堂，已有家书催归，因此万难再怠留。

对于小冬牵挂老母的一片孝心，杜、姚也不好强留，杜让姚出面送上珍贵金银首饰，作为酬谢。小冬只取了一只刻有老杜名字的金表，其他丰厚的馈赠均双手推回，未予接纳，并对姚玉兰说："阿姐！这块表我留作纪念。这次应该感谢你们盛情邀请我来参加义演，既为慈善事业出了点力，又让我有机会在上海宣传余派戏，也是对我老师的最好怀念。我虽然能受到观众的欢迎，但主要是你们的捧场，不然谁还会给我送那么多花篮？"

小冬此话不虚，她此番在沪登台，为老杜寿辰增光添彩，了却了他多年的心愿，也替这位慈善家扬了名、露了脸。杜月笙不仅从个人感情上获得快慰，而且也给这位大亨弥补了 16 年前杜祠落成独缺余叔岩的遗憾。但反过来说，孟小冬若没有大亨杜月笙的面子，也绝对轰动不到那种程度。试想，一只花篮折款 50 万元，能有多少真正的戏迷送得起？那些一送 10 只、100 只的人，花篮上面虽然名义上写的是赠给孟小冬登台志喜，实际上是为了讨得寿星大亨的欢心。这些赠送花篮者大多是杜的门徒，或有事需求他帮忙的人，正好借此机会巴结奉承，联络感情，表示一下。小冬也是个明白人，她没有把这些荣耀全部归结到自己的头上。所以只能说，孟小冬遇到了好机会，而杜月笙把这个机会又献给了孟小冬。

杜月笙听了小冬一番叙说，既感动又歉疚，他深知小冬的脾气，她说过不要，就一定不会接受的，一时也不知如何是好，又因连日祝寿忙碌，不胜疲累，食少事烦，哮喘发作，不能亲自为其送行，就让姚夫人代劳。

小冬行前，只保留了一件这次演出程婴穿的褶子，它只有七八成新，并不太值钱，但大小长短正合身，是她 20 年前初到北京时自己选购的，特别喜欢，暂时留作纪念，其他带来的所有行头，全部送了人，大有俞伯牙摔琴谢知音的味道。这就表明小冬今后不再打算登台了。孟小冬此举似乎在告诉人们：在她的生命里，已不再有什么值得追求或需要的东西了。有人问她为什么年纪轻轻就要退隐，她无奈地摇着头和摆着手说："您瞧，我这么个样子，可怎么还登得了台呀？"

据此可知，小冬摒弃粉墨，不再登台的原因，是体质太弱造成。她后来曾对其弟子说过这样的话："一戏之耗费精力太多，非体能所胜也。"

她回到北平不久，各戏院经理闻讯纷纷上门，邀她登台演营业戏，并说她在上海义演时，京城为之轰动，早就盼望她回京为大家献艺。她连忙向来人道谢，并说明戏装行头都已全部送人，从此要学陶渊明，隐居山林，不再唱戏了。

有人认为孟小冬立雪余门，五年向老师学了那么多戏，说不演就不演了，甚是可惜。不过也有人认为，孟小冬选择在这样的时机离开舞台，无疑是聪明的选择。这样的急流勇退留给人们最美好的回忆。

小冬离沪返平后，杜月笙日夜牵挂，总觉得这次很对不起她。小冬临行只拿了一只金表，其他什么也没要。区区一块表，怎能表达他的感激之情？这倒使他不安起来，想到她这几年还孑然一身，孤苦无依，怜惜之情油然而生。他突然想起小冬上次在沪曾谈起北平住房有困难，也曾应允要为她另购新房的事。这次来沪几个月，竟又将这件事忘得干干净净。事不宜迟，他随即派了个得力的门徒，专程赴北平，以孟小冬的名义替她买了一处房子，算作对她的酬答。所购为一所半中半西的住房，地点在崇文门内贡院顶银胡同，有一个很大的院子。位于现在的北京站不远，距离小冬原来东四的家也很近。其实这幢房子孟小冬并没有住过多少时候，1980 年，孟小冬的养子杜维善赴大陆时，在北京办理了继承接管手续。接管时发现，这处房子的主人用的还是"杜镛"（月笙）这个名字。

近来又发现孟小冬曾于 1940 年在北京东四轿子胡同买过一处房产，产权人用的是小冬母亲孟张氏（张云鹤）的名字，不过其母一直没有住过，孟小冬本人也很少去住，对外没有正式公开。1950 年由其弟孟学科经手卖掉。

这里有一件还不太弄得明白的事：笔者曾到北京中国戏曲学院图书馆查资料，在 1940 年 10 月 12 日出版的《立言画刊》107 期上发现有一篇"孟小冬最近动态"的报道："……孟小冬前次赴沪，料理彼母沈氏葬事，现沈氏灵柩已抵京，停于龙泉寺，日内移松柏庵暂厝，拟定本月十四五日，在松柏庵开吊，事毕即与乃父鸿群合葬，并在安定门外购茔地一处……"

之前，我们都知道孟小冬的母亲名叫张云鹤，和小冬一直在一起生活，直到新中国成立后才病逝。而从这篇报道里，突然又多了一位"沈氏"母亲，于 1940 年在上海逝世，并且孟小冬还到上海将灵柩运到北京，和死去的父亲孟鸿群合葬。不知这位"沈氏母亲"来自何方？有待进一步证实。

四十三 "冬皇"由来

"冬皇",这顶皇帝桂冠,能戴到孟小冬头上,沙大风先生功不可没。最初这种称呼只在平津一些报纸上出现,而南方各报均迟迟未予承认,直到1947年杜寿义演后,以上海《申报》为首的报刊,方才接受,并正式引用,在大幅刊载赞扬小冬艺事的文章中,不再直呼其名,而多以"冬皇"誉之,从此南北舆论,趋于一致。皇帝桂冠,委实太重,它超过了一切"王"位,含金量也委实太高。在迄今为止的中国京剧史上,能冠上"伶界大王"的也只有两位:谭鑫培和梅兰芳。前者是在他66岁、第五次赴上海演出于新新舞台时,海报上才第一次出现这顶殊荣,那时全国早已是无腔不学谭的天下了;而后者获此殊荣的时间,恐怕也已经很晚了。此外,够得上封为"亲王"尊号的,也仅仅是极少数的几位。

孟小冬被梨园界冠以"冬皇"的尊号,最早见于1928年9月天津《商报》副刊"游艺场",当时梅、孟结合还未正式公开。主办这个栏目的沙大风，在这个副刊上开辟"孟话"一栏，专门由他撰写有关孟小冬的演艺和生活起居方面的文章报道。他在文章中竟异想天开地称孟小冬为"冬皇帝"、"吾皇万岁"等，自己则称"臣"、"老臣"、"微臣"，等等。对孟小冬大捧特捧，这时小冬才不过 20 岁。当时有位署名"斑马"的人，写了一首打油诗，传诵一时。诗曰：

　　沙君孟话是佳篇，游艺场中景物鲜。
　　万岁吾皇真善祷，大风吹起小冬天。

那时，"四大名旦"还未正式选出来，"四大须生"更是若干年以后的事了。

要说到"四大名旦"，首先提出这个称谓的，也不是别人，正是这位人称"胖先生"的沙大风。

沙大风（1900—1973 年），浙江镇海人。原名沙厚烈，笔名沙游天。1921 年在天津创办《天风报》，自任社长。当时，北京城内直系军阀曹锟的内阁大臣程克等四人，气焰熏天，人称"四大金刚"。那时堂会戏极多，领衔主演者以梅兰芳、尚小云、朱琴心、程砚秋四人最有名气，不亚于直系"四大金刚"，故又称"伶界四大金刚"。后白牡丹（荀慧生）声誉鹊起，取代了朱琴心，遂又称梅、尚、程、荀为四大金刚。沙大风认为"金刚"二字不太雅观，便在《天风报》创刊号上提出"四大名旦"称谓。直到 1927 年 6 月，北京《顺天时报》发起选举，由群众投票选出前六名，依次为梅、尚、程、荀、徐（碧云）、朱（琴心），历经四年之久，最后于 1931 年年初决出前四名，在《戏剧月刊》上公布评分结果。按总分依次排列为：梅（565）、程（540）、荀（530）、尚（505），四大名旦之冠遂各有其主。

　　沙大风广交戏曲界朋友，许多梨园名流皆延其为座上客。四大名旦之师、内廷供奉王瑶卿的书房"古瑁轩"，常能见到他的身影。王瑶卿还将慈禧太后赏他的书画卷轴赠送给他。此外，沙大风与荀慧生交游最为深厚。1931 年 5 月荀慧生赴沪演出，沙大风从天津登车陪荀同行，在沪两个多月，几乎形影不离。荀的家信、友函均由他代笔，报上演出广告文字全由他撰写，空闲时还陪同访客会友。这期间，作家舒舍予（老舍）旅居沪上，亦与荀慧生常来往，他们常聚在一起吊嗓打牌，还一起去拜望了上海三大亨，并应张啸林、杜月笙之约，同赴大律师郑毓秀女博士家做客。演至中期，又适逢杜祠落成，他们亦随荀慧生往返市内与高桥间。杜祠堂会最后一天大轴戏，为四大名旦合演的《四五花洞》。这是四旦唯一的一次同台合作。不久上海长城唱片公司老板张啸林特约四大名旦在北京合灌该剧唱片，因"四大名旦"一词为沙大风所创，唱片公司特邀他为主持人，并排定四人演唱顺序，将《五花洞》［慢板］各唱一句。沙预料谁唱首句，谁唱末句，定会有一场争执。灌片那天，他与荀慧生一同前往欧美同学会录制场地，在途中就先说服荀唱第三句。在现场，不出预料，梅提出要唱首句，大家均认为理所当然，毫无疑义；紧接着提出要唱第二句的是尚小云，沙大风颇感为难，他本来计划这句安排程唱。正在不知如何处理时，幸而程砚秋十分爽快，提出愿唱末句，难题迎刃而解。大家都钦佩程的雅量。唱片制成，如何排名？沙大风又想出一个极好的妙招，他将四人姓名按圆形排成一圈，这样也就分不出谁先谁后、皆大欢喜了。那日，四人皆用梅的场面，由徐兰沅、王少卿操琴。

　　由此看来，四大名旦合作的《四五花洞》顺利录制成唱片，流传至今，还有沙翁一份贡献。

　　新中国成立前，沙大风长期任天津《商报》主编，兼为北京《戏剧月刊》和上海《半月戏剧》主笔，自 20 世纪 20 至 40 年代，执京、津、沪剧评界之牛耳，颇有几分才学。他曾集了一副对联，以表达平生所学。联曰：

> 置身乎名利以外
> 为学在荀孟之间

从这联下句看，可能以为他是一位儒学大家，所研究的学问是荀子（卿）、孟子（轲）。其实不然，他是专指荀慧生和孟小冬，不作第三人考虑。沙翁业余有时也聚会玩票唱戏，生、旦兼学，专攻荀、孟戏目，而且戏瘾很大，每唱不止。荀慧生曾评论他："虽调低音哑，却也有味。"（蒋锡武主编：《艺坛》第 2 卷，第 207 页）他生行原宗老谭，自 1925 年孟小冬北上平津，他遂改学孟，奉为圭臬。他曾在一段很长的时间里，顽固地坚持"小冬之剧艺，实在叔岩之上"的观点。小冬拜入余门后，他的看法方稍有改变，评孟为"谭派绝响，叔岩化身之当代第一正宗"。但又在《天风报》上发表文章说："小冬以学余获盛名，而嗓音气力远超过余氏而上，此则非谓小冬之艺术高于小余，乃谓小冬所学，已超过余而学谭，盖其嗓音气力，皆有学谭之根本条件，不必拘于小余之只求婉转曲折以趋时俗也。"

沙大风这段文字是说，以孟小冬条件，完全应该学谭，而不必学余。

此后，他仍不遗余力地在平津各报，对小冬之艺发表评论，并撰文苦苦哀求孟小冬多多出台，以满足观众的需求。如 1938 年 8 月 19 日天津《天风报》上，沙大风以"微臣"笔名发表一篇题为《喜冬皇将出台》文章，告知读者孟小冬将要登台演戏的消息。全文如下：

　　小冬吾皇，息影养晦，将及半年，一般善造谣言者，均谓吾皇卷青灯，虔心修度，决意绝迹歌台，此谣一出，天地变色，菊圃无光，而妖祟横行，群思篡窃正位，予以忧之，乃上表苦谏，务以天下苍生为重，再享四海臣民以正气之歌，钟吕之音，俾魔云妖雾一扫而空。果然圣德高厚，再三表示前此休养，纯系圣躬稍有违和，今已霍然，约定闰七月中旬，必当重现宝相，慰喁喁之望，并属微臣力辟无稽之谣（按已奉旨恭为辟谣），从此日月重光，天地明朗，菊国正统（按谭大王升遐以后，叔岩不出，王位非此人莫属），赖以不坠，一般窃号自娱之辈，闻此正言法曲，必当知所戒惧而稍稍敛迹也。吾皇万岁万万岁。

　　沙氏在这篇捧角文字中，有二三处称"小冬吾皇万岁"之语，表示崇拜到了家。在今天看来，似乎有些过分。其实，若要和另外一篇文章相比，这只能算是微不足道了。1947 年，杜寿义演之后，"冬皇"封号，南北新闻媒体，趋于一致，四海遍传，沙大风更是得意万分。遂又在上海《半月戏剧》第 6 卷 10 期上写了一篇《冬皇外纪》，全文洋洋洒洒，竟有四千余字，文中称孟"吾皇"多达二十多处，真是别开生面，蔚为大观。兹摘录几个片断，以飨读者：

　　奉天承运，统一寰宇，当今圣主"冬皇"帝，名震四海，光被九州。声容并茂，加恩德于万民，聪明天禀，传谭余之一脉，此特出之对哲，必有其逾人之智慧，更必有其坚强奋斗之历史……爰秉史官之笔，作本纪之传……吾皇见此，倘亦莞尔一粲耶？
　　吾尝分析吾皇剧艺及天赋，其嗓音实得天独厚，高底宽窄，无所不宜，底音醇厚，而有苍劲之致，男子亦所罕见，岂天之独钟灵秀于吾皇耶？吾皇唱《捉放》"他一家大小遭祸殃"之"遭"字，满宫满调，真气充沛，有无限激昂情绪；《空城》之"大显威灵"之"显"字，真如石破天惊，"灵"字则又沉入九渊，有荡气回肠之致。此在男伶佳嗓，亦所难得，而吾皇竟独擅胜场。予观吾皇之戏，其声调激越，情感流露之处，觉较乃师为尤胜，所谓有状元徒弟，无状元师傅，叔岩因限于天赋，往往避重就轻，虚处以美妙轻灵为主，以腔韵取胜，吾皇则直入谭氏之堂奥，声调与情感相合，此所以能超越前辈，远迈时贤，而未见来者。上次在义演中之《搜孤救孤》，其一种义愤之气，溢于眉宇，而发于歌唱。回忆叔岩唱《搜孤》亦数矣，似未为人所重，吾皇偶以此冷戏相示，遂至举世风靡，其长处决不在于腔调，而在于神与古会，声与情合，此实艺术之最高峰。一般伶人，哪得语此？吾知吾皇读吾此作，必悚然不安，以为吾言之太过，实则吾只谈艺术，不杂情感，言发乎衷，不能自已也。倘有溢美之词，愿受天谴，是在真赏之士，定韪吾言。

……予近作感怀一首云："壮不如人老便休，撑身傲骨尚存留。江湖落托谁知我，风雨弥天一女优。"敬以此诗，跋吾此文，耿耿此怀，实与河山同其不腐也。

从此，孟小冬的"冬皇"之名，流传四海，南北大小报纸杂志，多以"冬皇"为代名词，而不呼其名。

1985年夏，笔者应上海文艺出版社之约，主编《京剧余派老生唱腔集》，特恭请戏剧家许姬传以85岁高龄为该书题诗一首，怀念这位"冬皇"，诗曰：

剧坛近代尊余派，文武京昆擅胜场。

余韵凝晖传海外，门墙桃李忆冬皇。

是否可以这样说，如果没有当初沙大风对孟小冬如此竭尽心智，大力举捧，提出"冬皇"尊号，也许孟小冬后来还红不到这个地步？

新中国成立后，沙大风在杭州华丰造纸厂任科长职，1973年病逝。

四十四　杜月笙的"三碗面"

　　杜月笙常对他的弟子们讲："人生有三碗难吃的'面'——体面、情面、场面。"其实，杜月笙终其一生，这"三碗面"他都吃得很光鲜漂亮，可谓是高水平的，尽得精髓，无人能及。

　　据说，杜月笙曾教育其子女讲过：

　　头等人，有本事，没脾气；二等人，有本事，有脾气；末等人，没本事，大脾气。

　　杜月笙自幼失学，胸无点墨，他自知在这花花世界的上海滩，光靠拳头难以打天下，为了改变自己的形象，他重金聘请几位说书先生，每日到家里给他说书上课，他最爱听的是《水浒》和《三国》，他从这两部书里获得许多历史知识和社会经验，懂得了一个小小郓城小吏宋江，靠的是仗义疏财、善做"及时雨"，才受到众人爱戴和尊敬，坐上梁山第一把交椅。他又从刘备、诸葛亮、曹操等古人身上学到了权术、气度、计策和种种阴谋诡计。

他听刘备称自己军师为诸葛先生，因而也喜欢别人叫他"杜先生"，而不是"杜老板"或"杜师父"，因为"先生"听起来儒雅。他在衣着方面也一改过去纺绸短装卷袖口的习惯，收起胸前挂着的金链表，而改穿长衫，不论天气多热，领口第一个扣子也是扣着的。如果会见有地位的人，他学蒋介石，还得罩上马褂。他不仅自己这样做，还关照家里佣人、管事及门徒，即使在酷暑季节也不准只穿短裤和拖着鞋子。他说，否则杜公馆就成了洗澡堂了，那样多不体面。

他原来手上戴着一只大钻戒，在出席一次达官贵人的盛大宴会时，他发现那些有身家、有地位而且有教养的绅士们，没有一个手上戴戒指的，特别戴他那种惹人注目的大钻戒，因此觉得自己太俗气，感到混身都不自在，于是他立即将手上的钻戒脱下来，回到家放进了保险箱里，从此不再佩戴。这样一来，他的徒子徒孙，上行下效，上海滩上最少脱掉了上万只钻戒。

有一段时期，杜月笙在家请他的好友杨度教他练习毛笔字，尤其对自己的名字"杜镛"二字，着实下了一番苦功，所以人家看他的签名，还以为他很有学问。杜月笙也觉得如果连自己名字也写得歪歪扭扭的，那多不体面。

杜月笙唱戏也很讲究体面。比如他第一次登台演的是杨（小楼）派名剧《天霸拜山》里的黄天霸。他戴的头盔和穿的行头，都不用剧团里现成的，那都比较旧了，显得寒酸，而是全部按照自己的尺寸，请戏装店老板订做。一般角儿头盔上用的是泡泡珠，他是大亨，徒弟们就建议改用水钻，一顶头盔上用了上千颗水钻，出场时，灯光一照，显得耀眼夺目，一出场肯定就会获得满堂好。杜月笙心想这很好，角儿唱戏，唱工做工都很老练，自家是票友，不能和他们比唱工做工，倒可以用别致的头盔服式和角儿比一比高低，因此黄天霸穿的戏服，他一做四套，因为这出戏里，黄天霸一共出场四次，每次出场换一套戏服，从里到外，一色湘绣，精工裁制，价钱大得吓人，不过再贵，对他大亨来说，也只是九牛一毛，微不足道了。

这出戏里另一个主角是大花脸窦尔墩，杜月笙请他把兄弟"啸林哥"担任，张啸林一口答应。

演出当晚，人山人海，全场爆满，商界名流虞洽卿、王晓籁早早坐在台上文武场旁边，双双为杜、张二人把场。此外大亨的一些保镖亲随也在场内昂首挺胸，挤来挤去，仿佛是他们在办什么大喜事。

门帘一掀，杜月笙第一次出场，掌声如雷，全场欢呼，差点把戏院的屋顶掀掉，观众里有人高喊："喏，杜先生！杜先生出来了！"他身上的湘绣行头珠光宝气，灿烂夺目，最精彩的尤数他头上那顶"百宝冠"，上千粒熠熠生光的水钻，经过顶灯、台灯、脚灯十几道光线交相映射，霞光万道。

这出戏最后总算是演下来了，不过两个大亨在台上出的洋相也就够人瞧的了。张啸林扮的窦尔墩，念白常常忘词，但他手里那把大扇一打开，上面密密麻麻写满戏词，照着念就是了。杜月笙发现啸林哥的扇子上有"夹带"，而黄天霸是赤手空拳单骑拜山的，待会儿要是自己也忘了词儿，那可怎么办呢？杜月笙心中一急，果真就把词忘了，他急得满头大汗，目瞪口呆，一时冷场僵住了，前后台个个都在为他着急。就在这时，只见有人端了把小茶壶向他走来，来人正是担任检场的、他的学戏师傅苗胜春；苗一面让杜喝茶，一面贴紧他耳朵，将他忘了的那句词告诉了他。

要命的是，黄天霸"出将入相"四上四下，每场都要换一套戏服，脱下穿上，连喘息的时间都没有。而更要命的是，他头上戴的那顶头盔，上千颗水钻，足有十几斤重。等他戏完到了后台，满头大汗，摇摇晃晃，已经站立不住，早有太太少爷，跟班保镖，把他搀牢。一大堆人服侍了他好半天，他才缓过气来，而后一声长叹，连连地摇着头说："这只短命的水钻头盔，真正害死我了！"

后来他常说："唱那一出戏，等于害了一场大病。"

有观众说："花 50 元钱看杜月笙唱戏，其实并不贵。他的戏在内行看来，固然不大像样，但他的行头漂亮，在台上那副做工与唱腔，看了让你笑痛肚皮！"

杜月笙从京戏《空城计》中学会诸葛亮沉着冷静，遇事不慌的经验。

抗战后不久的上海，物资匮乏，物价飞涨，特别是粮食不足最让市民恐慌。国民党政府为稳定粮食市场采取了限价政策，严禁囤积。

杜月笙的管家万墨林，开了一家万昌米行，他靠杜月笙的牌子，不但囤积居奇，还投机倒把，哄抬米价，在万昌米行门前甚至发生了市民因抢购大米被挤压至死的惨案，引起人们的愤恨。连唱滑稽的演员筱快乐也在电台里嘲骂他为富不仁，斥他为"米蛀虫"。

淞沪警备司令兼上海警察局长宣铁吾发表谈话，说："万墨林有恶势力为后台，政府要以军法从严惩办。"矛头直指杜月笙。

面对这一声势浩大的攻击，杜月笙几乎手足无措。万一警察带了"拘票"闯进杜公馆，当场把他的心腹抓去，大亨即失体面，以后在场面上也见不得人。这时他冷静下来，不慌不忙，不等宣铁吾派人来拘捕，反而要万墨林携带随身物品，到淞沪警备司令部去投案自首。这样可以给宣铁吾搭个面子。而杜月笙则命他的门徒在外面到处宣扬：米价飞涨，其罪魁祸首不是万墨林，而是长江公司的后台老板孔祥熙。宣铁吾听后大吃一惊，感到棘手，他担心搞到蒋介石连襟的头上，只得下令将万墨林交保释放。

抗战胜利后，杜月笙自重庆归上海，由于蒋介石对他失去兴趣，非但市长没有当上，连被选上的参议长，也不得不被迫当场宣布退让。这虽是杜月笙一生中遇到的最难堪的一个场面，但他表面上还是做得漂漂亮亮，不留痕迹。

1946 年 8 月，国民党上海临时参议院宣布，正式选举第一届市议会。杜月笙全身心地投入到竞选议长的准备工作中去，他四出活动，发动"恒社"社员及门徒好友，请客送礼，打招呼拉关系。活动结果，胜利在握，并让在报界的门徒在报上放出空气，谓杜先生是众望所归，是议长最适当的人选。

然而就在选举会议召开的前两天，新上任的上海市长吴国桢亲自登门拜访杜公馆，他向杜月笙透露一个信息：南京方面希望议长一职由潘公展担任。

杜月笙听后，犹如五雷轰顶，掉入冰河一般。他虽然咽不下这口气，但这是蒋介石的旨意，无法抵抗。经过反复的思索，他与吴国桢协商出一个办法，决定还是参加议长的选举仪式。

参议会选举大会在复兴中路逸园饭店举行，到会的议员有 170 人，吴国桢任主席。在开会前几分钟，杜月笙穿着夹袍马褂，在吴国桢的恭迎下，步入会场，和潘公展、徐寄顾等一起坐在主席台上。

吴国桢宣布大会开始后，开始正、副议长的选举。投票结果，除有 40 张是"空白票"（杜月笙对头吴绍澍从中捣鬼）以外，杜月笙以 130 票当选。

在热烈的掌声中，吴国桢把杜月笙领到讲台前，宣布："现在，请当选第一任议长的杜镛先生发表演说！"

杜月笙有气无力地照着事先由别人写好的讲稿念道："今天承选为议长，甚为荣幸。惟我国正向民主之途迈进，上海又系通都大邑，议长责任异常重大，杜某为多病之人，不能担此重任，辜负诸公厚意，多请原谅！……"

说到这里，他发觉自己过于软弱，有损大亨的地位和威严，不能在这次"失面子"的场面上失去大亨的体面。于是，他站直身子，挺起胸膛接着说："以月笙愚见，最好请选举德高望重、政治经验丰富的潘公展先生担任议长。"

　　杜月笙话音刚落，市长吴国桢马上站起来说："杜先生众望所归，当选自属必然，今即坚诚请辞，自应听从本愿，另行重选。"

　　重选结果，按预先内定选出了潘公展、徐寄顾为正副议长。

　　继万墨林入狱、议长位置被迫让出，不久杜月笙又碰上一件更令他伤心的事，差点让他"面子"丢尽。

　　1948 年，蒋介石在战场上连连失利，在财政经济方面的危机也更加严重，法币贬值厉害，物价天天上涨。为此，8 月 19 日，蒋介石以总统名义颁布了《财政紧急处分令》，决定币制改革，发行金圆券。规定：

　　1. 金圆券 1 元合法币 300 万元，金圆券 4 元合美元 1 元。"法币"即日起停止使用。

　　2. 限期收兑民间所有的法币，而金、银、外币，一律交出换取金圆券。

　　3. 实行强制限价。

　　这一规定，其目的很明显，是公开掠夺百姓手中的金、银、外币，理所当然地遭到广大人民群众，包括民族资产阶级的强烈抵制。

　　蒋介石派俞鸿钧、蒋经国为上海区的正、副督导员，蒋经国亲自赴上海督战。

　　蒋经国一到上海，便扬言："本人此次执行政府法令，决心实行，不打折扣，绝不以私人关系而有所动摇，变更法令。"还让人编了"打虎歌"进行宣传。

　　由于广大群众和民族资本家的抵制，蒋经国决定"杀鸡儆猴"。他下令逮捕了申新纺织总公司总经理荣鸿元等几家大老板。金门饭店姓邓的老板因没有交出金银兑换金圆券，就在饭店门口被枪毙了。

　　杜月笙三儿子杜维屏是上海证券交易所经纪人，因他在交易所外面抛售永安纱厂空头股票 2800 多股，其实这是一笔小交易，并算不了什么，岂料蒋经国却大做文章，以"在非交易所买进卖出，进行投机倒把"的罪名，把他逮捕入狱。第二天的报上还登出杜维屏戴手铐进牢房的照片。蒋经国想让大家看看，连杜月笙的儿子我都抓了，你们不要心存侥幸。

杜月笙见儿子被抓，气得接连几天起不了床。享誉几十年的上海大亨，顷刻之间，面子丢尽。他对蒋介石翻脸无情的作风算是有了更深切的认识。

老谋深算的杜月笙，毕竟是久经沙场，他先是保持沉默，关起门来，以养病为名，也不见客，苦苦思索对策。

一个月后，杜月笙决定采取公开拥护，暗中抵制的方法加以反击。他在公开场合露面，口口声声说："我的孩子破坏了交易所的规章，应当查办，我决不去保他！"而后他约各行业巨子以及他的好友门徒在市场上用明收暗抢的手段搜购物资，囤积起来，使"金圆券"币值一泻千里，同时派人秘密调查一些和官方有关的商业公司的内情。

9 月下旬的一天，蒋经国再次召集工商金融界巨头开会，杜月笙被邀出席。会议一开始蒋经国便训斥说："本人奉总统之命来上海平抑物价，请各位父老予以协助，但时至今日未见有所行动。本人再次申明，如各位父老以及亲戚朋友囤积物资，逾期不报，一经查出，不但货物没收，人也将严惩不贷！"

杜月笙第一个发言："我儿子的事，料想当局一定会调查核实，秉公办案，我对此绝对服从。不过上海有一家扬子公司，囤积居奇，投机贩卖，尽人皆知。也望蒋先生秉公办理，马上派人去调查。蒋副专员若是不方便，各位同仁和记者先生可先去开开眼界！月笙有病在身，恕不奉陪。"

杜月笙说完，头也不回地走了。

蒋经国被当众狠狠将了一军，一时下不来台，只好派出"打虎队"去搜查扬子公司。

扬子公司是孔祥熙儿子孔令侃经营的。他见公司被表兄蒋经国查封，便一个电话打到南京小姨妈宋美龄那里，宋美龄马上乘专机赶到上海，要蒋经国立刻停止查办。

蒋经国哪里肯听，表示一定要一查到底。

宋美龄只好立刻给正在北方前线督战的蒋介石拍了份加急电报，要他立刻南下。

蒋介石赶到上海，听了宋美龄的叙述以后，不由得叹了口气："我来和他说说吧。"

第二天早上，蒋介石和蒋经国共进早餐时，他对儿子说："'扬子'一案，你就不要再管了。"

蒋经国一听急了："这?"蒋介石摆摆手："和为贵，和为贵!"

"扬子"一案，最终以蒋介石的一句"和为贵"草草收场，使蒋经国在上海三个月呕心沥血的"打虎"运动成果化为灰烬。蒋经国只得灰溜溜地返回南京。金圆券风波之后，上海整个财经濒临崩溃，大部分工商界人士破产。

不久，杜维屏被潘公展保释回家。杜月笙总算挽回了面子，才又在公开场露面。

杜月笙常对人讲："钱财用得完，交情吃不光，所以别人存钱，我存交情。"

他的结拜兄弟、四川军阀范绍增曾说："杜搞来的钱很多，花得也痛快，总是左手进，右手出，不像黄金荣只进不出，这样替他捧场的人也就越来越多了。"

杜月笙一生好客大方是出了名的，为他赢得"春申门下三千客，小杜城南尺五天"的名声。

全盛时代的杜月笙，至少担任七十多个董事长、理事长和常务理事的职务，一年下来，他至少可以赚取几百万银元。但一年过后，几百万银元用得精光。

他到晚年在香港弥留之际，全部遗产只剩下十万美金了，却将别人向他借款的所有价值百万、千万的借条当着大女儿面一张张撕掉。

国学大师章太炎有难事，写信给杜月笙求他帮忙，杜不但替他顺利解决了，还亲赴苏州登门拜访，临走还在茶几上留下一张2000元的支票。章太炎对杜月笙既感激又敬佩。后来杜祠落成时，章太炎精心撰写了《高桥杜氏祠堂记》来报答他。

名律师秦联奎，一次到杜月笙开设的一家赌场参赌，不想一下就输掉了4000大洋，十分懊丧。杜月笙知道后，马上照原数托人送给秦，使秦万分感激，从此为杜效力，成为杜的"义务法律顾问"。

抗战期间，杜月笙自己在重庆也常常参赌。他如果赢了钱，往往口称"笑话，笑话"，把赢来的十万、百万支票当场撕碎。于是，杜月笙的"侠义豪气"倾倒了重庆官场。对他来说，初到一个人生地不熟的地方，赌台就是拉人情的场所，真可谓是"杜翁之意不在钱，在乎人缘之间也"。

四川军阀范绍增来上海，看中了上海舞女黄自瑛，被细心的杜月笙看在眼里。当范向杜告别返川后，杜月笙出钱赎出黄舞女，并包了一架飞机将她送到重庆范公馆。当时四川报纸称"千里蝴蝶飞，万金赠美人"。范感激涕零，称杜为"及时雨"，两人遂成为结拜兄弟，莫逆之交。

1931年，杜祠落成那天，高桥有两名乞丐，各送一柄鸡毛帚作为礼品祝贺。杜月笙认为是最名贵之礼物，并各赠二丐400元洋元。后来朋友们每谈此事，均赞叹杜月笙有豪侠之风。

至于场面，是杜月笙最看重的"一碗面"，诸如"杜祠落成"、"杜寿义演"等等，都是杜月笙的大手笔的举动。前文均已专题论及，不再赘述。

四十五 老杜派飞机接小冬

1948 年，孟小冬孤身独居在北平由杜月笙替她新购置的顶银胡同二手房里，身体还是常闹胃病，瘦弱欠安。这时，北平市面萧条，物价飞涨。她每日无所事事，也只有和几个牌友打打麻将，抽大烟过瘾。

到了下半年，风云突变，东北战事又起，辽沈战役国民党几十万军队灰飞烟灭，人民解放军攻克锦州，解放了沈阳。接着东北的解放军乘胜入关，北平的形势吃紧。孟小冬六神无主，心绪不宁。她听人说，崇文门每到晚上早早就关上城门，还有武装士兵持枪把守，军警如临大敌。其他前门、和平门等都是一样。至于到底是发生了什么事，报纸上轻描淡写，老百姓则谣言纷传，有的说："共军围城了！"有的说："天津已经打起来了！"是真是假，一时无法弄清。正当小冬一日数惊，一筹莫展的时刻，突然接到她的结拜姐姐姚玉兰的挂号信，信是玉兰姐亲笔所写，希望她火速到上海暂居。

小冬感到一股暖流涌上心头，这胜似亲人的友情，使她孤寂的心被感动了，便匆匆打点行李，准备启程。

此时，山东、徐州一带的战役也打响了，这就是闻名中外的淮海战役。当时津浦铁路客运已经中断，天津更不太平，也不敢走塘沽海运。正在焦急为难之时，上海来了两个客人，为首的约55岁，孟小冬认识，他是黄金大戏院的后台经理，也是杜月笙的门徒，常来北方邀角，以前在上海见过，一时想不起他的名字。见他进门就喊："师娘！师傅派飞机叫我们来接你了。"随即催促小冬赶快跟他走，汽车停在胡同里。孟小冬此时也顾不得羞答答，随他们"师娘，师母"地乱叫，一面收拾行李，一面向老母挥泪拜别。原来杜月笙已经得知平津鲁皖沿途交通瘫痪，他毕竟是上海大亨，神通广大，以中汇银行董事长身份，特地包了一架专机，派心腹门徒专程前来北平迎接小冬。起初，孟小冬还有点犹豫，因为在所有交通工具中，她最不喜欢的就是飞机。特别是一年前，李世芳（四小名旦之一。——作者注）从上海乘飞机回北平过年，中途在青岛撞到山上，机毁人亡，尸首烧焦，难以辨认，所以她更视乘飞机为畏途。现在兵荒马乱，也就顾不上许多。这恐怕是她一生中唯一的一次"天上走"了。

孟小冬到上海后，就和杜、姚住在一起。杜、姚对小冬平安到来，备感欣慰，希望她这次来了就不要再走了，永远把这里当成自己的家，千万莫要见外，往后有福同享，有难同当。孟小冬听了热泪盈眶，几乎要哭出声来。杜月笙和姚玉兰的热情融化了她冰冻已久的心，她害怕寂寞，害怕孤独，她向往真正的友情，更向往真实的生活，不敢有其他过多的奢求。她对杜、姚的深情厚意，表示由衷的感激。自此，孟小冬安心地留了下来，与姚玉兰果真谊重骨肉，亲如一家。平日里小冬悉心照料杜月笙的病体，不离左右，俨然成为杜家的一员了。

　　有知情人说，杜月笙好不容易用飞机把孟小冬接到上海，欢天喜地，兴奋若狂，待孟小冬犹如捧住了一只凤凰；孟小冬也有感于他恩情之重，自此死心塌地，杜门不出，像服侍她师父余叔岩般，尽心专侍杜月笙之疾。

　　杜月笙有了孟小冬的殷勤侍奉，使他得到最大安慰和温暖。过去，他终日忙碌奔波，追名逐利时，日子过得烦烦忙忙，结结实实；一旦空闲呆坐在家时，便像失去了什么似的，心里感到异常空虚、怅惘。现在，他感到唯一的乐趣是：孟小冬一心侍奉在侧，常常清唱一曲，以报知遇之恩，使他这个戏迷和余派爱好者独享耳福。

四十六　别了，上海滩

只是"好景"不长。1949 年 1 月 14 日天津解放，同月底，北平和平解放，淮海战场上国民党军队又损失惨重，溃不成军。蒋介石内外交困，被迫下野，由李宗仁代理"总统"。不久，人民解放军百万雄师横渡长江，直捣南京，国民党政府土崩瓦解。接着，上海形势"吃紧"。

4 月 10 日，下台的总统蒋介石，在上海复兴岛召见杜月笙，告诉他上海可能失守，希望他认清形势，及早携带全家离开上海，迁往台湾，否则共产党决不会放过他。杜月笙当面感谢蒋介石对他的关怀，表示回去准备准备，但没有说明准备走还是留。

杜月笙回到公馆，思想上着实斗争了一番。他心里明白，留在上海，蒋介石不放心，也决不允许他"变节投敌"；如果还死抱着蒋介石的大腿，追随他赴台湾，结局无非寄人篱下，势如软禁。这些年来，蒋介石对自己又打又拉，需要时利用，用不着时一脚踢开，就像"夜壶"一样，被利用完了，朝床底下一塞，自己已经是吃足了苦头。如果真的留下来不走，共产党能原谅他在 1927 年"四一二"反革命政变中，屠杀革命烈士所犯的罪行吗？虽然前不久民主人士黄炎培、章士钊等人来家里做过他的工作，说中共希望他能留下，协助做好维持上海秩序的工作，可以将功折罪，不算旧账。几人和他足足密谈了几个小时，但话是这么说，杜月笙哪里能放心。

据报载，1949 年 2 月 17 日，中共中央致电叶剑英、李克农："望告金山（著名话剧演员，地下党员，抗战时期在重庆曾拜杜月笙门下。——作者注），对杜月笙的方针，就是要他努力使上海不乱，保护上海所有船只、民航飞机、工厂、银行、公司、商店不受损失，不使南遣，等待人民解放军前往接收。杜月笙果能这样做，不仅中共可以与之合作，上海人民亦将宽恕他的既往。这一切，都可明告杜月笙，就说是叶参谋长（叶剑英时任中国人民解放军参谋长，参与上海人民和平代表团在北平的谈判）向金山说的。"

金山以地下党员和杜的弟子的双重身份，对杜月笙也做了许多工作，对他选择去向和态度的转变，无疑起了特殊的作用。

经过利弊得失的再三权衡，杜月笙最后还是决定走！但不是去台湾，先到香港避避风头再说。这也是杜月笙老谋深算、惯用的绝招。当年抗战烽烟初起时，他就是选择香港，先到那里站站脚。因为只有那里可进可退，可以看看苗头再另作打算。

主意拿定好，他在自家金碧辉煌的大厅里，召集几位太太和儿女、管家账房人等，向他们郑重宣布："老蒋找我谈话，要我去台湾，我不能不走。但是我决定先到香港，住一个时期再说。老万（墨林）、老顾（嘉棠）你们全家也跟我一起走；请老黄（国栋，老账房）留在上海，替我看管这个摊子，不过用不着怕，我已替你作好安排，尽管放心。"说时杜将事先准备好的三封信拱手交给黄国栋，关照他往后有什么事可以找信封上写的人。黄接过信一看，分别是给廖承志、盛丕华、潘汉年三个人的。

杜向大家说："自从抗战胜利以后，我开的赌场、烟馆全部关闭。这几年只出不进，坐吃山空，原来有点结余，都差不多被一些朋友借光了，只剩下一盒子几十张借据字条了。"他接着说："我快要成无产阶级了。现在已是风烛残年，浑身是病，正所谓吉凶未卜。所幸的是儿女都已长大成人，所以也没有过多的牵挂了。"

全屋里上上下下二十多口人听了杜月笙这突如其来的一番话，顿时神色惊慌起来。又要逃难了！姚玉兰不禁想起抗战时逃往香港、重庆的漂泊岁月。孟小冬显得格外尴尬不安，虽然前两天杜月笙已经把要去香港的打算私下告诉她了，但她还是感到左右为难，举棋不定。原先以为从北平来上海，可以太平无事，想不到半年还未到，又要逃了。香港不比上海，那里是英国殖民地，去了香港，距北平越来越远，何时才能再回家乡见到老母？背井离乡的滋味可不好受。再说，她又不是正式杜家人，跟着算什么？然而，这时所有一切的顾虑和思考都为时已晚，容不得她从长计议，因为这是杜的意旨，不是任何人能轻易改变的。走，已无讨价还价的余地。眼见上海"朝夕不保"，北平既回不去，上海又无其他亲人，面对这一变化，无奈的孟小冬只能作出一个无奈的决定："跟着老杜走！"

一切都已准备停当，离沪前，杜月笙匆匆忙忙又去和他的师傅黄金荣道别，并问师傅是走还是留。黄金荣说："我今年已 80 岁了，还能有几天好活，今天不知明天，哪能还飘洋过海去台湾？与其横死在异乡客地，还不如死在家乡。"

杜月笙见师傅说得如此坚决，也就不好再劝说什么了。只得抱拳向师傅告辞："保重！保重！"和黄金荣告别后，杜月笙又坐车去到西摩路向他的恩人、已和黄金荣离异的桂生姐辞行。此时的桂生姐大概已患了老年痴呆，关在楼上拒绝任何人的来访。杜月笙将随身带来的一包东西，托女佣转给桂生姐，说："这是我对桂生姐的一点敬意。"

　　杜月笙料到，这次未能和桂生姐见上一面，也许再也没有见面的机会了。想到此，杜月笙鼻子一酸，几乎要哭出来。

　　果然，后来杜月笙到了香港不久，就听到桂生姐在上海病逝的消息。噩耗传来，他立刻打电报给留守在上海杜公馆的黄国栋，要他转告在上海的长子杜维藩前去吊孝治丧，并关照所有丧葬费用全部由他负担。杜月笙想到桂生姐当初对自己的恩情，对未能亲自为她善终，深感憾恨。

　　赴港的交通工具选择了轮船，杜月笙因哮喘病时常发作，再也不敢乘坐飞机。除大女儿美如和维善姐弟俩已于两月前先期搭乘飞机去港外，这次所有人员全部坐船。在这个特别时期，船票也特别抢手，凭他"上海闻人"杜月笙，也仅仅搞到一张头等舱票，其余均分散在各个舱位里。孟、姚只得轮流到头等舱中服侍老杜。

　　4月27日，孟小冬随着杜月笙家人乘坐的荷兰"宝树云"号客轮匆匆驶离了她的出生地——上海滩。

　　当客轮缓缓顺着黄浦江水向东驶去时，杜月笙让孟小冬和姚玉兰扶他走到甲板，指着浦西岸边的一家纺织厂，告诉她们，他母亲年轻时曾在那里做过工；又转过身指向浦东的高桥镇，向小冬介绍说："这是我出生的地方。"姚玉兰说："我不是来过？"杜说："你来的那次是家祠落成典礼，真是闹猛（热闹。——作者注），仿佛就在昨天一样，历历在目。可惜阿冬和她的师傅余老板没有来。"杜月笙沉浸在昔日的岁月里，往事如烟，刹那间百感交集。一切都已成为过眼烟云。客轮渐渐远去，他十分留恋地向大上海望了最后一眼。

　　这天距离上海5月27日解放，只有一个月，当他们乘坐的客轮慢慢驶出长江口时，似乎已经听到解放军进攻上海外围的枪声。

四十七 轮椅上的婚礼

　　杜月笙等人到了香港，上无片瓦，下无寸土。好在来之前，杜的一个门生以 6 万港币顶费，替他在坚尼地台 18 号底层租下一套三室一厅的房子，房产商是陆根记营造厂的陆根泉，陆仍住楼上。这就是杜月笙在香港的杜公馆。虽说也有三房一厅，可是妻妾儿孙、管家佣人一大群，也就成了住房困难户了，比起上海华格臬路杜公馆再加上 18 层楼的豪华公寓，真是不可同日而语。为此，大亨让孙夫人带着子媳搬出坚尼地台，另赁住房，而两个女儿只能打地铺睡在阳台上，次日早上再将铺盖卷起。幸好这次二夫人陈帼英没有跟着来香港，否则住房更要成问题。

　　由于四天的海上航行，本来已患有严重哮喘病的杜月笙病势一天天加重。幸有孟小冬体贴入微地侍奉左右，悉心调理，给了杜月笙莫大的安慰。

　　此时，适逢马连良在港演出并滞留香港治病，得悉孟、杜抵港，几乎每日必到杜府做客。随之杜的门生钱培荣、赵培鑫及琴师王瑞芝等亦常来叙旧。杜的管家万墨林、医师吴必彰等人都是京剧爱好者，这样杜公馆每逢星期五即举行一次雅集清唱，台柱当然是冬皇孟小冬和杜夫人姚玉兰，其他参加的人员只限于至亲好友。这对杜、孟无疑都是一件极感快慰的事情。杜月笙偶然兴致好时，也走出病房，前来亮亮嗓子。

不久，杨宝森、张君秋、姜妙香及鼓师杭子和、琴师杨宝忠等应邀赴港演出。杨到港后即趋杜府拜谒孟小冬，并常参加杜府的雅集清唱。

当年在北京，杨曾得到孟的帮助与鼓励，此次冬皇与赵培鑫等亦常往剧场观剧，欣然给杨宝森捧场，为之杨宝森在港演出引起香港票界、新闻界的重视，倍加宣传，很红火了一阵子。杨还和马连良合作演出了《问樵闹府·打棍出箱》，他俩分饰前后范仲禹。当时香港马、杨各有一批拥护者，形成擂台比试架势，于是"四大须生"中的这二位同台争奇斗艳、互逞技能。据当时目击者观感说，演唱各有千秋，难分高低，两人被誉为一时瑜亮，"打擂台"也被传为趣闻佳话。这也许是马杨唯一的一次同台献艺吧。

这一时期，杜公馆每周有雅集吊嗓活动，琴师又是顶尖的王瑞芝，马连良每次来时还喜欢客串司鼓。尽管有这样一流的文武场伴奏，冬皇每次却只唱一两个小段即止。诸如《八大锤》的"怎能够今夜晚……"或《乌盆记》的"好一位赵大哥……"，仅此而已，人们难得听到她的大段唱腔。当然，这里有一个重要原因，那就是当她一面在客厅引吭高歌时，一面还在牵挂着病榻上的杜月笙大亨。

起初大亨有时还能亲临现场，来上两句杨小楼名剧《恶虎村》中黄天霸唱的"离了扬州江都县，哪有绿林乐安然"，或露兰春名剧《独木关》薛仁贵唱的"在月下惊碎了英雄虎胆，回故土只怕是千难万难"，可是时隔半年不到，杜月笙便再无雅兴启动歌喉了。

原因有二：一是他的气喘病日益加重，发作时往往需要孟小冬或姚玉兰举着氧气筒给他输氧；二是他近来处于两难境地，让这位一向精明能干、办事果断的大亨拿不定主意，不知何去何从。那就是台湾方面不断有人前来对他进行拉拢；而大陆方面，先是黄金荣受人民政府委托，派心腹来香港劝说他回沪，而后潘汉年，还有章士钊、夏衍等，也接连秘密来访，要他不必担心，过去的事用不着再提，希望他尽早回归故里。

杜月笙对双方来客，均表示因"身体欠佳"而暂不能启程。本来他还以为可以脚踏两头船，觉得自己在两面都变得"吃香"起来，不禁有点沾沾自喜，身体也感觉好了许多，而且还扔掉了手中的拐杖和座下的轮椅。天气晴朗时，他还常在家人的陪同下走出公馆散步，大亨在香港的威风似乎一下子又摆了起来。

谁知 1950 年深秋，正当杜月笙洋洋得意、沾沾自喜之际，忽然传来台湾方面对他攻击谩骂的消息，甚至警告他有可能遭到更大的厄运。台湾报纸登出文章，不指名地攻击杜月笙是政治垃圾。

据上海文史馆馆员姜浩老先生回忆，在香港杜月笙对他说："台湾国民党骂我勾结共产党，我还要勾结，我准备回上海去。"

另据杜月笙大女儿杜美如回忆说，这个时候，杜月笙也曾准备响应共产党的邀请，有意回归上海定居。于是他托朋友给毛主席写一封信，信写好后，便托这位朋友邮寄。没想到这位朋友喝酒喝醉了，他把写给毛主席的信，错装到给蒋介石的信封里了。这样，共产党没有看到杜月笙的回信，而蒋介石却看到了，这下使蒋非常生气。

台湾方面获悉杜月笙不肯与他们合作，又迟迟不去台的真正原因是他暗中与大陆时有联系，因而又使出另一种恫吓威胁的手段，企图迫使他与大陆不要有往来。偏在这时，杜月笙又从报纸上见到黄金荣在上海大世界门口扫马路的照片，给了他莫大的刺激，使杜月笙一下陷入了进退维谷、举步艰难的尴尬局面。他既怕蒋介石那套对他好时亲如兄弟，不好时又翻脸不认人的作风，同时也十分害怕回到大陆迟早有一天会"吃轧头"（受处分）。在这种窘迫的情况下，杜月笙觉得香港也成了是非之地，不宜久留，为了摆脱目前的困境，还是三十六计，走为上策，先出去避避风头，过些时候再回来。他这次选择的避风港是欧洲西部的法国，那里气候宜人，冬温夏凉，很适合他的病体休养。

于是他叫管家万墨林来，当着家人的面一起计算了一下。当他们仔细算好连同顾嘉棠和万墨林两家一共需要申请27张护照时，冷不丁孟小冬在旁用虚弱的声音说了一句："我跟着去，算使唤丫头呢？还是算女朋友呀？"孟小冬这句话其实在肚子里已经憋了很久了，只是没有找到合适的机会说出口来。

孟小冬当初为了感激姚玉兰的盛情撮合，也为了报答杜月笙的知遇之恩，以身相许，从北平到上海，而后又身不由己地跟着来到香港。到港一年多来，她又像当年侍奉师父余叔岩一样，整天为杜的病体操持，煎汤熬药，不离左右，像丫环一般地照顾着他，连名分也不计较。这与年轻时的她判若两人，为什么呢？或许是现实已磨平了她的棱角。虽然杜月笙对自己倍加怜爱，但至今没有一个名分，和他的关系，丫头不像丫头，女朋友又不像女朋友。那么自己究竟算是他的什么人呢？

小冬不禁想起第一次失败的婚姻，仿佛觉得自己又重蹈了过去的覆辙。现在杜活着，似无多大忧虑，但他的病一天天地在加重，眼看着随时可能有生命危险，一旦倒下，如何是好？所以她经常思考着这个问题：跟着他到香港来，是福是祸？问题的答案正日趋明显，也许自己根本就不应该来香港。她愈来愈觉得自进了杜公馆，其实自己从未真正高兴过，从未得到过真正的幸福。

由于当家的主人病重，平时杜公馆里犹如死水一潭，毫无生气可言，小冬也懒得过问公馆里的其他事情。因她有过服侍病人的实践经验，现在看护老杜的重担自然就落到她的肩上。她是名伶出身，生就一副孤傲的性格、刚强的脾气，在这大家庭里她看什么似乎都不顺眼，因此平时很少见到她的笑容。她整天把自己关在不见阳光、没有笑声的小房间里，就连和姚玉兰的关系后来也逐渐显得有点紧张起来。彼此房门一关，互不往来。

每天吃饭也不同桌，各有各的吃法。除中午客厅固定开一桌或两桌招待客人外，男主人几乎天天是一大碗美味的烂糊面，由佣人专送到病床前；姚玉兰习惯在房里吃水饺，孟小冬则关在屋里吃西点面包，喝牛奶；其余少爷小姐也各有自己的吃法。一天三顿，忙坏了特地从上海德兴馆请来的厨师汤永福师徒俩。

有知情者说，坚尼地台18号紊乱无章，一片散漫，把大门一关，杜公馆便成了由许多各自为政的小单位凑在一起的大杂院。台湾作家章君穀在《杜月笙传》一书中有如下一段的描述：

> 孟小冬身怀绝艺，孤苦伶仃，一辈子傲岸于荣瘁之际，数不清受过多少次打击，用"历尽沧桑"四字，差堪作为她的写照。她自杜月笙六十岁那年进门，长日与茗炉药烟为伴，何曾有一刻分享过杜月笙的富贵荣华，何曾有一刻得过杜月笙的轻怜密爱，因此，乃使杜月笙的病越重，便越觉得自己着实辜负了孟小冬的一片深情。像孟小冬这种卓荦不群的奇女子，让她踏进杜公馆这么一个紊乱复杂的环境，长伴一位风中之烛般的久病老人，对她而言，实在是一件很残酷的事情。

所以，生活在这样环境中的孟小冬，终日郁郁不乐，度日如年，她不知这样寄人篱下的生活还要过多久，唯一使她稍感高兴的是，在香港还能经常见到来自大陆的同行朋友，或能听到一些有关京津沪的消息。马连良、杨宝森、张君秋，还有俞振飞现尚留在香港；王瑞芝、钱培荣、赵培鑫，也还时常能见见面。现在突然听到杜月笙又计划全家要漂洋过海迁往法国，不由暗自盘算起来：如果留下不走，生活依靠何人？倘若不明不白地跟着一起走，"名不正，则言不顺"，她又心有不甘，故及时地当着大家面向杜月笙提出了上述"名分"的问题。

　　孟小冬这句问话，语气上虽然轻轻淡淡，表面上也不动声色，但对杜月笙来说，却像一枚重磅炮弹在他耳边响起——一个相当严重的问题，被孟小冬及时提了出来。杜月笙如梦方醒，他随即下了决心，并当众宣布：申请护照的事暂时放一放再说，现在最要紧的是，先尽快和阿冬（指孟小冬）把婚事办了。

　　杜月笙一语方出，满屋人皆惊！本来杜月笙说话，咳咳喘喘，上气不接下气的，可是今天说这两句话时，很像他唱麒派戏一般铿锵有力，字字千斤，在杜公馆里仿佛投下了一枚炸弹。杜月笙和孟小冬已成夫妻，早就是不争的事实，而且孟天天在尽力照料杜的病体，亲若家人，这在梨园界，乃至社会上恐怕也没有人会否认的。如今杜氏年逾花甲，缠绵病榻，天天在靠输氧气过活，说得难听些，大半截都已下土了，居然还要结婚，不是多此一举吗？杜氏的家人没有不摇头的，如果采用无记名投票，肯定不会有人投赞成票，甚至会遭到一致反对。但是当面谁也不敢公开违反，说一个"不"字。杜月笙向坐在身旁的大女儿杜美如征询意见，杜大小姐回答："做女儿的是晚辈，管不着。"杜再看看坐在对面的姚玉兰，姚见孟就坐在边上，也只能满脸苦笑，微微点头，一言不发。但过后她对杜月笙说："我们姐妹早就认定，没有话说，不过现在都一大把年纪了，何必再大事破费，惹人嗤笑？"杜月笙对姚央求说："夫人，你就再饶了我一次吧，公开结婚，怕谁笑话？据说结婚还可以冲晦气！也许身体就此会好起来呢？"

杜月笙对任何人的意见都置之不理，他决意在自己死前完成这一大心愿，为孟小冬，也为他自己。因此他不顾家人的阻挠，坚持要与孟小冬补行一次婚礼。他吩咐管家万墨林，不必兴师动众，就在家里摆上几桌，请好朋友来闹猛闹猛。不过小菜要弄好一些，让他尽快去办。

万墨林亲自渡海到九龙，在九龙饭店订了 10 桌档次最高 900 元港币一桌的菜，并把九龙饭店的大厨师统统拉到杜公馆来出"外烩"。10 桌筵席杜公馆大厅摆不下，又临时借了二楼陆根泉的大厅，勉强解决了问题。邀请的亲友全部到齐。那晚，形销骨立、63 岁的新郎杜月笙下了他那几乎离不开的病榻，穿起了长袍马褂，头戴礼帽，坐在轮椅上被推到客厅，由人搀扶着站在客厅中央，43 岁的新娘孟小冬着一件崭新的滚边旗袍依偎而立。杜月笙给她左手套上一枚钻戒，孟脸上现出了笑容，她向边上的姚玉兰行了姊妹礼。然后，新郎、新娘同每一位来宾握手，还请人拍了些照片。

杜月笙将在港的儿子媳妇和女儿女婿全部叫来，命他们给孟小冬行跪拜礼，以后都要称呼"妈咪"。而对姚玉兰一律尊称为"娘娘"。因为在此之前，杜月笙的儿女们称呼孟小冬为"阿姨"，有的叫"孟阿姨"或"小冬阿姨"，有的干脆连名带姓称呼为"孟小冬阿姨"！后来杜月笙听了也觉得别扭，就叫他们不要加上"孟小冬"三个字，一律都叫"阿姨"！那么从今天起，就要改为"妈咪"了，而"妈咪"送了他们每人一份礼物，儿子、女婿一人一套西服衣料，女儿、儿媳则每人一块手表。

自此，梨园冬皇孟小冬，一生苦苦追求"名分"，终于如愿以偿，正式做了大亨杜月笙的第五房夫人。孤傲一生的她不得不向命运低下了头。

对此，张伯驹先生曾作诗道："梨园应是女中贤，余派声腔亦可传。地狱天堂都一梦，烟霞窟里送芳年。"以示惋惜。

现代人也许很难理解，孟小冬为了一个"名分"，几乎用尽了毕生的精力去追求，何苦呢？这不禁使人联想到林徽因，明白了为什么在新中国成立初期，她会投入那么大的热情在工作中，也许因为新中国给了她"建筑师林徽因"的名分，而不再是"梁思成太太"或"梁启超的儿媳"。中国的女性，在追求人格独立上做出的努力实在是太多太多。孟小冬实际上仅是那个时代中国著名女子的一个缩影。她的人生看尽辉煌，最后落于安宁。

可惜的是，杜月笙即使再做多少次新郎，身上的晦气恐怕也是冲不掉了。"拜堂"之后，他的病情非但不见好转，反而越来越加重。因此迁往法国的事也就不再提了。

这段时期，杜月笙习惯到孟小冬房中吃由她煎好的汤药，一边大口喝很苦的药，一边听孟自拉自唱余派《洪羊洞》《鱼肠剑》等唱段。服药以后，他俩常在房中卿卿我我，窃窃私语，具体谈点什么，不得而知。曾听孟小冬弟子、香港余派名票金如新先生用上海话说过："伊拉两介头，嗲得来，交关要好！"杜月笙累了，就倒在孟的床上昏昏沉沉地睡着。一对老鸳鸯，情浓意蜜，难舍难分。

有人见到在孟的房里，墙壁上挂了几张演出剧照，其中有一幅很是特别，是孟小冬单人扮演的《武家坡》薛平贵，一眼望去，明显是经裁剪过的，仅剩下长长的一个竖条，边上的王宝钏不见了，是谁扮演的？无法肯定，当然人们会怀疑是梅兰芳。至于孟小冬为什么要在房间里悬挂这幅不成格局的剧照，不敢胡乱猜测。戏剧理论家徐城北先生在他所著的《梅兰芳百年祭》一书中对此分析说："很可能是孟小冬此际心态的表现。根据中国'女子恋前夫，男儿爱后妻'的传统习俗，孟在已然委身于杜的'安稳时刻'，却仍不时地念及梅，应该说还是顺理成章的吧。"

不过对这类问题的看法，也是见仁见智，很难求得完全相同。

笔者曾就此问题问过家里人和一些朋友，他们多数人都同意徐先生的分析；但也有人认为，根据孟小冬孤傲的性格，她此时在杜公馆的处境虽然是强颜欢笑，忧郁苦闷，但也不至于借这幅连个恋人影子都不在上面的照片来宽慰自己。再说，与梅分裂这件事对孟小冬心灵上的创伤，恐怕这辈子再也难以愈合，造成她今天花容憔悴，流落异乡的原因，根子就在此，还有什么值得留恋的？身旁的人儿被剪裁，恐怕正是剧照中留下的人儿愤恨的一种表现。

四十八　大亨末日

　　1951 年夏，杜月笙的病情加重，又突然中风引起下肢偏瘫，不能起床。他自知病入膏育，来日无多，对打针吃药都失去信心，一律拒绝。他说：“你们这样是让我多吃苦头！我生平最爱面子，长此下去将失面子。”姚玉兰来到杜的病床前，问他现在最希望的事是什么，他说希望阿冬过来说话。姚满足了他的要求。

　　小冬来到病榻前，杜一把拉住了她的手，动情地说：“我走了以后最放心不下的就是你！阿冬，你是梨园的冬皇，这几年却天天在侍奉我，你的‘绝响’也只唱给我一人听，这给我生平最大的安慰，我这辈子已心满意足了。只是太委屈了你！现在我又成了穷光蛋！抛下你孤身一人，我……”孟小冬以手示意，不让杜再说下去，并安慰他说：“你放心好了！应该是我欠你杜先生很多很多。受人滴水之恩，须当涌泉报答。”

　　按说，杜月笙的身体虽然虚弱些，但经中、西多名医生替他把脉、听诊，然而并没有查出什么疑难杂症，主要还是多年的气喘老毛病，这又不是什么不治之症，杜月笙何以说自己已来日无多了呢？后来人们从他对老友杨志雄的一次谈话中找到了答案。

8月1日，杜月笙精神似乎好了些，老友杨志雄前来探病，杜月笙把房门关上，然后他对这位知交严肃地说道："我告诉你，我不想活了。"

这位老友听后大吃一惊，他深知杜月笙平生无戏言，但又衷心希望这时候杜月笙是在跟他开玩笑。

杜月笙继续说道："我老老实实告诉你，如今我存在香港的钱，几乎全部用光。我早就晓得，我这笔钱用光了的时候，我就唯有死路一条。"

"笑话！"杨志雄提高嗓门说道，"莫说你杜先生一生一世仗义疏财，就凭你几十年里放出去的交情，你救了多少条性命，济了多少人的急难，只要受你恩的人天良不泯，略略地尽一尽心，报一报恩，月笙哥你还会为铜钿的事情发愁？"

杜月笙摇摇头，苦笑着说："志雄兄，人人都有床头金尽，钱用光了的时候，人人都可以说朋友有通财之义，缓急相济的话。唯有我杜月笙不可以，因为我无论借多少钱，其结果终究还是用光。"

"月笙哥！"杨志雄想打断他的话。

但杜月笙仍抢着说："一个人与其沿门托钵地求生，多活一日只不过多拖累一些朋友，何不早点走路，落个清清白白的死，干干净净的去？我杜月笙还是个老脾气，说一句是一句，我说我不想活下去，老兄，你们想救我一命，其实反而是增添我的苦恼。"

这是杜月笙和杨志雄推心置腹的最后一次谈话。

之后，杜月笙一心想死，他的病自然也就一天天地加重起来了。他让大女儿杜美如从香港汇丰银行保险箱中取来了一包东西，原来都是别人向他借款的"借条"，少的5000美元，多的500根"大黄鱼"，签名借款人，大多为国民党政府军政大员，然后他把这些纸条一张张撕碎，杜美如感到愕然！杜月笙对她说："我不想让你们在我走了以后去打官司。我没有给你们留下什么财产。好在你们兄弟姐妹都已长大成人，以后要靠你们自己去养活自己。"

在杜月笙的众多子女中，只有杜美如侍奉父亲到临终。

后来有记者曾问杜美如："你父亲哪一句话给你留下最深刻的记忆?"她回答说："'嫖是落空，赌是对冲，穿是威风，吃是明功'这句话是我们杜家人留下的最深记忆。"

杜月笙在弥留之际，让秘书胡叙五打电报给他在台湾的得意弟子陆京士："病危速来!"陆接电后于8月2日抵港。

陆京士是杜月笙情同骨肉的最得意的门生。之前杜月笙一直焦急地在等陆京士来，一旦陆来到，他便心满意足了，从此他仿佛只有躺在床上等死这一件事了。

从8月2日至16日，杜月笙一直没有离开过病榻，喘疾时而发作，神志涣散，白天夜里，时醒时睡，已无规律，侍候他的人不敢离开半步，有时刚一走开，杜月笙又会睁开眼睛有气无力地喊："妈咪!""京士!"或者是："娘娘!"

其中杜月笙喊的次数最多的就是"妈咪"（孟小冬）。杜月笙呻吟床第的病中生涯，唯一的安慰，是孟小冬的尽心侍疾，柔情万种。孟小冬对杜月笙一往情深，此时此境，她恨不能以身相殉。然而，孟小冬的身体本来不好，她一入杜门便只有"亲侍汤药"的分，现在自己也已是"人比黄花瘦"了，再加上明知杜月笙油尽灯枯，终将不起，巨大的悲哀把她压得透不过气来，眠食俱废，若不是杜月笙需要她，她自己早已病倒。有好多人劝她也要保重自己的身体，但孟小冬却总是摇头苦笑、轻柔地说道："我不要紧。"

台湾著名作家章君毂在《杜月笙传》中有这样一段描述：

孟小冬自入杜门，一直沉默寡言，与世无争，她本来就是人间奇女子，杜门中的一支奇葩，论才情、眼界、心胸、智慧，使她与大多数人都合不来。她归于杜月笙时，杜月笙已是年逾花甲，衰然一病翁。如日中天，予取予求的黄金年代早成过去，囊中金尽，活不下去的大限正在步步进逼，所以孟小冬之入杜门正是感恩知己，以身相许。……在他人生的最后阶段，他获得了孟小冬的柔情万丈，衷心关爱，这使杜月笙深感自己的侠义，犹然有愧孟小冬的恩情，所以他才会说出"直到抗战胜利以后，方始晓得爱情"的话，孟小冬是他在人间最后的温暖，最后的安慰，所以他一刻儿都离不开。

8月7日，杜月笙对身边的秘书和几位老朋友提出，请他们代立三份遗嘱，其中一份是关于财产的分配（包括现金、债券、不动产等），他还取出了自己留存的10万美元，以"先外后内"为原则，全部分给了杜家和与杜家有关的人，孟小冬只分到两万美元，孟说，这怎么够？……

8月10日，杜月笙和陆京士交谈之间，忽然伸手到枕头底下摸出一个手中包来，递到陆京士手上："这里是7000美金，你替我分一分。"

陆京士忙问："分给啥人呢？"

杜答："说起来，只有妈咪最苦。再末，三楼（指三夫人孙佩豪）也是手里没有铜钿的。"

于是陆顺从杜的心意，决定将这7000美元，分给孟小冬3000元，孙氏夫人和长子杜维藩则各为2000元。

据杜美如后来说，孟小冬起先只分到1万美金。那么连这次3000元，也还不到2万元。

8月11日，杜月笙一心速死，了无求生的欲望，他唉声叹气地对身旁的陆京士一人说，人生乏味，再也没有任何人受过像他这样的罪。

8月14日下午，昏迷中的杜月笙又一次醒来，似乎想说什么，姚玉兰、孟小冬连忙趋前询问，杜竟说不出话来，泪水直流。小冬为他抹去眼泪，并劝慰道："杜先生，你放心好了！"只听杜月笙有气无力、断断续续地向两位夫人关照："我死后，要穿长袍马褂……要买好一点的棺材，以后要运回上海……高桥……"

8月16日下午2时15分，杜月笙即将断气前，在台湾求学的杜维善乘飞机赶回香港，来到父亲病床前，由陆京士一声声喊："先生！先生！维善来了！"

杜月笙挣扎着睁开了眼睛，望了维善一眼，便乏力地合上。

8月16日下午2时30分，时任"国民大会"秘书长的洪兰友，抵达坚尼地台杜公馆，代表蒋介石前来"慰问"杜月笙。他看到杜月笙似乎还有点知觉，为完成使命，连忙高声地在他耳边喊："杜先生！总统对你的病十分关怀，希望你安心静养，早日康复。目前台湾一切有进步，国家前途一片光明，我们还是有希望的！"

身旁的人都以为杜月笙迷迷糊糊，不可能听出洪兰友在说些什么。孰料，杜月笙竟睁开了一闭三日的眼睛，更伸出了自己那只颤抖不已的手，和洪兰友紧紧地交握，并清晰明白地说出了他在世最后的一句话："好，好，大家有希望！"最后一个"望"字说完，杜月笙那只手松弛，垂落，眼睛又合，嘴唇紧闭。

站在一旁的钱新之，情不自禁地一声长叹，热泪泉涌，他喃喃地说："大家有希望，大家有希望，天啊！就是他没有希望了啊！"

有人伸手到杜月笙的被窝去摸摸他的脚，失口惊呼："哎呀！脚已经凉了！"

8月16日下午4时50分，当年叱咤风云，上海滩上的大亨杜月

杜月笙在台北的墓地

杜月笙手迹

笙在香港坚尼地台 18 号寓所咽下了最后一口气，时年 64 岁（实足 63 岁）。

8 月 16 日傍晚，杜月笙移灵万国殡仪馆。

8 月 19 日上午 10 时大殓。亲临致祭的各界人士达 2000 余人，挤满了万国殡仪馆里里外外。

10 时大殓之前，家属亲友在痛哭声中，列队瞻仰遗容，见杜月笙最后一面，孟小冬伤心泪尽，当场晕厥，经医生救治方告苏醒。

滞留在港的京剧名伶马连良、张君秋、俞振飞等均到灵前祭拜。

大殓毕，杜月笙灵柩被移至东华医院义庄停厝。

1952 年 10 月，姚玉兰接到宋美龄的电话，邀请她去台湾定居。10 月 25 日，姚玉兰及子女带着杜月笙灵柩离开香港，乘太古轮船公司的盛京轮到了台湾，灵柩暂厝台北市南京东路极乐殡仪馆。

杜月笙墓地选在台北县汐止镇大兴山，1953 年 6 月墓地竣工，6 月 28 日正式安葬。

杜墓呈半圆形，墓穴上刻有蒋中正书写的"义节聿昭"四字。其下为张群所书的"誉闻永彰"四字。

墓地恰与静修禅院比邻而居，四周苍松翠竹，杂花生树，晨昏之际，钟磬梵音与鸡犬之声相应。

墓穴坐东南而面西北，遥遥对着上海浦东方向，是为了让杜月笙望见故乡——上海高桥。

2001 年，杜月笙长女杜美如带着女儿、女婿回到阔别 52 载的家乡上海走走看看。在沪期间，她曾接受记者采访，打算要把她在约旦和阿联酋的中华餐馆盘掉，然后在上海买一套房子，也好叶落归根，并表示自己虽已过古稀之年，但还要完成一个历史使命，这就是把安葬在台湾汐止的父母亲的坟墓迁到上海浦东高桥老家，了却父亲的遗愿。不过又是十年过去了，杜美如有生之年能否实现这一愿望，看来并不像她想象的那么确定。

四十九　冬皇在港授徒

俗话说："树倒猢狲散。"杜月笙死后，遗产分到手的人们，一个个远离而去。孟小冬也搬出了坚尼地台 18 号，迁居使馆大厦。杜府门前，已是门庭冷落车马稀。到"做七"的时候，杜公馆里剩下的人，还没有念经的和尚多。

一生最喜欢闹猛的杜月笙，没想到在他死后竟如此萧条冷清。他生前曾对人说过："烦忙不会死人，冷寞才会死人。"结果他死后却是这般凄冷寂寞。

孟小冬与姚玉兰这对结拜姊妹，关系始于亲密而终于紧张。她们直到杜月笙死时，也未能和好如初。再同住一个屋檐下，已无多大趣味。1952 年 10 月姚玉兰接受宋美龄的邀请，到台北定居。

杜月笙原在上海有大量财产，说他是亿万富翁，一点也不夸大，可是等他到了香港，虽然不能说是一贫如洗，但也所剩无几了。孟小冬最后只分到两万美元，下半辈子却要全靠它来养老防老。

有资料说，当孟小冬听到只分给她两万美元时，说："这怎么够……"有的家庭成员就咕哝说："美不死你！要不是老头子帮忙，举行过什么结婚仪式，对不起！丫头或女朋友，两千也甭想！"

这就是一代名伶、梨园冬皇孟小冬委身大亨杜月笙的最后结局。也许她本人对这样的结局，也认了。但是不少局外人却频频摇头，喟叹道："不值得！不值得！真是明珠暗投，美玉蒙尘。"并认为她在唱戏方面是绝顶的聪明，可在婚姻上所犯的错误是愚不可及的。她第一次为人做妾的婚姻就错了；不想若干年后，苦苦追求，最后还是糊里糊涂地做了第五房妾，因而又一错再错。如果把她"一错"视为"一失足成千古恨"，那"再错"便是"再回首已是百年身"了！

孟小冬自搬出杜公馆，只身住进了使馆大厦公寓，深居简出，整天以抽烟消磨时日。此时杨宝森、马连良、张君秋等均相继离港返回大陆。琴师王瑞芝仍滞留香港为票友吊嗓说戏谋生，亦常来"冬宫"（香港票友称呼小冬住所）探望。

王瑞芝带来一个消息，说钱培荣想拜冬皇为师，请他来恳求禀告，幸勿推辞。孟小冬对王瑞芝说："我听他唱过，倒是咱们余派的路子。请他有空儿常来聊聊，有问题大家研究研究，拜师就不敢当了。"接着小冬又补充说："我体弱多病你是知道的，哪里还有精神教戏呀！"

王瑞芝鼓励冬皇说："您的身体还是应该吊吊嗓子好！把气理顺了，精神就会好起来。"他接着又将话题转回来，说："我看钱培荣倒是少数真心想学戏的一位，又崇拜余派艺术。他跟我谈起前年在杜府吊嗓时，杜大小姐曾神秘地告诉他，说您陪杜先生在病房休息时，听到他在外面客厅里唱《武家坡》，就对杜先生说：'这是余派圈内的唱法！'当时杜先生对您说：'你何不教教他呢？'您说：'他是你的学生，又不是我的学生。'"孟小冬听了忙说："是有这回事！"

王瑞芝接着说："钱培荣听了杜大小姐这番话，受宠若惊，就萌发了拜师的念头。后来因杜先生病重，一直不敢提这件事。"小冬半开玩笑地说："听你之言，莫非是与钱氏做说客不成？"瑞芝答道："冬皇开恩！"

凭王瑞芝与孟小冬的深厚交谊，如此苦苦恳求，冬皇焉能不允，终于爽快地答应下来。

钱培荣得到王瑞芝的好消息，喜不自禁，但他还不敢冒昧地直闯"冬宫"，又特地去恳求旅居在港的余叔岩挚友孙养农，请他引荐，一起来拜谒冬皇。孙养农深知冬皇非良材绝不传艺，亦知钱氏学有根基，乃是可造之才，所以愿代说项。

孙养农，安徽寿县人。曾祖是前清状元，父亲孙履安当过开封知府，大戏迷，专票丑角戏。据传，有天晚上他正在台上化妆彩唱丑角戏，随从向他报告说巡抚大人到了找不着他，又听说他在唱小丑，巡抚大人认为有伤风化，把他革了职。他听后说："他革他的，我唱我的，天塌下来也得把戏唱完再见官！"后来他到了上海，江南名丑刘斌昆还跟他学戏。

孙养农受家庭影响，自幼迷恋京剧，酷爱余派老生戏，以至于大半生都"泡"在戏里。他自幼在京城常随其父去余府请益，青年时期与余叔岩交谊很深，并向余学了不少身段把子。后在上海又向老伶工瑞德宝学武工练身上。他专票文武老生戏，扮相酷肖余叔岩。据说有一年于世文来上海天蟾舞台演出，名丑艾世菊是他的师兄弟。某天，他们二人在小花园一带溜达。小花园有家专拍戏照的照相馆，橱窗里放着一张孙养农的《定军山》剧照，与余叔岩几可乱真。艾世菊有意骗骗他，说："你看，余三爷这张照片怎么样？"于世文竟没看出破绽，应口道："拍得真好！"

孙养农曾在上海中国实业银行任储蓄部主任。新中国成立前夕举家去了香港。

1952 年孟小冬在香港收徒，与举香人孙养农合影

　　孟小冬在香港所收弟子：吴必彰（左一）、钱培荣（左二）、赵培鑫（右一）。右二为举香人孙养农

此时，孙养农在港正着手做一件功德无量的事情，即在孟小冬的协助下，亲自口述，请赵叔雍执笔，编写一本《谈余叔岩》的书，后于1953年由香港三联书店正式出版，成了香港的畅销书，一版再版。据孙养农的弟弟孙曜东说："稿费就赚了几十万港币，孟小冬一分钱也不要，全给了孙养农，因孙养农已家道中落，要养家糊口……"

这是最早一本全面记录余叔岩生平的传记，为后辈研究、了解余氏，提供了珍贵而具学术价值的历史资料。孟小冬为这本书写了一篇题为《仰思先师》的序言，附录于此：

> 夫阳春白雪，闻者每讶其高标。璞玉浑金，识者始知其内蕴。蓄之既久，发而弥光。大名永垂，遗风共仰。如我先师罗田余先生，抱云霞之质，兼冰雪之姿。家学绳承，振宗风于三世；万流景式，扬绝艺于千秋。舞勺之龄，名驰首郡；甫冠之岁，学已大成。以优孟之衣冠，状叔敖而毕肖；协宫商之韵律，啭车子以传神。忠义表于须眉，苍凉写其哀怨。营开细柳，曾微服官社，结春阳推为祭酒。固已菊部尊为坛坫令，闻遍于公卿矣。及登英秀之堂，抠衣请益，折节揣摩，退结胜流，共资探讨。《玉篇》《广韵》考字定声，逸史稗官斟文比事。凡经搜考，咸能改观；尽扫伧俚之辞，悉合风雅之旨。太羹元酒醇而又醇，刻羽引商细无可细。九城空巷，四海驰声；盛誉攸加，修名斯永。余幼习二黄，涉猎较广。闻风私淑，盖已有年。立雪门前，瞬更五载。孔门侍教，愧默识之。颜渊高密传经，等解诗之郑（玄）。婶谬蒙奖，借指授独多。泊师晚年，忽感痫疾。呻吟床榻，已无指划之时；憔悴茗炉，犹受精严之教。景命不融，竟尔溘逝。余奔走朔南，迭经忧患。珠喉欲涸，瑶琴久尘。每感衣钵之传，时凛冰渊之惧。但期

谨守，愧未发扬。养农先生少游北郡，即识先师。因气类
之相敦，遂金石之结契。椿树巷中每停车，盖范秀轩内时
为佳宾。谭笑既频，研覃亦富。华灯初上，小试戈矛。凉
月满庭，偶弄拳脚。宛城宁武悉具规模，定军阳平尤征造
诣。频年投荒岛上，时接清谈；共话昔游，每增怅触。近
以所撰先师传记，举以相示。展诵一过，前尘宛然。悲言
笑之，莫亲痛风徽之永隔。山颓木坏，空留仰止之思。钟
毁釜鸣，谁复正始之格。此书之出，必重球琳。拙序既成，
尤深憬忱。

昭阳大荒落皋月下浣宛平孟小冬书

孟小冬上面这篇情深意切的序文，写于 1953 年，正逢乃师余叔
岩逝世十周年，这也是其对先师的最好怀念。

1952 年春，钱培荣拜师孟小冬仪式在香港菽园严欣祺的府上举
行。当年在拜师时，必须有一位与师傅平辈或长辈的人举香，孙养
农自然是最合适不过的了。在征得冬皇的同意后，钱培荣又急电在
台湾的赵培鑫来港，二人一同拜师。赵原学马派，1947 年，杜寿义
演时曾陪冬皇在《搜孤救孤》中饰演公孙杵臼，从那时起即改唱余
派。经商之余即在香港、台湾等地登台票演余派戏，很受欢迎。他
在香港演出的《失空斩》《乌盆记》《捉放宿店》等剧的实况录音，
后在台湾制成盒式磁带销售，在海峡两岸广为流传。赵培鑫的天赋、
嗓音条件均不错，也聪明好学，不过为人清高骄傲，一般人他不放
在眼里，但对冬皇的艺术，他是不敢有半点轻视的。有人曾经问过
他：“你比孟如何？”赵培鑫面色凝重地回答：“唉，高不可攀，简
直天渊之别。”以他的骄傲，也不得不承认与孟有很大差距，这次接
到青梅竹马的老友钱培荣的电报，便高兴地来港一起参加拜师。

拜师仪式简单而隆重，由孙养农举香，孟小冬先向梨园祖师爷

翼宿星君神位和余叔岩的牌位跪拜，钱培荣、赵培鑫二位徒弟也紧跟着叩头。然后师傅冬皇就坐，徒弟钱、赵向师傅行三叩首之礼。此时，原杜府的家庭医师吴必彰——被邀请参加观礼的来宾，因前在杜府，冬皇曾给他说过戏，他趁势也跟着钱、赵后面，向冬皇三跪九叩首。冬皇感到意外，忙不迭伸手要去扶他起来，引得众来宾拍手大笑。但他前面没拜祖师爷，只能算是半个学生。

更令人意外和感动的是，忠心耿耿追随冬皇十几年的琴师王瑞芝（原是余叔岩的琴师），在钱、赵拜师之后，他也向冬皇深深叩头道喜，恭贺冬皇收了两位得意高足。他这一叩头道喜的姿态，给后人留下了美好的回忆。

当年余叔岩三天之内收了李孟两位高足；而今天冬皇在一日之内就收了三位徒弟，也是梨园一段佳话。

此后，赵培鑫仍回台湾经商，实际没有向冬皇学过多少戏。他本不善经营，后因破产引起法律纠纷，被关进了台北监狱。他在狱中服刑期间，竟演出全本《四郎探母》，杨四郎由他一人演到底，本预定连演两天，因消息传出，许多达官贵人纷纷要票进监狱来看赵的戏，当局为安全起见，便将第二天的戏取消了。这也是一件古今闻所未闻的奇事。

赵培鑫出狱后，仍到各地登台演出，票价虽高昂，但卖座不衰。赵更加自鸣得意，可惜在艺术上也就马马虎虎，随便乱唱了。有人问他，"你唱的是余派还是马派？"他则回答："都不是，我是自己的赵派。"消息传到冬皇那里，引起冬皇的不快，予以斥责，不许进门。后赵远赴美国三藩市进行演出活动，诸事失利，一病不起，旋即在旧金山病逝。

钱培荣，江苏吴县人。1904年生于上海。他比乃师冬皇还大4岁，在他寿登百岁以后，每天还坚持以OK伴奏带吊嗓练气，从不间断，用功至勤，令人叹服。2008年在香港逝世。

　　冬皇之艺，得来不易，所以她也不轻易教人。求名师固然不易，收佳徒也非易事，主要还是才难之叹。冬皇曾经说过，做一样学问或艺术，总不外乎三个条件：第一是天赋，第二是毅力，第三是师友。没有天赋，不能领会；没有毅力，半途而废；没有师友，无人研究。若非如此，吃力不讨好，心机白费。所以她在香港期间，除教授门徒钱氏之外，没有再正式收过徒弟。得到她指点过的私淑弟子有黄金懋、李猷（嘉有）、蔡国蘅、吴中一、严许颂辉（严欣祺夫人）等十余人。她的所有弟子，无一"内行"（专业演员），均为事业有成的票友。其中以黄、李、蔡所学最多。孟对他们同样要求严格，不但得唱会，唱对，还要有韵味。冬皇曾说："《空城计》中，'我本是卧龙岗散淡的人'一句，谁不会唱？要听有无韵味。"蔡国蘅跟冬皇学"我本是"三个字，即学了一个钟头之久，可见孟的要求之严。

　　冬皇毕竟是艺术大家，她授徒时，善于采用启发式，常在关键性的地方，告诉弟子主要诀窍在哪里。李嘉有向冬皇学《盗宗卷》，有一句"这白亮亮的钢刀好怕人"，这个身段要指着丢下的刀，翻身过去，然后立即以左足独立，右足抬起，左手指刀，右手翻袖，同时唱这一句。李嘉有原先以为没有什么太难的，但等他做这一动作时，就时时感觉左足站得摇摇晃晃，况且这句唱腔又很长，有支持不住之感。冬皇见了，只说了两个字："提气！"果然一提气，左足就稳定了。这真是四两拨千斤，画龙点睛的一笔。

　　还有位学生向冬皇请教究竟发音的诀窍何在？冬皇告诉他："放松你的神经，尽量将调门压低，喉头不能用劲，改用底气催声。如此做法，对音域放宽，音色圆润，可能有些帮助，你不妨试试。"

　　严许颂辉是冬皇在香港最得意的女弟子，她天资聪颖，善能领会。严嗓音甜润，高低宽细，无往不宜，闭眼听之，颇似冬皇，唱功亦确有孟味。冬皇闲时常向她亲授身段，曾授其《搜孤救孤》，严后屡屡登台彩唱，获得好评。

许密甫也是冬皇在香港的一位弟子，但情况比较特殊，应在亦师亦友之间。他原在银行供职，退休后自日本精研针灸医术返港，常到孟府做客，并向冬皇介绍针灸治病的神奇功能。当时冬皇双肩正染风湿疾患，苦痛难言，经许针灸治疗，不药而愈。冬皇十分高兴，带着感激之情，先后教了他《珠帘寨》《战太平》及《二进宫》三出戏。后来许登台彩唱《珠帘寨》，冬皇亲临把场，剧中程敬思一角，由冬皇弟子、许的外甥黄金懋饰演，大太保一角由蔡国蘅饰演，演出后获得内外行一致赞扬。

黄金懋，浙江人，毕业于上海圣约翰大学。新中国成立初到香港。他是冬皇私淑弟子中学戏最多、水平最高的一位，琴艺也不一般。早先旅居美国三藩市，常来往于香港、北京、上海之间，为传播余派艺术而奔走，还在海外举办过有关"余派艺术"的专题艺术讲座。近年已在上海定居，还和夫人一起常到住所附近的票房玩票，以享晚年。

冬皇授徒要求极严，和乃师余叔岩如出一辙。比如，凡是经她指点过的弟子，未经许可，不能在外随意吊嗓，所学唱段未获认可，也不准在外演唱，甚至她的琴师为人说戏吊嗓，也受到限制。为此，有人批评她太专制与过分保守了，而她的弟子和有识之士则认为，这正是冬皇忠于艺术的苦心所在。她限制琴师授艺，目的是要他们量材而教，就是要看学戏的人是否是一块戏料。学这一门艺术不仅要有天赋，还需有刻苦钻研的痴迷毅力，才能有所成就，否则白白浪费精力。

五十　孟小冬与张大千

　　1952 年农历五月初五，是我国传统的端午节。此时，冬皇已由坚尼地台迁到使馆大厦公寓。这一天，风和日丽，天气晴朗。小冬平时有晚睡迟起的习惯，而这天却早早起身，吃好早餐，在寓所恭候一位稀客的到来。

　　这天，旅居香港的国画大师张大千在戏剧评论家沈苇窗的陪同下，来到冬皇寓所做客，小冬已在门口迎接。见面时，冬皇向这位身穿长袍布鞋、满脸长髯的长辈行了跪拜大礼，北方人名为"拜节"，大千居士也急忙叩拜回礼，向冬皇深深地行了一个旧式的大揖！他们二位跪拜姿势都极为娴雅。小冬向大千行礼后，在起身时还蹲了一下，作满人请安式。因她年轻在北京居住时，隔壁义母家为旗人，很早就学会了满族人的请安姿势。这天她向大千行礼就是模仿旗人的礼节。在一旁的沈苇窗看得津津有味，向冬皇赞叹说："您这个姿势应当拍电影。"小冬笑说："这是我特意做给你们看的，平

常还没有这个机会呢!"（《大成》杂志第 115 期第 39 页）

可见冬皇孟小冬与国画大师张大千，虽是初次相会，但似乎已有很深的友谊。

大千是誉满中外的画界一代宗师，小冬则是蜚声梨园的一代名伶，这一"大"一"小"两位艺坛巨匠，是什么缘分使他们聚到了一起呢？

张大千（1899—1983 年），四川内江人。原名正权，单名爰，字季爰，号大千，别号大千居士。

他少年时到了上海，先后拜曾农髯、李梅庵为师，学习书法、绘画。曾、李二人均善书画，都是有名的学者和诗人。当年正是京剧泰斗谭鑫培的全盛时期。大千原在四川家乡不大看戏，但到上海后对京剧界的名伶特别向往，常常看戏，但不敢让管教严格的师长知道，担心受到"勤有功，嬉无益"的教训。

有一天，李老师突然把他叫来，问："季爰，你有没有去听过谭叫天的戏？"这一问令张大千暗叫不妙，以为东窗事发，要挨老师骂了，又不敢撒谎。正不知该如何回答时，李老师接着说："叫天儿的戏实在好，他唱得韵味十足，尤其是拖腔，常有一波三折之妙，就如同我们写字，有神气相通之处，多听他的戏，玩味了其中的奥妙，对写字的方法会有帮助！"（谢家孝：《张大千的世界》）

张大千听了很高兴，既然老师说了，听戏对学书法能有帮助，从此他就名正言顺、冠冕堂皇地"奉旨看戏"啦！

大约 1930 年，张大千旅居北平，住在长安客栈里，经友人介绍，认识了余叔岩。他们一见如故，很快成了好朋友，时相往来。余比张大 9 岁，他见大千常年以客栈为家，有了交情之后，便邀请大千搬到他家里去住。余还说："你画你的，我唱我的，一点也不碍事。"但张大千习惯早睡早起，而余叔岩恰巧相反，迟睡晚起，起居方式不同，所以婉谢了叔岩的美意，并未搬去。但张大千被余叔岩的豪爽气度所感动，两人结为至交。

张大千和余叔岩常约一起吃饭，所不同的是大千吃的晚饭叔岩是当作午饭吃的。他们爱去的地方是春华楼，那里的掌柜白永吉，善于配菜，时人称为北平第一名厨，张、余前来吃饭，不必点菜，他就会把菜配好，而且很合口味。大千称赞白永吉是两个字："要得！"叔岩称赞白就只有一个字："行！"当时京城有盛传一时的三句话，即为"画不过张大千，唱不过余叔岩，吃不过白永吉"，时称三绝。

当时北平同仁堂的小老板乐泳西，也是余叔岩的亲密好友，常在余府陪叔岩练功。有一次，他动脑筋要替三位大师合拍一张照片留作纪念，让余叔岩手拿胡琴作自拉自唱的样子，要白永吉拿着锅铲作炒菜的姿式，请张大千在中间拿着笔作挥毫绘画状。经乐泳西导演拍摄的这张照片，人称之为"三绝图"，一时传为佳话。

1934 年秋，张大千在北平中山公园第一次举办画展，他的二哥张善子从苏州赶来北平助阵。善子比大千大 17 岁，也是位国画大家，并且是大千童年学画时的启蒙老师。经大千的介绍，张善子也和余叔岩订交。经余的要求，大千昆仲俩合作，共同为余叔岩绘制了一幅《丹山玉虎图》相赠。叔岩生肖属虎，而善子素以虎画蜚声艺坛，大千以山水闻名于世，于是先由善子绘了一只玉虎（白老虎），再由大千衬上丹山碧坡，大红大绿，颇为壮观。最后由善子题款并赋诗一首：

> 苛政尼山旨已微，骄虞感德播弦诗；
> 太平枉是期仁兽，可奈江陵紫葛衣。

因善子长大千 17 岁，长兄若父，凡他俩合作之画，多由善子题写，除非善子命弟加题，大千不敢动笔。

后来，张大千在香港曾对人说："叔岩得此画后，在家狂喜，连说过瘾！用他自己的形容词说，'这比唱全本《四郎探母》还过瘾！'此画他轻易不肯悬挂，每年过年正月间，以及十月他的生日前后才肯拿出来，挂几天又收起来，足见珍贵！后来虽然叔岩家有喜事时我也送过画，他续弦与姚女士结婚时我送过一幅美女，他的女儿慧文出嫁时我送过一幅牡丹，但这些都不及那幅《丹山玉虎图》留给我的印象深，这幅图确也是我们兄弟合作最精彩的一幅画！"

这幅画后来散失流落到海外，由香港著名收藏家杨定斋珍藏。事隔多年，此画在香港出现，张大千获悉，惊喜不已，专函向杨定斋致贺。后曾向杨借此画参加旧金山地扬博物馆 1972 年举办的"张大千四十年回顾展"。

正因为张大千与余叔岩当年在北平有过这段深厚友情，20 世纪 50 年代初，大千旅居香港后，即从老友沈苇窗处得悉故友余叔岩的得意高足孟小冬也在香港，于是托沈苇窗预先告诉小冬，约好端午节这天同来探望她，请她不要出门。

从此，张大千与孟小冬又结成了忘年交，经常在港相聚。小冬因乃师叔岩生前与大千交谊甚深，故她对大千也特别尊敬。

这年秋，张大千决定举家迁往南美阿根廷，再转往巴西定居。冬皇闻讯后，带着琴师王瑞芝一同到大千所居住的九龙亚皆老街青山别墅参加惜别欢送宴席，张大千亲自下厨制蟹黄鱼翅招待宾客，昆剧泰斗俞振飞和夫人黄曼耘也应邀在座，俞夫人曼耘还是大千的女弟子。席间主人提议："今天冬皇驾临，很是难得。她的琴师也在座，是有备而来，我们请她高歌一曲，让老朽饱饱耳福！"

孟小冬表示遵命，但她向大师提出一个反要求："八爷（大千排行第八）！我唱没问题，不过先请您喝一杯（花雕酒）！"小冬知道大千已戒酒多年，因为多饮酒，常引起手颤，影响作画。其实这是冬皇以攻为守，将了大师一军！谁料大千性情豪爽，二话不说，连饮了两大杯。冬皇难以推托，她转向俞振飞夫妇，说："刚才我喝了二杯酒，已有点醉意，今天我就献丑，反串一段《贵妃醉酒》，烦五哥（振飞行五）、五嫂串演高、裴二力士如何？"没等俞振飞伉俪回答，大千摸着下巴美髯，高兴地连说："要得！要得！"

俞振飞曾经多次陪梅兰芳舞台上演过此戏，是他的应工，自然也不好推辞，忙笑说："恭敬不如从命！"冬皇见席间并无陌生外客，也就没有什么拘束，于是用小嗓叫起："摆驾！"王瑞芝的胡琴拉起了前奏过门，冬皇扮杨玉环"海岛，冰轮……"连唱带做地表演起来。当时冬皇虽未穿行头（服饰），但跟正式表演并无两样，甚至连水袖功夫都在观感上似乎活跃起来，对玉环醉态的表演，栩栩如生，令人神往，看得张大师、俞大师都惊叹不已。冬皇是闻名梨园的余派老生，而这出《醉酒》竟演得如此娴熟出色，完全是梅（兰芳）的路数，就连衔杯左右还盘的姿势，也是正宗梅派。张大千连连夸奖，并说："一幅'醉美人'的姿态，已在老夫腹中画就！"

其时，大千好友、国际照相馆老板高岭梅在场，抢拍下几个美妙的镜头。

冬皇梅派《醉酒》的演唱，引起了张大千的一段美好回忆。他说："我年轻时在北平跟梅兰芳是相交很深的好朋友，有一天我到他家去，梅兰芳正在画美人，一见我来了，他就央求道：'八爷，您说说看画美人的道理！'我回答他：'你为什么问我如何画美人呢？你自己就是一个美人，你心里想在戏台上的自己和那些美妙的动作，把它画下来就好了。……要画美人就画活生生的你自己，千万别照什么样子画！'"大千还向大家补充说，梅兰芳全身都是画稿子，只要把他自己画下来就是最美的美人了。

这位国画大师的记忆力极好，多少年前的往事，经他道来都活泼生动，如在眼前。他为人不但热情，有时说话也非常幽默，常谦称自己是"小人"而非君子。因为绘画是动手不动口。1948 年春，他在上海，将返回四川，他的弟子设宴饯行，梅兰芳也应邀赴宴话

孟小冬与张大千

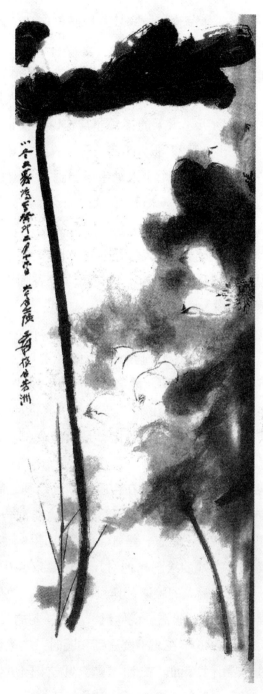

张大千赠孟小冬荷花图

别。入席时，大千与梅兰芳互让首座时就说："你是君子，我是小人。还是请你上座！"

另有一说，是宴会开始，大千向梅兰芳敬酒曰："梅先生，你是君子，我是小人，我先敬你一杯。"梅兰芳待人处事向以谦和最得人缘著称，当时听了大千的话，非常惊讶，便请教说："张先生，您怎么自称是小人呢?"张大千笑着回答："你是君子——动口；我是小人——动手。我这个小人动手只会画几笔画，可比不上你动口的君子会唱戏呀！"（李永翘：《张大千年谱》，第236页）大千这番幽默风趣的话，引起满堂宾主大笑。

张大千虽为一代国画大师，但对京昆剧也是行家里手，他本人就曾和夫人化妆登台合演过一出昆剧《春香闹学》。他扮演的陈最良，还得到昆剧大师俞振飞的亲授。

1950年12月，俞振飞在香港上演《人面桃花》一剧，主演诗人崔护，大千前往看戏，特画绘《崔护像》相赠，上题款："振飞吾兄上演人面桃花，戏为写此博笑，大千居士爰。"

此外他特别对京剧脸谱有着极深的研究，对脸谱艺术推崇备至，赞不绝口。他曾说，京剧之脸谱，是我国戏剧上之特征，艺术中的绝技，为世界上其他国家所无。我们应当研究，提倡，发扬光大，使世界各国，均知我国有能在自己的脸上绘画之高妙艺术。试想拿几条极简单的笔划，几样极单调的颜色，能把一个剧中人的个性、年龄、职位，甚至于是忠、是奸、是好、是坏，完全活活地表现出来，这是何等高妙的绘画！他对几位著名京剧花脸演员如钱金福、侯喜瑞、金少山等人的脸谱都作过比较研究，他最欣赏金少山的李逵、单雄信、李七的脸谱，说他粗犷活泼，勾的又快，无人能及。

张大千于1946年在北平寓居颐和园时，常进城观京剧，曾为金少山画过一幅山水扇面。右上端题写"振衣千仞冈"，并附题"此五字唯吾少山豪士足以当之。丙戌二月将还蜀中，写此留念。大千居士爱"。

此外，他还画过一把大扇子，赠武生泰斗杨小楼在《拿高登》一剧中使用。这位画坛大师，一生中结交的京剧名伶难计其数。

再说张大千赴南美前在寓所的欢宴席上，他原知孟小冬从来不轻易清唱，而为了替他饯行，却大显身手，很惋惜寓所没有录音机，未能将冬皇所唱录下来带到南美去听，以饱耳福。

大千的女弟子，也是冬皇的好友冯璧池，将大千所说电告冬皇。为此，冬皇在使馆大厦寓所特别录了一卷录音带，烦请冯璧池在大师临上飞机前，送到机场作为礼物赠给大师留作纪念，同时为大师壮行。大千甚喜，捻髯笑说："我的耳朵有福啦！"据曾听过此卷录音带的香港沈苇窗先生说："都是唱她的拿手杰作……只记得其中有一段《战太平》'叹英雄失志入罗网'，高亢入云，正是难得！回想起来也是'此曲只得天上有'了！"

此后，大千曾数次从巴西、美国、日本等地往返于香港，而每次到港后，总要抽空访候冬皇。有一次，乘船途经香港，大千也要离舟登岸，去"冬宫"拜访，听冬皇清唱两曲，并说："这是难得的耳福。"

1957 年夏，大千在巴西突患眼疾，视物不清。医嘱再不能令眼疲劳，必须静养，严禁作画。后赴美国医治，并无疗效，但找出了根本病因，是大千原有糖尿病，乃病毒进入眼膜毛细管所致。经朋友介绍，又转赴日本东京治疗。是年年底，好友高岭梅由港去日本探望大千，大千兴起，不听劝阻，坚持作《五老图》人物画一幅，赠高岭梅。香港朋友们看了这幅画后，都不相信大千视力有病，有人竟怀疑"眼病是托词"，是大千一种"高明的借口"，作为婉拒索画的"托词"。唯有冬皇孟小冬坚持大千眼睛患病是实，并代为在朋友中辩解。她认为即使大千有眼病了，但几十年绘画，必然已有熟能生巧的功夫，别说昏茫中还能看到一些，就是蒙起他的眼睛来，照样也能画出一幅画来！冬皇还向大家举例说，她的老师余叔岩就曾与人打赌，蒙起眼睛出台唱过一次戏……。后高岭梅将孟小冬这一席话告知张大千，令张大千有"知音难求"之感！

后来，张大千投桃报李，特别用心专为冬皇画了"六条通景大荷花图"相赠。画成，大千又特电告冬皇："画已画好，上款拟题令辉夫人好不好？"冬皇连说："不必不必，请题我的艺名小冬即拜谢了。"大千欣然从命，于是在所绘荷花通景屏上即题"小冬大家嘱写"（大家的"家"应读 gū，即"大姑"，古代女子的尊称。这里张大千将孟小冬比做续写《汉书》的班昭。——作者注）。

大画完成以后，大千就带去日本精工裱好，还定做了一个大匣。送画那天，大千让人告诉孟小冬，就说这是在他心情最好的时候画的。

大千赠冬皇大幅荷花图，恐不是一时兴起的应景小品。荷花，乃花之君子，出淤泥而不染，一身高洁。这大概也是这位画坛宗师，对冬皇人格品德的品评褒奖吧。

据说这幅大画，最后作为遗产为杜月笙长子杜维藩继承，而后又被转让，卖了新台币 180 万元。是为可惜！

五十一　总理重托

　　1963 年春，北京京剧团应邀组织"赴港演出团"，在团长萨空了、副团长薛恩厚的率领下，赴香港、澳门公演。主要演员有马连良、张君秋、裘盛戎、赵燕侠、姜妙香、马富禄等。谭富英因患心脏病未能参加。这次组团赴港演出，受到周恩来总理的特别关怀，赴港前，每次彩排，周总理必到，亲自审看演出剧目，并走上舞台亲切接见全体演员，与大家热情交谈。另外，周总理与夫人邓颖超还在中南海的家里设宴，为主要演员饯行，席间总理问起旅居香港的孟小冬，说曾经看过她的戏，对她的艺术表示赞赏，并郑重地托付马连良："你们这次去，能不能想办法和孟小冬女士见个面，做做她的工作，她的艺术应该传下来嘛，不然太可惜了。她愿意回来看看，教教学生，最好。实在一时回来不了，录个音来也好，有什么困难和要求，都可以提出来，我们想办法满足她。"

　　在港演出期间，剧团主要演员马、张、裘、姜及琴师李慕良等均与冬皇孟小冬亲切会见并摄影留念。在香港大公报社长费彝民的安排下，演出团主要负责人在大公报社楼上举行宴会，盛情宴请孟小冬女士，并正式向她发出邀请，希望她在适当的时候，回祖国大陆献艺或观光。大家见她精神甚好，谈笑风生，便向她建议灌录十张唱片，更希望她能将她的杰作《搜孤救孤》《空城计》和《捉放曹》摄成彩色电影，以为后学的楷模，并告诉她，将奉赠100万港币作为酬劳，孟小冬有什么困难可以提出。小冬言谈中也认为很有意义，当即答应考虑。

孟小冬经再三考虑，作出三点回答（大致）：

第一，感谢大陆对她的盛情相邀，因体弱多病，暂不能赴大陆演戏或观光；

第二，她不准备灌唱片，因为乃师余叔岩已有18张半唱片遗留下来，再由她录音灌片，会有许多重复，没有必要；

第三，她表示对拍摄电影有兴趣，认为这对提倡国剧的精神，是有一定意义的。

在此之前，浙江昆剧团拍摄的《十五贯》彩色戏曲片电影在香港上演，孟小冬曾连看七次。她十分欣赏周传瑛扮演的况钟，认为其神情潇洒，身段熨帖，台步尤佳。王传淞饰演的娄阿鼠，獐头鼠目，活现出小偷赌徒的习性，孟小冬更是赞不绝口。因此她对拍摄《空城计》等影片，表示赞同，提出的条件也有三点：

第一，场面（乐队）方面，须有杭子和司鼓，王瑞芝操琴；

第二，配角方面，须有裘盛戎的花脸，魏莲芳的旦角；

第三，场面及配角人员于摄制影片前半年，来香港先行排练，完成准备工作。

"赴港演出团"的负责人当场向孟小冬答复，前两点完全可以遵命办到，唯有第三点，须向上级请示后，再予奉告。但考虑到若先行派有关人员赴港排练，这是时间与费用的大问题，就不那么简单了，因此一时无法达成协议。不过还是再次邀请她回大陆筹拍影片，较为方便。

当年正值祖国大陆财政极度困难，肯以百万巨资相邀冬皇回大陆拍片，目的是通过她的舞台表演，为后人留下几出珍贵的余派范本；同时也是对她艺术上的承认和充分肯定，给予她莫大的荣誉。

后来由于种种主客观的原因，为孟小冬拍摄艺术影片的计划，未能成功。这对数以万计的欣赏她艺术的广大观众来讲，不能不说是一个很大的缺憾！

原来滞留香港的马连良、张君秋、李慕良等人于 1951 年 10 月离港返回大陆后，受到人民政府和周恩来总理的热烈欢迎。1952 年 7 月 1 日，周总理在北京饭店亲切接见了马连良、李慕良等人。马先生见到周总理就说："我非常抱歉，回来晚了一点儿。"总理连声说："不晚，不晚，早晚一样。你既是回来了，我们是欢迎的。"马先生还说："这次回来，还得请总理栽培。"周总理听了"栽培"这句老话儿不觉笑了，说："你是艺术家嘛，已经有成就了，我怎么能栽培你呢？"（李慕良：《我的艺术生活》，载《大成》杂志第 250 期）

随之，俞振飞大师在梅兰芳、夏衍等老友盛情邀请之下，亦于 1955 年 4 月由香港经广州回国。

1956 年 7 月，梅兰芳访问日本演出归来，途经香港小憩，在代表团负责人马少波和琴师姜凤山的陪同下，梅兰芳与孟小冬作了短暂的会见。目的不是叙旧情，而是遵照周恩来总理的指示，劝说孟回大陆定居，过一个稳定和有价值的晚年。梅孟晤谈时，马、姜回避，在厅外翻阅报纸。约 20 分钟后，梅孟出来，眼圈都红了，泪水在眼眶里打转，表现了两人的依依不舍。此时他们心中纵有万千言语，短短 20 分钟也最多道一声万福，问一声你好吗。具体谈的细节无从得知，但没能劝动孟。而追随冬皇近 20 年的琴师王瑞芝先生却

　　北京京剧团赴港演出团在香港大公报社宴请孟小冬合影。左起：费彝民（大公报社长）、孟秋江（文汇报社长）、萨空了（赴港演出团团长）、孟小冬、梁威林（新华社社长）、薛恩厚（演出团副团长）、萧甲（演出团秘书长）

章士钊书赠孟小冬诗幅（1957年春）

受到感召，这一年由港返沪，参加上海新民京剧团，为张少楼，薛浩伟操琴。1957 年调入北京京剧团，为谭富英操琴，对谭晚年演唱质量的提高，起了很大作用，并新灌录了一批唱片，如《乌盆记》[反二黄]、《桑园寄子》、《洪羊洞》等。

出于关怀和团结的愿望，1957 年春，全国政协常委、中央文史研究馆馆长、当时已 76 岁高龄的章士钊老先生亲自出马赴港，与孟小冬会晤，殷切期望她回国，共襄振兴京剧的大业，并以诗幅书赠小冬。章老原与杜月笙有旧交，1947 年杜 60 岁生日时，那篇由于右任、孙科、李宗仁、宋子文、孔祥熙、何应钦等一百人联名签字吹捧老杜的"祝寿文"，就出自章士钊之手。章原与孟熟识，想着凭自己的老面子来邀冬皇，或许能有几分把握。可是遗憾的是，冬皇向章老解释说："小冬乃体弱多病之人，平常就是怕动！感谢您老的美意。"

担任过上海政法学院院长、大律师出身的章士钊，纵然口若悬河，也未能说动冬皇。章老香港此行，遂告失败。

这次章士钊虽然没能说服成功，但他对孟小冬却一直念念不忘。杨继桢先生在《章含之的四合院情结》文中说："几十年后，我们看到四合院正房东墙上挂着一幅立轴，写着：'津桥昔日听鹃声，司马梨园各暗惊。人面十年重映好，梁州复按陡生情。'落款是：'小冬女士清鉴章士钊'。听说有一次朋友来访，指着立轴对章士钊的女儿章含之说：'你父亲大概是单相思吧？不然送给孟小冬的字怎么会在自己手里？'章含之笑着点头。"

曾任清华大学教授的著名学者陈寅恪，在 1957 年"鸣放"期间，有人要他出来讲话，他只说了一句："孟小冬戏唱得好，当今须生第一，应该找她回来唱戏，以广流传。"

胡适也曾说："孟小冬身段扮相做工毫无女子气，真是好极了。"

1961 年 8 月 8 日，京剧大师梅兰芳在北京病逝，消息传到香港，孟小冬在居室又增设了一个梅的灵牌，每晚念佛时焚香三支，虔诚祷告。之后，又有消息传来，在梅兰芳追悼会上，周总理委托陈毅副总理出席主持。人们还发现在亲属列队里有一位坤伶弟子在梅葆玥身旁，起先她进场时身穿黑色素服，列队时改穿和梅葆玥一样的白色麻布孝衣，很多人都以羡慕的眼光注视这位坤伶弟子，冬皇闻之亦感到欣慰。

五十二 十年台北

　　1967 年春的某一天，孟小冬与姚玉兰这对异姓"双重"姐妹，在断交了 15 年之后，突然通过一个长途电话，而又恢复了"邦交"。电话是孟小冬由香港打给在台北的姚玉兰的，孟在电话中告诉姚说："有个××朋友来找过我，要我投资做点生意，被我婉言拒绝了。听别人说，他又要去台湾，向你周转银钱。此人据我所知，不太可信。所以我也劝你不要听他的。"孟小冬接着还对姚说："我们姐儿俩的几个私房钱都有限，但已足够维持生活。经商有赚有赔，并且刀把子在别人手里，可万万不能上当，借出去了假定收不回来，那就应了一句老话：'坐着放债跪着讨债了！'"

　　姚玉兰听了孟小冬的话，深以为信，没有出钱投资，心想，到底是自家姐妹，及时地告诉了她，否则差一点上了当，从此姚孟和好如初。在姚多次来电极力劝说下，孟小冬接受了姚的盛情邀请，于1967 年 9 月 11 日搭乘太古公司的"四川"轮离开香港赴台北定居。

船到基隆码头，姚玉兰亲自来迎接小冬，此外还有陆京士、朱庭筠等一批恒社人员，也到码头恭迎。冬皇"入境证"上名字用的是孟令辉，因为随行的木笼中携带了三条狗，受到海关人员的阻挠，经陆京士向海关人员说明孟令辉即冬皇孟小冬，乃国剧之宝，于是冬皇在一片热烈欢迎的欢呼声中登岸。

冬皇定居台北以后，因为她的名气太大，慕名前来拜望的各界人士络绎不绝，有记者的访问，有团体请求义演，有梨园同行以及亲朋相邀赴宴。这些，她都一一辞谢了。小冬的身体本来就不好，范秀轩（余叔岩书斋名）学艺时，受师傅影响学会了抽鸦片烟，后来又深受胃病的折磨，此时身体更趋羸弱，因而她向外界声明，迁居台岛，旨在静养，不准备参加任何社交活动。但对慕名前来求教问艺者，只要看他（她）确实学有基础，是一块戏料，冬皇也会乐意热忱指教，认真说戏，但往往点到为止。如台岛的女伶姜竹华、余啸云等青年演员，均曾受到冬皇的指点。而在他们赴港公演时，冬皇还以长途电话通知香港的朋友，请他们为其捧场。可见冬皇对年轻一代的关怀与支持。不过倘若要她带徒弟，培养衣钵传人，根据她的健康状况，实在是力不从心，应该体谅她的苦衷。冬皇自己也曾认识到作为余派传人的责任，她到 60 岁以后，还曾表示决心，说："为门人的我，定当贾其余勇，来光大师门，以报先师的恩德也。"

冬皇初到台北几年，由于受到姚玉兰、杜二小姐（美霞）和几位追随她的弟子们的多方照料，使她感到亲情和友情的温暖，特别是杜二小姐对她更是无微不至地关心和照顾，情如母女。冬皇在台北信义路租赁一处房子，单独居住。但姚氏母女每天必到她这里来一次，一年 365 天，极少缺席，姚玉兰总是坐在那里，笑眯眯的。冬皇常说："真奇怪，她来这儿一坐，我就觉得很定心，她要是有一天不来，我就不知道这日子怎么过了！"所以这段时期，孟小冬的精神、情绪都很不错，常在寓所和亲友宾客打打麻将、聊聊天，或

孟小冬香港家居照

人过中年的孟小冬

指教解答弟子的某些艺术上的疑难问题。

有时孟小冬单独一人定下心来，坐到桌前临写"孟法师碑"。她本来兴趣就很多，在香港时曾从刘源沂学刻图章，向刘家杰学英文会话，还从太极拳名家董英杰的女儿学过太极拳，可以说是多才多艺。到台后，她又多了一项宗教活动，即每晚在家手捻佛珠，口诵经文。若逢农历除夕及元旦，必在寓所通宵敬香。每年在自己生日那天，必到台北西宁南路的法华寺念普佛。她正式为倓虚法师的皈依弟子，赐法名"能泰"，而信仰观世音尤其虔诚。其实这倒不奇怪，因为她早在年轻时，就是个佛教徒了。

孟小冬到台北后，做的一件最有意义的事情，就是在她老师余叔岩八十冥诞之期，应香港几位朋友的约请，撰写过一篇《纪念先师余叔岩先生》的文章，全文 2000 字不到，语言平淡质朴，不假雕饰，但文词恳切生动，完全出自肺腑，直率纯真，读来令人感慨。是一篇非常难得而又十分精彩的好文章。今将该文摘录如下，以供赏阅：

> 1970 年十月十七日（农历）为先师罗田余先生八十诞辰。先期，在港的几位景仰先师的朋友，要我写一点文字以资纪念，自属义无可辞。但笔墨久疏，身体孱弱，纵然握管，又何能述先师的盛德于万一呢？

> 先师为湖北省罗田县人，罗田在鄂东为黄州府属，与黄冈黄陂接近。其语言最为圆润，在国剧界里头所谓湖广音也。先师三世名家，渊源有自，又兼有良好的师友，其因素不是普通人所能具备的。

> 我们知道：做一样学问或艺术，总不外乎三个条件，第一是天赋，第二是毅力，第三是师友。没有天赋，不能领会；没有毅力，半途而废；没有师友，无人研究。先师既有天赋，也有毅力，更有良好的师友，而他老人家那份困

心衡虑、努力向上的精神，只有亲炙于他的人，才能体味着他那份心胸。《孟子》上说："天将降大任于斯人也，必先苦其心志，劳其筋骨。"他老人家在艺术上的造就，是有其原因的。

先师于戏剧上，有其先世的秘本，而且亲炙了谭大王。虽然谭大王仅给他说了一出《太平桥》，相信他们师徒之间，在国剧的原理原则上，必然谈过了许多。以先师聪敏绝顶，举一反十的天资，自然心领神会，用不着刻意地摹拟，而可达到了最高的境界；况且谭剧上演，均曾到场谛观，去芜存精，胸有成竹，否则何以能自成面目。古人尝谓杜工部为诗圣，若以工部比谭大王，则先师应为李商隐或黄山谷，也是直接杜工部，而各有其本人的面目。

先师好学不倦，虚心接纳。凡一字一事之不妥，必研求而弗懈，故其所用剧本，皆经通人修订，如《珠帘寨》坐帐之念白："我父朱雅赤心……御赐姓李"；《御碑亭》之诗："方知宋弘是高人"；《盗宗卷》之唱词："第二排太子婴"。这些都经过了删改、增加，使他唱词，合乎史册，显得与众不同的讲究，而是别人所不注意的。

我在未曾立雪之前，对于谭剧已下了不少年的功夫，也经过了不少名家的指点，但听了先师的戏之后，不觉心向往之，门墙虽高，终成我愿。记得当年，自己每晚下戏之后，再赶往听先师的大轴戏，彼时影响之深，获益之多，非可言喻。及入门以后，先师精心教授，不厌其详，使我今天得有具体而微的相似，实在难忘先师严格的训诲。想起从前椿树头条受教之时，范秀轩中谈笑风生的情况，历历在目，真是每天每刻没敢把先师的声音笑貌忘却一点。驹光不驻，自己亦已六十开外之人了，能无枨触而惭愧？

先师逝时，年才 54 岁，若处于目下医药发达之世，虽有疾病尚可拖延，何止遽然奄忽，使我永失教导之人，岂不悲痛？

先师逝后，26 年来，我除于 1947 年在上海演出《搜孤救孤》两场外，迄未再有表演，自觉承受先师付托的衣钵，以环境及身体关系，始终未能有表襮的机会，实在深深地愧负师门，惟有继续精研敬谨保守，以求他日发扬光大的机会耳。

多年以来，国剧寝衰，所幸香港台湾两地甚至远在美国，研求此道者，颇不乏人，而余派唱腔，亦仍到处可以听到，比较"满城争唱叫天儿"的时代，着实开阔了许多。先师天上有知，亦必欣然色喜，为门人的我，定当贾其余勇，来光大师门，以报先师的恩德也。

香港几位笔友，时常在刊物上，撰写梨园掌故，颇兴白发龟年之感，尤其推崇先师。爱屋及乌，连本人亦获逾格的器重。际兹先师八十诞辰，远道征文，嘱撰数语，以资纪念，殊为盛事。

伏念先师未臻上寿，实为艺林缺憾；但论其艺术，已属登峰造顶，无以复加。那种深刻严格的精神，实在我未见过有第二人可以比拟。成功不是偶然，大名不是幸致，必有其独特的优点为他人所不及者，方克臻此。

很抱歉，本文未及细谈先师的戏剧。盖言之，浮泛草率，非我所愿，若说之过于精细，必嫌篇幅冗长，自己亦无此精力撰写长篇。敬就个人感想所及，写此短文，以示崇敬云尔。

冬皇一生，传世的作文不多，连 1933 年在天津的《紧要启事》

和 1953 年在香港为孙养农专著《谈余叔岩》写的序言，再有就是这篇追念先师的文章，不过二三篇而已。从中不难看出冬皇的见多识广，学识渊博，但平时她对人又十分谦虚。据她的弟子回忆说，老师总是抱着"知之为知之，不知之为不知"的态度，不知的，没有学过的，她一定会说："我没有。"决不含糊充好汉，表示自己无所不通。

孟小冬还有一种特别的修养，在今天看来，也可说是具有一种高尚的品德，就是无论人前人后，从没有听到她批评人家一点不好，因为她自知在国剧中的地位，尊而无比，一褒一贬，影响人家前途甚剧。虽平时闲话，决不会轻易批评一句，其修养功夫，实在不易。这些给广大余派爱好者留下了极其深刻的影响。她的不少港台弟子，都认为冬皇的艺术到了晚年，虽然不登台表演，但在给弟子说戏中，确已炉火纯青；有些唱念，经她细心安排，比前在香港已有不同，似有发展。他们窥察冬皇有时也在瞑目沉思，似乎对余派已有新的心得和改进。孟老师的这些成就，既有继承，又有发展，大家都认为这是"孟派"！还认为余叔岩先生也是在继承谭鑫培的经验之后，自己再加以体会修正的，此正所谓"弟子不必不如师，师不必贤于弟子"和"青出于蓝而胜于蓝"的艺术道理。冬皇听到这些评赞后，坚决拒绝"孟派"的说法。她很严肃地指出："本人原也是学谭的，年轻时，为了痴迷地找谭腔，不知费了多少力，多少钱（如向陈十二爷学一出《空城计》，即花三百银洋）。后随先师学艺，始知谭余原属一脉流传。他们的剧艺犹如一座高山，绝不是我的聪明所能够逾越的。我哪里还敢对师门的艺术有所改进，我不过谨守弗失而已。"

孟小冬说的是实话。她从来没有想过以"孟派"自我标榜。其实凭她幼年的功底，又在余门深造多年，加之本人冰雪聪明，才智过人，是足以像杨宝森那样在余派的基础上大幅度地创新的。然而她终身恪守师承，像王又宸学谭那样，未敢越雷池一步，在梨园中亦未能培养出真正的衣钵传人，这实在让人深感惋惜。

冬皇在台北的后几年，随着年事渐高，又因多年抽烟患了喘咳毛病，平时偶尔也只能用低调门胡琴吊嗓。在和几位港台弟子闲谈时，有时忽然高兴，向门人作某个身段动作的示范，往往正在兴高采烈时，她会突然停下，一声不响，进卧室躺到床上休息去了。

关于孟小冬抽鸦片一事，曾有人打电话对笔者说，孟小冬只抽香烟，不抽大烟。恐怕未必是事实。请看杜月笙的长孙杜顺安是怎么说的：

> 祖父虽然抽大烟，但是他是可抽可不抽，不是非抽不可，因为他没抽上瘾。倒是我第五个祖母孟小冬，抽鸦片抽得厉害，她上了瘾，她到台湾之后，鸦片照抽不误，私底下抽，国民党当局睁一只眼闭一只眼。

身体的不适，是孟小冬晚年最难受不过的事情，特别是气喘、咳嗽，这对一个想开口歌唱的人来说，实在是一个残酷的折磨。因此冬皇后来连小声清唱的兴趣也没有了。她养了两条狗，有时还常牵着它们出外散散步。她很喜欢养狗，认为狗是善良的家畜，也最通灵。这两条狗均以酒为名，一呼"香槟"，一呼"白兰地"，后来均死去，很使她有一阵子抑郁不欢。从此她足不出户，在家打开电视机，从中寻找乐趣，以此消遣，打发日子。据说在她客厅里放有两台电视机，有时一齐放映，可以同时收看两个台的不同节目，她不但看京戏，其他如影片、话剧、流行歌曲以及各项娱乐节目，她也都感兴趣，还对一些歌唱演员的发音、咬字，以及唱时的动作，都加以品评。偶尔在高兴时，还对一些成名的歌手和明星的姿态或唱腔，加以模仿、学唱，惟妙惟肖，令亲友宾客大笑不止。

冬皇在文艺表演方面，富有极高天才；但在一些新生事物面前却有时显得束手无策。

　　定居台北的杜美霞女士（即杜二小姐），在电话中告诉笔者这样一件生活小事：冬皇生前，她每天晚上都要到冬皇那里去一趟，照料起居饮食，临睡之前，帮她倒水洗脚，铺好床被，一切安排停当后，方才离开回家。可是过了一会儿，又接到她的电话，说肚子饿了，杜二小姐告诉她冰箱里吃的东西都有，只要炉子上热一下就可以吃了。不想冬皇却回答说："是呀！我这个煤气打火就是点不起来，怎么烧呢？"原来新式煤气灶自动打火，冬皇却一时不会使用。

　　冬皇晚年在台北独居生活，却有许多不能自理的地方，最主要还是她早就病魔缠身。后来由于心情沉郁，身体更是每况愈下，稍不当心，即患感冒，而喘咳愈烈。冬皇最后在台北的十年，正如她的弟子李猷先生所说："十年台北，多半病中。"

五十三　冬皇七十寿终

　　光阴荏苒，岁月匆匆。孟小冬由香港到台北定居，转眼十年时间已飞逝而过。

　　1976 年农历十一月十六日，是孟小冬 69 虚岁生日，因为我国向有"庆九不庆十"的传统习惯，所以她的港台弟子们和在台的亲友，早在这年的春天，即筹备祝寿大会，计划唱一场堂会戏，大大庆祝一番，其中有一出《黄鹤楼》，预定是由杜二小姐主演周瑜。她以前在上海票戏，工小生，最崇拜叶盛兰，还向叶盛兰学习过唱腔身段。到港台后，便向冬皇学唱小生戏，这出《黄鹤楼》的小生，即由冬皇亲授。可惜后来因为众弟子分散各地，无暇排练，未能实现。乃于寿诞前一天即十一月十五日由在台的亲友为冬皇暖寿，在信义路家中办了两桌丰盛的酒席，冬皇十分高兴。这一天她由杜二小姐等陪同，又特地去了法华寺诵经，这也是她到台北以后去该寺念佛诵经的既定日子。

第二天，祝寿典礼在金山街金山航业公司招待所举行，前来祝寿的除冬皇的弟子亲友外，台湾影剧界知名人士和一些国剧界的朋友也都来参加。席间，来宾纷纷登台清唱表演，寿星因年事已高，喘咳不止，虽未亲自一展歌喉，亦命弟子钱培荣清唱一段《定军山》，以为示范。晚饭后，还由前来道贺的曲艺演员朱培声和张宜宜两位先生表演了"上海滑稽"戏助兴，引起哄堂大笑，冬皇听了更是笑口大开，极为高兴。

冬皇做七十大寿，虽然愉快兴奋，但接连两天的劳累，使她原本不太好的身体，病情更是加重了一些；一直到年底，身体都不适意，感冒不断，哮喘更甚。春节过年，很多客人前来向她拜年，而冬皇却显得疲乏，没有精神。姚玉兰劝她去诊疗所诊治，孟小冬非但不肯，还说，"大过年的跑什么医院，你不要说不吉利的话。"为此，姐妹俩还争执了一番。

孟小冬平时就非常迷信，居常说话，不吉不利的字眼，绝口不带。到了晚年，更忌讳一个"死"字。她听姚玉兰在大年初一叫她去医院看病，心里就有点犯忌。于是她对姚玉兰说："我劝你应该要早点立一张遗嘱。"姚反问道："你怎么不立一张呢？"孟说："我和你不同，你有钱，有子女，我是钱和子女都没有，所以不用立遗嘱。"姚听了无话可对，只有苦笑而已。

孟小冬说自己是钱和子女都没有。"钱"可能是真的没有，因为1951年杜月笙死时，她只得到两万美元遗产。一切养老生活开销，全靠这两万美元，如果平均每年花费一千元，二十多年下来，手头怎么能还有余钱呢？若说子女，孟小冬曾有过两个女儿：一个亲生，一个领养。据知情人说，冬皇晚年在香港曾对挚友透露过她在北平生有一女，不过生下不久，因有气，不喜欢，便送人了。后在拜师余门前，又在北平领养了一个，乳名大玉子，后跟随冬皇一起到了香港，随杜月笙姓，改名杜美娟（人称玉妹）。玉妹因自由恋爱,寻了男朋友,而冬皇还是旧脑筋,总担心她受人欺骗而加以阻挠,因而母女失和。后美娟随恋人去了美国,再无信息。倒是亲生女儿长大成人,颇有出息,曾于 20 世纪 60 年代中期提出赴港探母,但因故未能成行。

1977 年春节过后,孟小冬的哮喘病日益加剧,本来用来治标的中成药,已不见效,杜二小姐和姚玉兰都力劝她去医院治疗,她还是不乐意。一直又拖延至 5 月中旬,实在支持不了,才请医师来家诊断。医师劝她住院治疗,她还坚持不肯,只说:"等我考虑考虑,你们听我的信儿。"家人亲友再劝急了,她就不耐烦了,说:"你们给我谈点别的好不好?看电视吧!"话已经说到这个份上,别人也就不好意思再张口惹她不高兴了。

5 月 20 日以后,医生发现其肺部积水,力促住院,仍未获准。25 日晚上,在一阵剧烈咳嗽气喘之后,就把头一低,已不省人事了,家人送她到广州街中心诊所急救,割开喉管,把痰吸出,但仍昏迷不醒。延至 5 月 26 日(农历四月初九)晚 11 时 50 分,终因肺气肿和心脏病并发症而去世。享年 70 岁。

临终前一个月,冬皇忽然把杜月笙的大弟子陆京士请到家里,托他代为物色墓地。冬皇一生信佛,到台后,早已决定将来死后葬于佛教公墓,经陆京士打听,台北县树林镇净律寺旁山佳佛教公墓正好有一块墓地出让,陆密告冬皇,遂即拍板买下。请人设计坟墓园式,画了两次图样,冬皇全不满意,亲自提出修改意见。5 月 24 日对第三次图样予以认可,而 25 日就病危入医院,也真算是巧合了。

27 日晚,杜府及恒社人士集会商讨治丧事宜,研究如何出讣闻。因冬皇身边无子女,撰发讣闻颇感为难。幸而杜月笙长子杜维藩豁达大度,愿意出名,称冬皇为"继姚杜母孟太夫人",全体子女列名讣告各界,终于圆满解决了一个难题,6 月 6 日分别在台湾《中央日报》和香港《工商日报》登载了杜府的讣闻。杜家亲友和社会各界,一致认为杜大公子此举颇识大体，对其倍加赞誉。

6月8日下午，杜府在台北市立殡仪馆景行厅大殓，姚玉兰早早来到，人们见她纹风不动坐在殡仪馆里。有人说："别看她胖，可是她镇得住！"这也是孟小冬常在姚背后说的话。

景行厅内及院子里挂满了各界人士赠送的挽联、挽幛和花圈。

严家淦"颁赐"的匾额：

艺苑扬芬

陈立夫挽联：

菊坛遗爱

张大千挽联：

魂归天上，誉满人间，法曲竟成广陵散
不畏威劫，宁论利往，节概应标列女篇

丁秉鐩挽联：

令名久远，冬皇美誉满天下
辉耀菊坛，余派嫡传第一人

李嘉有（猷）撰"哭凝晖师"挽联三首：

一代尊皇座，仙音世所稀。须眉传矩矱，声口状几微。
苦学身辞富，高歌韵欲飞。罗田衣钵在，趋步必相依。

（师剧艺造极，世尊冬皇。声口为唱念之韵致，出陈彦衡《说谭》。罗田，为余叔岩先生之故里。——作者注）

　　炉岛登门日，镫前受妙章。珠帘唐克用，宗卷汉张苍。
　　设境由心造，登台欲我忘。夜凉谈艺罢，归路月如霜。

（珠帘寨、盗宗卷皆师亲授，余剧甚多，特举例言之。五六两句，则演剧之妙谛也。——作者注）

　　十载蓬瀛住，登堂喜复频。感寒愁嗽紧，上气但眉颦。
　　强语传珍秘，持生极苦辛。全归悲永诀，天不慗斯人。

（师患喘咳之疾甚久。年来益甚，然稍间仍为弟子等讲说剧艺。——作者注）

祭奠开始，1时半家祭，2时起公祭，由陆京士代表恒社弟子主祭；由冬皇大弟子吕光代表参加祭礼的门生 12 人主祭，恭读祭文，备极郑重。弟子钱培荣、李猷、赵从衍、蔡国蘅、沈泰魁、黄金懋、丁存坤、李相度、汪文汉、龚耀显、张雨文陪祭。此外，还有国剧欣赏委员会、再兴小学、复兴、金山航业公司、国立复兴戏剧学校，以及国剧团、队等单位公祭。

前往致祭的社会名流有：顾祝同、王叔铭、陶希圣、张大千、王新衡等多人。

国剧界知名演员有：粉菊花、章遏云、秦慧芬、顾正秋、张正芬、李桐春、胡少安、哈元章、李金棠、周正荣、徐露、姜竹华、郭小庄等多人。

大殓结束，3时 15 分起灵，起灵前全体公祭，由吴开先主祭，灵车开往树林镇，素车白马。4 时 25 分到达山佳佛教公墓。4 时 45 分举行葬礼，并举行全体告别公祭，由陆京士主祭，5 时葬礼完毕。到墓园送殡的群众达一千余人，同声哀悼，极尽哀荣。"杜母孟太夫人墓"几字由国画大师张大千题写。

从此，梨园冬皇、京剧一代名伶、余派传人孟小冬埋骨于此。这里丛林稻田，视野辽阔，青松环抱，风景独好。这里没有悠扬的琴声和锣鼓喧天，没有大红氍毹，也听不到叫好的掌声，只有万籁俱寂，一片宁静。

作为一名演员，孟小冬无疑是成功的，而作为一个女人，她却是失败的。

演员的表演再失败，第二场戏还可以重演。风华绝代的"冬皇"，台北山佳佛教公墓上一抔黄土，一束雏菊。孟小冬演成功了无数的戏，却演失败了自己。戏里戏外，都是如梦人生，逝者已矣，我们追忆的还是她的炉火纯青的技艺和不朽的作品。她传奇的一生，将永远留在人们的记忆里。

后 记

　　自 20 世纪 60 年代以后，关于杜月笙的著作和文章多得难计其数。专门为其立传的作品就有十几本。如台湾的章君榖著的《杜月笙传》、徐铸成著的《杜月笙正传》、杨威著的《杜月笙大传》，以及上海社科院编写的《杜月笙传奇》、赖青云著的《大亨杜月笙》、沈寂著的《上海大亨》、傅湘源著的《青帮大亨》、苏志良著的《上海黑帮》、王俊著的《杜月笙野史》，还有少石编的《杜月笙传奇》、黄国栋撰写的《我所知道的杜月笙》，等等。这么多学者和前辈对研究杜月笙其人其事均作出了很大贡献。

　　本书只偏重于杜月笙与孟小冬结合的前前后后以及他对京剧国粹艺术的痴迷和对推动京剧事业的发展所作出的贡献等方面内容，参考上述诸贤的大作和散见在上海《申报》、香港《大成》杂志、《上海滩》杂志、《立言画刊》、北京市政协所编的《文史资料》等有关文章，并结合已出版过的拙作《一个真实的孟小冬》的内容，不揣浅陋，写成此书，奉献给广大读者。

承蒙朱章绣老太最近又为我提供她珍藏多年的孟小冬老照片十多张，都还是第一次和读者见面，弥足珍贵，特附此向章绣老人致以深深的谢意！同时也遵照她的关照，在此郑重声明，这些新发表的孟小冬老照片，未经允许，任何网络和个人不得转载和利用，违者必究。

最后衷心地感谢台海出版社及北京归去来文化传播有限公司对本书的出版给予极大的支持和帮助。

限于水平，书中缺点和错误之处，恳请读者与专家批评指正，不胜感激！

许锦文

2013 年 12 月 12 日于上海同济西苑